ERZÄHLEN! ERZÄHLEN!

Eine Weltreise in siebzehn Geschichten

Eichborn.

Die Deutsche Bibliothek – CIP – Einheitsaufnahme:
Enzensberger, Hans Magnus:
Erzählen! Erzählen! : eine Weltreise in siebzehn Geschichten / Hans Magnus Enzensberger. - Frankfurt am Main : Eichborn, 2001
ISBN 3-8218-4712-3

Umschlaggestaltung: Christina Hucke
Foto: Vince Streano © Corbis
Druck und Bindung Clausen & Bosse, Leck
ISBN 3-8218-4712-3

Verlagsverzeichnis schickt gern: Eichborn Verlag,
Kaiserstraße 66, D-60329 Frankfurt am Main
www.eichborn.de

Inhalt

Jules Amédée Barbey d'Aurevilly
Die Rache einer Frau

Ich habe oft von der Kühnheit der modernen Literatur reden hören; aber ich selbst habe an jene Kühnheit nie geglaubt. Dieser Vorwurf ist nichts als Aufschneiderei – aus moralischen Gründen. Die Literatur, von der seit so langer Zeit behauptet worden ist, sie sei der Ausdruck der Gesellschaft, ist alles andere, sogar eher das Gegenteil; und wenn jemand, der gescheiter als die andern ist, versucht hat, kühner zu sein, so weiß der Himmel, welch ein Geschrei sich dann erhob! Sicherlich, wenn man so will, ist er wissentlich die Ursache des Geschreis gewesen! Sicherlich, wenn man die Sache genauer betrachtet, findet sich in der Literatur nicht die Hälfte der Verbrechen, die die Gesellschaft tagtäglich im geheimen und ungestraft in geradezu faszinierender Häufigkeit und Leichtfertigkeit begeht. Man frage nur die Beichtväter – die die größten Romanschriftsteller der Welt wären, wenn sie die Geschichten erzählen dürften, die ihnen im Beichtstuhl ins Ohr geraunt werden. Man frage sie nur etwa nach den Fällen von Blutschande, die in den stolzesten und angesehensten Familien eingesargt werden, und gebe sich alsdann Rechenschaft, ob die zahlreicher Fälle von unmoralischer Kühnheit beschuldigte Literatur es jemals gewagt hat, sie zu erzählen, und sei es auch nur um der Abschreckung willen! Abgesehen von dem leichten Anhauch – denn es handelt sich nur um einen Anhauch, der vorüberweht – im ›René‹ Chateaubriands – des frommen Chateaubriand – kenne ich kein Buch, in dem die Blutschande, die etwas so Verbreitetes in unserer Gesellschaft ist (bei hoch und niedrig, und vielleicht in den unteren Schichten noch mehr als in den gehobenen), jemals das offen dargelegte Thema einer Erzählung gewesen wäre, die gerade durch jenes Thema zu wahrhaft tragischen moralischen Wirkungen hätte gelangen können. Hat die moderne Literatur, auf die eine alberne Prüderie ihre Steinchen wirft, sich jemals an die Geschichten der Myrrha, der Agrippina und des Ödipus herangewagt, Geschichten, die, wie man mir glauben darf, nach wie vor überaus lebendig sind; denn ich habe – bis jetzt wenigstens – in keiner anderen Hölle als der gesellschaftlichen gelebt und so manche Myrrha und Agrippina, so manchen Ödipus im Privatleben und in der besten Gesellschaft, wie man sie bezeichnet, nur zu gut kennengelernt. Den Teufel auch! das hat sich immer ganz anders abgespielt als auf der Bühne oder in der Geschichtsschreibung. Es schimmerte immerfort durch die gesellschaftliche Oberfläche die Vorsicht, die Angst und die Heuchelei hindurch … Ich kenne – und ganz Paris kennt sie – eine Madame Henri III., die zu blauen Samtkleidern als Gürtel Rosenkränze aus goldziselierten Totenköpfen trägt, die sich geißelt, und auf solcherlei Weise in das Ragout ihrer Bußübungen das Ragout anderer Lüste mischt, wie sie Henri III. eigentümlich gewesen sind. Wer nun aber würde die Geschichte dieser Frau schreiben, die Andachtsbücher verfaßt und die die Jesuiten für einen Mann (ein amüsantes Detail!) und selbst für einen Heiligen halten? … Es sind noch gar nicht so viele Jahre verflossen, daß ganz Paris eine Dame des Faubourg Saint-Germain erlebt hat, die ihrer Mutter den Geliebten nahm und aus Wut darüber, daß jener zu der Mutter zurückkehrte, die zwar alt war, sich aber besser auf die Liebe verstand als die Tochter, überaus leidenschaftliche Briefe der Mutter an jenen allzusehr geliebten Mann diesem stahl, sie lithographieren und zu Tausenden vom Olymp der Oper (der um einer solchen Handlung willen seinen Namen zu Recht führt), wo an jenem Abend eine Premiere stattfand, ins Parkett werfen ließ. Wer hat die Geschichte dieser Frau geschrieben? ... Die arme Literatur wüßte gar nicht, wie solche Geschichten anzupacken wären, wenn sie sie erzählen wollte.

Und solche Geschichten müßte man schreiben, wenn man kühn wäre. Die Geschichtsschreibung hat Männer wie Tacitus und Sueton; der Roman hat sie nicht – wenigstens nicht innerhalb der erhabenen Moralgesetze, die dem Talent und der Literatur vorgeschrieben sind. Allerdings steht fest, daß die lateinische Sprache, als heidnisch, aller Anständigkeit trotzt, während unsere Sprache zusammen mit Chlodwig über dem Taufbecken des heiligen Remigius getauft worden ist und daraus eine unvergängliche Schamhaftigkeit geschöpft hat; denn die gute Alte wird heute noch rot.

Dennoch könnten, wenn man es nur wagte, ein Sueton oder ein Tacitus auch als Romanautoren durchaus existieren; denn der Roman ist vor allem Sittengeschichte, die zu einer Erzählung oder zum Drama umgeformt worden ist, wie des öfteren auch die Geschichtsschreibung. Und zwischen beiden besteht nur ein einziger Unterschied: der Roman stellt die Sitten mittels erfundener Personen dar, und die Geschichtsschreibung teilt die Namen und Adressen mit. Nur stößt der Roman tiefer vor als die Geschichte. Er hat ein Ideal, wogegen die Geschichte keines hat: ihr legt die Wirklichkeit den Zügel an. Überdies beherrscht der Roman den Schauplatz länger. Richardson befaßt sich ausdauernder mit Lovelace als Tacitus mit Tiberius. Aber wenn Tacitus den Tiberius ebenso eingehend geschildert hätte wie Richardson den Lovelace: glauben Sie, daß die Geschichte dadurch Einbußen erlitten hätte und daß Tacitus nicht noch fürchterlicher wirken würde? ... Freilich schreibe ich offen, daß Tacitus als Maler nicht vom gleichen

Rang ist wie Tiberius als Modell und daß er trotz seines Genies der Unterlegene bleibt.

Und das ist noch nicht alles. Wenn man die Literatur, wie sie in Wirklichkeit ist, mit dem Ruf vergleicht, in dem sie steht, dann möge man ihrer unerklärlichen, aber offensichtlichen Hinfälligkeit die Physiognomie hinzufügen, die das Verbrechen in dieser Zeit des unaustilgbaren und köstlichen Fortschritts sich zugelegt hat! Die übersteigerte Zivilisation beraubt das Verbrechen seiner erschreckenden Romantik und gestattet dem Schriftsteller nicht, sie ihm wieder zu verleihen. Das wäre zu gräßlich, sagen die Seelen, die alles, selbst das Grauenhafte, verniedlichen wollen. Dergleichen kommt eben bei der Philantropie heraus! Verblödete Strafrechtler verringern die Strafbarkeit, und alberne Moralisten schwächen das Verbrechen ab, und zwar einzig, um die Strafbarkeit zu verringern. Dabei sind unzweifelhaft die Verbrechen einer übersteigerten Zivilisation durch das Raffinement und die Verderbtheit, die ihre Voraussetzung bilden, und den höheren Grad ihrer Intellektualität weit abscheulicher als diejenigen der tiefsten Barbarei: die Inquisition hat das nur zu gut gewußt. In einem Zeitalter, da der religiöse Glaube und die öffentliche Sittlichkeit stark waren, wußte die Inquisition, das Tribunal, das das Denken verurteilte, diese große Institution, bei deren Vorstellung allein schon unsere schwachen Nerven erbeben und unsere Spatzenhirne der Wahnsinn überkommt – die Inquisition wußte nur zu gut, daß die geistigen Verbrechen die größten sind, und sie bestrafte sie entsprechend … Und wirklich, wenn jene Verbrechen auch weniger die Sinne ansprechen, so sprechen sie desto eindringlicher das Denken an; und schließlich ist das Denken das Tiefste in uns. Somit könnten die Romanschriftsteller eine ganz neue Art unbekannter Tragik aus diesen mehr intellektuellen als physischen Verbrechen gewinnen, die der Oberflächlichkeit der alten materialistischen Gesellschaft als Verbrechen minderen Grades erscheinen, weil bei ihnen kein Blut vergossen wird und das Gemetzel sich lediglich innerhalb der Gesetzlichkeit von Gefühl und Sitte vollzieht ... Von dieser Art Tragik soll hier eine Probe gegeben werden, indem die Geschichte einer Rache von grauenhafter Originalität erzählt wird, bei der kein Blut vergossen worden ist und in der weder Dolch noch Gift vorkommen; kurzum: es handelt sich um ein ›zivilisiertes‹ Verbrechen, bei dessen Schilderung von dem, der es erzählt, nicht das mindeste erfunden worden ist, bis auf seine Art und Weise des Erzählens.

Gegen Ende der Regierungszeit Louis-Philippes bog eines Abends ein junger Herr in die Rue Basse-du-Rempart, ein, die zu jener Zeit ihren Namen Rue Basse durchaus verdiente; denn sie lag tiefer als der Boulevard und bildete einen stets schlecht beleuchteten, dunklen Hohlweg, zu dem man vom Boulevard aus auf zwei Treppen hinabstieg. Dieser Hohlweg, der heute nicht mehr besteht und der sich von der Rue de la Chausée-d'Antin bis nach der Rue Caumartin hin erstreckte, wo sein Niveau das der Straße wieder erreichte, diese Art düstere Schlucht, in die man sich kaum bei Tag hineinwagte, war, wenn es dunkel war, nicht ganz geheuer. Der Teufel ist der Fürst der Finsternis. Dort lag eines seiner Herrschaftsgebiete. Etwa in der Mitte dieses Hohlweges, der auf der einen Seite von dem eine Terrasse bildenden Boulevard und auf der anderen von großen, schweigenden Häusern mit Torbogen und ein paar Trödlerläden gesäumt wurde, befand sich ein enger, ungedeckter Durchgang, durch den der Wind, so gelinde er auch wehen mochte, pfiff wie durch eine Flöte; er führte an einer Mauer und an im Bau befindlichen Häusern entlang bis zur Rue Neuve-des-Mathurins. Besagter junger Herr, der übrigens sehr gut gekleidet war und diesen Weg eingeschlagen hatte, der für ihn sicherlich nicht der Pfad der Tugend war, hatte ihn lediglich gewählt, weil er einer Frau nachstieg, die ohne jedes Zögern und jede Verlegenheit sich in das verdächtige Dunkel jenes Durchgangs verloren hatte. Er war ein Dandy, der junge Herr, ein ›gant jaune‹, wie man die jungen Lebemänner damals bezeichnete. Er hatte im Café de Paris ausgiebig diniert und sich danach, an seinem Zahnstocher knabbernd, an die halbhohe Balustrade von Tortoni (jetzt abgebrochen) gelehnt, und lässig die Frauen beobachtet, die den Boulevard entlanggingen. Jene, um die es sich handelte, war schon einige Male an ihm vorbeigegangen; und obwohl dieser Umstand, genau wie die allzu auffallende Kleidung und ihr wiegender Gang, zur Genüge erkennen ließen, was sie war, und obwohl der junge Herr, der Robert de Tressignies hieß, gräßlich blasiert und gerade aus dem Orient wiedergekommen war – wo er das animalische Geschöpf Weib in allen Abwandlungen seiner Gattung und seiner Rassen kennengelernt hatte –, war er dieser abendlichen Wandlerin, nachdem sie zum fünften Male an ihm vorübergegangen war, nachgestiegen ..., ›hündisch‹, wie er, sich selbst verspottend, sagte; denn er besaß die Fähigkeit, sich bei seinem Tun zu beobachten und zu beurteilen, ohne daß indessen sein Urteil, das sehr oft von seinem Tun abstach, sein Tun verhindert oder sein Tun seinem Urteil geschadet hätte: eine furchtbare Diskrepanz. Tressignies war etwas über Dreißig. Er hatte die alberne erste Jugend hinter sich, die den Mann zum Narren seiner Gefühle macht, so daß die erstbeste Vorübergehende wie ein Magnet auf ihn wirkt. Er war schon ein abgekühlter und sehr komplizierter Libertin unseres positivistischen Zeitalters, ein stark intellektualisierter Libertin, der genügend über seine Gefühle nachgedacht hatte, um nicht länger von ihnen hinters Licht geführt zu werden, und der vor ihnen weder Angst noch Schrecken empfand. Was er gerade gesehen hatte oder gesehen zu haben glaubte, hatte in ihm die Neugier erweckt, die einer neuen Empfindung auf den Grund gehen will.

Also hatte er seinen Platz an der Balustrade verlassen und war ihr ›nachgestiegen‹ … fest entschlossen, das ihm winkende niedrige Abenteuer bis auf den Grund auszukosten. Für ihn war die Frau, die vor ihm herrauschte wie eine Welle, lediglich eine Dirne niedrigster Art; aber sie war von einer solchen Schönheit, daß man sich wundern mußte, warum diese Schönheit ihr keinen höheren Rang eingetragen, warum sie keinen Liebhaber gefunden hatte, der sie aus dem Pfuhl der Straße gerettet hätte; denn wenn Gott in Paris eine hübsche Frau einpflanzt, so pflanzt als Antwort der Teufel sogleich einen Dummkopf daneben, der sie aushält.

Und überdies hatte dieser Robert de Tressignies noch einen weiteren Grund zum Nachsteigen als die beherrschende Schönheit, die die Pariser, die in bezug auf wahre Schönheit so wenig Kenner sind und deren Ästhetik, die demokratisiert ist wie alles übrige, es vor allem an Größe mangelt, vielleicht nicht einmal gewahrten. Jene Frau ähnelte seiner Meinung nach irgend jemandem. Sie war jener die Nachtigall spielende Spottvogel, von dem Byron in seinen Memoiren mit soviel Schwermut erzählt. Sie erinnerte ihn an eine andere Frau, die er in einer ganz anderen Umgebung gesehen hatte. Er war sicher, völlig sicher, daß sie es nicht sei; aber sie sah ihr zum Verwechseln ähnlich, wenn in diesem Fall eine Verwechslung nicht unmöglich gewesen wäre … Und übrigens reizte ihn dies mehr, als es ihn überraschte; denn als Beobachter verfügte er über genügend Erfahrung, um zu wissen, daß im Grunde die Menschengesichter weit weniger verschieden sind als man annimmt; denn ihre Züge sind einer engbegrenzten und unabänderlichen Geometrie unterworfen und lassen sich auf ein paar allgemeine Typen zurückführen. Die Schönheit ist einheitlich. Nur die Häßlichkeit ist mannigfach, aber auch deren Vielfältigkeit ist nur zu bald erschöpft. Gott hat gewollt, daß nur der Ausdruck unendlich sei, weil der Ausdruck der Durchbruch der Seele durch das korrekte oder inkorrekte, reine oder zerquälte Linienspiel des Gesichtes ist. Tressignies überdachte dies alles wirr und unbestimmt, während er seinen Schritt dem jener Frau anglich, die sich über den Boulevard schlängelte und ihn durchschnitt wie eine Sichel, stolzer als Tintorettos Königin von Saba, in ihrem safranfarbenen Kleid mit den Goldtönen – der Farbe, die die jungen Römerinnen liebten –, dessen steife, leuchtende Falten beim Gehen schimmerten und riefen wie ein Alarmsignal! Sie war übermäßig geschnürt, wie es in Frankreich selten ist, und war in einen köstlichen türkischen Schal mit breiten weißen, scharlachroten und goldenen Streifen gehüllt; und die rote Feder ihres weißen Hutes – der großartig in seiner Geschmacklosigkeit war – wippte bis auf ihre Schultern nieder. Man erinnert sich wohl, daß zu jener Zeit die Frauen solche hängenden Federn an den Hüten trugen, die ›Trauerweiden‹ genannt wurden. Aber in dieser Frau war nichts von Trauer; und ihre Feder drückte alles andere als Melancholie aus. Tressignies, der der Meinung war, sie werde in die Rue de la Chausée-d'Antin einbiegen, die im Glanze ihrer tausend Gaslampen strahlte, gewahrte zu seiner Überraschung, daß dieser gespreizt einherschreitende Kurtisanenluxus, diese schamlose Hoffart einer von sich selbst und ihren Seidenkleidern berauschten Dirne, die sich in die Rue Basse-du-Rempart verlor, die damals der Schandfleck des Boulevards war! Und der Lebemann mit den Lackschuhen, weniger mutig als die Frau, zögerte, bevor er ihr ›dort hinein‹ folgte … Aber das dauerte kaum eine Sekunde … Das Goldkleid, das für eine kurze Weile in der Dunkelheit dieses finsteren Loches verschwand, als es die einzige Straßenlaterne hinter sich hatte, die das Dunkel mit einem leuchtenden Fleck erhellte, schimmerte in der Ferne wieder auf und er ging ihm hastigen Schrittes nach, um die Frau einzuholen. Das kostete ihn wenig Mühe: sie wartete auf ihn, sicher, daß er kommen werde; und als er sie eingeholt hatte, wandte sie ihm jäh das Gesicht zu, damit er es beurteilen könne, und schaute ihn, Auge in Auge, scharf und frech an, wie es bei ihrem Gewerbe Brauch war. Er war buchstäblich geblendet von der Herrlichkeit dieses Antlitzes, das zwar rot geschminkt war, aber jenes Goldbraun durchschimmern ließ, wie es den Flügeln gewisser Insekten eigen ist, und das in dem fahlen Lichtschimmer, den das magere Strahlen der Straßenlaterne warf, nicht verblaßte.

»Sind Sie Spanierin?« fragte Tressignies, der sogleich eine der schönsten Verkörperungen dieser Rasse erkannte.

»Sie«, antwortete sie.

Spanierin zu sein bedeutete zu jener Zeit etwas Besonderes! Das war gangbare Münze. Die damaligen Romane, das Théâtre de Clara Gazul, die Dichtungen Alfreds de Musset, die Tänze des Mariano Camprubi und der Dolores Serral hatten die Frauen mit der Orangenhaut und den Granatapfelwangen in den Vordergrund gerückt – und wer sich rühmte, Spanierin zu sein, war es durchaus nicht immer; aber man rühmte sich dessen eben. Doch diese Frau schien genauso wenig Wert auf ihre spanische Abstammung wie auf ihren sonstigen Staat zu legen; auf französisch fragte sie:

»Kommst du mit?« Sie fragte das ohne Übergang, und sie duzte ihn wie die gemeinste Hure aus der Rue de Poulin, die es auch damals schon gab. Erinnern Sie sich? Ein Schandpfuhl!

Der Ton, die schon heisere Stimme, die verfrühte Vertraulichkeit, das göttliche Du – der Himmel, wenn es von den Lippen einer Frau kommt, die einen liebt, und die blutigste Frechheit im Munde eines Geschöpfes, für das man nur der Erstbeste ist – hätten hingereicht, um Tressignies vor Ekel zu ernüchtern; aber der Teufel hielt ihn gepackt. Die von Begehrlichkeit aufgestachelte Neugierde, die ihn gezwickt, als er jene Dirne erblickt hatte, die mehr für ihn war als herrliches, in Seide gehülltes Fleisch, hätte ihn nicht nur Evas Apfel, sondern alle Kröten eines Krötenlochs verzehren lassen!

»Zum Teufel«, sagte er, »und ob ich mitkomme!« Als sei da ein Zweifel möglich gewesen! – Morgen muß ich dann große Wäsche machen, dachte er.

Sie waren am Ende des Durchgangs, durch den man auf die Rue des Mathurins gelangte; in diese gingen sie. Inmitten der riesigen Erdhaufen, die dort lagen, und der Neubauten, die gebaut wurden, stand noch ein einziges Haus auf seinen Fundamenten, schmal, häßlich, verdrossen, wackelig; in allen Stockwerken seiner morschen Mauern schien es eine Menge von Lastern und Verbrechen erlebt zu haben, und vielleicht war es nur stehen gelassen worden, damit es noch mehr davon erlebte; dunkler noch als der ohnehin schon tiefdunkle Himmel ragte es empor. Es war ein schmales, hohes, ein blindes Haus, denn keines seiner Fenster (und die Fenster sind die Augen der Häuser) war erhellt; es mutete an, als taste es in die Nacht und wolle einen festhalten! Jenes gräßliche Haus hatte die bezeichnende, halb offenstehende Tür der verrufenen Stätten, und am äußeren Ende eines kümmerlichen Ganges befand sich die Treppe, von der man nur ein paar Stufen sah; sie wurden von oben her durch ein elendes, schmutziges Licht erhellt. Die Frau ging in den engen Gang hinein, den sie mit der Breite ihrer Schultern und der raschelnden, zitternden Weite ihres Kleides ausfüllte; und mit einem Fuße, der an diesen Aufstieg gewöhnt war, stieg sie lässig die Schneckentreppe hinauf – es war wirklich eine Schneckentreppe, denn sie war schlüpfrig und klebrig ... Ungewöhnlich bei einer solchen Spelunke war der Umstand, daß beim Hinaufsteigen die abscheuliche Treppe heller wurde: Es war nicht länger der trübe Schein der stinkenden Öllampe, der über die Wände des ersten Stockwerkes kroch, sondern ein Licht, das im zweiten Stock immer glänzender und schließlich sogar strahlend wurde. Zwei kerzenbeladene Bronzeleuchter waren in die Wand eingelassen und erhellten absonderlich prunkvoll eine gewöhnlich aussehende Tür, an der sich, damit man wußte, zu wem man ging, die Karte angeheftet befand, auf der die Dirnen ihre Namen zu schreiben pflegen, damit, wenn sie über einigen Ruf und einige Schönheit verfügen, die Flagge die Ware bedecke. Überrascht von diesem für eine solche Stätte unangebrachten Luxus richtete Tressignies sein Augenmerk mehr auf die Leuchter, die von einem nahezu grandiosen Stil waren und die eine kundige Künstlerhand gestaltet hatte, als auf die Karte und den Namen der Frau, den er nicht zu wissen brauchte, da er ja mit ihr zusammen gekommen war. Indem er sich die Leuchter anschaute – während sie den Schlüssel im Schloß dieser auf so absonderliche Weise verzierten, lichtübergossenen Tür umdrehte –, kamen ihm die ›Überraschungen‹ der Häuser für geheime Freuden zur Zeit Ludwigs XV. in den Sinn. Diese Frau, dachte er, hat sicher ein paar Romane oder Memoirenwerke aus jener Zeit gelesen, und dabei ist sie auf den Gedanken gekommen, sich dort, wo niemand es erwartet hätte, eine hübsche Wohnung voll schwelgerischer Koketterien einzurichten. Was er indessen erblickte, als die Tür sich geöffnet hatte, verdoppelte sein Erstaunen – wenn auch im entgegengesetzten Sinne.

Es war nämlich lediglich das banale und unordentliche Zimmer einer Dirne ... Kleider, die achtlos da und dort auf die Möbel geworfen waren, und ein breites Bett – das Schlachtfeld – mit den unmoralischen Spiegeln dahinter und an der Decke der Bettnische sprachen nur zu deutlich aus, wo man sich befand ... Auf dem Kaminsims standen Parfümflaschen, die zu schließen sie vergessen hatte, bevor sie auf den Strich gegangen war; sie vermischten ihren Duft mit der lauen, abgestandenen Luft des Zimmers, in dem die

Kraft der Männer schon beim dritten Atemzug versiegen mußte ... Zwei Leuchter im gleichen Stil wie jene an der Tür brannten zu beiden Seiten des Kamins. Überall lagen Tierfelle auf dem Teppich. Es war an alles gedacht worden. Schließlich konnte man durch die Vorhänge einer offenen Tür in ein geheimnisvolles Toilettenzimmer blicken, die Sakristei dieser Priesterinnen.

Aber all diese Einzelheiten kamen Tressignies erst später zum Bewußtsein. Zunächst sah er nur die Frau, zu der er heraufgekommen war. Da er wußte, wo er war, tat er sich keinerlei Zwang an. Ungeniert setzte er sich auf das Sofa und zog die Frau, die Hut und Schal abgelegt und auf einen Sessel geworfen hatte, zwischen die Knie. Er umfaßte ihre Taille, so daß er sie mit verschränkten Händen wie eine Schnalle umschloß, und beschaute sie von oben bis unten, wie ein Trinker, der, ehe er trinkt, das Glas Wein zum Licht hebt, das er sich einverleiben will. Seine Eindrücke auf dem Boulevard hatten nicht getrogen. Für einen Mann mit großem Verbrauch an Frauen, für einen zwar blasierten, aber in der Vollkraft seiner Jahre stehenden Mann, war sie in der Tat köstlich. Die Ähnlichkeit, die ihn im unregelmäßigen, von Schatten durchschnittenen Licht des Boulevards so betroffen gemacht hatte, besaß diese Frau auch noch im vollen, unbeweglichen Licht. Nur hatte die, an die sie ihn erinnert hatte, in ihrem Gesicht, dessen Züge denen der anderen so ähnlich waren, daß sie ihm als völlig gleich erschienen, nicht den Ausdruck entschlossenen und fast furchtbaren Stolzes gehabt, den der Teufel, der fröhliche Vater aller Anarchie, einer Herzogin verweigert und – zu welchem Behuf? – einer Boulevardhure gespendet hatte. Ohne Hut erinnerte sie ihn mit ihrem schwarzen Haar, ihrem gelben Kleid, ihren breiten Schultern, deren Breite noch von derjenigen der Hüften übertroffen wurde, an Vernets ›Judith‹ (ein damals berühmtes Gemälde), nur war ihr Körper mehr zur Liebe geschaffen und ihr Gesicht noch wilder. Jene düstere Wildheit rührte vielleicht von einer Falte her, die sich zwischen den beiden schönen Brauen furchte; sie zogen sich bis zu den Schläfen hin, wie Tressignies es in der Türkei bei einigen Asiatinnen gesehen hatte, und sie runzelte sie so unaufhörlich, daß man hätte meinen können, sie seien zusammengewachsen. Ein Widerspruch, der einem förmlich ins Gesicht schlug! Sie hatte zwar die Gestalt, aber nicht das Gesicht einer Dirne. Dieser Kurtisanenkörper, der so beredt sagte: nimm! – dieser Liebesbecher mit den gerundeten Hüften, der Hand und Lippen einlud, wurde von einem Gesicht gekrönt, das durch die Hoheit seines Ausdrucks das Verlangen gehemmt und die brennende Wollust zur Achtung hätte versteinern lassen ... Glücklicherweise lockte das bewußte sanfte Dirnenlächeln, durch das sie die verachtungsvolle Kurve ihrer Lippen zu banalisieren wußte, nur zu schnell auch diejenigen an, die der grausame Stolz ihres Gesichtes erschreckt hätte. Sie stellte dieses zudringlich-versöhnliche Lächeln, das ihre rote Lippen unkeusch umspielte, auf dem Boulevard zur Schau; aber in dem Augenblick, da Tressignies die Stehende zwischen seinen Knien hielt, war sie völlig ernst, und ihr Kopf hauchte eine so seltsame Unversöhnlichkeit aus, daß ihr nichts als das Krummschwert in der Hand fehlte, um den Dandy Tressignies jenseits aller Geckenhaftigkeit dahinzubringen, daß er sich für Holofernes hielt.

Er langte nach ihren waffenlosen Händen und überzeugte sich von ihrer fürstlichen Schönheit. Sie ließ schweigend die Prüfung ihrer Gestalt über sich ergehen und sah ihn ihrerseits an, nicht mit der flüchtigen und schmutzig interessierten Neugier von ihresgleichen, die, wenn sie einen ihrer Besucher anschauen, ihn abzuwägen scheinen wie verdächtiges Gold ... Offenbar dachte sie an etwas ganz anderes als an den Gewinn, der ihr winkte, oder die Lust, die sie spenden würde. In ihren geblähten Nasenflügeln, die ebenso ausdrucksvoll waren wie die Augen, aus denen die Leidenschaft flammen mußte, lag ein letzter, äußerster Entschluß, wie zu einem Verbrechen, das zu begehen man sich anschickt. – Wenn die Unversöhnlichkeit dieses Gesichtes zufällig die Unversöhnlichkeit der Liebe und der Sinne wäre, welch ein Glück würde das für sie und für mich in der Zeit der Erschöpfung sein! dachte Tressignies, der sie, ehe er sie in Besitz nahm, prüfte wie ein englisches Rennpferd … Er, der Erfahrene, der scharfe Frauenkenner, der auf dem Markt zu Adrianopel um die schönsten Mädchen gefeilscht hatte und den Preis menschlichen Fleisches genau kannte, wenn es von dieser Tönung und Festigkeit war, warf, um dieses für zwei Stunden zu besitzen, eine Handvoll Goldstücke in eine blaue Kristallschale, die handgerecht auf einer Konsole neben ihm stand und die wahrscheinlich noch nie so viel Gold in sich aufgenommen hatte.

»Ah! Ich gefalle dir also …«, rief sie entschlossen und unter der Wirkung seiner Geste zu allem bereit; vielleicht machte sie auch seine Prüfung ungeduldig, bei der die Neugier stärker zu sein schien als die Gier und die in ihren Augen einen Zeitverlust bedeutete oder eine Unverschämtheit war. »Laß mich das ausziehen«, fuhr sie fort, als belaste sie das Kleid, und dabei ließ sie die beiden ersten Knöpfe ihres Mieders aufspringen.

Und sie entwand sich seinen Knien und schlüpfte in das anstoßende Toilettenzimmer … Welch ein prosaisches Getue! Wollte sie ihr Kleid schonen? Das Kleid ist das Requisit dieser Arbeiterinnen … Tressignies, der bei ihrem Gesicht vom nie befriedigten Begehren der Messalina geträumt hatte, taumelte in die banale Wirklichkeit zurück. Plötzlich wußte er wieder, daß er bei einer Dirne war – einer Pariser Dirne, trotz der Erhabenheit ihres Gesichts, das in grausamen Widerspruch zu ihrem Schicksal stand. Bah! dachte er weiter, bei solchen Frauenzimmern sitzt das Poetische lediglich in der Haut, und man muß es da suchen, wo es ist.

Und er gelobte sich, es dort zu suchen; aber er fand es anderswo – und zwar gerade dort, wo er es am wenigsten vermutet hatte! Wenn er dieser Frau nachgestiegen war, so hatte er bis jetzt lediglich einer unwiderstehlichen Neugier und einer unedlen Regung gehorcht; als indessen diejenige, die ihm beides so schnell eingeflößt hatte, aus dem Toilettenzimmer kam, wo sie ihren ganzen Abendstaat abgelegt hatte und nun in dem Kostüm einer kampfbereiten Gladiatorin, das keins war, vor ihn hintrat, traf ihn eine Schönheit, die sein geübtes Auge, jenes Bildhauerauge des homme à femmes, auf dem Boulevard trotz des enthüllenden Wehens des Kleides und des Ganges nicht restlos erraten hatte, buchstäblich wie ein Blitzschlag. Wäre statt ihrer tatsächlich der Blitz durch die Tür gekommen, er hätte schwerlich betroffener gewesen sein können … sie war nicht gänzlich nackt; es war schlimmer! Sie wirkte gemeiner, empörender, als wenn sie völlig nackt gewesen wäre. Marmorstatuen sind nackt, und Nacktheit ist keusch. Sie ist sogar die Tapferkeit der Keuschheit. Aber diese bis zum Verbrechen schamlose Hure, die sich selbst angezündet hatte und wie eine der lebenden Fackeln in den neronischen Gärten brannte, um die Sinne der Männer besser zu entflammen, und die ihr Gewerbe sicherlich die niedrigsten Arten der Verderbtheit gelehrt hatte, hatte mit der Begabung und dem schlechten Geschmack einer wilden Zügellosigkeit die verfängliche Durchsichtigkeit der Schleier mit dem ›Gewagten‹ des Fleisches zu vereinen gewußt. Wer wüßte das nicht? In der Ausschweifung ist der schlechte Geschmack eine Macht … In den Einzelheiten ihrer ungeheuerlich aufreizenden Gewandung erinnerte sie Tressignies an jene unbeschreibliche Statue, vor der er bisweilen stehengeblieben war; sie war in nahezu allen Kunsthandlungen des damaligen Paris ausgestellt, und auf ihrem Sockel standen die geheimnisvollen Worte ›Madame Husson‹. Ein gefährlicher, obszöner Traum! Der Traum war hier Wirklichkeit. Vor dieser aufreizenden Wirklichkeit, vor dieser vollkommenen Schönheit, die indessen nichts von der Kälte hatte, wie sie nur zu oft der vollkommenen Schönheit eigen ist, wäre der aus der Türkei zurückgekehrte Tressignies der blasierteste Pascha mit drei Roßschweifen gewesen, wenn in ihm die Gefühle eines Christen und gar eines Anachoreten wiedererstanden wären. Als sie daher, des bestürzenden Eindrucks nur zu sicher, den hervorzurufen sie gewohnt war, gebieterisch vor ihn hintrat und ihm in Mundhöhe ihre üppig prangenden, überwältigend herrlichen Brüste entgegenstreckte, mit der gleichen, unwillkürlich gefundenen Geste der Kurtisane auf Paolo Veroneses Gemälde, die den Heiligen in Versuchung führt, überkam Robert de Tressignies, der alles andere als ein Heiliger war, der Heißhunger … nach dem, was sich ihm darbot, und er schloß die brutale Versucherin mit einem Ungestüm in die Arme, das sie teilte; denn sie warf sich hinein. Ob sie sich auf solche Weise in alle Arme warf, die sie umschlossen? So überlegen sie auch in ihrem Gewerbe und ihren Dirnenküsten sein mochte: An diesem Abend war sie von einer so stürmischen Glut, daß als Erklärung dafür eine übergroße oder krankhafte Sinnlichkeit nicht hingereicht hätte. Stand sie erst am Beginn des furchtbaren Dirnenlebens, daß sie sich ihm mit einer solchen Wut hingab? Wirklich, sie war so raubtierhaft wild und gierig, daß man hätte meinen können, sie wolle an jede ihrer Liebesbeziehungen ihr Leben verschwenden oder das ihres Partners nehmen. Damals ließen in Paris Frauen ihrer Art, die den hübschen Namen ›Lorette‹, den die Literatur ihnen gegeben und den Gavarni unsterblich gemacht hat, nicht ernst genug fanden, sich mit orientalischem Anklang ›Pantherkatzen‹ nennen. Nun, es hätte keine den Namen Pantherkatze besser gerechtfertigt als sie … Sie besaß an jenem Abend die Geschmeidigkeit einer Pantherin, sie rollte sich zusammen, sprang, kratzte und biß. Tressignies mußte sich gestehen, daß keine der Frauen, die er bislang besessen, ihm einen so unerhörten Genuß bereitet hatte wie dieses Geschöpf, das von seinem Körper besessen war und dessen Besessenheit in der Umschlingung auf ihn überschwang; und dabei kannte sich Tressignies in der Liebe aus. Aber muß zur Ehre oder zur Schande der menschlichen Natur darauf hingewiesen werden, daß in dem, was gemeinhin, vielleicht mit gar zuviel Verachtung, Lust genannt wird, ebenso tiefe Abgründe sich auftun wie in der Liebe? Wälzte sie ihn etwa in diese Abgründe hinab, wie das Meer einen kundigen Schwimmer hinabzieht? Sie übertraf, und mehr als das, nicht nur seine schuldbeladenen Erinnerungen als Lebemann, sondern alles, was eine Phantasie gleich der seinen, eine zugleich wilde und verderbte Phantasie, sich ausmalen konnte. Er vergaß alles, was sie war, aus welchen Gründen er hergekommen, das Haus, dieses Zimmer, bei dessen Betrachten ihm beinahe übel geworden war. Wahrhaftig, sie sog ihm die Seele aus dem Leibe und in den ihrigen hinein ... Sie berauschte seine schwer zu benebelnden Sinne bis zum Wahnwitz. Schließlich überschüttete sie ihn mit einer solchen Wollust, daß der Augenblick kam, da dieser Atheist der Liebe, dieser Skeptiker um jeden Preis, auf den tollen Gedanken verfiel, es müsse sich bei dieser Frau, die aus ihrem Körper eine Ware machte, um eine plötzlich erwachte Neigung handeln. Ja, Robert de Tressignies, in dessen Adern das erkaltete Blut seines Schutzpatrons Robert Lovelace rann, glaubte, er habe dieser Prostituierten, die sich doch unmöglich bei allen so stark verausgaben konnte, sofern sie sich nicht rasch zugrunde richten wollte, zumindest eine leichte Verliebtheit eingeflößt. Er glaubte es zwei Minuten lang, wie ein Narr, dieser selbstbewußte Mann! Aber die Eitelkeit, die sie am Feuer der Lust entfacht hatte, das genauso heiß brennt wie das der Liebe, überrieselte plötzlich, zwischen zwei Lustaufwallungen, ein Zweifel … Aus der Tiefe seines Innern rief eine Stimme ihm zu: »Nicht dich liebt sie in dir!«; denn in einem Augenblick, da sie besonders pantherhaft und geschmeidig mit ihm verstrickt war, hatte er sie dabei überrascht, daß sie seiner kaum achtete und völlig der Betrachtung eines Goldreifs hingegeben war, den sie am Arm trug und auf dem Tressignies ein Männerbildnis wahrnahm. Ein paar spanische Worte, die Tressignies, dieser Sprache unkundig, nicht verstand und die sich in ihre Bacchantinnenschreie mischten, schienen diesem Bildnis zu gelten. Da überkam ihn jäh und heftig der Gedanke, er diene hier nur als Stellvertreter – er sei einzig um eines anderen willen da, was unseligerweise bei unsern verderbten Sitten, der Überhitzung und Verkommenheit unserer Phantasie so häufig als Entschädigung für das Unmögliche in den hingerissenen Seelen derer geschieht, die den Gegenstand ihres Begehrens nicht erlangen können und sich auf das Nächstbeste stürzen –, dieser Gedanke in seiner Wildheit ließ ihn zu Eis erstarren. In einem jener Anfälle widersinniger Eifersucht und tigerhafter Eitelkeit, über die der Mensch nicht Herr ist, packte er hart ihren Arm und wollte das Armband sehen, das sie mit einem Erglühen angeschaut hatte, das sicherlich nicht ihm galt, und zwar in einem Augenblick, da alles an dieser Frau ihm hätte gehören müssen.

»Zeig mir das Bild«, sagte er mit einer Stimme, die noch härter war als seine Hand.

Sie hatte verstanden; aber ohne allen Stolz sagte sie:

»Du kannst doch nicht eifersüchtig auf eine Dirne sein, wie ich eine bin.« Nur gebrauchte sie nicht das Wort ›Dirne‹. Nein, zu Tressignies Verblüffung gebrauchte sie ein gemeineres, wie etwa ein beleidigter Zuhälter es sagt. »Du willst es sehen«, fuhr sie fort. »Da, schau es dir an.« Und sie hielt ihm ihren schönen Arm hin, der noch vom berauschenden Schweiß der Lust rauchte, der sie beide sich hingegeben hatten.

Es war das Bildnis eines häßlichen, kümmerlichen Mannes mit olivgrüner Gesichtsfarbe, dunkelgelben Augen, sehr düster, doch nobel; er sah aus wie ein Bandit oder ein spanischer Grande. Und es mußte sich wohl um einen spanischen Granden handeln; denn er trug das Goldene Vlies um den Hals.

»Wo hast du das gestohlen?« fragte Tressignies. Er dachte: nun wird sie mir eine Geschichte auftischen. Sie wird mir mit der üblichen Verführung kommen, mit dem Roman vom ›Ersten‹, der wohlbekannten Geschichte, mit der sie alle aufwarten...

»Gestohlen?« wiederholte sie empört, »er selbst, por Dios, hat es mir geschenkt!«

»Wer ›er‹? Sicherlich dein Geliebter?« fragte Tressignies. »Wahrscheinlich hast du ihn betrogen. Sicherlich hat er dir den Laufpaß gegeben, und dann bist du geworden, was du bist.«

»Er ist nicht mein Geliebter«, sagte sie kalt, mit bronzener Fühllosigkeit, auf diese beleidigende Unterstellung hin.

»Vielleicht jetzt nicht mehr«, sagte Tressignies. »Aber du liebst ihn noch immer; eben noch habe ich es deinen Augen angesehen.«

Sie fing an, bitter zu lachen.

»Ach, kennst du denn weder die Liebe noch den Haß?« rief sie. »Diesen Menschen lieben? Ich verabscheue ihn doch! Es ist mein Mann.«

»Dein Mann?«

»Ja, mein Mann«, sagte sie, »der vornehmste Edelmann Spaniens, dreifacher Herzog, vierfacher Marques, fünffacher Graf, Grande verschiedener Grade, Ritter vom Goldenen Vlies. Ich bin die Herzogin d'Arcos de Sierra-Leone.«

Tressignies, den die unglaublichen Worte fast zu Boden schmetterten, hatte nicht den mindesten Zweifel an der

Wahrheit dieser erschütternden Behauptung. Er war überzeugt, daß die Dirne nicht gelogen habe. Er hatte sie wiedererkannt. Die Ähnlichkeit, die ihn auf dem Boulevard so betroffen gemacht, hatte jetzt ihre Bestätigung erfahren.

Er war ihr schon einmal begegnet, und das lag nicht einmal allzulange zurück. Es war in Saint-Jean-de-Luz gewesen, wo er eine Badesaison verbracht hatte. Gerade in jenem Jahr hatte sich die höchste spanische Gesellschaft an der französischen Küste ein Stelldichein gegeben, in jener kleinen Stadt, die Spanien so nahe liegt, daß man meinen konnte, man sei noch in Spanien, und wohin auch die am meisten in ihre Halbinsel vernarrten Spanier zur Sommerfrische kommen können, ohne das Gefühl zu haben, sie seien ihrem Vaterland untreu geworden. Die Herzogin de Sierra-Leone hatte einen ganzen Sommer in diesem Fischernest gewohnt, das nach Lebensgewohnheiten, Charakter, Aussehen und historischen Erinnerungen so tief spanisch ist; denn es sei daran erinnert, daß hier die Hochzeitsfeierlichkeiten Ludwigs XIV. begangen worden sind, des einzigen französischen Königs, der Ähnlichkeit mit einem spanischen König gehabt hat; und hier ist, nach ihrem Schiffbruch, das große Glück der Prinzessin des Ursins an Land getrieben. Die Herzogin de Sierra-Leone befand sich damals – wie es hieß – in den Flitterwochen mit dem größten und reichsten spanischen Edelmann. Als Tressignies in dieses Fischernest kam, das die schlimmsten Seeräuber der Welt hervorgebracht hat, entfaltete sie dort einen Luxus, wie er seit Ludwig XIV. nicht mehr gesehen worden war, und unter den Baskinnen, die in bezug auf die Schönheit den Vergleich mit niemandem zu scheuen brauchen, mit ihren Gestalten, die denen der Kanephoren der Antike gleichen, ihren aquamarinfarbenen, blaßblauen Augen, trug die Herzogin eine Schönheit zur Schau, die die Schönheit jener überstrahlte. Robert de Tressignies fühlte sich durch diese Schönheit angezogen, und da ihm durch

Geburt und Reichtum die höchsten Kreise offenstanden, bemühte er sich, bis zu ihr vorzudringen; aber jene Gruppe der spanischen Gesellschaft, deren Herrscherin die Herzogin war, blieb für dieses Jahr streng in sich geschlossen und tat sich keinem der Franzosen auf, die die Saison in Saint-Jean-de-Luz verbrachten. Die Herzogin, die man aus der Ferne entweder in den Stranddünen oder in der Kirche hatte erblicken können, reiste ab, ohne daß er sie hatte kennenlernen können, und durch jenen Sommeraufenthalt war sie ihm im Gedächtnis geblieben wie einer jener Meteore, die in unserer Erinnerung desto heller leuchten, je schneller sie verschwunden sind, und die man nie wieder sieht! Er durchreiste Griechenland und einen Teil Asiens; aber keines der zauberhaftesten Geschöpfe jener Länder, wo die Schönheit so viel Raum einnimmt, daß man sich selbst das Paradies ohne sie nicht vorstellen kann, vermochte in ihm das kühne, flammende Bild der Herzogin zum Erlöschen zu bringen.

Und nun war heute durch das Walten eines seltsamen, unbegreiflichen Zufalls jene für einen Augenblick bewunderte und dann verschwundene Herzogin auf dem unglaublichsten aller Wege wieder in sein Dasein getreten! Sie übte ein verächtliches Gewerbe aus; er hatte sie gekauft. Sie hatte ihm angehört. Sie war nichts als eine Prostituierte, und zwar eine von der niedrigsten Sorte; denn bis hinab in den Pfuhl gibt es eine Hierarchie … Die herrliche Herzogin de Sierra-Leone, von der er geträumt und die er vielleicht geliebt hatte – Traum und Liebe liegen in unseren Seelen so dicht beieinander! –, war nichts als … wie war das nur möglich? – eine Pariser Straßenhure! Eben hatte sie sich noch in seinen Armen gewunden, wie sie sich wahrscheinlich am Abend zuvor in den Armen eines anderen gewunden hatte – des Erstbesten, der, gleich ihm, mit ihr gegangen war – und wie sie sich in den Armen eines Dritten winden würde, morgen, oder, wer weiß, vielleicht schon in einer Stunde! Ach, diese jämmerliche Entdeckung traf seine Brust und seine Stirn wie ein Schlag mit einer Keule. Der Mann in ihm, der noch vor kaum einer Minute in Flammen gestanden hatte – der in seiner Brunstverzückung selbst auf den Simsen dieses von Lust schwelenden Zimmers Flammen hatte züngeln sehen, war ernüchtert, erstarrt, zermalmt. Der Gedanke, die Gewißheit, daß sie tatsächlich die Herzogin de Sierra-Leone sei, hatte sein Begehren, das so schnell erloschen war wie eine ausgeblasene Kerze, nicht wieder entfacht und ihn nicht dazu getrieben, seinen Mund noch gieriger als das erste Mal dem brennenden Feuer auszusetzen, das er in vollen Zügen getrunken hatte. Indem sie sich zu erkennen gegeben, hatte die Herzogin die Dirne ausgelöscht! Für ihn gab es jetzt nur noch die Herzogin; aber in welchem Zustand! Beschmutzt, in der tiefsten Tiefe, verloren, eine von größerer Höhe als der des leukadischen Felsens in ein Meer von Schlamm und Schmutz hinabgestürzte Frau, zu schmutzig, zu widerwärtig, um sie herauszuziehen. Er sah sie stumpfen Auges an, die jetzt starr und düster vor ihm saß, verwandelt und tragisch; aus der Messalina war plötzlich irgendeine geheimnisvolle Agrippina geworden; sie saß auf der äußersten Kante des Sofas, wo sie beide sich gewälzt hatten; und es kam ihn nicht einmal das Verlangen an, sie auch nur mit den Fingerspitzen zu berühren, diese Kreatur, deren mächtige Formen er eben noch mit götzendienerischen Händen umklammert hatte, um sich zu vergewissern, ob wirklich dieser Frauenkörper ihn habe erglühen lassen – und nicht etwa ein Trugbild – daß er nicht träume – daß er nicht irrsinnig sei! Die Herzogin, die sich aus der Dirne geschält, hatte ihn vernichtet.

»Ja«, sagte er mit einer Stimme, die sich aus der Kehle, darin sie haftete, herausquälte, so sehr hatte das Vernommene ihm den Hals zugeschnürt! – »Ich glaube Ihnen« (er duzte sie bereits nicht mehr!) »denn ich erkenne Sie wieder. Ich habe Sie vor drei Jahren in Saint-Jean-de-Luz gesehen.«

Bei dem Namen Saint-Jean-de-Luz überflog ein Leuchten ihre Stirn, die sich für ihn bei ihrem unglaublichen Geständnis in eine tiefe Finsternis gehüllt hatte. – »Ah«, sagte sie im Lichtete dieser Erinnerung, »damals lebte ich in allen Trunkenheiten des Daseins; und jetzt ...«

Das Leuchten war sogleich erloschen; aber sie hatte den eigenwilligen Kopf nicht gesenkt.

»Und jetzt ...?« fragte Tressignies, als sei er ihr Echo.

»Jetzt«, fuhr sie fort, »lebe ich nur noch in der Trunkenheit der Rache ... Und diese Trunkenheit soll so tief werden«, fügte sie mit angespanntester Heftigkeit hinzu, »daß ich an dieser Rache sterbe wie die Moskitos meiner Heimat, die sich mit Blut vollsaugen und an der Wunde sterben, die sie verursacht haben.«

Sie las in Tressignies Gesicht und sagte: »Sie verstehen mich nicht; aber ich will mich Ihnen erklären. Sie wissen, wer ich bin; aber Sie wissen nicht ganz, was ich bin. Wollen Sie es wissen? Wollen Sie meine Geschichte kennenlernen? Wollen Sie?« wiederholte sie in drängender Erregtheit. »Ich möchte sie am liebsten allen erzählen, die hierher kommen! Der ganzen Welt möchte ich sie erzählen! Das wäre eine noch tiefere Schmach für mich; aber meine Rache wäre dann gründlicher.«

»Erzählen Sie«, sagte Tressignies, den eine Neugier und eine Anteilnahme überkamen, wie er sie in solchem Ausmaß noch nie empfunden hatte, weder im Leben noch bei der Romanlektüre, noch im Theater. Ihm war, als müsse diese Frau ihm Dinge erzählen, wie er sie noch nie gehört hatte.

Er dachte nicht mehr an ihre Schönheit. Er sah sie an, als verspüre er den Wunsch, der Autopsie ihrer Leiche beizuwohnen. Würde sie sie um seinetwillen wieder zum Leben erwecken?

»Ja«, begann sie, »schon oft habe ich meine Geschichte denen erzählen wollen, die hier heraufsteigen; aber sie kommen nicht her, um sich Geschichten anzuhören, wie sie sagen. Wenn ich anfing, unterbrachen sie mich oder gingen weg, wie die wilden Tiere nach dem Fraße! Sie waren gleichgültig, voller Spott oder beleidigend und schalten mich eine Lügnerin oder Wahnsinnige. Sie haben mir nicht geglaubt, aber Sie, Sie werden mir glauben. Sie haben mich in Saint-Jean-de-Luz gesehen, im vollen Glanze einer glücklichen Frau, auf dem höchsten Gipfel des Lebens; wie ein Diadem habe ich den Namen Sierra-Leone getragen, den ich jetzt mit der Schleppe meines Kleides durch allen Schlamm schleife, wie man ehedem am Schwanze eines Pferdes das Wappen eines entehrten Ritters schleifte. Dieser Name, den ich hasse und mit dem ich mich nur schmücke, um ihn zu besudeln, wird nach wie vor von einem der größten Herren Spaniens, dem stolzesten aller derer getragen, die das Vorrecht besitzen, vor Seiner Majestät dem König bedeckt zu erscheinen; denn er hält sich für zehnmal vornehmer als der König. Was gelten dem Herzog d'Arcos de Sierra-Leone all die erlauchten Häuser, die über Spanien geherrscht haben: Kastilien, Aragon, Trastamare, Habsburg und Bourbon? ... Er sei, sagt er, älter als sie alle. Er stammt von den alten Gotenkönigen ab, und durch Brunhilde ist er mit den französischen Merowingern verwandt. Er brüstet sich, in seinen Adern das sangre azul zu haben, von dem die durch Mißheiraten verderbten ältesten Geschlechter heute nur noch ein paar Tropfen aufweisen könne ... Don Cristobal d'Arcos, Herzog de Sierra-Leone und otros ducados, war, als er mich heiratete, keine Mesalliance eingegangen. Ich bin eine Turre-Cremata aus dem alten italienischen Hause der Turre-Cremata; ich bin die letzte dieses Geschlechts, denn mit mir erlischt die Familie, und ich bin es übrigens wert, den Namen Turre-Cremata (verbrannter Turm) zu tragen, weil alle Feuer der Hölle mich verbrennen. Der Großinquisitor Torquemada, der ein Abkömmling der Turre-Cremata war, hat während seines ganzen Lebens nicht so viele Qualen verhängt, wie ich sie in meinem verfluchten Busen trage … Ich muß Ihnen sagen, daß die Turre-Cremata nicht minder stolz als die Sierra-Leone waren. Sie teilten sich in zwei gleicherweise erlauchte Linien und waren jahrhundertelang in Italien und Spanien allmächtig gewesen. Im fünfzehnten Jahrhundert, als Alexander VI. Papst war, behaupteten die Borgia, die in ihrer Trunkenheit über das ungeheuerliche Glück, daß Alexander Papst war, sich mit allen königlichen Häusern Europas verschwängern wollten, sie seien auch mit uns verwandt; aber die Turre-Cremata wiesen diesen Anspruch verächtlich zurück, und zwei von ihnen mußten diesen tollkühnen Stolz mit dem Leben bezahlen. Sie sind, wie es heißt, durch Cesare vergiftet worden. Meine Ehe mit dem Herzog de Sierra-Leone war eine reine Familienabmachung. Weder von seiner Seite noch von der meinen wurde ein Gefühl mit in die Ehe gebracht. Es heiratete lediglich eine Turre-Cremata einen Sierra-Leone. Nichts war einfacher als das, selbst für mich, die ich in der furchtbaren Etikette der alten Häuser Spaniens, die der des Escorial glich, erzogen worden war, in jener harten, zwanghaften Etikette, die die Herzen am Schlagen hindern würde, wenn die Herzen nicht stärker wären als diese eiserne Zwangsjacke. Ich war eins dieser Herzen … Ich liebte Don Esteban. Bevor ich ihm begegnete, war meine Ehe, der das Glück des Herzens (ich wußte nicht einmal, daß ich eins hatte) mangelte, eine so ernste, gewichtige Angelegenheit gewesen, wie die Ehe es früher im zeremoniellen, katholischen Spanien war und wie sie es heute nur noch ausnahmsweise in einigen Familien hohen Ranges ist, die an den alten Sitten festhalten. Der Herzog de Sierra-Leone war zu sehr Spanier, als daß er nicht den Sitten der Vergangenheit gehuldigt hätte. Alles, was Sie in Frankreich über den würdigen Ernst Spaniens, dieses stolzen, verschlossenen und düsteren Landes, haben sagen hören, überbot der Herzog noch … Er war zu stolz, als daß er anderswo denn auf seinen Gütern gelebt hätte, und so bewohnte er denn ein Feudalschloß an der portugiesischen Grenze, und in seinem ganzen Gehabe erwies er sich als noch feudaler als sein Schloß. Dort habe ich bei ihm gelebt, zwischen meinem Beichtvater und meinen Zofen; dort habe ich das prunkvolle, eintönige und traurige Leben gelebt, das eine schwächere Seele als die meine zermalmt hätte. Aber ich war zu dem erzogen worden, was ich war: die Gemahlin eines spanischen Granden. Dazu hatte ich die Religiosität einer Frau meines Standes, und ich war fast ebenso fühllos wie die Bildnisse meiner Ahnfrauen, die die Hallen und Säle des Schlosses Sierra-Leone schmückten und die man dort mit hoheitsvoll strengen Gesichtern, in steifen Staatsgewändern und stählernen Schnürleibern dargestellt hatte. Ich sollte diesen Generationen untadeliger und majestätischer Frauen, deren Tugend durch den Stolz bewacht worden war wie ein Brunnen durch einen Löwen, eine weitere Generation hinzufügen. Die Einsamkeit, darin ich lebte, lastete durchaus nicht auf meiner Seele, die so ruhig war wie die roten Marmorberge, die Sierra-Leone umgaben. Ich ahnte nicht, daß unter jenem Marmor ein Vulkan schlummerte. Ich befand mich in der Vorhölle vor der Geburt; jetzt aber sollte ich geboren werden und durch einen einzigen Männerblick die Feuertaufe erhalten. Don Esteban, Marques de Vasconcellos, portugiesischen Ursprungs und ein Vetter des Herzogs, kam nach Sierra-Leone; und die Liebe, von der ich lediglich aus ein paar mystischen Büchern eine unbestimmte Vorstellung hatte, überfiel mein Herz wie ein Adler das Kind, das er raubt und das schreit. Auch ich habe geschrieen. Nicht umsonst war ich eine Spanierin aus alter Familie. Mein Stolz empörte sich wider das, was ich angesichts dieses gefährlichen Don Esteban empfand, der sich meiner mit aufrührerischer Gewalt bemächtigte. Ich bat den Herzog, ihn unter diesem oder jenem Vorwand fortzuschicken, ihn zu veranlassen, dem Schloß so schnell wie möglich den Rücken zu kehren ... sagte ihm, daß ich bemerkt habe, er empfinde für mich eine Liebe, die mich beleidige wie eine Unverschämtheit. Aber Don Cristobal gab mir die gleiche Antwort wie der Herzog de Guise bei der Nachricht, Heinrich III. wolle ihn ermorden lassen: ›Das wagt er nicht!‹ Das war eine Herausforderung an das Schicksal, das sich rächte, indem es sich vollzog. Dieses Wort riß mich in Estebans Arme ...«

Sie hielt einen Augenblick inne; und er lauschte ihr, die diese gewählte Sprache sprach, die ihm hätte bestätigen können, sofern es einen Zweifel gegeben hätte, daß sie sei, was sie behauptete: die Herzogin de Sierra-Leone. Ach, die Dirne war jetzt endgültig ausgelöscht. Man hätte schwören können, jetzt sei die Maske gefallen und das wahre Gesicht, die wahre Gestalt seien zum Vorschein gekommen. Die Haltung dieses eben noch zügellosen Körpers war keusch geworden. Während sie sprach, hatte sie hinter sich nach einem Schal gegriffen, der vergessen auf der Sofalehne gelegen hatte, und hatte sich hineingehüllt ... Sie hatte seine Falten über dem ›verfluchten Busen‹ – wie sie selbst ihn genannt – zusammengerafft, dem die Prostitution nicht die Vollkommenheit der Rundung und die jungfräuliche Festigkeit hatte nehmen können. Selbst ihre Stimme klang nicht mehr so rauh wie auf der Straße ... Beruhte es auf einer durch ihre Erzählung hervorgerufenen Illusion? Aber es kam Tressignies vor, als klinge diese Stimme reiner, als habe sie ihren Adel wiedergewonnen.

»Ich weiß nicht«, fuhr sie fort, »ob die andern Frauen sind wie ich. Aber dieser ungläubige Hochmut Don Cristobals, dieses verächtliche und ruhige: ›Das wagt er nicht!‹ in bezug auf den Mann, den ich liebte, beleidigte mich für denjenigen, der bereits in der Tiefe meines Wesens von mir

Besitz ergriffen hatte wie ein Gott. – ›Beweise ihm, daß du es dennoch wagst!‹ sagte ich ihm noch am gleichen Abend, und damit gestand ich ihm meine Liebe. Ich hätte sie ihm nicht zu gestehen brauchen. Esteban vergötterte mich vom ersten Tag an, da er mich gesehen hatte. Unsere Liebe war wie zwei gleichzeitig abgefeuerte Pistolenschüsse gewesen, die beide tödlich trafen … Ich hatte meine Pflicht als Spanierin getan und Don Cristobal gewarnt. Ich schuldete ihm lediglich mein Leben, da ich seine Frau war; denn das Herz läßt sich keine Liebe vorschreiben; und er hätte mir sicherlich das Leben genommen, wenn er Don Esteban die Tür seines Schlosses gewiesen hätte, wie ich es gewollt. In dem Wahnsinn meines entfesselten Herzens wäre ich gestorben, wenn ich ihn nicht mehr gesehen hätte, und dieser grausigen Möglichkeit hatte ich mich ausgesetzt. Aber da er, der Herzog, mein Gatte, mich nicht verstanden, da er sich so erhaben über Vasconcellos gedünkt hatte, daß es ihm als unmöglich erschienen war, jener könne seine Augen und seine Huldigungen bis hinauf zu mir erheben, trieb ich den ehelichen Heroismus gegen eine Liebe, die mich völlig beherrschte, nicht weiter vor … Ich will nicht versuchen Ihnen eine genaue Vorstellung von dieser Liebe zu geben. Selbst Sie würden mir dann vielleicht nicht mehr glauben. Aber was ist schließlich daran gelegen, was Sie denken? Glauben Sie mir oder glauben Sie mir nicht: es war eine zugleich brennende und keusche Liebe, eine ritterliche, romantische, beinahe ideale, beinahe mystische Liebe. Allerdings waren wir beide kaum zwanzig und entstammten dem Lande des Bivar, des Ignatius de Loyola und der heiligen Therese. Ignatius, dieser Ritter der heiligen Jungfrau, hat die Himmelskönigin nicht reiner geliebt als Vasconcellos mich; und ich empfand für ihn etwas von der ekstatischen Liebe der heiligen Therese für ihren himmlischen Gatten. Ehebruch? Pfui! Dachten wir auch nur daran, daß wir Ehebrecher werden konnten? Das Herz schlug so laut in unser beider Brust, wir lebten in einer Atmosphäre so transzendenter und erhabener Gefühle, daß wir im Innern nichts von dem niedrigen Verlangen und der Sinnlichkeit gemeiner Liebschaften spürten. Wir lebten im reinen Himmelsazur; nur war es ein afrikanischer Himmel, und sein Azur war Feuer. Konnte ein solcher Seelenzustand von Dauer sein? Spielten wir nicht, ohne es zu wissen, ohne es zu ahnen, das für schwache Geschöpfe gefährlichste Spiel, und mußten wir nicht, wenn die Stunde reif war, aus dieser makellosen Höhe hinabstürzen? … Esteban war fromm wie ein Priester, wie ein portugiesischer Ritter aus der Zeit Albuquerques; ich war sicherlich weniger wert als er; aber ich besaß einen Glauben an ihn und die Reinheit seiner Liebe, der die Reinheit der meinen entflammte. Er hatte mich im Herzen wie eine Madonna im Goldschrein – mit einer Lampe zu ihren Füßen, einer ewigen Lampe. Er liebte meine Seele um meiner Seele willen. Er gehörte zu den seltenen Liebhabern, die wollen, daß die Frau, die sie anbeten, groß sei. Er wollte mich edel, ergeben, heroisch; ich sollte eine große Frauengestalt jener Zeit sein, da Spanien groß gewesen ist. Ihm wäre es lieber gewesen, wenn ich eine edle Tat vollbracht, als wenn ich, eng an ihn geschmiegt, mit ihm Walzer getanzt hätte! Wenn die Engel vor Gottes Thron sich lieben könnten, so müßten sie sich lieben, wie wir beide uns geliebt haben … Wir waren so miteinander verschmolzen, daß wir lange Stunden zu zweit und einsam verbrachten, Hand in Hand, Auge in Auge, und dabei hätten wir alles tun können, da wir ja allein waren; aber wir waren so glücklich, daß wir uns mehr nicht wünschten. Bisweilen überschwemmte uns dieses ungeheurere Glück und schmerzte uns, seiner Eindringlichkeit wegen, und wir wünschten uns den Tod, doch nur miteinander oder einer für den andern, und der Sinn des Wortes der heiligen Therese ging uns auf: ›Ich sterbe, weil ich nicht sterben kann!‹, das Verlangen der endlichen

Kreatur, die einer unendlichen Liebe erliegt und glaubt, diesem Strom unendlicher Liebe durch die Vernichtung der Organe und durch den Tod mehr Raum zu schaffen. Ich bin gegenwärtig die letzte aller besudelten Kreaturen; aber ob Sie es mir wohl glauben, daß damals Estebans Lippen nie die meinen berührt haben und daß ein Kuß, den er auf eine Rose drückte und den ich von der Blume nahm, mir die Sinne schwinden machte? Aus der Tiefe des Entsetzensabgrundes, in den ich mich freiwillig gestürzt habe, gedenke ich jeden Augenblick meiner Marter, der göttlichen Entzückungen reiner Liebe, darin wir gelebt haben, verloren, verwirrt, und in der Unschuld dieser erhabenen Liebe sicherlich so durchschaubar, daß es Don Cristobal nicht schwerfallen mußte, zu bemerken, daß wir einander vergötterten. Wir lebten mit dem Kopf in den Wolken. Wie hätten wir da merken sollen, daß er eifersüchtig war, und in welchem Maße eifersüchtig! mit der einzigen Eifersucht, deren er fähig war: der Eifersucht des Stolzes. Er überraschte uns nicht. Man überrascht nur diejenigen, die sich verbergen. Wir haben uns nicht verborgen. Warum hätten wir uns verbergen sollen? Wir waren rein wie die Flamme am hellen Tag, die man trotz des Tageslichtes sieht, und überdies strahlte unser Glück allzusehr von uns aus, als daß man es nicht hätte sehen müssen, und der Herzog sah es! Der Glanz dieser Liebe traf schließlich seine hochmütigen Augen! Ach, Esteban hatte es also dennoch gewagt! Und ich gleichfalls! Eines Abends saßen wir beisammen, wie wir stets beisammen saßen, wie wir unsere Tage verbrachten, seit wir einander liebten: Kopf nahe bei Kopf, und einzig durch den Blick vereint; er vor mir, zu meinen Füßen, wie vor der Jungfrau Maria, in einer so tiefen Versunkenheit, daß es keiner Liebkosung bedurfte. Plötzlich kam der Herzog mit zwei Schwarzen herein, die er aus den spanischen Kolonien mitgebracht hatte, deren Gouverneur er lange gewesen war. In der himmlischen Versunkenheit, die unsere Seelen vereinte und davontrug, bemerkten wir sie nicht, als Estebans Kopf schwer auf meine Knie fiel. Er war erdrosselt! Die Schwarzen hatten ihm das furchtbare Lasso um den Hals geworfen, mit dem man in Mexiko die wilden Stiere erwürgt. Es war blitzschnell geschehen! Mich aber hatte der Blitz nicht getötet. Ich bin nicht einmal ohnmächtig geworden, und nicht einmal aufgeschrieen habe ich. Meine Augen haben keine Träne vergossen. Ich verharrte stumm und starr in einem Zustand namenlosen Entsetzens, das erst von mir wich, als mein Inneres zerriß. Ich fühlte, wie mir die Brust geöffnet, wie mir das Herz herausgerissen wurde. Ach! Nicht mir wurde es herausgerissen, sondern Esteban, der Leiche Estebans, der erwürgt zu meinen Füßen lag; seine geöffnete Brust wurde von den Händen jener Ungeheuer durchwühlt wie ein Sack! Ich habe gefühlt, was Esteban gefühlt haben würde, wenn er noch gelebt hätte, so sehr war ich durch die Liebe er geworden. Ich hatte den Schmerz gefühlt, den seine Leiche nicht fühlte, und das hatte mich dem Entsetzen entrissen, in dem ich erstarrt war, als sie ihn mir erdrosselt hatten. Ich warf mich ihnen entgegen. ›Nun auch ich!‹ rief ich. Ich wollte den gleichen Tod sterben; ich bot meinen Kopf der abscheulichen Schlinge. Sie richteten sie her. – ›Die Königin ist unantastbar‹, sagte der Herzog, der stolze Herzog, der sich für mehr als den König hielt, und trieb sie mit der Hetzpeitsche zurück. ›Nein, Sie sollen leben, Madame‹, sagte er zu mir, ›aber nur, um immer an das zu denken, was Sie jetzt sehen sollen ...‹ Und er pfiff. Zwei riesengroße, wilde Hunde stürzten herbei. ›Gib‹, sagte er, ›das Herz dieses Verräters den Hunden zu fressen!‹ – Oh, da bäumte sich etwas in mir auf:

›Du kannst dich noch besser rächen‹, sagte ich. ›Mich mußt du es essen lassen!‹

Es schien, als sei er entsetzt ob meiner Worte ... ›So wahnsinnig liebst du ihn?‹ fragte er. Ach, ich liebte ihn mit einer Liebe, die er zum Äußersten getrieben hatte. Ich liebte ihn so sehr, daß ich weder Furcht noch Ekel vor dem blutenden Herzen empfand, das von mir erfüllt, das noch warm von mir war, und ich hätte es am liebsten mir einverleibt, dieses Herz … Ich bat ihn auf den Knien, mit gerungenen Händen! Ich wollte dem edlen, angebeteten Herzen diese gottlose, schändliche Entweihung ersparen … Ich hätte mit diesem Herzen kommuniziert wie mit einer Hostie. War es nicht mein Gott gewesen? … Der Gedanke an Gabrielle de Vergy, deren Geschichte Esteban und ich so oft gemeinsam gelesen hatten, erstand plötzlich in mir. Ich beneidete sie! … Sie dünkt mich glücklich, daß sie dem Mann, den sie geliebt, aus ihrer Brust ein lebendiges Grab hatte bereiten können. Aber der Anblick einer solchen Liebe flößte dem Herzog die wildeste Unerbittlichkeit ein. Vor meinen Augen verschlangen seine Hunde Estebans Herz. Ich habe es ihnen streitig gemacht; ich habe mit den Hunden gekämpft. Ich habe es ihnen nicht entreißen können. Sie haben mich furchtbar gebissen und mir mit ihren blutigen Mäulern das Kleid besudelt.«

Sie hielt inne. Sie war bei dieser Erinnerung leichenblaß geworden … und keuchend und mühsam erhob sie sich, öffnete eine Kommodenschublade mit bronzenem Griff und zeigte Tressignies ein zerfetztes, an mehreren Stellen blutbeflecktes Kleid.

»Hier«, sagte sie. »Dies ist das Herzblut des Mannes, den ich geliebt und dessen Herz ich den Hunden nicht habe entreißen können! Wenn in Augenblicken des Alleinseins in dem furchtbaren Leben, das ich hier führe, der Ekel mich packt, wenn der Schmutz mir bis zum Munde steigt und mich erstickt, wenn der Geist der Rache in mir schwach wird, wenn die einstige Herzogin in mir erwacht und das Dirnentum mich mit Entsetzen erfüllt, dann hülle ich mich in dieses Kleid, dann wälze ich meinen besudelten Körper in seinen roten Falten, die für mich noch immer brennen, und entfache meine Rache aufs neue. Diese blutigen Lumpen sind ein Talisman! Wenn ich sie an meinem Körper spüre, überkommt mich bis in die letzte Tiefe die Wucht der Rache, und mir ist, als gewänne ich Kraft bis in alle Ewigkeit!«

Tressignies erbebte, während er dieser unheimlichen Frau lauschte. Er erbebte vor ihren Gesten, ihren Worten, ihrem Kopf, der zu einem Gorgonenhaupt geworden war: ihm war, als sehe er um diesen Kopf sich die Schlangen ringeln, die dieser Frau im Herzen hausten. Jetzt begann er – der Vorhang öffnete sich – das Wort Rache zu verstehen, das sie so oft ausgesprochen hatte, das ihr immerfort von den Lippen geflammt war!

»Die Rache, ja!« fuhr sie fort. »Jetzt ist Ihnen wohl klar, worin sie besteht, meine Rache! Ach, ich habe sie unter allen Möglichkeiten ausgewählt, wie man unter allen Arten von Dolchen den auswählt, der die heftigsten Schmerzen zufügt, den gezähnten Kris, der das verabscheute Wesen, das man töten will, zerfleischt. Ihn einfach töten, diesen Menschen, mit einem einzigen Streich? Das wollte ich nicht. Hatte er Vasconcellos mit dem Degen getötet wie ein Edelmann? Nein! Er hatte ihn durch Diener umbringen lassen. Er hatte sein Herz den Hunden vorwerfen und seinen Körper vielleicht auf den Schindanger bringen lassen! Ich wußte es nicht. Ich habe es nie erfahren. Ihn um alles dieses willen töten? Nein, das wäre zu milde und zu rasch gewesen! Es mußte sich langsamer und grausamer vollziehen... Übrigens war der Herzog tapfer. Er hatte keine Furcht vor dem Tode. Zu allen Zeiten haben die Sierra-Leone ihm getrotzt. Aber sein Stolz, sein maßloser Stolz war feige, wenn es sich um Schande handelte. Also mußte sein Stolz getroffen, mußte er in seinem Stolz gekreuzigt werden. So gelobte ich mir denn, seinen Namen in den widerlichsten Schmutz zu ziehen, ihn zu einem Schimpf zu machen, zu Dreck, zu Kot! Und deshalb bin ich geworden, was ich bin: eine öffentliche Hure, die Hure Sierra-Leone, die Sie heute abend aufgegabelt hat!«

Bei den letzten Worten begannen ihre Augen wie vor Freude über einen gelungenen Hieb zu funkeln.

»Aber«, sagte Tressignies, »weiß er denn, der Herzog, was aus Ihnen geworden ist?«

»Wenn er es nicht weiß, so wird er es eines Tages wissen«, antwortete sie mit der unumstößlichen Zuversicht einer Frau, die an alles gedacht, die alles berechnet hat und der Zukunft sicher ist. »Das Gerücht von dem, was ich tue, kann jeden Tag zu ihm gelangen, und damit ein Kotspritzer meiner Schande! Einer der Männer, die zu mir heraufsteigen, kann ihm die Schmach seiner Frau ins Gesicht speien, und solch eine Beschmutzung läßt sich nie wieder abwischen; aber das geschähe dann nur durch Zufall, und einem Zufall möchte ich meine Rache nicht anvertrauen! Ich bin gewillt, daran zu sterben, damit sie desto sicherer gelinge; mein Tod soll meine Rache besiegeln und vollenden.«

Tressignies war ratlos ob der Dunkelheit dieser letzten Worte; aber sie sorgte dafür, daß ihm eine abscheuliche Klarheit wurde.

»Ich will sterben, wo Huren wie ich zu sterben pflegen«, fuhr sie fort. »Erinnern Sie sich! ... Unter Franz I. hat es einen Mann gegeben, der zu einer meinesgleichen gegangen ist, um sich bei ihr eine furchtbare, schändliche Krankheit zu holen, die er auf seine Frau übertragen hat, um auf diese Weise den König, dessen Geliebte sie war, zu vergiften; so hat er sich an den beiden gerächt ... Ich will nicht weniger tun als dieser Mann. Bei dem schmachvollen Leben, das ich allabendlich führe, muß einmal der Tag kommen, wo schließlich mich Prostituierte die Lustseuche packt und zerfrißt, so daß ich in Stücke zerfalle und in einem gemeinen Spital erlösche! Oh, dann hat der Einsatz meines Lebens sich gelohnt!« fügte sie mit dem

Frohlocken der entsetzlichsten Hoffnung hinzu. »Dann ist der Augenblick gekommen, da der Herzog de Sierra-Leone erfahren muß, wie seine Gemahlin, die Herzogin de Sierra-Leone, gelebt hat und wie sie gestorben ist!«

Tressignies hätte eine so tiefe Rache, die alles übertraf, was die Geschichte ihn gelehrt, nicht für möglich gehalten. Weder das Italien des XVI. Jahrhunderts noch das Korsika aller Zeiten, diese um der Unversöhnlichkeit im Hassen willen berühmten Länder, boten seiner Erinnerung ein Beispiel abgefeimterer und fürchterlicherer Überlegung, als diese Frau sie angestellt hatte, die sich durch sich selbst, durch den eigenen Leib und die eigene Seele rächte! Er erschrak über diese erhabene Entsetzlichkeit; denn die Gewalt solcher bis zum Äußersten vorgetriebenen Gefühle ist erhaben. Freilich handelt es sich hier um die Erhabenheit der Hölle.

»Und wenn er es nicht erfährt«, fuhr sie fort und verdoppelte die Blitze, die ihre Seele beleuchteten, »dann weiß doch wenigstens ich es! Ich weiß, was ich allabendlich treibe, daß ich diesen Schmutz in mich trinke und daß er mir wie Nektar mundet, da er ja doch meine Rache ist! ... Koste ich nicht in jeder Sekunde das Bewußtsein dessen aus, was ich bin? ... Empfinde ich nicht in jeder Sekunde, da ich ihn entehre, den stolzen Herzog, in meinen Tiefen das berauschende Bewußtsein, daß ich ihn entehre? Habe ich nicht das klare Bewußtsein alles dessen, was er leiden müßte, wenn er es wüßte? ... Ach, Gefühlen wie den meinen wohnt sicherlich Wahnwitz inne, aber eben dieser Wahnwitz macht mein Glück aus! Als ich Sierra-Leone geflohen bin, habe ich das Bildnis des Herzogs mit mir genommen, damit jenes Bildnis, als sei er es selber, mein schändliches Leben sehe! Wie oft habe ich ihm, als könne er mich hören und sehen, gesagt: ›Sieh doch, sieh‹; und wenn mich in euern Armen das Entsetzen packt, ihr Männer – denn es packt mich immerfort; ich kann mich nicht daran gewöhnen, an diesem Schlamm Gefallen zu finden! –, dann kommt mir das Armband zu Hilfe«, und sie hob ihren köstlichen Arm mit einer tragischen Geste; »dann habe ich diesen Feuerreif, der mich bis ins Mark verbrennt und den ich stets am Arm trage, trotz der Qual, die ihn zu tragen mir bereitet, damit ich niemals Estebans Henker vergesse, damit sein Bildnis meine Verzückung aufpeitscht – die Verzückung rächerischen Hasses, die die Männer in ihrer Dummheit und Geckenhaftigkeit für die Lust halten, die sie zu spenden meinen! Ich weiß nicht, wer Sie sind; aber sicherlich sind Sie nicht der Erstbeste unter all diesen Männern; und dennoch haben auch Sie vor einem Augenblick geglaubt, es sei in mir noch etwas Menschliches, es zucke in mir noch die Regung eines Gefühls; und dabei ist in mir nichts lebendig als der Gedanke, Esteban an dem Scheusal zu rächen, dessen Bild Sie hier sehen! Ach, sein Bild ist für mich wie der säbelbreite Sporn gewesen, den der arabische Reiter seinem Pferd in die Weichen stößt, um es durch die Wüste zu jagen. Ich aber hatte weit größere Räume der Schmach zu durchqueren, und ich habe mir dieses verabscheuungswerte Bild in die Augen und ins Herz gebohrt, um wilder unter euch zu toben, wenn ihr mich umschlungen haltet … Dieses Bildnis, es war, als ob er es selber sei; es war, als habe er uns mit seinen gemalten Augen sehen können! … Wie verstand ich jetzt den Behexungsglauben der Zeitalter, da man noch zu behexen pflegte! Wie verstand ich das irrsinnige Glück, das Messer in das Herz des Bildnisses desjenigen zu bohren, den man nur zu gern getötet hätte! Damals, als ich noch fromm war, bevor ich Esteban liebte, der mir Gott ersetzt hat, bedurfte ich eines Kruzifixes, um inniger an den Gekreuzigten denken zu können; und anstatt ihn zu lieben, hätte ich ihn gehaßt; ich wäre gottlos geworden; jetzt aber bedurfte ich des Kruzifixes, um ihn besser zu schmähen und zu beleidigen! Ach!« fügte sie hinzu, und ihre Stimme wechselte von der Bitterkeit der grausamsten Gefühle zu der ergreifenden Süße einer unglaubhaften Schwermut, »Estebans Bildnis besitze ich nicht. Ich sehe ihn nur mit meiner Seele … und vielleicht ist es gut so«, sagte sie noch. – »Wenn ich ihn vor Augen hätte, dann zöge er mein armes Herz empor, und ich müßte angesichts der unwürdigen Erniedrigung meines armen Lebens erröten. Reue würde mich überkommen, und ich könnte mich nicht mehr rächen! …«

Die Gorgone war weich und rührend geworden; aber ihre Augen waren trocken geblieben. Tressignies, den eine völlig andere innere Bewegung durchschauerte als diejenigen, die sie ihn bis jetzt hatte erleben lassen, ergriff die Hand einer Frau, die zu verachten er das Recht hatte, und küßte sie mit einer Hochachtung, in die sich Mitleid mischte. So viel Unglück und Kraft liehen ihr Größe. Welch eine Frau ist das, dachte er. Wäre sie statt Herzogin de Sierra-Leone Marquesa de Vasconcellos geworden, so hätte sie mit der Reinheit und der Glut ihrer Liebe zu Esteban der menschlichen Bewunderung etwas dargeboten, das der großen Marquesa di Pescara vergleichbar gewesen wäre. Nur, fügte er innerlich hinzu, sie hätte es nicht gezeigt, und niemand hätte je erfahren, welch abgründige Tiefe und Willenskraft in ihr ruhten. Trotz des Skeptizismus seines Zeitalters und seiner Gewohnheit, all sein Tun zu beobachten und sich darüber lustig zu machen, kam Robert de Tressignies sich durchaus nicht lächerlich vor, daß er die Hand dieser Verlorenen geküßt hatte; aber er wußte nichts mehr zu sagen. Er sah sich ihr gegenüber in einer peinlichen Lage. Als sie ihre Geschichte zwischen sich und ihn geworfen, hatte sie wie mit einer Axt die Bande zerhauen, die sich für die Dauer einer Minute zwischen ihnen beiden geknüpft hatten. In seinem Innern herrschte ein Durcheinander aus Bewunderung, Entsetzen und Verachtung; aber er wäre sich höchst geschmacklos vorgekommen, wenn er sich dieser Frau als gefühlvoll oder moralisch gezeigt hätte. Er hatte sich oft über die Moralisten ohne Berufung und Macht lustig gemacht, von denen es damals wimmelte, als man unter dem Einfluß gewisser Schauspiele und Romane sich den Anschein gab, als wolle man, gleich umgefallenen Blumentöpfen, gefallene Frauen wieder aufrichten. Gerade in seiner Skepsis hatte er genug gesunden Menschenverstand, um zu wissen, daß einzig der Priester – der Priester Gottes, des Erlösers – solch einem Sturz Einhalt gebieten könne ... und dennoch meinte er, daß an der Seele dieser Frau selbst der Priester gescheitert wäre. Es beschäftigten ihn schmerzliche Gedanken, und so verharrte er in einem Schweigen, das drückender für ihn als für sie war. Sie aber, noch ganz im Banne ihrer heftigen Gedanken und Erinnerungen, fuhr fort:

»Der Gedanke, diesen Mann, dem die Ehre, wie die Gesellschaft sie auffaßt, mehr als das Leben galt, zu entehren, anstatt ihn zu töten, kam mir nicht auf der Stelle... Ich brauchte lange Zeit, um darauf zu verfallen. Nach Vasconcellos Tod, von dem man vielleicht im Schloß nichts wußte – wahrscheinlich war die Leiche zusammen mit den Schwarzen, die ihn ermordet hatten, in irgendein Verlies geworfen worden –, sprach der Herzog kein Wort mehr mit mir, abgesehen von kurzen, förmlichen Bemerkungen, wenn unsere Dienerschaft dabei war; denn Cäsars Gattin darf nicht beargwöhnt werden, und ich mußte vor den Augen aller die makellose Herzogin d'Arcos de Sierra-Leone bleiben. Doch, wenn wir allein und unter uns waren, fiel niemals ein Wort, niemals auch nur eine Andeutung; das Schweigen, das Schweigen des Hasses, nährt sich ganz aus sich selbst und bedarf nicht der Worte. Don Cristobal und ich wetteiferten in Härte und Stolz. Ich verschluckte meine Tränen. Ich bin eine Turre-Cremata. Ich trage die mächtige Verstellungskunst meiner italienischen Abkunft in mir, und ich gerann zu Erz, bis in die Augen hinein, damit er nicht ahne, was hinter meiner bronzenen

Stirn gor und wie mein Racheplan reifte. Ich war völlig undurchdringlich. Dank dieser Verstellung, die alle Spalten meines Wesens verschloß, durch die mein Geheimnis etwa hätte sickern können, bereitete ich meine Flucht aus dem Schlosse vor, dessen Mauern mich erdrückten und wo meine Rache sich nur unter der Hand des Herzogs hätte vollziehen können, die sich nur zu bald erhoben haben würde. Ich vertraute mich niemandem an. Haben meine Dueñas oder Kammerzofen es jemals gewagt, die Augen bis zu den meinen zu erheben, um zu erfahren, was ich dachte? Anfangs hatte ich geplant, nach Madrid zu gehen; aber in Madrid war der Herzog allmächtig, und die Netze der Polizei hätten sich bei seinem ersten Wink über mir geschlossen. Nur zu leicht hätte er mich wieder eingefangen, und wenn ich einmal eingefangen war, hätte er mich in den Frieden irgendeines Klosters gesteckt und dort erstickt, zwischen zwei Türen getötet, abgeschnitten von der Welt, der Gesellschaft, deren ich für meine Rache bedurfte!... Paris war sicherer. Ich gab Paris den Vorzug. Es war eine bessere Stätte für die Zurschaustellung meiner Schmach und meiner Rache; und da es mein Wille war, daß all das eines Tages über sie hereinbreche wie der Blitz – welch gute Stätte war da jene Stadt, der Mittelpunkt aller Echos, der Durchgangsort aller Nationen der Welt! Ich faßte den Entschluß, dort das Leben einer Prostituierten zu führen, vor dem ich nicht zurückschreckte, und schamlos hinabzusteigen bis zur letzten Rangstufe dieser verlorenen Mädchen, die sich für eine Münze auch an den Gemeinsten verkaufen! Fromm, wie ich vor meiner Bekanntschaft mit Esteban gewesen war, der mir Gott aus der Brust gerissen hatte, um sich selbst an seine Stelle zu setzen, stand ich nachts oft auf, ohne daß meine Frauen mir geholfen hätten, und betete zu der schwarzen Madonna in der Kapelle. In einer solchen Nacht entkam ich und erreichte tollkühn die Schluchten der Sierras. Von meinem Schmuck und dem

Gold meiner Kassette nahm ich mit, soviel ich immer konnte. Eine Zeitlang verbarg ich mich bei Bauern, die mich an die Grenze geleiteten. Ich kam nach Paris. Dort begann ich furchtlos mit der Rache, die mein Leben ist. Der wütende Rachedurst war so stark in mir, daß ich manchmal daran gedacht habe, einem jungen, kräftigen Menschen den Kopf zu verdrehen und ihn zum Herzog zu schicken, damit er ihm von meiner Schande berichtet; aber ich habe diesen Gedanken stets erstickt, weil ich nicht nur ein paar Fuß hoch Kot auf seinen Namen und die Erinnerung an mich häufen, sondern eine ganze Pyramide von Mist darüber errichten will! Je später ich gerächt werde, desto besser werde ich gerächt …«

Sie hielt inne. Ihre fahle Blässe hatte sich in Purpur verwandelt. Schweiß rann ihr über die Schläfen. Sie hustete. War es die Lustseuche? … Fiebrig langte sie nach einer auf der Kommode stehenden Karaffe und goß sich ein riesiges Glas Wasser ein, das sie gierig trank.

»Die Schande schluckt sich schwer«, sagte sie. »Aber sie muß hinunter! Seit drei Monaten habe ich soviel hinuntergeschluckt, daß es mir eigentlich leichtfallen müßte!«

»Schon drei Monate dauerte es?« fragte Tressignies (er wagte nicht zu sagen, was), und das Unbestimmte seiner Frage wirkte viel düsterer, als eine scharfumrissene Formulierung es getan hätte.

»Ja«, sagte sie, »drei Monate. Aber was sind drei Monate?« fügte sie hinzu. »Es bedarf der Zeit, um das Rachegericht, das ich ihm bereite, zu kochen und immer wieder zu kochen, das ihm seine Weigerung heimzahlen soll, mich Estebans Herz essen zu lassen …«

Sie sagte das mit wüster Leidenschaft und wilder Schwermut. Tressignies hatte nicht geahnt, daß in einer Frau eine solche Mischung von abgöttischer Liebe und Grausamkeit sein könne. Niemals ist ein Kunstwerk mit gespannterer Aufmerksamkeit betrachtet worden, als er diese seltsame, allmächtige Künstlerin der Rache betrachtete, die sich vor ihm erhob ... Aber etwas, das zu empfinden ihn wunderte, mischte sich in seine beobachtenden Gedanken. Er, der glaubte, alle unwillkürlichen Gefühle abgetan zu haben, und dessen Verstand mit schrecklichem Gelächter stets seine Empfindungen biß, wie ich Fuhrknechte ihre Pferde habe beißen sehen, um sie zum Gehorsam zu bringen, fühlte, daß er in der Atmosphäre dieser Frau eine gefährliche Luft atmete. Dieser Raum, der von so viel körperlicher, barbarischer Leidenschaft erfüllt war, vergiftete und erstickte einen Kulturmenschen gleich ihm. Er empfand ein Verlangen nach frischer Luft, und er dachte, daß er gehen wolle, um später wiederzukommen.

Sie glaubte, er wolle fort. Aber sie hatte ihm noch andere Seiten ihres Meisterwerkes zu zeigen.

»Und das?« sagte sie verächtlich, mit einer Geste, wie sie der wiedererwachten Herzogin geziemte, und wies mit dem Finger auf die blaue Glasschale, die er mit Gold gefüllt hatte.

»Stecken Sie das Geld wieder ein«, sagte sie. »Wer weiß? Vielleicht bin ich reicher als Sie. Hier ist kein Ort für Gold. Ich nehme von niemandem Gold an.« Und mit dem Stolz der Verkommenheit, daraus ihre Rache bestand, fügte sie hinzu: »Ich bin nur eine Fünffranchure.«

Das Wort wurde gesagt, wie es gemeint war. Es war der letzte Zug der Erhabenheit mit umgekehrtem Vorzeichen, der höllischen Erhabenheit, die sie vor ihm zur Schau gestellt hatte und wovon sicherlich der große Corneille in der Tiefe seiner tragischen Seele sich nichts hätte träumen lassen! Ein Ekelgefühl dieses letzten Wortes wegen gab Tressignies die Kraft zum Davongehen. Er nahm die Goldstücke aus der Schale und ließ nur darin, was sie verlangt hatte. Wenn sie es nicht anders will, dachte er, dann drücke ich noch auf den Dolch, mit dem sie sich durchbohrt, und verursache ihr auch meinerseits einen Schmutzflecken, da ihr der Sinn nach Schmutz steht. Und in hastiger Erregung ging er davon. Die Leuchter ergossen noch immer ihr Licht über die so gewöhnlich wirkende Tür, die er bereits durchschritten hatte. Er begriff, warum jene Flammen dort brannten, als er die an die Tür geheftete Karte las, das Reklameschild dieses Fleischladens. In großen Lettern stand auf dieser Karte:

HERZOGIN D'ARCOS DE SIERRA-LEONE

und darunter ein gemeinsames Wort, das das Gewerbe ankündigte, das sie ausübte.

An diesem Abend, nach diesem unglaublichen Abenteuer kehrte Tressignies in einem solchen Zustand der Verwirrung heim, daß er sich dessen beinahe schämte. Die Dummköpfe – das heißt nahezu alle Menschen – glauben, daß es eine bezaubernde Fähigkeit menschlicher Natur wäre, wenn man sich verjüngen könne; aber die das Leben kennen, wissen besser, was dabei herauskäme. Tressignies überlegte voller Schrecken, daß er sich dabei vielleicht allzusehr verjüngen würde ... und deshalb gelobte er sich, nie wieder den Fuß über die Schwelle der Herzogin zu setzen, trotz des Interesses oder vielmehr gerade des Interesses wegen, das diese unerhörte Frau ihm einflößte. ›Warum‹, sagte er sich, ›sollte ich an jene Stätte der Ansteckungsgefahr zurückkehren, an die ein Geschöpf von hoher Geburt sich freiwillig begeben hat? Sie hat mir ihr ganzes Leben erzählt, und ich kann mir ohne Mühe die Einzelheiten des Alltags dieses abscheulichen Lebens vorstellen, durch die nichts anders wird.‹ Zu diesem energischen Entschluß bekannte sich Tressignies am Kamin in der Einsamkeit seines Zimmers. Er verschanzte sich dort eine Zeitlang wider das Gegenständliche, das Ablenkende und die Erinnerung an einen Abend, die sein Geist dennoch immer wieder genoß wie eine seltsame und allgewaltige Dichtung, der er nichts Gelesenes zu vergleichen vermochte, weder bei Byron noch bei Shakespeare, seinen beiden Lieblingsdichtern. So verbrachte er eine ganze Anzahl von Stunden, an die Rückenlehne seines Sessels geschmiegt, und blätterte versonnen in den vor seinem inneren Auge offen daliegenden Seiten jener Dichtung, die von grausiger Willensstärke handelte. Das war eine Lotosblume, die ihn die Pariser Salons, seine Heimat, vergessen ließ. Er mußte sich sogar mit einiger Willensanspannung am Halsband zerren, um dorthin zurückzukehren. Die untadeligen Herzoginnen, die er dort vorfand, kamen ihm ziemlich farblos vor … Wenn Menschen von der Art Tressignies, ebensowenig wie seine Freunde, auch nicht prüde sind, so verlor er ihnen gegenüber doch kein einziges Wort über seine Abenteuer, aus einem gewissen Zartgefühl heraus, das ihm absonderlich vorkam; denn hatte die Herzogin ihn nicht gebeten, ihre Geschichte jedem beliebigen zu erzählen und sie so bekannt zu machen, wie es ihm immer möglich war? … Er tat das Gegenteil; er behielt sie für sich. Er barg und versiegelte sie im geheimnisvollsten Winkel seines Innern, wie man ein Flakon kostbaren Parfüms verschließt, von dem etwas verlorengehen würde, wenn man es verhauchen ließe. Und das Sonderbarste bei einem Menschen seiner Art: weder im Café de Paris noch im Klub, noch im Theaterparkett, noch dort, wo nur Herren einander treffen und sich alles sagen, unterhielt er sich jemals mit einem seiner Freunde ohne die Furcht, jener werde ihm als ein ihm zugestoßenes Abenteuer das erzählen, was ihm selber widerfahren war; und dieser Umstand, der jederzeit eintreten konnte, eröffnete ihm eine Perspektive, die ihm innerhalb der ersten zehn Minuten einer Unterhaltung ein leichtes Zittern verursachte.

Dennoch hielt er sich Wort und vermied nicht nur die Rue Basse-du-Rempart, sondern auch den Boulevard. Er lehnte sich nicht mehr, wie es die anderen ›gants jaunes‹, die Salonlöwen jener Zeit, taten, an Tortonis Balustrade.

›Wenn ich ihr verteufeltes gelbes Kleid wieder wogen sehe‹, so sagte er sich, ›dann wäre ich vielleicht wieder blöde genug, ihr nachzusteigen.‹ Jedes gelbe Kleid, das er gewahrte, ließ ihn in träumerisches Sinnen versinken … Er hatte jetzt eine Vorliebe für gelbe Kleider, die er bislang stets verabscheut hatte. ›Sie hat mir den Geschmack verdorben‹, sagte er sich, und so trieb der Dandy in ihm seinen Spott mit dem Menschen und Mann. Aber was Madame de Staël, die sich darauf verstand, an irgendeiner Stelle ›Teufelsgedanken‹ nennt, war weit stärker als der Mann und der Dandy. Tressignies wurde düster. Er war bisher in der Gesellschaft ein Mann von lebendigem Geist gewesen, dessen Heiterkeit zugleich liebenswürdig und furchtbar gewesen war – wie eben jene Heiterkeit in der Gesellschaft sein muß, die einen mit Verachtung straft, wenn man sie, indem man sie amüsiert, nicht zugleich ein wenig erzittern läßt. Er plauderte nicht mehr mit dem alten Schwung … »Ob er wohl verliebt ist?« tuschelten die Klatschbasen. Die alte Marquise de Clérembault, die glaubte, er habe es auf ihre Enkelin abgesehen, die eben Sacré-Cœur verlassen hatte und sich so romantisch gehabte, wie man es damals war, sagte ihm ziemlich verärgert: »Ich kann Sie nicht ausstehen, wenn Sie à la Hamlet einhergehen.« Die Verdüsterung wandelte sich in einen Leidenszustand. Sein Gesicht wurde bleifarben. »Was hat Tressignies nur?« hieß es, und vielleicht war man schon drauf und dran, bei ihm Bonapartes Magenkrebs zu entdecken, als er sich eines Tages allen ihn betreffenden Fragen und Nachforschungen entzog, hastig wie ein Offizier seine Koffer packte und wie in der Versenkung verschwand.

Wohin war er gereist? Womit beschäftigte er sich? Er blieb länger als ein Jahr fort; dann kam er wieder nach Paris und nahm sein mondänes Leben wieder auf. Es war eines Abends beim spanischen Botschafter, wo bei dieser Gelegenheit, beiläufig bemerkt, die glänzendeste Pariser

Gesellschaft versammelt war … Es war spät. Man begab sich zum Essen. Die Räume leerten sich, als alles nach dem Bufett strömte. Im Spielzimmer blieben nur noch ein paar Herren, die bei ihrer Partie kein Ende fanden. Plötzlich gewahrte Tressignies Partner, der in einem kleinen Schildpatt-Notizbuch blätterte, in das er die bei jedem Robber gemachten Einsätze schrieb, eine Eintragung, die ihm ein »Ach, ja!« entlockte, wie man es ausstößt, wenn man etwas wiederfindet, das man vergessen hatte …

»Herr Botschafter«, wandte er sich an den Herren des Hauses, der mit auf den Rücken verschränkten Händen dem Spiel zusah, »gibt es in Madrid noch Sierra-Leones?«

»Freilich«, sagte der Botschafter. »Da wäre vor allem der Herzog, einer der ersten im gesamten Hochadel.«

»Wer ist dann jene Herzogin von Sierra-Leone, die neulich in Paris gestorben ist, und in welcher verwandtschaftlichen Beziehung steht sie zum Herzog?« fragte der Wißbegierige weiter.

»Es könnte sich nur um seine Frau handeln«, antwortete ruhig der Botschafter. »Aber seit nahezu zwei Jahren ist die Herzogin so gut wie tot. Sie ist verschwunden, ohne daß man wüßte, warum und wie sie verschwunden ist: die Wahrheit ist ein tiefes Geheimnis! Bedenken Sie, daß die großartige Herzogin d'Arcos de Sierra-Leone nicht wie die Frauen von heutzutage gewesen ist, die zur Tollheit neigen und sich von einem Liebhaber entführen lassen. Sie war zumindest ebenso stolz wie ihr Gatte, der Herzog, der der hochmütigste aller Ricos hombres in ganz Spanien ist. Überdies war sie fromm, von einer beinahe klösterlichen Frömmigkeit. Sie hat immer nur auf Sierra-Leone gelebt, in einer roten Marmorwüste, wo die Adler, sofern es dort welche geben sollte, von der Langeweile vergiftet tot von ihren Felsengipfeln fallen! Eines Tages ist sie von dort verschwunden, und nie hat man ihre Spur wiederfinden können. Seit damals wohnt der Herzog, ein Mann aus der

Zeit Karls V., an den niemand die leiseste Frage zu richten gewagt hat, in Madrid, und über seine Frau und deren Verschwinden hat er seither nicht mehr gesprochen, als habe sie nie existiert. Sie war eine Turre-Cremata, die letzte Turre-Cremata aus der italienischen Line.«

»Dann stimmt es«, unterbrach ihn der Spieler. Und er überlas, was er sich auf einem der Blätter seines Schildpatt-Büchleins notiert hatte. »Ja«, fügte er dann feierlich hinzu. »Herr Botschafter, ich habe die Ehre, Euer Exzellenz mitzuteilen, daß die Herzogin de Sierra-Leone heute morgen begraben worden ist, und zwar, daß sie, wie Sie schwerlich vermuten dürften, bei der Kirche der Salpêtrière begraben worden ist; denn sie war Insassin dieser Anstalt.«

Bei dieser Mitteilung hoben die Spieler ihre Nasen aus den Karten, die sie vor sich auf den Tisch legten, und sahen verwundert einer nach dem andern den Herrn an, der mit dem Botschafter sprach.

»Ja, ja!« sagte der Spieler, der seine Pointe gut angebracht hatte – und das ist in Frankreich etwas Herrliches. »Ich bin heute morgen dort vorbeigekommen und habe durch die Kirchenmauern hindurch einen so majestätischen Donner geistlicher Musik gehört, daß ich in die Kirche hineingegangen bin, die dergleichen Festgepränge wohl kaum gewöhnt ist ... und ich bin aus allen Wolken gefallen, als ich das mit schwarzen Draperien und einem Doppelwappen geschmückte Portal durchschritten hatte und im Chor einen über die Maßen prächtigen Katafalk gesehen habe. Die Kirche war beinahe leer. Auf der Armenbank saßen ein paar Bettler, und da und dort ein paar Frauen, ein paar jener grauenhaften Aussätzigen aus dem nebenan gelegenen Spital, ein paar von denen zumindest, die noch nicht völlig irrsinnig sind und sich noch aufrecht halten können. Ich war verblüfft über eine solche Trauergesellschaft angesichts eines solchen Katafalks, und ich bin nähergetreten und habe gelesen, was in dicken Silberbuchstaben auf schwarzem Grunde stand. In meiner Verblüffung und um sie nicht zu vergessen, den Teufel auch!, habe ich die Inschrift abgeschrieben:

»HIER RUHT

SANZIA-FLORINDA-CONCEPCION
DE TURRE-CREMATA
HERZOGIN D'ARCOS DE SIERRA-LEONE
EINE REUIGE DIRNE
GESTORBEN IN DER SALPÊTRIÈRE
DEN...

REQUIESCAT IN PACE!«

Die Spieler kümmerten sich nicht mehr um ihre Partie. Was den Botschafter betrifft, so spürte er, obwohl ein Diplomat ebensowenig erstaunt sein wie ein Offizier Angst haben darf, daß sein Erstaunen ihn kompromittieren könne.

»Und Sie haben keinerlei Erkundigungen eingezogen?« fragte er, als spreche er zu einem seiner Untergebenen.

»Bei niemandem, Exzellenz«, erwiderte der Spieler. »Es waren nur Arme dort; und die Priester, die mir vielleicht hätten Auskunft erteilen können, zelebrierten die Messe. Überdies fiel mir ein, daß ich die Ehre haben würde, Sie heute Abend zu sehen.«

»Morgen weiß ich Bescheid«, sagte der Botschafter. Und die Partie nahm ihren Fortgang, aber sie wurde durch Zwischenbemerkungen unterbrochen, und jeder war so sehr mit seinen Gedanken beschäftigt, daß selbst diesen erfahrenen Whistspielern Fehler unterliefen und daß niemandem die Blässe Tressignies auffiel, der nach seinem Hut langte und fortging, ohne sich von jemandem zu verabschieden.

Anderntags war er zu früher Stunde in der Salpêtrière. Er verlangte den Kaplan zu sprechen – einen biederen alten Priester, der ihm alle Auskünfte erteilte, die er über Nummer 119 erbat: denn das war die Herzogin d'Arcos de Sierra-

Leone geworden. Die Unglückliche hatte geendet, wo zu enden sie vorausgesehen hatte. Bei dem schrecklichen Spiel, das sie gespielt, hatte sie die entsetzlichste aller Krankheiten gewonnen. »Innerhalb weniger Monate«, sagte der alte Priester, »war sie bis auf die Knochen zerfressen...« Eines Tages sei ihr jäh eines ihrer Augen aus der Höhlung gesprungen und ihr zu Füßen gefallen wie ein Sous-Stück, Das andere sei vereitert und ausgeflossen... Sie sei unter entsetzlichen Qualen gestorben – aber stoisch... Sie habe noch immer Reichtümer an Gold und an Schmuck besessen, und sie habe alles den Armen vermacht, die, gleich ihr, dem Hause angehörten, das sie aufgenommen, und ein feierliches Begräbnis zur Bedingung gemacht. »Aber um sich für ihren Lebenswandel zu bestrafen«, sagte der alte Priester, der diese Frau nicht im mindesten verstanden hatte, »hatte sie in reuiger Demut verlangt, daß nächst ihren Titeln auf ihrem Sarg und auf ihr Grab geschrieben werde, sie sei eine... ›reuige Dirne‹.

Und noch dazu«, fügte der alte Kaplan hinzu, der aus dem Bekenntnis einer solchen Frau nicht klug wurde, »hat sie in ihrer Demut nicht einmal gewollt, daß das Wort ›reuig‹ hinzugefügt werde.«

Tressignies fühlte sich versucht, über den biederen Priester bitter zu lächeln; doch er respektierte die Illusion dieser naiven Seele.

Denn er wußte, daß sie nicht bereut hatte und daß jene rührende Demut auch über den Tod hinaus nichts war als Rache!

Machado de Assis

Merkwürdige Begebenheit

»Es gibt doch recht merkwürdige Begebenheiten. Sehen Sie dort die Dame, die gerade die Kreuzkirche betritt? Sie ist soeben im Vorbau stehengeblieben, um ein Almosen zu geben.«

»Die Dame in Schwarz?«

»Ja. Jetzt geht sie hinein. Jetzt ist sie verschwunden.«

»Sie brauchen nicht mehr zu sagen. Ihr Blick sagt mir, daß die Dame in Ihrem Leben einmal eine Rolle gespielt hat; vielleicht ist es – nach ihrer Figur zu schließen – nicht einmal lange her. Sie sieht wunderbar aus.«

»Sie dürfte heute vierzig Jahre alt sein.«

»Dann ist sie aber gut erhalten. Kommen Sie, blicken Sie nicht so verschämt zu Boden und erzählen Sie mir alles. Sie ist natürlich Witwe, oder …?«

»Nein.«

»Schön, also ihr Mann lebt noch. Ist er alt?«

»Sie ist nicht verheiratet.«

»Junggesellin?«

»Wie man's nimmt. Heute heißt sie vermutlich Dona Maria Soundso. Im Jahre 1860 glänzte sie unter dem Namen *Marocas*. Sie war keine Näherin, keine Hausbesitzerin, auch keine Lehrerin. Schalten Sie alle Berufe aus, dann kommen Sie der Sache näher. Sie wohnte in der Rua do Sacramento. Schon damals war sie schlank und sicherlich noch schöner als heute; sie war gesittet, und ihre Zunge war gezügelt. Aber trotz ihres hochgeschlossenen, unauffälligen, schmucklosen Kleides folgten ihr auf der Straße viele Blicke.«

»Zum Beispiel der Ihre, Senhor.«

»Nein, aber der Blick Andrades, eines Freundes von mir, eines jungen Mannes von damals sechsundzwanzig Jahren. Er war halb Anwalt, halb Politiker, ein gebürtiger Alagoenser, verheiratet in Bahia, woher er im Jahre 1859 gekommen war. Seine Frau war hübsch, sie war zärtlich, sanft und resigniert; als ich die beiden kennenlernte, hatten sie ein Töchterchen von zwei Jahren.«

»Und trotz des häuslichen Glücks hat Marocas ...!?«

»Ja, sie beherrschte ihn. Hören Sie, wenn Sie nicht eilig sind, werde ich Ihnen etwas Interessantes erzählen.«

»Ich bitte Sie darum.«

»Er begegnete ihr zum erstenmal vor dem Kaufhaus Paula Brito, am Rocio. Dort stand er, sah in der Entfernung eine hübsche Frau und wartete freudig erregt, weil er ein ausgesprochener Frauenheld war. Marocas kam langsam einhergeschlendert, hielt inne und blickte umher, als suche sie ein bestimmtes Ladengeschäft. Vor dem Kaufhaus blieb sie einen Augenblick stehen; dann streckte sie Andrade beschämt und ängstlich einen kleinen Zettel entgegen und fragte ihn, wo die darauf geschriebene Nummer zu finden sei. Andrade sagte, die Nummer sei auf der anderen Seite des Rocio, und beschrieb ihr die ungefähre Entfernung des Hauses von ihrem Standort. Sie hatte mit so viel Anmut gefragt, daß er nicht wußte, was er von der Frage halten sollte.«

»Genau wie ich.«

»Nichts einfacher als das: Marocas konnte nicht lesen. Aber mein Freund kam nicht auf diese Vermutung. Er sah ihr nach, wie sie den Rocio überquerte, der damals weder Standbild noch Parkanlagen besaß, und auf das Haus zuging, das sie suchte, freilich nicht, ohne nochmals andere Passanten befragt zu haben.

Abends ging er ins *Ginásio*; man gab die *Kameliendame.* Marocas war auch da und weinte im letzten Akt wie ein Kind. Mehr brauche ich Ihnen nicht zu sagen: Nach vierzehn Tagen waren die beiden wahnsinnig ineinander verliebt. Marocas gab allen ihren Liebhabern den Laufpaß, womit sie meiner Meinung nach nicht wenig verlor, denn es waren einige finanzkräftige Herren darunter gewesen. Sie blieb allein, lebte nur noch für Andrade, wollte keine andere Bindung, dachte an keine anderen Vergnügen.«

»Wie die Kameliendame.«

»Sehr richtig. Andrade lehrte sie lesen. ›Ich bin Schullehrer geworden‹, sagte er eines Tages zu mir; bei dieser Gelegenheit erzählte er mir die Episode vom Rocio. Marocas lernte rasch. Das ist leicht verständlich; man stelle sich ihre Qual vor, unwissend zu sein, ihren Wunsch, die Romane kennenzulernen, von denen er zu ihr gesprochen hatte, und schließlich ihre Freude, ihm zu gehorchen, ihm zu gefallen.

Sie verheimlichte mir nichts und erzählte mir alles mit einem so dankbaren Lächeln in den Augen, wie Sie sich kaum vorstellen können. Ich war nämlich der Vertraute der beiden. Dann und wann speisten wir zu dritt, mitunter – ich sehe keinen Grund, es zu verschweigen – auch zu viert. Glauben Sie nicht, daß es Bohème-Unternehmungen gewesen wären; es waren zwar fröhliche, aber völlig harmlose Abendvergnügungen. Marocas liebte Gespräche, aber sie mußten ebenso zurückhaltend sein wie ihre Kleidung. Nach und nach wurden wir vertraut. Sie fragte mich über Andrades Leben aus, über seine Frau, sein Töchterchen, seine Gewohnheiten, ob er sie wirklich liebe, ob sie nur ein Spielzeug für ihn sei, ob er andere Frauen vor ihr gehabt habe, ob er imstande sein würde, sie bald zu vergessen, kurz, es war ein Hagel von Fragen, außerdem eine Furcht, ihn zu verlieren, welche die Kraft und Aufrichtigkeit ihrer Liebe zur Genüge bewiesen …

Eines Tages, es war Sankt Johannis, beschloß Andrade, mit seiner Familie zur Gávea zu fahren, um dort einen Ballabend mit Souper zu besuchen; das bedeutete zwei Tage Abwesenheit. Ich fuhr mit. Als er sich von Marocas verabschiedete, sprach sie von dem Lustspiel *Ich esse mit meiner Mutter zu Abend*, das sie einige Wochen vorher im *Ginásio* gesehen hatte, und sagte, da sie keine Familie habe, mit der sie Sankt Johannis begehen könne, werde sie es machen wie Sofia Arnoult in dem Lustspiel und mit einem Porträt zu Abend essen, allerdings nicht mit dem ihrer Mutter, sondern mit Andrades Bild. Bei diesen Worten wollte sie ihm einen Kuß geben, und schon beugte sich Andrade ihr entgegen; als sie aber merkte, daß ich zusah, schob sie ihn zart von sich.«

»Die Geste gefällt mir.«

»Ihm gefiel sie nicht weniger. Sofort nahm er ihren Kopf in beide Hände und drückte einen väterlichen Kuß auf die Stirn. Wir fuhren zur Gávea. Unterwegs hob er Marocas in den Himmel, erzählte mir seine neuesten nichtigen Erlebnisse mit ihr und sprach von seinem Plan, ihr ein Haus in einem Vorort zu kaufen, sobald er etwas Geld flüssig machen könne. Zwischenhinein lobte er die Bescheidenheit der jungen Frau, die von ihm nicht mehr als das Allernötigste annehme. ›Das ist noch gar nichts‹, sagte ich und erzählte ihm etwas, von dem ich wußte, nämlich: Vor drei Wochen etwa hat sie ein paar Schmuckstücke verpfändet, um ihre Schneiderin bezahlen zu können. Diese Nachricht bestürzte ihn; ich will es nicht beschwören, glaube aber, daß er feuchte Augen bekam. Jedenfalls sagte er nach einigem Nachdenken, er sei entschlossen, ihr ein Haus einzurichten, um sie endgültig von allen Sorgen zu befreien. Noch in der Gávea sprachen wir von Marocas, bis das Fest vorüber war, und kehrten dann in die Stadt zurück. Andrade brachte seine Familie heim in die Lapa und eilte ins Kontor, um einige wichtige Dokumente zu expedieren. Kurz nach

Mittag tauchte ein gewisser Leandro, ein früherer Büroschreiber, bei ihm auf und bat ihn wie üblich um zwei oder drei Mil-Réis. Er war ein fauler Taugenichts, der von der Ausbeutung der Freunde seines früheren Arbeitgebers lebte. Andrade gab ihm drei Mil-Réis, und da er ihn besonders aufgeräumt fand, fragte er, ob er einen grünen Vogel gesehen habe. Leandro zwinkerte mit den Augen und leckte sich die Lippen; Andrade, der versessen war auf erotische Geschichten, fragte, ob er eine neue Liebschaft habe. Zuerst schluckte Leandro ein paarmal, dann nickte er.«

»Sehen Sie, da kommt sie wieder. Das ist sie doch, nicht wahr?«

»Sie ist es. Ziehen wir uns etwas zurück von dieser Ecke!«

»Tatsächlich, sie muß sehr hübsch gewesen sein. Sie hat den Gang einer Herzogin.«

»Sie hat nicht hergesehen. Sie schaut nie nach rechts oder links. Sie wird gleich die Rua do Ouvidor hinaufgehen ...«

»Weiß Gott, ich kann Andrade verstehen.«

»Also weiter. Leandro gestand, er habe am Vorabend ein seltenes, ja einzigartiges Glück gehabt, wie er es sich nie hätte träumen lassen und auch nie verdient hätte, weil er sich gut genug kenne und wisse, daß er nur ein armer Teufel sei. Aber schließlich seien auch die Armen Kinder Gottes. Jedenfalls habe er am Vorabend gegen zehn Uhr auf dem Rocio eine schlicht gekleidete, bildschön gewachsene Dame gesehen, die in einen großen Schal gehüllt war. Die Dame kam hinter ihm her, und zwar eiligen Schritts; als sie dicht an ihm vorbeiging, blickte sie ihm geradewegs in die Augen und ging dann langsam weiter, als warte sie. Anfangs dachte Leandro, sie habe sich in der Person geirrt, und gestand Andrade, er habe trotz ihrer einfachen Kleidung sofort gesehen, daß sie nichts für ihn gewesen sei. So ging er weiter, aber wieder blieb die Dame stehen und blickte ihn so eindringlich an, daß er etwas kühner wurde, und sie erkühnte sich zu dem Rest... Ah! Ein Engel! Und was für ein Haus, was für ein eleganter Salon! ›Hören Sie‹, fügte er hinzu, ›das wäre ein Happen für Sie!‹ Andrade schüttelte den Kopf, der Braten roch ihm nicht geheuer. Aber Leandro ließ nicht locker und sagte, sie wohne in der Rua do Sacramento, Nummer soundsoviel...«

»Was Sie nicht sagen!«

»Sie können sich vorstellen, was für ein Gesicht Andrade machte. Er wußte selber nicht, was er in den ersten Minuten tat oder sagte, auch nicht, was er dachte oder empfand. Schließlich fand er die Kraft zu fragen, ob es wahr sei, was Leandro da erzähle, worauf dieser erwiderte, er habe es nicht nötig, auch nur das geringste zu erfinden. Da er aber Andrades Erregung sah, bat er ihn um Diskretion und sagte, auch er sei diskret. Anscheinend wollte er dann gehen, Andrade hielt ihn jedoch zurück und schlug ihm ein Geschäft vor, bei dem er zwanzig Mil-Réis verdienen könne. ›Bitte sehr!‹ – ›Ich gebe Ihnen zwanzig Mil-Réis, wenn Sie mit mir in das Haus der Person gehen und in ihrer Gegenwart sagen, daß sie die Betreffende ist.‹«

»Oh!«

»Ich will Andrade nicht verteidigen. Das war nicht hübsch gehandelt. Aber in solchen Fällen macht die Leidenschaft die redlichsten Menschen blind. Andrade war ehrbar, großzügig, aufrichtig, aber der Schlag war so heftig, er liebte so sehr, daß er vor einer derartigen Rache nicht zurückschreckte.«

»Und der andere schlug ein?«

»Zuerst zögerte er, vermutlich aus Angst, sicher nicht aus Ehrgefühl, aber zwanzig Mil-Réis sind eben zwanzig Mil-Réis... Er stellte jedoch eine Bedingung: Andrade dürfe ihn nicht in Unannehmlichkeiten bringen... Marocas war zu Hause, im Salon, als Andrade eintrat. Sie schritt auf die Tür zu, um ihn zu umarmen, aber Andrade bedeutete ihr mit einer Handbewegung, daß er einen Besucher mitgebracht habe. Dann blickte er sie lange an und ließ Leandro eintreten. Marocas erbleichte. ›Ist es diese Dame hier?‹ fragte Andrade. – ›Ja, Senhor‹, murmelte Leandro mit tonloser Stimme, denn es gibt Taten, die noch schlimmer sind als der Mensch, der sie begeht. Andrade öffnete mit übertriebener Geste seine Brieftasche, zog eine Banknote von zwanzig Mil-Réis heraus, reichte sie Leandro und befahl ihm mit derselben Affektiertheit, sich zurückzuziehen. Leandro verließ die Wohnung. Die darauf folgende Szene war kurz, aber dramatisch. Ich habe sie nie ganz erfahren; Andrade erzählte sie mir zwar, war aber so aufgewühlt, daß wohl manches fehlte. Marocas gab nichts zu, war aber außer sich, als er ihr die schlimmsten Schmähungen der Welt an den Kopf warf und endlich auf die Türe zustürzte. Sie warf sich ihm zu Füßen, umklammerte seine Hände, schluchzend, verzweifelt, und drohte mit Selbstmord. Sie ließ sich von Andrade bis zum Treppenabsatz schleifen und blieb dort liegen, während er taumelnd die Treppe hinunterhastete.«

»Immerhin, einen Lumpenkerl auf der Straße aufzulesen ist ein starkes Stück. Vermutlich war das eine Gewohnheit von ihr?«

»Nein.«

»Nein?«

»Hören Sie den Rest. Es mochte gegen acht Uhr abends sein, als Andrade in meine Wohnung kam und dort auf mich wartete. Er hatte bereits dreimal versucht, mich zu treffen. Ich fiel aus allen Wolken. Aber wie sollte ich an dem Gehörten zweifeln, da er die Angeklagte persönlich überführt hatte? Ich verzichte darauf, Ihnen zu erzählen, was ich alles mit anhören mußte, Andrades Rachepläne, seine Ausrufe, seine Schimpfworte, das ganze Drum und Dran solcher Krisen. Ich riet ihm, er solle Marocas aufgeben, solle endlich für Frau und Kind leben, zumal er eine so gute, sanfte Frau habe … Anfangs stimmte er mir zu, bekam dann aber einen neuen Wutanfall. Nach der Wut verfiel er dem Zweifel und bildete sich ein, Marocas habe ihn auf die Probe stellen wollen und Leandro gedungen, um ihm einen Bären aufzubinden. Ein Beweis dafür sei, daß Leandro ihm gegen seinen Willen Straße und Hausnummer aufgedrängt habe. So klammerte er sich an Unwahrscheinlichkeiten und versuchte damit der Wirklichkeit zu entfliehen; aber die Wirklichkeit holte ihn ein – Marocas bleiches Gesicht, Leandros freimütige Fröhlichkeit, alles das sagte ihm, das Abenteuer sei echt. Ich glaube sogar, er bereute, so weit gegangen zu sein. Was mich betrifft, so dachte ich über das Abenteuer nach, ohne mir einen Vers darauf machen zu können. Eine so bescheidene, eine so schüchterne Frau!

Es gibt einen Ausspruch der Bühne, der das Abenteuer vielleicht verständlich macht, einen Satz Augiers, soviel ich weiß: ›Die Sehnsucht nach der Gosse.‹

Ich glaube nicht an diese Erklärung. Aber hören Sie weiter. Um zehn Uhr erschien ein Dienstmädchen der Marocas bei uns, eine züchtige Schwarze, die ihrer Herrin sehr zugetan war. Verzweifelt suchte sie Andrade, weil Marocas, nachdem sie sich eine ganze Weile in ihrem Schlafzimmer eingeschlossen und herzzerreißend geweint hatte, ohne Mittagessen ausgegangen und bisher nicht heimgekehrt war. Ich hielt Andrade zurück, der drauf und dran war, auf die Straße zu stürzen. Die Schwarze flehte uns händeringend an, ihre Herrin zu suchen. ›Ist es nicht ihre Gewohnheit, gelegentlich auszugehen?‹ fragte Andrade spöttisch. Aber die Schwarze verneinte, es sei nicht ihre Gewohnheit. – ›Hörst du?‹ donnerte er mir entgegen. Von neuem packte die Hoffnung das Herz meines armen gequälten Freundes. – ›Und gestern …?‹ fragte ich. Die Schwarze erwiderte, gestern abend sei sie ausgegangen, das treffe zu. Ich stellte keine weiteren Fragen an sie, aus Mitleid mit Andrade, dessen Kummer wuchs und dessen Ritterlichkeit angesichts der Gefahr die Oberhand gewann. Wir machten uns also auf die Suche nach Marocas, besuchten alle Stätten, an denen sie unserer Meinung nach sein konnte, gingen sogar zur Polizei. Aber die Nacht verrann, ohne daß wir die geringste Spur ausfindig gemacht hätten.

Am nächsten Morgen eilten wir von neuem zur Polizei. Der Polizeichef oder einer seiner Delegados – ich weiß es nicht mehr genau – war ein Freund Andrades, und diesem erzählte er den schicklichen Teil seines Abenteuers. Im übrigen war Andrades Verhältnis mit Marocas unter allen seinen Freunden bekannt. Man suchte, man fahndete, kein Unfall war während der vergangenen Nacht gemeldet worden; von den Fährbooten der Praia Grande war kein einziger Passagier ins Meer gefallen. Die Waffenhandlungen hatten keine Schußwaffe, die Apotheken kein Gift verkauft. Die Polizei setzte alles in Bewegung, vergebens. Ich will nicht versuchen, Ihnen den Zustand zu schildern, in dem der arme Andrade diese langen Stunden verbrachte, denn der ganze Tag verstrich in nutzlosen Nachforschungen. Es war nicht nur der Schmerz, sie zu verlieren, denn er litt, auch die Reue, zumindest der Zweifel plagte sein Gewissen, falls ein Unglück geschehen sein sollte, das die junge Frau zu rechtfertigen schien. Immer wieder fragte er mich, ob es nicht natürlich sei, was er im Taumel der Empörung getan habe, ob ich nicht genauso gehandelt haben würde. Aber dann kam er wieder auf sein Abenteuer zu sprechen und bewies mir, daß es sich genauso zugetragen hatte, und bestätigte es mit der gleichen Heftigkeit, mit der er am Vorabend zu beweisen versucht hatte, daß es nicht so gewesen war; er wollte eben die Wirklichkeit mit seiner Empfindung des Augenblicks in Übereinstimmung bringen.«

»Hat man denn Marocas schließlich aufgespürt?«

»Wir aßen gerade eine Kleinigkeit in einem Hotel, es mochte gegen acht Uhr abends sein, als uns die Nachricht erreichte, man habe eine Spur entdeckt: Ein Kutscher hatte am Vorabend eine Dame zum Jardim Botânico gefahren, wo sie ein Gasthaus betrat und anscheinend dort geblieben war. Wir beendeten unsere Mahlzeit nicht, sondern fuhren in derselben Lohnkutsche zum Jardim Botânico. Der Besitzer des Gasthauses bestätigte die Auskunft und fügte hinzu, die in Frage stehende Person sei in ihrem Zimmer. Sie habe seit ihrer Ankunft am vergangenen Abend nichts zu sich genommen und nur eine Tasse Kaffee verlangt. Sie habe sehr niedergeschlagen ausgesehen. Wir gingen hinauf. Der Wirt klopfte an die Tür; die Betreffende antwortete mit schwacher Stimme und öffnete. Andrade ließ mir keine Zeit, ein vermittelndes Wort zu sprechen; er stieß mich beiseite, und schon fielen die beiden einander in die Arme. Marocas schluchzte auf und verlor die Besinnung.«

»Hat sich alles aufgeklärt?«

»Nichts hat sich aufgeklärt. Keiner von beiden hat die Angelegenheit je wieder berührt. Gleichsam aus einem Schiffbruch gerettet, wollten sie nichts mehr wissen von dem Sturm, in dem sie gekentert waren. Die Versöhnung ging rasch vonstatten. Andrade kaufte ihr wenige Monate später ein Häuschen in Catumbi; Marocas schenkte ihm einen Sohn, der im Alter von zwei Jahren starb. Als mein Freund bald danach im Auftrag der Regierung in den Norden reiste, war die Liebe noch immer wach, wenn sie auch nicht mehr so glühend flammte wie in der ersten Zeit. Trotzdem wollte Marocas mit ihm fahren; ich war es, der sie bestimmen konnte, in Rio zu bleiben. Andrade versprach, bald wieder zurück zu sein, starb aber, wie gesagt, in der Provinz. Marocas betrauerte seinen Tod herzlich, legte Trauer an und betrachtete sich als Witwe; ich weiß, daß sie in den ersten drei Jahren eine Messe an seinem Geburtstag lesen ließ. Seit zehn Jahren habe ich sie aus den Augen verloren. Wie finden Sie die ganze Geschichte?«

»Es gibt tatsächlich sehr merkwürdige Begebenheiten, sofern Sie meine jugendliche Leichtgläubigkeit nicht mißbraucht haben, um sich für mich einen Liebesroman auszudenken ...«

»Ich habe kein Wort erfunden, die Sache hat sich genau so zugetragen.«

»Wirklich sehr merkwürdig. Mitten in einer so glühenden, aufrichtigen Leidenschaft ... Ich glaube noch immer an meine These: daß es die Sehnsucht nach der Gosse war.«

»Nein. Marocas hat sich nie bis zu den Leandros erniedrigt.«

»Warum hat sie es dann in jener Nacht getan?«

»Weil es ein Mann war, den sie durch einen Abgrund von all dem getrennt glaubte, was ihr persönliches Leben betraf. Daher ihr Zutrauen. Aber der Zufall, der ein Gott ist und ein Teufel zugleich ... Wie dem auch sei – Sachen gibt es!«

Hjalmar Söderberg

Der blaue Anker

I

Im Saal wurde getanzt; aber im halbdunklen Rauchzimmer saßen einige Herren, die nicht tanzten. Die jüngeren hatten weiße Blumen im Knopfloch, die älteren trugen Orden. In einer Sofaecke hatte sich ein Mann etwas abseits niedergelassen; er saß schweigend und lächelte wie in einem glücklichen Traum. Sein Gesicht war braun, seine Stirn weiß. Sein Frack war ebenso korrekt wie der eines jeden anderen, und auch er hatte eine weiße Blume im Knopfloch. Aber die linke Hand, die über die Sofalehne herunterhing, war mit einem blauen Anker tätowiert.

Eigentlich handelte es sich nicht um einen Ball; es hatte ein Nachtessen gegeben, und nachher tanzte man.

Ein Mann mit einem Orden blieb vor ihm stehen. »Sie tanzen nicht, Herr Fant?« sagte er.

Fant antwortete: »Ich habe mit Fräulein Gabel getanzt.«

Aber als er das sagte, bemerkte er, daß er errötete. Warum mußte er denn nur antworten: »mit Fräulein Gabel«? Es ging doch keinen etwas an, mit wem er getanzt hatte. Und wie er nun das Gefühl hatte, eine Dummheit gesagt zu haben, wurde er wütend auf den Mann, zu dem er sie ausgesprochen hatte, und er starrte wortlos auf dessen Orden. Und da es sich um einen ausländischen Schwindlerorden von der schlechtesten Sorte handelte, genierte das den Mann, er hustete trocken und ging seiner Wege.

Fant blieb sitzen und starrte in einen Spiegel an der gegenüberliegenden Wand. Aber er sah nicht sich selbst im Spiegel. Es waren die Lichterflut des Tanzsaals und die runden Linien der Frauen. Lautlos schienen sie sich im Takt der Musik zu bewegen. Sieh ihre roten Münder, sieh die weißen Rundungen ihrer Arme…

Dort war sie wieder. Zum dritten Mal glitt sie über das Spiegelglas vorbei. Sie tanzte mit ihrem Vetter. Ein Junge, neulich noch Student – na ja.

Nein, er konnte nicht stillsitzen, er konnte das nicht mehr mit ansehen. Es bedeutete ja nichts, daß sie mit ihrem Vetter tanzte, aber er konnte nicht zusehen; er erhob sich und verließ den Raum.

Jemand fragte: »Wer ist dieser Herr Fant?«

»Er hat etwas erfunden, einen Gasbrenner, glaube ich. Er ist im Begriff, reich zu werden.«

»Aber habt ihr gesehen«, sagte der Mann mit dem ausländischen Orden, »habt ihr gesehen, daß er auf der einen Hand einen blauen Anker tätowiert hat?«

Da brachen sie plötzlich in schallendes Gelächter aus.

II

Er trieb sich in den Räumen herum. Er kam in die Halle hinaus. Ein paar Vasa-Ritter saßen auf dem Holzkasten und sprachen von Geschäften, währenddem sie mit ihren großen Zigarren, von denen sie die Etiketten nicht entfernt hatten, gestikulierten. Sie verstummten, als er vorbeiging.

Er kam in ein kleines, grünliches, halbdunkles Zimmer. Von der Decke hing eine schmale Kordel mit einer einzigen Glühlampe, deren Licht durch blaue und grüne Perlenfransen verdunkelt wurde. Auf einer Spiegelkommode mit grüner Steinplatte saß ein chinesischer Porzellanmann, schlafend auf seinen über Kreuz gelegten Beinen.

Wie wunderlich die Musik von weit her klang – gleichsam wie von unten, von unten herauf.

Er setzte den Kopf des Mandarins mit einem sachten Stoß seines kleinen Fingers in Bewegung. Zwei Spiegel gaben in einer unendlichen Serie das bleiche und schlafkranke Nicken des gelben Kopfes wieder.

Jetzt verstummte sie, die Musik ...

Plötzlich stand sie dort, mitten im Zimmer. Er hatte sie nicht hereinkommen hören. Sie streckte ihm ihre beiden Hände entgegen, er nahm sie und zog sie zu einem Kuß an sich, aber sie machte sich beinahe sofort los.

»Es kommt jemand«, sagte sie.

Sie lauschten. Stimmen näherten sich und entfernten sich wieder.

Als es um sie still war, drückte sie sich in einem langen Kuß an ihn. Und während sie ihn küßte, dachte er: »Das ist das Leben. Das ist die Ewigkeit.«

Weit weg, in einer grünen Dämmerung, nickte das bleiche Haupt des Mandarins.

»So wie du küßt niemand«, murmelte er.

»So wie du küssen viele«, antwortete sie lächelnd.

Und er dachte: »Sie lächelt, weil ich verstehen soll, daß sie scherzt und daß sie nie einen anderen geküßt hat.«

Während er ihre kleinen Hände zwischen den seinen streichelte, bemerkte er, daß sie seine linke Hand betrachtete.

»Du siehst auf den Anker. Es ist wahr, er ist nicht schön. Und er wird nie verschwinden.«

Sie nahm seine Hand und betrachtete neugierig die blauen Punkte, die einen Anker bildeten. Aber sie sagte nichts.

»Er wurde in Hamburg gemacht«, meinte er. »Ich war Schiffsjunge auf einem Boot. Wir waren an Land gegangen und kamen in eine Hafenkneipe. Ich erinnere mich so genau an alles, den Nebel und die vielen Masten im Hafen und die Gerüche. Meine Kameraden waren tätowiert, auf den Händen, Armen und am Körper, und sie fanden, daß ich mich auch tätowieren müsse. Ich konnte nicht nein sagen. Sonst hätten sie geglaubt, ich habe Angst vor dem

Schmerz, denn es tat sehr weh. Aber ich fand auch, daß es schneidig sei: ich war ja erst vierzehn.

»Bist du am Körper auch tätowiert?« fragte sie.

Er antwortete lächelnd und etwas widerstrebend: »Ja, auf der Brust habe ich ein Schiff und einen Vogel, der einen Adler darstellen sollte. Aber er gleicht eher einem Hahn.«

Sie sah ihm lange in die Augen, hob langsam seine Hand zu ihren Lippen und küßte den blauen Anker.

III

Jahre vergingen; und eines Tages sagte Richard Fant zu seiner Frau, als sie dabei waren, sich für ein Nachtessen umzukleiden: »Schau, ich glaube, der blaue Anker beginnt zu verblassen. Vielleicht verschwindet er ganz und gar.«

»Oh, das ist aber nicht so gut«, antwortete sie.

Sie hatte ihre Gedanken eigentlich anderswo. Sie dachte an ihren Vetter, Tom Gabel, der Attaché an der Botschaft in Madrid war. Er war nun während einiger Monate zu Hause auf Besuch gewesen, und er hatte versprochen, zu kommen und sie zum Nachtessen abzuholen, sie wollten zusammen hinfahren.

»Beeile dich etwas«, sagte sie, »damit Tom nicht auf dich zu warten braucht.«

»Ich bin schon fertig«, antwortete er.

Er hatte sich in eine Ecke ins Dunkel gesetzt, fertig angekleidet.

Sie wandte sich um und musterte seine Kleidung. »Du hast deinen Orden vergessen«, sagte sie.

»Ich will meinen Orden nicht haben«, antwortete er.

»Aber Richard! Willst du wirklich Tom gegenüber, der ihn dir verschafft hat, so unhöflich sein?«

Er holte seinen Orden. Es war nicht einer der allerschlechtesten, nicht der Kristi-Orden oder Nichan Iftikar. Es war ein mittelguter Orden; ein recht guter Orden. Und er machte ihn an seinem Frackaufschlag fest mit einem Gefühl, daß er ihn vielleicht wirklich benötige, da er einen blauen Anker auf der linken Hand hatte.

IV

Man tanzte nach Tisch; aber Fant blieb in einer Sofaecke des Rauchzimmers sitzen. Neben ihm saß der Mann, den er damals geärgert hatte, als er auf seinen ausländischen Orden starrte; aber er war jetzt Kommandeur. Sie waren gute Freunde geworden und sagten sich »du«, wenn sie einander etwas sagten; aber sie sagten nichts. Sie saßen bloß jeder in seiner Sofaecke und rauchten große Zigarren mit Etiketten und verstanden sich vollkommen.

Die Ärzte hatten Fant verboten, starke Zigarren zu rauchen, denn er hatte ein schlechtes Herz. Aber er hatte sich seit dem Nachtessen eben die dritte angezündet.

Im Spiegel an der anderen Wand, gegenüber, sah er den Wirbel der Tanzenden und die Lichterflut im Saal. Er hatte sich oft darüber gewundert, wie es kam, daß man das Gefühl hatte, es werde gleichsam lautlos auf einer Decke oder auf einem weichen Rasen getanzt. Er verstand nun, daß es daher kam, daß er es im Spiegel sah. Weil das Bild ihn von einer anderen Seite traf als der Lärm und die Musik, brachte er sie nicht miteinander in Zusammenhang, und über die Diele, die der Spiegel wiedergab, schien so der Tanz ohne Geräusch vor sich zu gehen. Sieh die weißen Kleidchen der jungen Mädchen, ihre keuchende Brust...

Er erinnerte sich, daß er einmal sie, die nun seine Gattin war, hatte vorbeischweben sehen wie diese, im einfachen weißen Tanzkleid eines jungen Mädchens. Nun war sie anders gekleidet.

Sieh, dort war sie ja mit ihm, dem Vetter. Sie stand einen Augenblick in der Türöffnung, aufrecht, zart und schlank wie immer. Sie schien ganz nackt unter dem steifen, schweren Stück Seide, in das sie ihren Körper eingehüllt hatte und das nur von einigen Spangen an den Schultern und der Taille festgehalten wurde. Und sie steckten die Köpfe zusammen und flüsterten.

Nein, er mußte sich ein wenig bewegen…, die Beine etwas vertreten … Es ist nicht gut, nach einem üppigen Nachtessen zu lange stillzusitzen und drei schwarze Zigarren zu rauchen.

Er zündete sich eine vierte an und begann, in den Räumen herumzugehen.

Er kam in die Halle hinaus. Drei junge Herren mit weißen Blumen im Knopfloch saßen mit Zigaretten im Mundwinkel auf dem Holzkasten und sprachen über Frauen; aber sie verstummten, als er vorüberging. Er öffnete die Tür zum kleinen grünen Kabinett und trat ein. Es war leer. Er setzte das gelbe Haupt des Mandarins mit einem Stoß eines Fingerknöchels in Bewegung und ging weiter zum Fenster.

Das Fensterglas atmete Reif und Winterkälte. Er blies auf die Scheibe, bis eine Lücke zwischen den Eisblumen entstand, hielt das Auge ans Glas und blickte hinaus. Der Himmel war schwarz und funkelte von Sternen. Ganz oben stand der Große Wagen mit der Deichsel nach aufwärts.

Es war also spät.

Er konnte es nicht über sich bringen, den Raum zu verlassen, denn er empfand eine bittere und verzehrende Sehnsucht nach seiner Frau und nach dem Kuß von damals, dem Kuß unter dem blaugrünen Schein der einsamen Glühlampe mit ihren Perlenschnüren, dem Kuß, dessen Zeuge der Mandarin in seinem nickenden Halbschlummer gewesen war. Wenn sie jetzt kommen möchte, eben jetzt? Niemand konnte küssen wie sie, nein, niemand. Er hatte andere Frauen geküßt, seitdem sie ihn nicht mehr liebte, aber er hatte sie alle vergessen, er würde sie nicht wiedererkennen, wenn er sie auf der Straße träfe. Wenn sie nur kommen möchte! Ja, auch wenn sie käme, um den anderen zu treffen, sogar dann würde er ihre erzwungenen und betrügerischen Küsse als ein Glück hinnehmen, sogar dann ...

Er lauschte. Man hörte flüsternde Stimmen vor der Tür, aber sie schwiegen plötzlich und entfernten sich.

Er fühlte etwas Eigenartiges am Herzen, er fühlte, daß er in ein paar Sekunden ausgestreckt auf dem Teppich liegen würde, bewußtlos, aber noch hielt er sich aufrecht, und plötzlich hörte er aus der Halle, wo die jungen Herren auf dem Holzkasten Zigaretten rauchten, eine sehr deutliche Stimme sagen: »Na ja, das ist ja übrigens natürlich. Man kann nicht verlangen, daß sie einen Menschen lieben soll, der auf der einen Hand einen blauen Anker tätowiert hat.«

V

Der Sarg stand mitten im Zimmer. Und die schwarzgekleidete Frau ging hin und her, hin und her.

»Nein, er kommt nicht ...«

Als er endlich eintrat, sagte er: »Verzeih, meine Geliebte. Ich wurde aufgehalten von einer Person, die zu Besuch kam ...«

Sie nickte steif. Sie glaubte ihm nicht, denn er küßte sie nicht.

Und er sagte, als er fand, sie hätten beide allzu lange schweigend dagestanden: »Ich muß morgen reisen. Ich habe ein Telegramm vom Minister bekommen. Aber ich schwöre dir, daß ich zurückkehren werde«, setzte er mit etwas leiserer Stimme hinzu, wie wenn er vermeiden wollte, daß der Tote ihn höre.

Sie verstand, daß er log und daß er sie nie mehr wiedersehen wollte. Und sie nickte.

»Leb wohl«, sagte sie.

Als er gegangen war, ging sie zum Kopfende des Sarges und betrachtete den Toten, ohne weiter an etwas zu denken, denn sie war allzu müde. Während sie dort stand, erinnerte sie sich plötzlich, daß sie ihn geliebt hatte. Sie hatte auch andere Männer geliebt; aber es kam ihr nun vor, wie wenn sie diesen am meisten geliebt hätte. Und bei diesem Gedanken fühlte sie die Tränen weit aus der Tiefe aufsteigen; sie ergriff seine linke Hand, die mit dem blauen Anker, und benetzte sie mit ihren Küssen und ihren Tränen.

Sigurd Mathiesen
Blutdienstag

Genau um fünf Uhr gestern morgen erwachte ich nach unruhigem Schlummer. Ich stand auf und machte meine Lampe an. Setzte mich in meinen Lehnstuhl und fiel in eine seltsame Halluzination. Oder wie soll ich es nennen?

Ich war hellwach. Ich vermerke, daß ich einen bräunlichen Käfer über den Boden kriechen sah. Und ich hörte die ganze Zeit das unaufhörliche Ticken der Uhr. Nicht in der Nähe. Sondern aus einer Welt, die ich ganz und gar verlassen hatte. Mein Bewußtsein war wach. Oder möglicherweise doch nicht? War die äußere Empfindung nur eine Illusion? und das, was ich in diesen grauenvollen Augenblicken durchlebte, die allmächtige Wirklichkeit?

Ich weiß es nicht. Aber was ich in diesen sonderbaren Sekunden empfand, erscheint mir aufrichtiger und sinnvoller als alles, was mein tägliches Auge gesehen hat.

Und ich muß noch ein paar Bemerkungen machen. Zu dieser Begebenheit kam es jetzt, da tiefer Schnee liegt. Die Leute um mich können sich nicht erinnern, je so frühen und heftigen Schneefall erlebt zu haben. Denn am Tag vor Heiligabend setzte hier aus West-Nordwest ein Schneesturm ein. Und der dauerte bis gestern, dem zweiten Weihnachtstag. Dann kam Tauwetter mit Lawinen von allen Dächern. Während einer solchen Lawine erwachte ich zu meinem lokalen Bewußtsein.

Den ganzen Tag habe ich mich unter diesem Stimmungsdruck bewegt. Durch die menschenleeren, abgesperrten

Schneestraßen hier in dieser kleinen Stadt. Durch Schneewehen, die Hohlwegen gleichen. Unter einem niedrigen, naßkalten und unsicheren Himmel. Aber mit diesem ganzen Erlebnis ebenso unausweichbar, ebenso nah in meiner Seele.

Es scheint mir auch sehr bedeutsam zu erzählen, daß ich noch in derselben Stadt wohne, wo dies passierte. Diese Gegend ist ansonsten reich. Aber hier gibt es doch einen nackten Fleck, wo lebendige Bäume eine Seltenheit sind. Ein verfluchter Ort, wo nichts wächst, außer dem bläulichen Schwarzdorn in den Felsspalten. Eine sehr steinige Gegend, erfüllt von der unruhigen Angst meiner Kindheit.

Es ist eine Geschichte, die schwer auf mir lastet, seit meiner Geburt. Ich muß sie erzählen.

Gestern fand ich beim Stöbern in einem Haufen alter Familienbriefe und Dokumente folgenden Ausschnitt aus einer Zeitung aus dem Jahr 1838. Er wurde aufbewahrt, weil er unsere Familie anging. Sein vollständiger Wortlaut ist der folgende:

»Eine sonderbare, ja beinahe unfaßbare Begebenheit hat in der vergangenen Woche mehrere der besten Familien unserer Stadt betroffen: Ihre hoffnungsvollen jungen Söhne sind spurlos verschwunden. Daß sie umgekommen sein sollten, ist hoffentlich noch ein unwahrscheinlicher Gedanke. Indessen fehlt nach vier Uhr dreißig letzten Dienstag nachmittag absolut jede Spur. Denn zu dieser Zeit gingen sie aus dem Tor der Bürgerschule. Eine alte, hier in der Stadt wohlbekannte Einwohnerin, *Marie Tobine Staure*, berichtet, sie habe, einige Minuten nach diesem Zeitpunkt, die verschwundenen Jungen, fünf an der Zahl, den Grevebakken hinaufrennen sehen. Ursprünglich waren sie sieben, zwei sah sie jedoch den Munkevejen nach Hause laufen. Es waren *Syvert Pedersen* und *Hans Horn*, beide unter zehn Jahren. Sie hörte sie davon sprechen, daß sie

Hunger hätten. Nach dieser Zeit sind die übrigen nicht gesehen worden, obgleich vier volle Tage und Nächte lang eifrige Nachforschungen stattgefunden haben. Wir fühlen uns in hohem Maße verpflichtet, darauf hinzuweisen, daß die obengenannte Frau als eine besonders zuverlässige Person gilt, so daß ihrer Aussage zu glauben ist. Es sind uns nämlich in den letzten Tagen einzelne ungebührliche, lose Gerüchte zu Ohren gekommen, welche nicht einmal den achtungswürdigen, tüchtigen Lehrer unserer Kinder, *Andreas Lillegraven*, aus diesem rätselhaften Verschwinden heraushalten, da er sie in der letzten Stunde in Erdkunde unterrichtet hat. Wir weisen einen solchen Gedanken mit Entrüstung zurück. Denn niemand kann aufrichtiger als er an dieser allgemeinen Trauer teilnehmen. Wir möchten hinsichtlich dieses unerklärlichen Verschwindens keine Vermutungen anstellen. Aber wir möchten doch nicht die Hypothese zurückhalten, daß diese unglücklichen Kinder von Herumtreibern gestohlen worden seien. Solche sind in unmittelbarer Umgebung der Stadt gesehen worden. Der Umstand, daß eine Jacke, eine Mütze und einige Schulbücher, Eigentum von *Arthur Eumert Liebe*, dicht beim Grevevejen gefunden worden sind, dürfte hierauf hindeuten. In einem solchen Fall dürfen wir erwarten, daß unsere Behörden energisch tätig werden und die böse Absicht der Schuldigen vereiteln. Und wir bitten die Menschen guten Willens in Stadt und Land, soweit diese Bekanntmachung Verbreitung findet, es als ihre christliche Pflicht anzusehen, die Ergreifung dieser Bestien zu befördern. Wir möchten daher so lange wie möglich hoffen, daß Licht in diese dunkle Affäre kommt.

Namen und Alter der Verschwundenen sind:

Otto Heinrich Leopold Ulfers, 13¾ Jahre alt, zweitältester Sohn des Capitain-lieutenant bei der Land-Verwaltung Ulfers; *Richard Budde*, 10 Jahre und 4 Monate, dritter Sohn von Amtsrichter Budde; *Odd Torbjørnson*, 12½ Jahre, jüngster Sohn von Zollschreiber Torbjørnson; *Edgar William Duus*, 15 Jahre und 1 Monat, einziger Sohn von Frau Eleonore Duus, die Witwe des Kriegscommissaire Duus; *Arthur Eumert Liebe*, 14 Jahre und 3 Monate, Kaufmann Liebes ältester Sohn.«

Der Letztgenannte aber war der einzige Bruder meines Vaters. Und ich trage denselben Namen wie er.

Die erwähnte Jacke und Mütze sowie diese Schulbücher habe ich gesehen. Sie befanden sich lange Zeit oben in einer Kleiderkammer in meinem Zuhause. Dort oben hatte man eine traurige Aussicht durch ein Giebelfenster auf eben die öde und unfruchtbare Gegend, wo er und die vier anderen verschwunden waren.

Diese Jacke war aus einem sehr seltenen englischen Stoff mit einer eigenen graugrünen Farbe, gesprenkelt mit salpeterfarbigen Körnern. Diese Farbe machte immer einen unheimlichen Eindruck auf mich. Ich weiß nicht, woher er kam. Aber ich fand, er hatte etwas Intimes mit dem Tod zu tun. Die Mütze war aus blauem Tuch mit langen, schwarzen Seidenbändern im Nacken. Von der Sorte, die Schottenmützen genannt wurden.

Warum mußten gerade diese Sachen meines unbekannten Onkels gefunden werden? Mit dieser Frage habe ich mich mein Leben lang abgemüht, ohne einen Schritt weiterzukommen. Ich weiß natürlich ein paar Züge von ihm. Solche, die vorwiegend zur Warnung erzählt werden.

Meine Mutter hat sie mir erzählt. Auch zwei alte Damen, die in unserem Haus verkehrten. Jetzt sind sie beide tot. Auch meine Mutter und mein Vater leben nicht mehr. Aber die Geschichte von dem verschwundenen Jungen lebt noch.

Es war selbstverständlich eine *Strafe*. Sie wurden ihren Eltern weggenommen, weil sie ungehorsam waren. Arthur Eumert war ein aufgeweckter Junge. Seine Auffassungsgabe war für alle offensichtlich. Er brauchte nur einen Blick ins Buch zu werfen. Und sein Lehrer hatte gesagt: »Entweder wird der Junge ein großer Mann oder ein echter Schurke.« Aber seine Mutter starb früh. Er verwilderte, steckte voller Verrücktheit. Und er schloß sich voll Hingabe seinem Freund, dem fünfzehnjährigen Edgar Duus, an. Der aber war ein mißratener Junge. Davon wußten die Leute zu erzählen. Er schlug seine Mutter, die Witwe war. Er erpreßte Geld von ihr. Ja, er stahl ihre Goldringe und Ohrgehänge und verkaufte sie an junge Seeleute. Obendrein füllte er die Pfeife des Lehrers mit Schießpulver. Also mußte das ja passieren …

An einem Dienstag nach der Schlachtwoche verschwanden sie. Und keiner hatte sie seither gesehen. Sie hatten am vorangegangenen Tag noch Blutpudding zum Abendbrot gegessen. Daran konnte sich die eine Dame sehr deutlich erinnern. Denn sie war zu jener Zeit zufällig im Haus meines Großvaters. Und das Osterschlachten fiel in dem Jahr so spät.

Schlachtwoche. – Diese Bezeichnung machte mich immer krank. Ich mußte an blutige Massen rohen Fleisches denken. An bluttriefende Fleischstücke. Und in allen guten Häusern der Stadt hatten sie an jenem Abend Blutpudding gegessen … Ein unbeschreibliches Übelkeitsgefühl erfaßte mich. Es mag einen ganzen Tag gedauert haben, bis ich wieder Fleisch schmecken konnte.

Ich fragte in meiner Einfalt nach einem Porträt meines fernen Onkels. Selbstverständlich gab es kein Porträt. Da fragte ich sie genau aus, wie er war. Denn es war mir wirklich darum zu tun, sein Aussehen kennenzulernen. Was ich erfuhr, hatte einen eigentümlichen Wert für mich. Ich sollte ihm *manchmal* ähneln.

Aber in diesem Frühjahr – schloß die alte Dame – schlug das Laub rötlich und krank aus. Es war an den Rändern von Larven zerfressen.

Der erwähnte Lehrer, Andreas Lillegraven, der ihnen in ihrer letzten Stunde Geographie gegeben hatte, wurde Gegenstand der unglaublichsten Verfolgungen. Aus diesem Grund kündigte er an der Schule. Er war unverheiratet und zog mit seiner Schwester aus der Stadt weg. Später wurde er durch Grübeleien geistesverwirrt. Er starb wenige Jahre nach dieser seltsamen Begebenheit.

Dies mitzuteilen, erscheint mir ebenfalls notwendig.

Und so beginnt diese Geschichte, in der die dunklen Morgentriebe des Lebens herrschen. In einer öden und menschenverlassenen Gegend. In einer Luft so schwermütig und friedlos, daß nicht ein Vogel seinen Flügel hebt. Eine somnambule Luft, in der der Sinn des Lebens klar und unausweichlich ist. Und in der die Kinderseele zu universalem Bewußtsein erwacht.

Um fünf Uhr heute morgen lebte ich im Jahr 1838. Es war ein sonderbar kalter, wolkenverhangener Dienstag Ende April. Dieses schwere, drückende Wetter verdichtete sich gegen Mittag. Aber es wehte kein Wind. Es fiel kein Tropfen Wasser. Gegen eins sickerte jedoch ein dichter Nieselregen herab. Er hörte allerdings vor halb vier auf. Da schlug eine nicht sonderlich tiefe, aber wohlklingende Glocke einen einzigen sanftmütigen Schlag. Die Kirchenglocke unserer Stadt.

Und ich befand mich in diesem Augenblick vor der alten Bürgerschule, *Zahlgaarden*. Übrigens war das nicht mehr ich. Es war mein verschwundener Onkel. Denn hinter mir wurde von einer bekannten Jungenstimme mein Name gerufen. Ich drehte mich um. Da stand Edgar Duus.

Er war ein schlankgewachsener, fünfzehnjähriger Junge, einen halben Kopf größer als ich. Er hatte einen eigenartigen Falkenschnabel und blutvolle, brutal aufgeworfene Lippen. Ich hegte merkwürdig gemischte Gefühle für seinen stolzen und zugleich gierigen Gesichtsausdruck. Es war

Bewunderung und oft beinah Abscheu. Und trotzdem konnte ich nicht ohne ihn sein. Ich hatte eine furchtsame Ergebenheit für diesen Menschen. Vielleicht waren es seine seltsamen Augen. Ich sah manchmal Mondschein in ihnen.

Und er sagte diese gleichgültigen Worte: »Ach was, heimgehen und fressen? Das ist ziemlich... blöd, eh. Du, Dings, Arthur, bist ein Riesenfeigling, verstehst mich?«

Er warf mir einen merkwürdig kalten, fremden Blick zu. Zum erstenmal meinte ich das menschliche Auge zu entdecken. Ich hatte es vorher nicht richtig gesehen. Hatte eine heilige Scheu vor der Welt veränderlicher Stimmung und Absicht, die dahinter lag. Obwohl ich dunkel ahnte, was sie bedeutete. Auge war für mich nur Auge und Lippe Lippe. Jetzt aber sah ich diesen seltsamen Mondschein in seinem Blick plötzlich verschwinden. Er wurde so sehend und fremd. Und ein furchtbarer Ekel schlich sich aus diesen Worten und Augen.

Nein, ich hatte auch keine Lust, heimzugehen und zu essen. Ich fand es ziemlich sinnlos. Außerdem gab es lauwarme Fleischsuppe zu Mittag. *Dienstag*. Na, ich wußte es sehr gut. Und ich sah die düstere, alte Küche... Das kleine Fenster hinaus zu einem grünen, stinkenden Hinterhof mit einem einzigen verwitterten Pflaumenbaum, der nie Früchte trug. Vom Morgen an hatte mich ein häßliches Gefühl bewegt. Ich hatte alle satt. Hatte Lust, etwas in Stücke zu brechen. Ich hatte zugleich das erstickte, unbestimmte Empfinden, viel und blutiges Fleisch gegessen zu haben. Der Tag war auch grau. Erfüllt von namenloser Schwermut. Ich mochte mich nicht bewegen. Blieb einfach stehen und starrte...

»Komm, wir gehen zum *Byhavnen* und machen was Lustiges!« Edgar stieß mich nach Jungenart mit seiner Lende in die Seite.

Ich fuhr zusammen und zog mich zurück. Ein starkes Streiflicht huschte über die Welt. Es schien mir etwas

Grauenvolles zu offenbaren. Ich kam nur nicht dahinter, was es war.

»Kommt, Otto und Richard! Kommt, Jungs – ich weiß eine gute Stelle …«

Ich wollte gerade fragen, wo. Da sah ich sie laufen. Es waren sechs Jungen. Ich kannte sie alle. Die drei kleinsten hatten Ranzen.

Einen Augenblick zögerte ich noch. Ich sah hinauf zu dem alten, grauen Schulgebäude mit den hohen, kleinscheibigen Fenstern. Ein Fenster im ersten Stock war geöffnet. Ich glaubte hinter der Gardine Lehrer Lillegravens bartloses, bleifarbenes Gesicht zu sehen. Und auf einmal war mir alles so trist und so freudlos. Ein eigenartiger, unglücklicher Hauch ging von diesem Gebäude aus. Da war auch eine trotzige Macht, die mich zu meinen Kameraden zog. Und ich stürzte ihnen nach.

Auf der Ebene an dem hundertjährigen, verlassenen Herrenhof sah ich sie oben am Hügel. Es war eine große Sandebene, umgeben von nackten Felshöhen. Vor dem geschlossenen Tor des Herrenhofs stand eine Reihe Pyramidenpappeln. Genau in diesem Augenblick brach ein seltsamer Lichtschein über die blattlose Baumgruppe. Und heute *sah* ich zum erstenmal diese eigentümlichen Pappeln, an deren Art ich sonst nie dachte. Mein Herz klopfte unruhig. Dieses Licht schien irgendwo von oben zu kommen. Von plötzlich aufbrechenden Wolken. Aber mir fiel nichts auf. Der Himmel war überall gleich niedrig und grau.

Zwei kleine, weiße Köpfe blieben oben am Grevebakken stehen und sprachen miteinander. Es war ein Geheimnis, über das sie flüsterten. Ich war gerade auf dem Sprung zu ihnen. Da liefen die beiden kleinen Jungen an mir vorbei in Richtung Munkevejen. Ja, sie liefen so, daß ihre Robbenfellranzen schief saßen. Ich sah auch die alte Näherin, Tobine Staure, in einem rotbraunen, geblümten Schal über die Ebene hinken.

Jemand rief den beiden Jungen nach und beschimpfte sie als Napfkuchen und feige Memmen. Vielleicht war ich es. Denn die anderen standen schon an der Spitze dieses Hügels. Edgar Duus winkte mir noch zu, bevor sie über den Steinzaun zum Byhavnen sprangen. Und ich rannte wieder los. Ich durfte sie nicht verlieren.

Es ging über ein eigentümliches, ödes Gebiet. Nur hier und da schoß eine einsame, verwehte Kiefer auf. Goldenes, steifes Stoppelgras wuchs an manchen Stellen. Hier war um diese Zeit kein lebendes Wesen. Und hier gab es weit und breit keine Bebauung.

An einer Stelle war es sumpfig: Rotes, stark eisenhaltiges Grundwasser stand hier mit einer bläulichen Haut. Hinüber ging es. Über weiche Moosbüschel und weißleuchtende Steine. Durch braunes, blattloses Brombeergestrüpp. Und weiter zwischen ein paar trostlosen Felshügeln. Aber hinter ihnen lag eine kleine, tote Ebene, von Felsen umschlossen. Und auf dieser ein entsetzlicher, grüner Teich voller Echsen und Frösche.

Doch noch einmal blieb ich stehen. Ja, ich lief fast ganz zurück zum Grevebakken. Zu einem milchweißen Stein. Der häßliche Ekel kroch erneut hervor. Ich weiß nicht. ob es der Stein oder das weißgraue, leuchtende Regendunkel war. Aber die Luft war so böse und schwer zu atmen.

Ich warf hier meine Bücher hin. Es waren drei. Ein dünner Weltatlas in preußischblauem Pappband, ein deutsches Lesebuch mit einem Schutzumschlag aus rotem Kaliko und eine englische Grammatik in ihrem hellgelben Einband mit gepunkteten, grünen Zeichnungen. Ich erinnere mich besonders an diesen hellgelben Einband mit den halb verschmutzten und verblichenen grünen Punkten. Er hatte draußen in der Ecke einen frischen, violetten Tintenfleck.

Ich zog auch meine Jacke aus. Meine Mütze. Eine blaue Schottenmütze mit breiten, schwarzen Seidenbändern im

Nacken. Ich warf sie über die Bücher. Ich weiß nicht, warum ich es tat.

Eine traurige Härte legte sich unter meine Brust. Ich dachte an das Mittagessen zu Hause, das kälter und kälter wurde. An die strenge, unerbittliche Adlernase meines Vaters, die er manchmal in die Küche steckte. An ein abscheuliches spanisches Rohr, das schlug und sauste … über meine Waden, meinen Rücken … wo es treffen konnte. Und diese furchtbaren Bücher. Morgen wieder ein Tag unendlicher Stunden. Und die merkwürdig müde Stimme des Lehrers. *Müde.* Alle Menschen waren müde. Hinter den Augen und Worten. In ihrem stillen Kämmerlein. Wozu sollte ich mich dann quälen?

Da kam etwas Großes, Schwarzes geflogen. Es sah aus wie ein Wolkenfetzen. Es konnte auch ein Riesenvogel sein. Das Phantom setzte sich auf den Milchstein und flatterte mit dunklen Flügeln. Und es starrte mich aus leeren Augenhöhlen an. Eine unbekannte Angst ergriff mich.

Da fiel wieder so ein seltsamer Lichtstreif aus einem Riß in der Wolkenschicht. Ich sah auf. Doch da war keiner. Es kam möglicherweise aus mir selbst. Ich hörte ein geheimnisvolles Rauschen vom Meer. Und ich spürte, ich mußte sterben. Denn alle Dinge wurden so nackt und trostlos. Es leuchtete keine Freude mehr über die Welt.

Aber jetzt ergriff mich eine resolute Hand. Ich fühlte, Edgar Duus zog mich mit. Obwohl ich nicht aufzusehen wagte. Schneller und schneller ging es über Stein und Moosbüschel. Hin zu dem grünenden Teich und der toten Ebene zwischen den Felsen. Zitternd wußte ich, was dort geschehen würde. Und ich hatte keinen Widerstand mehr.

Hier am Teich standen still die anderen. Sie hatten offensichtlich nicht vor zu spielen. Nur der kleine, blonde Richard Budde mit dem blauäugigen Lächeln schleuderte manchmal Steine ins Wasser. Er schien nichts zu begreifen. Er lachte sogar, als ein Frosch aus dem Teich aufhüpfte. Das helle Lachen streifte mich. Und ich haßte plötzlich den zehnjährigen fröhlichen Richard. Er hatte auch eine Mutter, die so widerlich auf ihn aufpaßte. Eine böse Lust, ihm etwas zuleide zu tun, stieg in mir auf.

In einem Satz war ich über ihm und riß ihm die Schirmmütze herunter. Er schrie und fuchtelte mit den Armen. Doch ich war zu groß und gewandt. Er kam nicht an meine Hand. Und husch – da flog die Mütze weit hinaus in den Teich. Er fing weinend an, am Rand entlang zu laufen. Sein weißer, kahlgeschorener Kopf war so jämmerlich in dem regenvollen Dämmerlicht.

Die anderen lachten merkwürdigerweise nicht. Sie starrten nur die graue Mütze an, die mitten auf dem Teich schwamm und sich mehr und mehr mit Wasser füllte.

Plötzlich aber stimmte Edgar Duus ein kaltes Gelächter an. Schlug nach Otto Heinrich Ulfers, so daß er kopfüber in den Teich fiel.

Otto Heinrich war ein dunkelhaariger Junge um die vierzehn. Er hatte starke Kieferknochen und eine witternde, aufgeblähte Stupsnase. Und er hatte etwas Hinterhältiges und Feiges. Ich hatte ihn nie leiden können.

Der kleine Richard war inzwischen stehen geblieben und still geworden. Doch sein Blick ließ die Mütze nicht los.

Otto Heinrich tauchte ein paar Sekunden später aus dem Modder auf. Ich erinnere mich an seine verwirrten, schwarzen Augen. Sehr genau verfolgte ich seine hilflosen Armbewegungen, um das Ufer zu erreichen. Aber ich reichte ihm keine Hand zur Hilfe. Ich stand wie angenagelt.

Auch Odd Torbjørnson rührte sich nicht. Seine zarte, zwölfjährige Gestalt hatte etwas Versteinertes. Er stand still da und hielt seine Schulbücher fest. Einen Augenblick war mir, als blitzte in seinem schönen, hellen Gesicht mit den jungfräulichen Traumlinien Verachtung auf. Und mir war, als sähe ich das gleiche hohe, unglückselige Licht von seiner weißen Stirn unter dem braunlockigen Haar strömen.

»Hilfe ... Hilfe ... Ertrinke. Ich ertr...« Otto Heinrich kroch auf den Rand zu. Sein Mund füllte sich ständig mit modrigem Wasser.

»Ach, hol meine Mütze, Otto. Sonst bekomme ich Schelte daheim«, wimmerte der kleine Richard.

Otto war ganz dicht am Ufer. Sein Gesicht war völlig grün und unkenntlich. Aber in seinen Augen leuchtete wilder Trotz.

»Ja, hol die Mütze, du Hund!« Edgar gab ihm einen Tritt an den Kopf. Der andere rollte herum und verschwand mit einem hohlen Plumps im Wasser.

Wir warteten alle ein paar Sekunden. Er kam nicht mehr hoch. Eine sonderbare, angstvolle Mattheit sickerte in meine Adern. Ich wollte laut schreien ... Aber ich fand keinen Laut. Die Angst paralysierte mich.

»Nein, Richard ... Tolpatsch! Jetzt holst du selbst die Mütze.«

Edgar setzte ihm um den Teich herum nach. Der kleine Junge fing an zu rennen. Stolperte aber mit einem Schrei. Der andere war über ihm und drückte ihn zu Boden. Schleppte ihn am Ranzen zu uns. Der Kleine widersetzte sich. Versuchte, sich an den Maulwurfshaufen festzuklammern. Ja, schlug den anderen mit seiner kleinen, geballten Faust und schluchzte vor Furcht und Wut. Doch Edgar lachte nur hart in sich hinein. Sein stolzer Falkenschnabel sah nur noch gieriger und raublüsterner aus. Und er rief mir mit neckender Stimme zu:

»Dingsda! was stehst du da und glotzt! Zum Teufel, du bist doch nicht feig!«

Da ballte ich die Fäuste. Ich fühlte, meine Handgelenke waren zart. Aber schlagen konnten sie schon ... Ich fürchtete ihn überhaupt nicht mehr. Ich fand meine Sprache wieder. Und ich schnaubte ihn an:

»Feig, sagst du? – Ich könnte dich umbringen...« Und ich trat vor ihn hin. Ich wartete, daß er schlagen würde.

Doch das tat er merkwürdigerweise nicht. Er sah mich nur an. Dieser Blick war von ungewöhnlicher Art. Ich kann ihn schwer beschreiben. Dahinter brannte eine unheimliche Glut. Todmüde, aber gefährlich. Ich glaubte zu deuten, was in diesen Augen stand. Mord. Dieser Blick besaß eine Macht, der ich unwiderruflich verfallen war. Und er antwortete mir gleichgültig:

»Warte, ich liebe dich ... Füll Steine in den Rucksack hier. Schnell.«

Ich gehorchte. Ja, ich beeilte mich geradezu. Es war mir plötzlich eine wahre Freude, diesen Auftrag zu erfüllen. Ich sammelte ein paar schwere Mondsteine, die es hier so reichlich gab. Ich sehe noch deutlich diese feuchten, schwarzglänzenden Mondsteine, die meine zitternden Finger aus dem roten Moorboden klaubten. Der Ranzen war voll. Die Taschen wurden voll. Ich schuftete wie im Rausch.

Richard lag auf dem Bauch. Er sperrte sich unter krampfhaftem Schluchzen dagegen. Aber Edgar Duus hielt seine Hände und setzte ihm sein Knie auf den Rücken. Der kleine Junge begriff nichts. Er bat nur jammernd darum, ihn nach Hause zu lassen. Heim zu Mama. Das Essen wurde kalt, und außerdem fragte Mama nach ihm. Und er blieb weg. Ach, nicht in den scheußlichen Modder ... Er bekam so viel Schelte von Mama, wenn er so zugerichtet heimkam. Er wollte nicht. Er krümmte sich wie ein Wurm.

»Nimm ihn an den Beinen«, kommandierte Edgar.

Ich gehorchte ohne Umstände.

Aber in dem Augenblick, als wir den schwingenden kleinen Körper losließen, flammte in Richards Augen blitzschnelles Begreifen auf. Und er schrie mit einer wunden Stimme, die mir wie ein Brandpfeil durch die Brust fuhr:

»Mama, Mama! die sind gemein zu mir. Ach, liebe Mama, ich seh' dich nie mehr ...«

Ein Stein fiel ihm aus der Tasche und plumpste hinein. Ein tiefer Platscher, so daß das Wasser aufspritzte und mir ins Gesicht regnete. Richard Budde versank ohne einen Laut. Genau über der Stelle, an der einige Minuten zuvor Otto Heinrich ertrunken war. Das Grün wich Richtung Ufer. Dort wurde ein gelbgrauer Fleck Wasser sichtbar.

Odd Torbjørnson stand noch in derselben bewegungslosen Haltung. Er trug eine dünne, verschlissene, ultramarinblaue Bluse. Einmal sah es aus, als friere er. Doch er straffte sich, und sein Blick suchte im Dämmerlicht die Ferne.

Ich war meiner selbst nicht mehr mächtig. Überall, wohin ich auch sah, war es so grau und zu und blind … Nur den *Teich* sah ich. Er lag da wie ein Auge, das aus diesem hoffnungslosen Schummer alles Licht saugte.

Die beiden, die vorhin geredet hatten, lagen jetzt da. Tot. Ein erleichternder Hauch strich über mich. Und ich wandte mich mit fester Stimme an Edgar:

»Nimm mich. Mir ist es egal. Aber laß ihn da außen vor.« Ich zeigte auf Odd.

»Nein«, hörte ich weit weg, »du sollst mich zuletzt töten. Komm, Odd! du bist dran.«

Odd Torbjørnson war niedergekniet. Er hielt die Bücher fest, öffnete aber nicht die Lippen. Seine zarte Person strahlte eine stumme Hingabe aus. In diesem Augenblick fuhr mir durch den Kopf, daß sein Vater ein Trunkenbold war und daß seine Stiefmutter ihn schlug.

Das Blut stieg einmal in seinen marmorweißen, feinen Wangen auf. Seine Augen waren so weit weg. Ich sah wieder das hohe, unglückselige Licht um seine Stirn … Es war diesmal wie ein starker, wogender Schein über der toten Ebene.

Edgar hob einen schwarzen Mondstein. Ich sah nichts mehr, bis Odd mir vor die Füße fiel. Sein Gehirn war eingeschlagen. Es floß etwas Blut. Es war nicht sehr viel. Der andere füllte seine Bluse mit Steinen. Dann nahmen wir die Leiche und warfen sie in den Teich.

Ich sah eine Menge blutiger Blasen aufsteigen. Und eine kleine, rote, geronnene Welle schlug ans Ufer. Dann bewegte sich nichts mehr.

Edgar versteckte ohne ein Wort Odds Bücher unter einem Stein.

Dann wandte er sich zu mir. Jetzt spürte ich, es ging um uns. Und ich biß mir trotzig auf die Lippe.

»Pfui, da wollen wir nicht liegen. Komm!« Er legte mir den Arm um die Schulter.

Doch in diesem Augenblick sah er Richards Schirmmütze in dem Grün schwimmen. Er nahm ein paar Steine und schleuderte sie nach ihr. Aber er ließ mich nicht los. Ich mußte mich mit ihm bücken. Ein Stein sprang in die Mütze. Und die sank sofort.

Wir gingen schnell los. Aber wir rannten auch nicht. Ich wußte, wohin er wollte. Zu einer Felsspalte, die wir Jungen kannten. Sie war durch Hagebutte und Schwarzdorn ziemlich verborgen. Wir mußten uns hindurchzwingen, so daß wir uns an den scharfen Dornen Hände und Gesicht zerkratzten. Ein Felsbrocken war ganz innen hinabgerutscht. Er bildete eine Höhle.

In sie hinein krochen wir auf dem Bauch – zuerst Edgar, dann ich. Dabei entdeckte ich ein Loch auf seinen schwarzen Strumpfwaden. Weiße, behaarte Haut leuchtete hervor. Ich empfand eine seltsame Lust, ihn zu kitzeln …

Ich konnte wirklich nicht anders, als mit meinem Finger hineinzufahren. Er zog heftig das Bein an sich und murmelte böse:

»Was willst du da? Du möchtest sicher nicht sterben?«

»Sterben?« Es kam mir wieder so finster vor. Und ich schwieg und biß mir auf die Lippe.

Hier drinnen war es dunkel und feucht. Ich kam mit dem Knie in Wasser und fing an zu frieren. Dann legte ich mich hin und schloß die Augen vor dem, was geschehen würde. Sie waren heiß und müde. Es brannten ein paar lächerliche Flammen vor ihnen. Kleine, tausendfarbige Sterne, die herumwirbelten.

Es war so viel Platz, daß wir dort drinnen nebeneinander paßten. Ich spürte Edgars Körper. Ein eigentümlicher Schauer durchrieselte mich. Und das Bewußtsein meines eigenen Körpers jagte zum erstenmal in mir hoch. Es war, als schösse dieser Organismus aus der feuchten, frühlingssatten Erde auf. Und es war, als gärten wilde Säfte bei uns beiden. Ich roch diesen Frühlingsduft von überall. Von dem Humuserdreich, dem säuerlichen, sprießenden Aprilgras, von den Harzknospen der Hagebutte ... Der schwüle Dunst vorjähriger Kräuter. Und die Menschenleben waren kurz und unregelmäßig. Ihre Leiber bewegten sich über einen kleinen Flecken Erde. Im Sommer saßen sie draußen und saugten Luft. Im Winter zogen sie sich in einem dunklen Kabuff zusammen. Schrumpften ohne Stoffwechsel. Unten auf der Sandebene beim Herrenhof wimmelte es in diesem Augenblick lautlos. Ein großes Ostergewimmel. Und die Kirchenglocken klangen. So viele Frühlingsleiber liefen draußen herum. Einige aber welkten. Es kam immer wieder ein solcher kalter, trostloser Apriltag mit dem gleichen geheimnisvollen Dämmerlicht. Und die gleichen Unglücksblicke über die nackte Ebene. Und die Stunden glitten ins Erdreich zurück. Sie verwandelten sich. Sie schossen unter den Teich und jenseits von ihm als grüne Kräuter wieder auf. Sie eilten wie unablässige Seufzer in die Ewigkeit.

Da rief er meinen Namen. »Arthur! Hier ist es.«

»Was?« Ich versuchte, mich aufzurichten.

Edgar Duus reichte mir schweigend sein Fahrtenmesser. Ich sah seine bläuliche Klinge hier drinnen in der Dunkelheit leuchten. Ein leuchtender Streifen entlang der Felswand. Wasser, das lautlos herabsickerte.

Ich nahm jetzt auch sein Gesicht wahr. Es kam mir nicht mehr so spöttisch und raubvogelhaft vor. Es erschien mir schöner und stolzer. Seine Wangen glänzten wie mattgoldene Bronze. Und seine Augen hatten wieder den bleichen Mondschein.

»Du sollst es mir in den Hals stoßen«, sagte er bestimmt.

»*Blut?*« fragte ich bebend.

»Was, bist du feig? – Blut, oooh. Herrlich, es sickern zu hören. Sickern und fließen ...«

Er schob das Messer in meine Hand. Ergriff mich an den Armen und schloß seine Beine um mich. Er preßte sich an mich. Ich spürte seinen brennenden Atem an meinen Brauen. Innere Ohnmacht kroch in mir hoch.

Und ich flüsterte: »Bring mich um, bring mich ...«

»Nein. Du sollst mich umbringen. Ich mag nicht mehr leben. Ich bin ziemlich dings ...«

Dann nahm er meine Hand und stieß sie heftig an seine Kehle.

»Zieh! zieh ...«

Ich hörte ihn nach Luft schnappen. Es ging ein Ruck durch seinen Körper, und sein Arm fiel schlaff herunter.

Ich begriff nichts von dem Ganzen. Ich zog meine Hand an mich. Das Messer kam allerdings mit. Ein warmer Blutstrahl spritzte mir ins Gesicht. Mein Augenlid verklebte. Ich stand im Taumel auf, schlug aber mit dem Kopf gegen das Felsstück. Und ich sank wieder über ihn. Ich fühlte noch sein Herz hämmern. Es wurde schwächer und schwächer. Schließlich hörte es ganz auf. Mein eines Auge war von geronnenem Blut zugeklebt. Mit dem anderen sah ich den seltsamen Mondschein in seinen schwinden ...

Mein Freund, Edgar William Duus, war tot.

Da kam wieder diese sonderbare Lust, meinen Finger durch das Loch in seinen Strumpf zu stecken. Denn ich hatte diese festen, sicheren Waden immer gemocht. Und ich drehte mich dorthin. Ich berührte wirklich mit dem Finger seine behaarte, nackte Haut. Sie war noch warm. Eilig zog ich ihn zurück. Es war, als ob seine Wade zitterte.

Ich hatte ein seltsames Gefühl. Er *wartete* auf mich. Und so fürchterlich war die Macht dieses Körpers über mich, daß ich an ihm entlangrobbte und mich auf den Arm des Toten fallen ließ.

Das Dunkel wurde tiefer hier drinnen. Es rauschte so eigentümlich in der Luft. Das lange, fallende Regenrauschen. Und Tropfen, die da draußen von dem Hagebuttengestrüpp tropften und tropften. Ich lag da und dachte an all unsere Spielplätze. An meine Mutter, an die ich mich nicht erinnern konnte ... Und ich wagte nicht mehr, allein zu sein.

Da fuhr das Messer an meine Kehle. Ich zog die Hand rasch zurück. Etwas kam mit ihr mit. Ich verlor es. Ich weiß nicht mehr, was es war. Es versetzte mir einen Schock. Es knisterte in meinen Adern. Ich hatte einen sonderbaren Salzgeschmack im Mund. Und ich fühlte das Blut rieseln und fließen ... außen auf meinem Körper rieseln und fließen. Qualvoller Durst peinigte mich. Aber abgesehen davon war es nur eine sieche Wollust. Ich hörte ein ewiges Rauschen, das immer schwächer wurde. Und schließlich ein großer Lichtblitz, der in einer Nacht mit wirren Funken endete ...

Da erscholl ein heftiges Krachen, das das Haus erschütterte. Mein Stuhl wurde hochgehoben und wankte. Es war beinah, als wäre hier drinnen eine Bombe gefallen. Ich hörte Glasscherben über den Boden hereinstieben. Und ich kehrte wieder zurück zu meinem *lokalen* Bewußtsein.

Eine gewaltige Schneelawine hatte sich vom Dach gelöst. Und gleichzeitig war es, als wäre eine Riesenlast von mir gefallen. Denn jetzt begriff ich das zahllose Gewimmel des Lebens auf der Erde. Blut, das ewig rieselte ... Sehen und Empfinden brachte. Und es wieder verschloß. Nach eigenem unerforschlichem Gutdünken.

Ich stand zitternd auf und nahm meine Uhr zur Hand. Sie zeigte vier Minuten und fünfzehn Sekunden nach fünf.

In weniger als fünf Minuten hatte ich diese seltsame Geschichte durchlebt.

Doch der Schreiber dieser Zeilen hat eine Mission zu erfüllen. Wenn der Schnee verschwindet, wird er die tote Ebene und die Felsspalte aufsuchen. Und der Tag wird der gleiche sein. Der letzte Dienstag im April.

Lu Xun
Das Tagebuch eines Verrückten

Die zwei Brüder – ich brauche ihre Namen nicht zu erwähnen – waren in vergangenen Schultagen meine guten Freunde gewesen, doch hatte ich sie viele Jahre lang nicht gesehen und allmählich jede Spur von ihnen verloren. Vor kurzem hörte ich zufällig, einer von ihnen wäre ernstlich krank, und da ich ohnedies unterwegs nach der alten Heimat war, unterbrach ich die Reise, um die beiden zu besuchen. Ich traf nur einen an, und von diesem erfuhr ich, daß der jüngere Bruder der Kranke sei.

»Ich bin dir sehr dankbar dafür, daß du eine so weite Reise unternommen hast, um dich nach ihm zu erkundigen«, sagte er, »aber er ist nun seit einiger Zeit genesen und nach einem anderen Kreis gefahren, wo er seine Ernennung zu einem neuen Amt erwartet.« Lachend zeigte er mir dann zwei Bände Tagebücher, die sein Bruder während der Krankheit geführt hatte, und meinte, ich – als alter Freund der Familie – möge sie einfach behalten und selber beurteilen, um was für eine Art Krankheit es sich gehandelt habe. Ich nahm die Bände mit heim und kam, nachdem ich sie durchgelesen hatte, zu dem Ergebnis, er müsse an einer Art Verfolgungswahn gelitten haben.

Die Aufzeichnungen waren sehr wirr und zusammenhanglos und voll von wilden und außergewöhnlichen Behauptungen. Überdies hatte er es unterlassen, die Zeit anzugeben, und nur der Mangel an Gleichförmigkeit in der Farbe der Tinte und dem Stil der Kalligraphie ergab eindeutig, daß die Eintragungen eine beträchtliche Zeitspanne umfaßten. Gewisse Abschnitte jedoch waren nicht ganz zusammenhanglos, und diese schreibe ich hier ab und lege sie der medizinischen Welt zum Studium vor. In bezug auf Tatsachen und Stil habe ich kein Wort der Tagebücher geändert, doch habe ich andere Personennamen verwendet, wiewohl es sich um die Namen von Bauern handelt, die der Außenwelt ganz unbekannt und in keiner Hinsicht von Belang sind. Was den Titel betrifft, so hat ihn der Verfasser selbst nach seiner Genesung gewählt, und ich habe ihn belassen.

2. April 1918

I

Der Mond ist sehr hell heute nacht.

Da es mehr als dreißig Jahre her ist, seit ich ihn zum letztenmal sah, versetzt mich sein Anblick heute in ausnehmend gute Laune, und es kommt mir zum Bewußtsein, daß ich die letzten dreißig Jahre oder noch länger in Unwissenheit und Finsternis gelebt habe. Aber ich muß auf der Hut sein. Hat nicht Zhaos Hund mich mit bösartigen Augen angesehen?

Ich habe gute Gründe, mich zu ängstigen.

II

Heute nacht gibt es überhaupt keinen Mondschein, und ich weiß, das ist ein böses Zeichen. Schon als ich heute früh, nicht ohne Vorsichtsmaßnahmen, ausging, fiel mir das irgendwie seltsame Betragen Zhao Guiwengs auf. Einerseits sah er aus, als fürchtete er mich, andererseits, als dächte er daran, mir Böses anzutun. Außerdem standen da noch sieben oder acht andere Menschen herum, steckten die Köpfe zusammen und flüsterten über mich, taten jedoch ganz unschuldig. Alle Leute, denen ich auf der Straße begegnete, verhielten sich ebenso. Einer der bösartigsten unter ihnen öffnete den Mund und grinste mich zähnefletschend an; ein Schauer durchlief mich vom Kopf bis zu den Füßen; denn kein Zweifel bestand für mich, daß sie ihre Pläne fertig hatten und im Begriffe waren zuzuschlagen.

Aber ich ging tapfer weiter. Dann kam ich zu einer Gruppe von Kindern. Auch sie sprachen über mich; ihre Augen blickten genauso wie die Zhao Guiwengs, und auch ihre Gesichter waren kalt wie Stahl. Was hatten sie mir vorzuwerfen, überlegte ich, daß sie sich so verhielten? Ich konnte mich nicht zurückhalten, ihnen zuzurufen: »Sagt es mir doch!« Aber sie liefen davon.

Was für einen Grund zu Feindschaft kann es zwischen mir und Zhao Guiweng geben, fragte ich mich. Und welchen zwischen mir und den Leuten auf der Straße? Vor zwanzig Jahren hatte ich die Buchhaltung des Herrn Gu Jiu* mit Füßen getreten, ein Umstand, den er mir höchst übelnahm. Wiewohl Zhao Guiweng Herrn Gu Jiu nicht kannte, muß er von dem Zwischenfall gehört und in seiner Entrüstung das Volk auf der Straße veranlaßt haben, sich gegen mich zu stellen. Aber wie war das mit den Kindern? Sie waren zu jener Zeit noch nicht einmal auf der Welt; warum sollten sie mich heute mit so verängstigten Augen ansehen, als fürchteten sie sich vor mir und dächten daran, mich umzubringen? Es erschreckt mich, ich kann mir keinen Reim darauf machen, und es stimmt mich traurig.

Ich begreife es nun! Ihre Väter und Mütter müssen es ihnen erzählt haben!

III

Ich kann nachts nicht schlafen. Alles muß gründlich erwogen werden, will man es begreifen.

* Lu Xun macht sich hier über den Herrn »Altersgraue Tradition« lustig. Darunter ist das dogmatische Zitieren und seelenlose Nachplappern der Klassiker zu verstehen.

Diese Menschen – oder einige von ihnen – sind vom Richter mit Bambusstöcken geprügelt und in den Gang* gesteckt worden; einige sind von ihren Gutsherren ins Gesicht geschlagen worden; die Frauen anderer wurden von Bütteln überfallen; von etlichen wurden die Eltern durch Gläubiger zum Selbstmord getrieben – aber nie zuvor waren ihre Gesichter so angstvoll und drohend wie gestern. Am seltsamsten war wohl die Frau, die gestern auf der Straße ihren Sohn durchprügelte und ihn anschrie: »Verflucht sei dein Vater! Am liebsten möcht' ich dir ein paar Mundvoll aus dem Leib beißen – erst dann werd' ich mich wieder wohl fühlen!« Und dabei wandte sie keinen Blick von mir. Ich war außerstande, meine Angst zu verbergen und lief sofort davon, worauf die gespenstige Menge mit den blauen Gesichtern und den vorstehenden langen Zähnen in spöttisches Gelächter ausbrach. In eben diesem Augenblick holte mich Chen Laowu ein und zerrte mich heim.

Zu Hause taten alle, als kennten sie mich nicht. Sie hatten dieselben Augen wie alle anderen. Kaum hatten sie mich ins Arbeitszimmer gebracht, so schlossen sie auch schon die Tür und legten außen ein Schloß und eine Kette vor, als sperrten sie ein Huhn oder eine Ente ein. Je länger ich darüber nachdachte, desto verwirrter wurde ich.

Ein paar Tage zuvor war ein Pächter aus Wolfsjungendorf gekommen, um sich über die schweren Zeiten zu beklagen. Dieser Mann berichtete meinem älteren Bruder, ein überaus bösartiger Mensch im Dorf sei von den Bauern zu Tode geprügelt worden; dann hatten etliche der Männer ihm das Herz aus dem Leibe gerissen, es in Öl gebraten und im Glauben, dies werde ihren Mut steigern, gegessen. Als ich mich mit einigen empörten Worten gegen diesen wilden Brauch wandte, blickten mich der Pächter und mein

* Gang ist der Pfahlkragen, der einem Verbrecher um den Hals gelegt und in dem er angeprangert wurde.

Bruder böse an. Erst heute wurde mir klar, daß sie in den Augen denselben Ausdruck hatten wie die Menschen auf der Straße.

Der bloße Gedanke daran läßt mich vom Kopf bis zu den Füßen schaudern.

Sie essen menschliche Geschöpfe. Was sollte sie davon abhalten, auch mich zu essen?

Alle Zeichen deuten auf diese Möglichkeit hin! Ich sehe die Frau vor mir, die ihrem Sohn Stücke Fleisch aus dem Leibe beißen wollte; ich sehe die teuflische Lust der Menge mit den blauen Gesichtern und den vorspringenden Zähnen; das und der Bericht des Pächters vor einigen Tagen sind offensichtlich heimliche Zeichen. Ich sehe Gift in ihren Worten und Dolche hinter ihrem Gelächter; ihre Zähne blitzen so weiß vom Genuß menschlichen Fleisches.

Ich hätte nicht gedacht, daß man mich für einen bösen Menschen halten könnte, aber seit ich Herrn Gu Jius Buchhaltung mit Füßen trat, werde ich verdächtigt. Die anderen scheinen Geheimnisse zu haben, die ich nicht erraten kann. Sie haben eine Art, in ihrem Zorn jeden, den sie nicht mögen, als bösen Menschen zu brandmarken. Ich erinnere mich noch, wie mein älterer Bruder, als er mich Aufsätze schreiben lehrte, mich mit guten Noten bedachte, wenn ich auch an den edelsten Menschen etwas auszusetzen fand, und sich lobend über meine Klugheit und Originalität aussprach, wenn ich ein paar Worte für die Bösewichte einlegte. Wie soll ich nun ihre geheimen Gedanken erraten, besonders da sie Menschenfleisch essen wollen?

Alles muß gründlich überlegt werden, will man es begreifen. Ich glaube, irgendwo gelesen zu haben, in uralten Zeiten sei Menschenfresserei allgemein Brauch gewesen, doch war ich dessen nicht so sicher und beschloß, in meinem Lehrbuch der Geschichte nachzuschlagen. Diese Geschichte enthält jedoch keine Zeitangaben, nur die Worte ›Wohlwollen und Rechtlichkeit‹ stehen über jeder Seite.

Nicht ehe ich die halbe Nacht lang gelesen hatte – Schlaf fand ich ja doch keinen –, fielen mir die Worte zwischen den Zeilen auf, und ich entdeckte, daß das ganze Buch nur die zwei Worte enthielt: ›Menschen essen‹! Alle die Worte, die in dem Buch geschrieben, alle die Worte, die unser Pächter gesprochen, blicken mich mit seltsamen, rätselhaft lächelnden Augen an.

Auch ich bin ein Mensch, also wollen sie mich fressen!

IV

Eine Zeitlang saß ich heute morgen ganz ruhig da. Chen Laowu brachte mir meine Mahlzeit, eine Schüssel mit Gemüse und eine Schüssel mit gedünstetem Fisch. Die Augen des Fisches waren hart und weiß. Sein Maul stand offen, wie bei Menschen, die Menschenfleisch essen wollen. Ich aß ein paar Bissen, hätte aber nicht sagen können, ob das schlüpfrige Zeug Fisch oder Menschenfleisch war, und ich erbrach alles.

»Laowu«, sagte ich, »melde meinem Bruder, daß ich mich hier bedrückt fühle und zu einem Spaziergang in den Garten hinaus möchte.« Chen Laowu ging hinaus, ohne zu antworten, kehrte jedoch nach einer Weile zurück und öffnete die Tür.

Ich blieb regungslos sitzen, war ich doch sicher, daß sie ihre bösen Absichten nicht aufgeben würden. Ich wollte einfach sehen, wie sie mit mir umspringen würden. Ganz richtig. Mein Bruder führte langsam einen alten Mann herein, der aus Angst, ich könnte die bösen Lichter in seinen Augen sehen, zu Boden blickte und mir nur über den Rand seiner Brillengläser hinweg verstohlene Blicke zuwarf.

»Du siehst heute sehr gut aus«, sagte mein Bruder.

»Ja«, erwiderte ich.

»Wir haben«, fuhr mein Bruder fort, »Doktor He gebeten, zu uns zu kommen und einen Blick auf dich zu werfen.«

»Ist mir recht!« sagte ich, aber ich wußte, daß dieser alte Mann in Wirklichkeit der verkleidete Scharfrichter war. Er war bloß gekommen, um, unter dem Vorwand meinen Puls zu fühlen, abzutasten, wie fett ich war, und sich so ein Stück Fleisch als Lohn zu sichern. Dennoch hatte ich keine Angst. Wiewohl ich keine Menschen esse, bin ich tapferer als sie. Ich reichte dem alten Mann meine Hände, die ich unwillkürlich zu Fäusten geballt hatte, und wartete ab, was er tun werde. Der alte Mann saß mit geschlossenen Augen da, befühlte meine Hand und dachte ziemlich lange nach. Dann schlug er die gespenstigen Augen auf und sagte: »Grübeln Sie nicht zu viel. Nach ein paar Tagen vollkommener Ruhe werden Sie wieder in Ordnung sein.«

Nicht zu viel grübeln und vollkommene Ruhe! Selbstverständlich! Sie werden mehr zu fressen haben, wenn ich durch die Ruhe fett werde. Was ist daran in Ordnung, soweit es mich betrifft? Was werde ich davon haben? Diese Leute wollen Menschenfleisch, sind aber dabei so ängstlich und feige, sind so bemüht, ihre Absichten zu verbergen, und zögern so, offen und direkt zuzuschlagen, daß sie mich zum Lachen bringen. Und so, unfähig mich zurückzuhalten, brach ich in Gelächter aus, und das Lachen tat mir wohl. Ich wußte, daß in diesem Lachen Mut und Rechtlichkeit waren. Der alte Mann und mein Bruder erblaßten: mein Mut und meine Rechtlichkeit schüchterten sie ein.

Doch je mehr Mut ich habe, desto mehr wollen sie mich fressen, um meines Mutes teilhaftig zu werden. Der alte Mann trat durch die Türe, aber kaum hatten sie ein paar Schritte getan, als er schon meinem Bruder zuflüsterte: »Muß unverzüglich eingenommen werden!« Mein Bruder nickte zustimmend. Du steckst also unter einer Decke mit ihnen, dachte ich. Das war eine erschütternde Entdeckung. So undenkbar es scheint, ist es in Wirklichkeit doch ganz gut möglich, daß mein Bruder sich mit den andern verschworen hat, mich zu essen.

Mein älterer Bruder ist also ein Menschenfresser!

Ich bin der jüngere Bruder eines Menschenfressers!

V

Ich habe in den letzten Tagen versucht, Entgegenkommen zu zeigen und anzunehmen, der alte Mann wäre kein verkleideter Scharfrichter, sondern wirklich ein Arzt. Auch dann könnte er immer noch ein Menschenfresser sein. Denn da in Bencao-gangmu, der klassischen Heilkunde, die Li Shizhen zum Verfasser hat, den Vater des Ärzteberufes, geschrieben steht, Menschenfleisch könne gekocht und gegessen werden – wie könnte er da ableugnen, daß er selbst menschliche Geschöpfe esse?

Auch verdächtige ich meinen eigenen Bruder nicht zu Unrecht. Als er mich unterrichtete, sagte er mit seinem eigenen Munde, daß während der Hungersnöte die Menschen »ihre Kinder austauschten, um sie zu essen«, und als er einmal über einen bestimmten Bösewicht sprach, meinte er, daß dieser nicht bloß den Tod verdiene, sondern auch, daß man »sein Fleisch esse und auf seiner Haut schlafe«. Ich war damals jung, und mein Herz schlug längere Zeit sehr erregt. Und vor einigen Tagen, als der Pächter aus Wolfsjungendorf kam und von dieser schrecklichen Angelegenheit erzählte, schien er nicht im geringsten erschüttert zu sein und drückte durch wiederholtes Nicken seine Billigung aus. Woraus zu ersehen ist, daß er noch immer unmenschlich ist wie eh und je. Da man seine eigenen Kinder zum Fressen austauschen darf, kann man ebensogut jeden anderen austauschen und jeden anderen fressen. Früher pflegte ich mir diese hochtönenden Auseinandersetzungen aufmerksam anzuhören und mich damit zufrieden zu geben; jetzt ist mir klar, daß nicht nur, als er so sprach, sein Herz von dem Wunsch erfüllt war, Menschenfleisch zu fressen, sondern daß seine Lippen tatsächlich schon von menschlichem Fett troffen!

VI

Es ist stockfinster. Ich weiß nicht, ob es Tag oder Nacht ist. Der Hund des Nachbarn Zhao hat wieder zu bellen begonnen.

Bösartig wie Löwen, ängstlich wie Kaninchen, verschlagen wie Füchse …

VII

Ich kenne ihren Plan nun; aus Angst vor den Folgen wagen sie nicht, mich zu töten. Doch werden sie versuchen, mich mit jedem ihnen vertrauten Kniff zum Selbstmord zu treiben. Ich brauche mich bloß zu erinnern, wie sich vor einigen Tagen die Männer und Frauen auf der Straße benahmen, und schon ist mir alles klar. Es würde ihnen am besten passen, wenn ich meinen Leibriemen nähme, ihn an einen Pfosten bände und mich selber aufhängte; dann wäre ihr Wunsch erfüllt, ohne daß man sie des Mordes anklagen könnte. Welche Freude würde da herrschen! Welch dämonisches Gelächter laut werden! Aber sie könnten mir auch Angst einjagen und mich zu Tode hetzen; immer noch kämen auf jeden ein paar Bissen, wiewohl ich etwas magerer wäre.

Sie können nur das Fleisch toter Menschen essen! Ich entsinne mich, irgendwo von einem hassenswerten Tier, Hyäne genannt, gelesen zu haben; ihre Augen und Züge erweckten Abscheu, und sie nährt sich nicht nur vom Fleisch toter Menschen, sondern zerkaut und schluckt auch die größten Knochen. Bloß daran zu denken, ist grauenhaft. Die Hyäne ist eine Verwandte des Wolfes, und Wolf und Hund sind Vettern. Unlängst blickte mich der Hund des Nachbarn Zhao einige Male an: ein Beweis dafür, daß auch er an der Verschwörung beteiligt ist.

Der alte Mann konnte mich nicht täuschen, mochte er die Augen auch zu Boden richten.

Am verächtlichsten von allen ist mein älterer Bruder. Wie kommt es, daß er, selbst ein menschliches Geschöpf, vor Menschenfresserei nicht im geringsten zurückscheut? Im Gegenteil – er schmiedet Pläne, mich zu fressen! Rührt es daher, weil er gewohnt ist, es zu tun, und sich nicht darüber klar wird, daß es sich um eine Missetat handelt, oder hat er kein Gewissen mehr und könnte wissentlich ein Verbrechen begehen?

Ich werde mit ihm beginnen, wenn ich menschenfressende Menschen verfluche! Ich werde auch mit ihm beginnen, wenn ich menschenfressende Menschen von ihrer bösen Sucht zu bekehren trachte.

VIII

Ein paar Tage später kam ein Mann zu mir. Er war etwa zwanzig Jahre alt, und seine Züge schienen mir etwas verschwommen. Er lächelte und nickte mir zu, doch war sein Lächeln unaufrichtig.

»Finden Sie es richtig, menschliche Geschöpfe zu essen?« fragte ich ihn.

»Wir haben doch keine Hungersnot«, erwiderte er noch immer lächelnd, »wie wäre so etwas also möglich?«

Mir wurde sofort klar, daß auch er zur gleichen Bande gehörte und dem Genuß menschlichen Fleisches nicht abhold war. Dennoch nahm ich meine Kraft zusammen und wiederholte meine Frage: »Aber finden Sie es richtig?«

»Aber was hat es für einen Sinn, eine solche Frage zu stellen? Sie können aber auch seltsam spaßen … Schöner Tag heute!«

Der Tag war wirklich schön und der Mond sehr hell, aber ich beharrte auf meiner Frage: »Finden Sie es in Ordnung?«

Er schien davon unangenehm berührt zu sein und murmelte unbestimmt: »Nein …«

»Nicht in Ordnung? Warum beharrt man also darauf?«

»Trifft ja gar nicht zu ...«

»Trifft nicht zu? Aber es ist ja vor kurzem erst in Wolfsjungendorf geschehen, und es steht in allen Büchern, rot, blutrot!«

Er wechselte die Farbe, lief blau an wie Stahl und sagte mit einem Blick in den Augen: »Vielleicht ist es so, aber es war ja immer so ...«

»Aber ist es deswegen richtig?«

»Ich will mich mit Ihnen über diese Dinge nicht streiten. Jedenfalls sollten Sie davon nicht reden. Es ist falsch von Ihnen, es zu tun!«

Ich sprang auf und riß die Augen weit auf, nur um zu finden, daß der Mann verschwunden und ich in Schweiß gebadet war. Er war viel jünger als mein Bruder, aber gehörte zur selben Bande. Vater und Mutter mußten es ihn gelehrt haben, und ich fürchte, er hat es auch schon seinen eigenen Kindern gelehrt, deshalb starren mich ja sogar die Kinder mit so bösen Lichtern in den Augen an.

IX

Jedermann möchte die anderen fressen und hat Angst, selbst gefressen zu werden, und deshalb blickt jedermann mit solch tiefem Mißtrauen und Argwohn jedermann an ...

Welch eine Erleichterung wäre es, könnte jedermann diese Besessenheit aus seinem Geiste verbannen und sich mit sorglosem Herzen an seine Arbeit begeben und essen und schlafen! Es kostet nicht viel Mühe, dieses Hindernis, welches das Tor zur Freiheit versperrt, zu überwinden, und doch schließen sie sich alle – Eltern und Kinder, Brüder und Schwestern, Gatten und Gattinnen, Lehrer und Schüler, Freunde und Feinde und Fremde –, schließen sich alle zusammen, halten einander zurück und lehnen es sogar bis zum Tode ab, diese eine Schranke zu überschreiten.

X

Früh am Morgen ging ich zu meinem Bruder hinaus, der vor der Vorhalle stand und zum Himmel empor starrte. Ich trat zu ihm und sagte, mit dem Rücken zur Tür, ungewöhnlich ruhig und friedlich: »Bruder, ich muß dir etwas sagen.«

»Bitte, was willst du?« erwiderte er, wandte sich brüsk zu mir und nickte.

»Es handelt sich nur um ein paar Worte, aber ich finde es schwierig, sie auszusprechen. Im Anfang, Bruder, aßen wahrscheinlich alle Wilden ein wenig Menschenfleisch. Später gaben einige von ihnen diesen Brauch auf, weil sich ihre Ansichten änderten. Sie versuchten ihr Bestes, sich selbst zu bessern, und wurden menschliche, wirklich menschliche Geschöpfe, während andere fortfuhren, Menschenfleisch zu essen. Der Fall dieser Wilden ähnelt dem der Insekten, von denen manche zu Fischen und Vögeln und Affen und schließlich zu Menschen wurden, während andere keinen Versuch machten, besser zu werden, und Insekten blieben.

Wie schändlich sind Menschen, die Menschen fressen, verglichen mit denjenigen, die es nicht tun. Ihre Scham darüber muß sogar größer sein als die der Insekten gegenüber den Affen.

Zugegeben, es ist sehr, sehr lange her, seit Yiya seinen eigenen Sohn für Jie und Zhou zum Essen kochte; das Unglück ist, daß die Leute nicht aufgehört haben, einander zu fressen – von der Erschaffung von Himmel und Erde durch Pan Gu bis zum Sohn des Yiya, und vom Sohne des Yiya bis zu Xu Xilin, dem Revolutionär, der 1907 hingerichtet wurde, weil er einen Mandschubeamten getötet hatte, und dessen Leibwächter den Körper Xu Xilins verstümmelten und sein Herz verschlangen, und von Xu Xilin bis zu dem Mann, den sie in Wolfsjungendorf fingen. Noch im vergangenen Jahr tauchte, als ein Gefangener in der Stadt hingerichtet wurde, ein Schwindsüchtiger ein Brötchen in das Blut des Opfers und aß es.

Und jetzt will man mich essen. Ich kann es ja verstehen, daß du ganz allein sie daran nicht hindern kannst. Aber warum beteiligst du dich an ihren Plänen? Wozu wären Menschen, die andere Menschen fressen, nicht imstande! Wenn sie mich fressen können, dann können sie auch dich fressen und einander fressen. Und dabei ist nur ein einziger Schritt in der richtigen Richtung notwendig, um Frieden und Wohlwollen zu schaffen: der Wunsch, sich selbst zu bessern. Die Welt mag immer gewesen sein, wie sie ist; trotzdem sollten wir keinen Versuch scheuen, sie besser zu machen, als sie war. Du sagst, das sei unmöglich? Bruder, ich glaube, du bist imstande, das zu sagen. Du sagtest ja auch vor kurzem, es wäre unmöglich, als ein Pächter dich um Herabsetzung der Pacht bat!«

Zuerst lächelte er nur kalt, aber allmählich wurden seine Augen wild und grausam, und als ich sein Geheimnis enthüllt hatte, lief sein ganzes Gesicht blau an. Die Menge vor dem Tor, unter ihnen Zhao Guiweng und sein Hund, hatte sich nach und nach hereingedrängt. Die Züge mancher der Leute waren undeutlich, als wären sie mit Gaze bedeckt; andere hatte noch immer blaue Gesichter und vorstehende Zähne und lächelten mit gierigen Blicken. Ich erkannte sie. Sie gehörten zur selben Bande. Sie alle waren Menschen, die andere Menschen fressen, obgleich ihre Ansichten darüber auseinandergingen. Manche meinten, es sei immer so gewesen, und das wäre richtig so, während andere wußten, daß es böse war, aber dennoch fressen wollten. Die letzteren waren empfindlicher gegen die Aufdeckung ihrer Verschwörung, und sie wurden wütend, als sie hörten, was ich sagte, aber immer noch lächelten sie ihr kaltes Lächeln.

In diesem Augenblick schnitt mein Bruder plötzlich eine wilde Grimasse und brüllte laut: »Hinaus mit euch, hinaus! Habt ihr noch keinen Verrückten gesehen?«

Und da entdeckte ich einen anderen ihrer tückischen Pläne. Nicht nur, daß sie ihre Art nicht ändern wollten, sie hatten auch sorgfältig ihre Ränke geschmiedet und wollten mich als Wahnsinnigen brandmarken. Sobald sie mich gegessen hätten, würden sie nicht nur frei ausgehen, sondern vielleicht gar dafür noch Dank ernten. Die Leute von Wolfsjungendorf hatten ihr Opfer als Bösewicht bezeichnet, weil sie sich aus ihm ein Fressen machen wollten. Das ist ein alter Kniff von ihnen.

Chen Laowu kam mit finsterem Blick daher und tat sehr entrüstet, aber er konnte mich nicht am Sprechen hindern. Ich beharrte darauf, zu diesen Leuten zu sprechen, und sagte:

»Ihr müßt bereuen! Aus der Tiefe eurer Herzen bereuen! Ihr müßt lernen, daß es in der Welt der Zukunft für Menschenfresser keinen Platz geben wird. Ändert ihr euch nicht, dann werdet ihr einander auffressen. Wie fruchtbar ihr auch sein möget, am Ende werden Menschen, die wirklich menschliche Geschöpfe sind, euch ausrotten, wie Jäger Wölfe ausrotten! Ihr werdet ebenso sein wie die Insekten!«

Die Menge wurde von Chen Laowu davongejagt. Mein Bruder verschwand, ich weiß nicht, wohin. Chen Laowu überredete mich, in mein Zimmer zurückzukehren. Alles im Zimmer war dunkel. Das Deckengebälk über mir zitterte, wurde nach einer Weile größer und schwerer und begrub mich unter sich. Es war so schwer, daß ich mich nicht regen konnte. Auch das Deckengebälk wollte, daß ich sterbe. Aber ich wußte, daß sein Gewicht falsch war, und so wand ich mich heraus. Ich war über und über mit Schweiß bedeckt. Ich sagte: »Ihr müßt euch sofort ändern, euch aus der Tiefe eurer Herzen wandeln. Ihr müßt lernen, daß die Zukunft für Menschenfresser keinen Platz hat …«

XI

Ich weiß nun, daß sie meine jüngere Schwester fraßen.

Die Sonne ging nicht auf, und die Tür öffnete sich nicht. Jeden Tag wurden mir zwei Mahlzeiten gebracht.

Sobald ich die Eßstäbchen aufnahm, fiel mir mein Bruder ein, und ich wußte, daß er allein für den Tod meiner Schwester verantwortlich war. Sie war nur fünf Jahre alt, und ihr anbetungswürdiges Antlitz steht noch immer lebhaft vor meinen Augen. Mutter weinte unaufhörlich, aber er überredete sie, mit dem Weinen aufzuhören; wahrscheinlich verursachte es ihm Unbehagen, da er sie doch selber gefressen hatte. Wenn er noch immer Gewissensbisse fühlte …

Ob nun meine Mutter erfuhr, daß die Schwester vom Bruder gefressen worden war oder nicht, ist etwas, was ich nie herausfinden werde.

Vielleicht erfuhr Mutter es, sagte aber nichts, weil auch sie der Ansicht war, es wäre richtig so. Ich erinnere mich – ich war damals vier oder fünf Jahre alt –, mit meinem Bruder der Kühle wegen im Hof gesessen zu haben. Wenn die Eltern krank seien, sagte mein Bruder, müßten die Kinder, um ihrer Kindespflicht zu genügen, ein Stück ihres eigenen Fleisches abschneiden, es kochen und den Eltern zum Essen anbieten. Mutter sagte nicht, dies wäre nicht erlaubt. Aber wenn es richtig war, ein Stück zu essen, dann war es auch recht, ein ganzes menschliches Geschöpf zu fressen. Aber wie sie an diesem Tage weinte, das war herzzerreißend. Es rührt mich auch jetzt noch, wenn ich daran zurückdenke.

Wahrhaftig die Welt ist seltsam, sehr seltsam!

XII

Ich darf daran nicht mehr denken.

Erst heute wird mir klar, daß diese Welt, in der ich etwa die Hälfte einer Lebensspanne zugebracht habe, mehr als viertausend Jahre lang einen Menschenfresserwelt war. Zur Zeit des Todes meiner Schwester betreute mein Bruder die Angelegenheiten der Familie. Es ist keineswegs ausgeschlossen, daß er ihr Fleisch in die Speisen mengte und uns ohne unser Wissen zu essen gab.

Es ist keineswegs ausgeschlossen, daß ich selber ein paar Stücke vom Fleisch meiner Schwester aß! Und nun ist die Reihe an mir...

Wie kann ein Mensch wie ich, nach viertausend Jahren Menschenfresserei – obwohl ich davon bis jetzt nichts wußte – jemals hoffen, wirklichen Menschen zu begegnen?

XIII

Vielleicht gibt es Kinder, die noch kein Menschenfleisch gegessen haben.

Rettet, rettet die Kinder...

Isaak Babel

Mein erstes Honorar

Den Frühling in Tiflis zu verleben, zwanzig Jahre alt zu sein und nicht geliebt zu werden, ist ein Drama. Dieses Drama ist mir widerfahren. Ich war Korrektor in der Druckerei des kaukasischen Militärbezirks. Vor meinem Mansardenfenster gurgelte die Kura vorbei. Die Sonne, noch hinter den Bergen, entzündete morgens ihre trüben Strahlenbündel. Die Mansarde hatte ich von einem jungvermählten Georgier gemietet. Mein Hausherr betrieb einen Fleischhandel auf dem orientalischen Basar. Hinter der Wand gebärdeten sich der liebestolle Händler und seine Frau wie große Fische, die man in eine Büchse gesperrt hat. Blindwütig trommelten diese Fische mit den Schwänzen an den Verschlag. Sie erschütterten unser sonnenversengtes, sonnengeschwärztes Domizil unterm Dach, rissen es von den Balken und trugen es fort in die Unendlichkeit – in wilder, trotziger Leidenschaft, mit verbissenen Zähnen. Morgens ging die jungvermählte Miliet hinunter nach Lawasch. Sie hielt sich dabei am Geländer, um nicht zu fallen, so schwach war sie. Suchte mit dem schmalen Fuß die Stufe und lächelte vage und befangen wie eine Genesende. Die Hand vor die kleine Brust gedrückt, nickte sie allen zu, die ihr unterwegs begegneten – dem vor Alter grünspanigen Aisoren, der Petroleum austrug, den verschrumpelten alten Megären, die mit ihren Docken Lammwolle hausieren kamen. Nachts wich das Rumoren und Wispern meiner Nachbarn einem Schweigen, so durchdringend wie das Pfeifen einer Kugel.

Zwanzig Jahre alt zu sein, in Tiflis zu leben und nachts die Stürme eines fremden Schweigens zu vernehmen ist ein Drama. Ich rettete mich davor, indem ich kopfüber aus dem Haus flüchtete hinunter zur Kura, dort ereilten mich die Dampfbadschwaden des Tifliser Frühlings. Sie fielen über mich her und zehrten mich aus. Mit ausgedorrter Kehle schlenderte ich den zerbuckelten Damm hinauf. Die benebelnde Frühjahrsschwüle trieb mich wieder zurück in die Dachkammer, in diesen Wald von mondübergossenem, geschwärztem Stangenholz. Was blieb mir übrig, als die Liebe zu suchen. Und ich fand sie natürlich. War's mein Glück oder Pech, meine Auserwählte erwies sich als eine Prostituierte. Sie hieß Vera. Jeden Abend pirschte ich ihr auf dem Golowinski-Prospekt nach, ohne daß ich sie anzusprechen wagte. Geld für sie besaß ich nicht, und die Worte, diese ewig gleichbleibenden, abgeschmackten und aufwühlenden Worte der Liebe, kannte ich auch nicht. Von jung auf hatte ich mich mit ganzem Wesen dem Verfassen von Novellen, Stücken, Tausenden von Geschichten verschworen. Sie lagen auf meinem Herzen wie die Kröte auf dem Stein. Von teuflischem Stolz besessen, wollte ich sie nicht vorschnell niederschreiben. Mich deuchte es verlorene Liebesmüh, schlechter zu dichten als Lew Tolstoi. Meinen Geschichten sollte es bestimmt sein, zu überdauern. Kecke Ideen, verzehrende Leidenschaften lohnten die aufgewandte Mühe nur, wenn man sie in ein schönes Kostüm steckte. Wie aber dieses Kostüm nähen?

Jemand, der von einem Gedanken umstrickt, von seinem Schlangenblick gebannt ist, wird schwerlich im Schaum prasselnder, platter Liebesworte zerfließen. Ihm ist es peinlich, vor Jammer zu weinen, ihm fehlt es an Geist, vor Glück zu lachen. Als schwärmerische Natur beherrschte ich nicht die dumme Kunst des Glücks.

Deswegen kam ich nicht umhin, zehn Rubel aus meinen mageren Einkünften an Vera zu geben.

Entschlossen postierte ich mich eines Abends vor die Tür des Gasthofs »Sympathie«. Salopp flanierten vor mir Fürsten in weichen, blauledernen Tscherkessenstiefeln hin und her. Mit silbernen Zahnstochern polkten sie zwischen ihren Zähnen und taxierten die grellgeschminkten Frauen, Georgier-Mädchen mit großen Füßen und schmalen Hüften. Türkisblaue Töne durchwoben die Dämmerung. Entlang den Straßen stöhnten ausschlagende Akazien mit tiefer, brüchiger Stimme. Eine Menge weißberockter Beamter wälzte sich den Prospekt herauf. Ihr entgegen flossen vom Kasbek herab balsamische Ströme.

Vera kam spät, als es schon dunkel wurde. Großgewachsen, mit blassem Gesicht segelte sie vor der Menge der Lackaffen her wie die Madonna am Bug eines Fischerbootes. Dann war sie auf der Höhe meiner Gasthoftür. Ich gab mir einen Ruck, stürzte vorwärts.

»Wohin eilt die schöne Frau?«

Ihr breiter, rosiger Rücken bewegte sich vor mir. Sie wandte sich um.

»Was säuseln Sie da?«

Sie runzelte die Brauen, ihre Augen lachten.

»Wo Sie hin möchten, frag ich.«

Die Worte barsten mir im Mund wie ausgedorrte Holzkloben. Vera wechselte den Schritt und ging neben mir her.

»Ein Zehner, wenn's recht ist?«

Ich erklärte mich so rasch einverstanden, daß ihr Argwohn erwachte. »Hast du überhaupt zehn Rubel?«

Wir traten in ein Haustor, ich reichte ihr meinen Beutel hin. Sie zählte darin einundzwanzig Rubel zusammen, ihre Augen verengten sich, die Lippen zuckten. Die goldenen Münzen sortierte sie zu den goldenen, die silbernen zu den silbernen.

»Der Zehner für mich«, sagte Vera und gab mir den Beutel zurück, »fünf Rubel verbummeln wir, die andern bleiben dir zum Leben. Wann kriegst du Lohn?«

»In vier Tagen«, antwortete ich. Wir traten aus dem Haustor, Vera hakte sich bei mir unter und schmiegte sich mit der Schulter an. Wir gingen die auskühlende Straße hinauf, auf dem Pflaster breitete sich ein Teppich von welkem Gemüse.

»Nach Borshom müßte man bei der Hitze!«

Ein Band hielt Veras Haare. Darin sprühten und funkelten Blitze im Laternenlicht.

»Mach doch hin.«

Ich sagte »mach hin«, gebrauchte diesen Ausdruck Gott weiß warum.

»Und die Pinke?« antwortete Vera, gähnte und vergaß mich. Sie vergaß mich, weil ihr Tag zu Ende war und sie an mir leicht verdiente. Sie wußte, daß ich sie nicht anzeigen oder ihr nachts Geld und Ohrringe stehlen würde.

Wir gelangten zum Fuß des St.-David-Berges. Dort, in der Garküche, bestellte ich für uns Lulja-Kebab. Noch bevor das Essen kam, wechselte Vera zu einer Gruppe alter Perser an den Tisch, die von Geschäften schwatzten. Auf ihre hohen Stöcke gestützt und mit den Olivenköpfen nickend, redeten sie auf den Wirt ein, es sei jetzt die rechte Zeit für ihn, sein Unternehmen zu erweitern. Vera nahm sogleich das Wort, stellte sich auf die Seite der Alten und empfahl, die Garküche auf den Michailow-Prospekt zu verlegen. Der Wirt, vor lauter Dickleibigkeit und Vorsicht verblendet, schnaufte nur. Ich aß mein Lulja-Kebab alleine. Veras entblößte Arme fuhren aus der Ärmelseide hervor, mit den Fäusten trommelte sie auf den Tisch, ihre Ohrringe flogen nur so daher zwischen langen, ausgedörrten Rücken, orangegelben Bärten und gefärbten Fingernägeln. Ihr Lulja-Kebab war kalt, als sie an den Tisch zurückkehrte. Ihr Gesicht brannte vor Eifer.

»Den kriegst du nicht vom Fleck, den Esel... Eine orientalische Küche auf dem Michailow-Prospekt, weißt du, da ließe sich doch was aufstellen!«

In einem fort kamen Bekannte von Vera am Tisch vorbei – Fürsten in Tscherkessenröcken, ältere Offiziere, Händler in Seidenjacken und schmerbäuchige Alte mit gebräunten Gesichtern und grünlichen Pickeln auf den Wangen. Erst gegen Mitternacht langten wir im Hotel an, indes fand sich auch dort zu tun für Vera. Ein hutzliges Weiblein wollte zum Sohn verreisen nach Armawir. Vera ließ mich sitzen, eilte hinaus zu der Abreisenden, stemmte sich mit den Knien auf deren Koffer, umschnürte Kissen, wickelte Piroggen in fettiges Papier. Währenddessen unternahm das breitschultrige Weiblein mit ihrem Schleierhütchen auf dem Kopf und der zerschlissenen Tasche unterm Arm einen Abschiedsgang durch die Zimmer. In Gummigaloschen schlurrte sie durch den Korridor, über sämtliche Runzeln schluchzend und strahlend zugleich. Mindestens eine Stunde ging über diesen Abschied hin. Ich wartete auf Veras muffigem Zimmer: dreibeinige Stühle, Lehmofen, feucht durchfleckte Ecken.

Ich war so lange gepeinigt und kreuz und quer durch die Stadt geschleift worden, daß mir selbst meine Liebe ein Feind, ein miasmatischer Feind deuchte.

Im Korridor schlorrte das fremde Leben vorbei und entlud sich wieder und wieder in urplötzlichem Aufkichern. In einem Fläschchen voll milchiger Flüssigkeit starben Fliegen. Jede starb auf ihre Art; die eine schwer, unter heftigen Todeszuckungen, die andere kaum merklich zitternd. Sodann lag da ein Buch auf der fadenscheinigen Tischdecke, ein Roman aus dem Bojarenleben Golowins. Ich schlug es aufs Geratewohl auf. Die Buchstaben liefen reihenweis hin und verwischten sich. Vor mir im Fensterquadrat lag die gepflasterte Auffahrt, das schiefe türkische Gäßchen. Vera trat ein.

»Ich habe Fedossja Mawrikijewna hinuntergebracht«, sagte sie. »Weißt du, sie ist wie eine Mutter zu uns. Die Alte fährt allein, ohne Begleitung.«

Sie setzte sich aufs Bett, spreizte die Knie. Ihre Blicke irrten fort in die reinen Bereiche der Fürsorge und Freundschaft. Dann sah sie mich an, der ich in der doppelreihigen Jacke dasaß. Sie verschränkte die Hände und rekelte sich.

»Du hast lange gewartet! Laß man, jetzt sind wir dran!«

Indessen wollte mir nicht eingehen, wozu Vera solche Geschäftigkeit an den Tag legte. Ihre Hantierungen erinnerten an die eines Arztes vor der Operation. Sie zündete den Petroleumkocher an, stellte einen Topf Wasser drauf. Legte ein sauberes Handtuch über die Bettwand, hängte einen Klistierkrug ans Kopfende, von dem ein weißer Schlauch an der Wand herabbaumelte. Als das Wasser erwärmt war, goß es Vera in den Krug, warf einen roten Kristall hinein und zog das Kleid über den Kopf. Vor mir stand eine große Frau mit abfallenden Schultern und knittrigem Leib. Die geschwollenen Brustwarzen starrten blind zur Seite.

»Bis das Wasser soweit ist«, sagte meine Geliebte, »komm mal her, mein Jungchen.«

Ich rührte mich nicht vom Fleck. Ich war starr vor Verzweiflung. Warum nur hatte ich meine Einsamkeit mit dieser Höhle jammervoller Armut vertauscht, mit den sterbenden Fliegen und dreibeinigen Möbeln.

O Götter meiner Jugend! Wie wenig glich dieser ganze Murks hier der Liebe meiner Wirtsleute hinter der Wand, ihrem Juchzen, wieder und wieder, noch und noch.

Vera faßte unter ihre Brüste und bewegte sie.

»Was sitzt du so trist da, läßt den Kopf hängen? Komm doch mal her.«

Ich rührte mich nicht vom Fleck. Vera hob das Hemd bis zum Bauch und setzte sich erneut aufs Bett.

»Oder tut dir's Geld jetzt leid?«

»Mein Geld tut mir nicht leid ...«

Ich sagte es mit brüchiger Stimme.

»Warum nicht? Bist du ein Dieb?«

»Nein, kein Dieb.«

»Bist du ein Spanner?«

»Ich bin ein Junge.«

»Daß du keine Kuh bist, seh ich«, murrte Vera, und die Lider fielen ihr zu. Sie streckte sich aus, zog mich an sich und tastete an meinem Körper entlang.

»Junge«, rief ich, »begreifst du nicht, Junge bei den Armeniern.«

O Götter meiner Jugend! Von zwanzig Jahren meines Lebens waren fünf damit hingegangen, daß ich mir Geschichten, Tausende von Geschichten, ausdachte, die mir das Hirn leer saugten. Sie lagen auf meinem Herzen wie die Kröte auf dem Stein. Von der Kraft meiner Einsamkeit gestoßen, fiel eine davon zu Boden. Es schien mir an der Wiege gesungen, daß die Tifliser Prostituierte meine erste Leserin werden sollte. Mich überlief es eiskalt, als mir dieser Schwindel so unversehens entfuhr, dennoch erzählte ich ihr die Geschichte des Armenierjungen. Hätte ich weniger fleißig meinem Handwerk nachgebrütet, so hätte ich die banale Geschichte vom verstoßenen Sproß eines reichen Beamten, von einem Despotenvater und einer Märtyrerin von Mutter heruntergestottert. So dumm war ich nicht. Eine guterfundene Geschichte braucht ja nicht dem tatsächlichen Leben zu gleichen; das Leben versucht nach Kräften, der guterfundenen Geschichte zu gleichen. Deshalb und weil es meine Zuhörerin so haben wollte, wurde ich in Aljoschki, einem Flecken im Chersonschen geboren. Vater sei Zeichner in einem Büro für Flußschiffahrt gewesen, habe sich den ganzen Tag mit seinen Zeichnungen herumgeschunden, um uns, den Kindern, eine Schulbildung angedeihen zu lassen, doch wir seien der Mutter, einem Schleckermaul und losem Geschöpf, nachgeraten. Mit zehn Jahren hätte ich dem Vater Geld gemaust und sei, ein halbes Kind noch, nach Baku ausgerissen, zu Mutters Verwandten. Bei ihnen hätte ich den Armenier Stepan

Iwanowitsch kennengelernt, mich mit ihm angefreundet, und wir hätten vier Jahre zusammengelebt.

»Wie alt warst du da?«

»Fünfzehn!«

Vera spitzte darauf, von den Schändlichkeiten des Armeniers zu hören, wie der mich verdorben hätte. Da sagte ich:

»Wir haben vier Jahre zusammengelebt. Stepan Iwanowitsch war so vertrauensvoll und großzügig, wie ich sonst niemand kenne, gewissenhaft und edel. Sämtlichen Freunden glaubte er aufs Wort. In diesen vier Jahren hätte ich ein Handwerk lernen sollen, ich machte keinen Finger krumm. Ich hatte anderes im Kopf, das Billard. Stepan Iwanowitsch haben dann die Freunde ruiniert. Er hatte ihnen bronzene Wechsel ausgegeben, die Freunde haben sie zur Beitreibung präsentiert.«

Bronzene Wechsel! Weiß der Himmel, wie ich darauf kam. Jedenfalls hatte ich das Richtige getroffen. Als Vera von den bronzenen Wechseln hörte, glaubte sie alles. Sie hüllte sich in den Schal, der Schal wogte um ihre Schultern.

Mit Stepan Iwanowitsch sei es bergab gegangen. Man habe ihn auf die Straße gesetzt, seine Möbel versteigert. Er sei Handelsreisender geworden, und ich hätte ihn, den Bettler, verlassen und sei zu einem reichen Alten, einem Kirchenältesten, gegangen.

Den Kirchenältesten borgte ich mir bei einem Dichter aus, es war der Einfall eines trägen Herzens, das sich um die Hervorbringung eines leibhaftigen Menschen nicht mühen mochte.

Kirchenältester sagte ich, und Veras Augen winkten mir ade, sagten mir die Gefolgschaft auf. Da, um die Sache zu korrigieren, pflanzte ich dem Alten das Asthma in die fahle Brust, Asthmaanfälle, das heisere Röcheln der Atemnot. Nachts sei der Alte herumgesprungen und habe stöhnend in die Bakuer Petroleumnacht hineingeschnauft. Er sei bald verstorben. Das Asthma habe ihn umgebracht. Seine Verwandten hätten mich rausgeworfen.

Und nun stände ich in Tiflis mit zwanzig Rubeln in der Tasche da, eben jenen, die Vera in der Toreinfahrt nachgezählt hatte. Das Gasthaus, wo ich abgestiegen, verheiße mir zwar reiche Gäste, habe mir aber bisher bloß Krämer mit Schmerbäuchen zugeführt. Diese Leute würden ihr Land lieben, ihre Gesänge, ihren Schnaps und auf fremden Seelen und fremden Frauen herumtreten, wie ein ländlicher Dieb in Nachbars Garten herumtritt.

Von den Krämern fabelte ich, was ich vom Hörensagen so über sie wußte. Selbstmitleid zerriß mir das Herz. Mein Untergang schien unabwendbar. Vor Jammer und Hingerissenheit fieberte ich. Bäche von eisigem Schweiß rannen mir übers Gesicht – Schlangen, die sich durch sonnenerwärmtes Gras wanden. Ich schwieg, weinte, wandte mich ab. Die Geschichte war zu Ende. Der Kocher war längst erloschen, das Wasser erkaltet. Der Gummischlauch hing von der Wand. Die Frau ging lautlos zum Fenster. Von mir fort bewegte sich ihr Rücken, hell schimmernd und traurig. Im Fenster, auf den Bergterrassen, loderte das Mondlicht.

»Was sie nicht alles machen«, murmelte Vera, ohne sich umzusehen, »mein Gott, was sie nicht alles machen.«

Sie hob die entblößten Arme und öffnete den Fensterflügel. Draußen summte das abkühlende Gestein. Vom Fahrdamm roch es herauf nach Wasser und Staub. Vera schüttelte den Kopf.

»Also ein Hürchen ... Unsre Schwester, ein Luder ...«

Ich neigte den Kopf.

»Eure Schwester, ein Luder ...«

Vera wandte sich wieder mir zu. Der Hemdfummel hing ihr schief am Leibe.

»Was sie nicht alles machen«, sagte sie nun lauter. »Mein Gott, was sie nicht alles machen ... Und Frauen kennst du nicht?«

Ich drückte die eisigen Lippen auf ihre Hand.

»Nein… Woher sollte ich, wer will's schon mit mir?«

Mein Kopf zitterte gegen ihre Brust, die frei zu mir herabhing. Die herausgeschwollenen Brustwarzen stießen mir ins Gesicht. Sie hatten die feuchten Lider geöffnet und stießen wie Kälber. Vera schaute auf mich nieder.

»Schwesterchen«, flüsterte sie und ließ sich zu mir herab auf den Fußboden, »mein Schwesterchen, mein Flittchen.«

Und nun sagen Sie mir bitte, sagen Sie mir, haben Sie schon mal einem Dorfzimmermann zugeschaut, der für einen Zunftgenossen eine Hütte aufschlägt? Wie munter, kräftig und beseligt fliegen die Späne, wenn er das Holz behaut. In jener Nacht hat mir eine dreißigjährige Frau ihre Kunst beigebracht. Ich habe in jener Nacht Geheimnisse erfahren, die Sie nie erfahren, ich habe Liebe kennengelernt, die Sie nie kennenlernen, ich habe Worte einer Frau an eine Frau gehört. Ich habe sie vergessen. Unsereins behält so was nicht.

Wir schliefen ein im Morgengrauen. Uns weckte die Glut unserer Körper, eine schwer im Bett lastende Glut. Wir wachten auf und lachten übereinander. An diesem Tag ging ich nicht zur Druckerei. Wir tranken Tee auf dem Maidan, dem Basar der Altstadt. Ein stiller Türke schenkte uns aus handtuchumwickeltem Samowar Tee ein, ziegelrot, dampfend wie frisch vergossenes Blut. An den Teegläsern loderte rauchiges Sonnenfeuer auf. Gellendes Eselsgeschrei mengte sich mit dem Gehämmer der Kesselschmiede. Vor ihren Buden hatten sie auf verschossenen Teppichen kupferne Krüge aufgebaut. Hunde wühlten mit den Schnauzen an Lederschläuchen. Karawanenstaub flog über Tiflis hoch, die Stadt der Rosen und des Hammeltalgs. Der Staub verhüllte die Himbeerglut der Sonne. Der Türke goß uns Tee auf und schob Kugeln nach auf seinem Rechenbrett. Die Welt war wunderbar, um es uns schön zu machen. Wie der Schweiß so an mir herabperlte, stellte ich das Glas mit dem Boden nach oben hin, zahlte bei dem Türken und schob Vera zwei goldene Fünfer zu. Ihr dralles Bein lag über dem meinen. Sie schob mir das Geld zurück und nahm das Bein herunter.

»Willst du's nicht mehr mit mir, Schwesterchen?«

Doch, ich wollte. Wir verabredeten uns für den Abend, und ich steckte die zwei Goldenen zurück in den Beutel – mein erstes Honorar.

Seither sind viele Jahre vergangen. So manchen Betrag habe ich unterdessen eingestrichen von Redakteuren, gelehrten Leuten, Juden, die mit Büchern handeln. Für Siege, die Niederlagen waren, für Niederlagen, die Siege wurden, für das Leben und für das Sterben zahlten sie mir ein kleines Salär, viel weniger als damals meine erste Leserin in jungen Jahren. Ich hege keinen Groll drum. Hege ihn deswegen nicht, weil ich weiß: Ich sterbe nicht eher, bis daß ich den Händen der Liebe noch einen Goldenen entwunden habe, meinen letzten.

Wsewolod Iwanow

Der Buchstabe »G«

Iwan Semjonytsch Pankratow liebte es, unbekümmert zu wiederholen: sterben werde er in den Sielen, am Setzerkasten, und seinen Leichnam werde man aus der Druckerei tragen, wie man einen Buchstaben aus dem Satz nimmt, Stirn zur Wand, nicht zur Decke. Die Kollegen im Arbeitssaal achteten ihn wegen dieser Unbekümmertheit, wegen seiner strammen Leibesfülle, wegen seines treuen Grauhaars und wegen jener fünf Falten, die wie Narben sein rosiges Gesicht durchschnitten. Ein Mann mit solchen Falten mußte viel Wind und Sonne gesehen haben.

Und die Sonne in Turkestan sengt scharf und ätzt die Augen. Längst schon hatte Iwan Semjonytsch bemerkt, daß seine Sehkraft schwächer, daß die Welt trüber wurde. Die lustigen Wolken verschwanden, der graue Abend brach früher an. Vom Textsatz hatte man ihn schon zu den Anzeigen übernommen, doch auch hier machte er zuviel Fehler. Man gebrauchte schonende Ausflüchte und übertrug ihm das Umbrechen der Fahnen und das Ablegen des alten Satzes. Doch Iwan Semjonytsch ließ den Mut nicht sinken. Er sprach wohl davon, daß ihm die Hand vor Altersschwäche zitterte, doch von den Augen kein Wort. Offenbar hatte er über vieles im Leben geschwiegen, wenn er auch bei der herrschenden Hitze keine Zeit hatte, daran zu denken, und wenn sich auch niemand besonders mit dem Charakter eines Iwan Semjonytsch beschäftigte. Er prahlte in seinen Erzählungen, zum Beispiel, daß sein Weib, die verstorbene Helena Alexandrowna, eine tüchtige Hausfrau gewesen wäre. Dabei hatte sich Helena Alexandrowna an Schnaps zu Tode gesoffen. Sie starb am Ufer des Amu-Darja, neben der Fischerbucht. Das Töchterlein Maschenka war der Mutter nachgeartet – Meisterin im Saufen wie im Huren. Diese kleine Portion Unglück mit ihrem verdreht aufgesetzten Gesicht, mit der Figur und dem Gemüt einer Ziege – keinen Burschen in der Stadt gab es, der nicht mit ihr herumgeludert hätte. Aber Iwan Semjonytsch besaß eine grenzenlose Meinung von seiner Tochter und rühmte ihre Tugenden nicht minder als die der verflossenen Gattin.

Wegen dieser Unbekümmertheit, sozusagen wegen dieser seelischen Unversehrtheit, legten die mitleidigen Kollegen, bevor Iwan Semjonytsch mit dem Ablegen begann, dunkle Papierstückchen in die Fächer der Setzkästen. Iwan Semjonytsch legte bis zum Abend den ihm zugeteilten Satz ab, und am nächsten Morgen scharrten die Freunde die Buchstaben heraus, nahmen das Papier fort und machten die Arbeit noch einmal; denn Iwan Semjonytsch verwechselte die Buchstaben und warf sie nicht in die Fächer, in die sie gehörten; wollte er ein »k« in sein Fach werfen, so fiel es daneben, zu »l«. Neu eingestellte Arbeiter konnte Iwan Semjonytsch nicht leiden. Ein Gesicht sich einzuprägen fiel ihm schwer, die Gesichter verschwammen alle in einer blauen Finsternis, und mit den Stimmen war es auch so eine Sache. Was an Stimmen in diese hinterweltlerische Gegend zwischen Chiwa und der Wüste Kysil-Kum geriet, war, die Wahrheit zu sagen, hoffnungslos heiser und versoffen und keinerlei Achtung vor grauem Haar zugänglich. Als junger Mensch hatte ja Iwan Semjonytsch selbst keine Achtung vor Grauköpfen gehegt, aber jetzt dachte er anders. Er fühlte sich als Arbeitsmann nützlich für die menschliche Gemeinschaft im allgemeinen und für seine Tochter im besonderen.

An dem Tage, mit dem diese Erzählung beginnt, erschien der Anleger Mischka Blagoweschtschenski das erstemal zur Arbeit. Er war ein Bürschchen von sechzehn Jahren, dabei ausgekocht, mit einem üblen Geruch aus dem Mund, durch und durch ranzig. In seinem kurzen Leben hatte er das ganze Rußland durchstrabanzt, kannte die großen Städte, soff Bier wie ein Loch und wußte mit den Mädels auf den Boulevards Bescheid. Gleich am ersten Tage hatte er mit Maschenka Bekanntschaft geschlossen, führte sie in den Stadtgarten, knutschte in den finsteren Alleen und war schwer beleidigt: Maschenka weigerte sich, mit ihm zu schlafen; sie fürchtete, daß er sie anstecken könnte, und Mischka erriet es. Also war Mischka böse auf Maschenka und auf Iwan Semjonytsch. Er kam wütend zur Arbeit, als man in der Stadt bereits davon sprach, daß die Baßmatschen gemeinsam mit den weißen Horden des Atamans von der Wüste her zum Angriff vorgingen. Der Ataman Kaschimirow, ein Offizier, der sogar in Turkestan wegen seiner Grausamkeit verrufen war, sollte den Angriff leiten. Nun war Mischka Blagoweschtschenski ein Feigling, der von seiner Feigheit viel Redens machte, weshalb sie ihm keiner glauben wollte.

Mischka kam früh in die Druckerei, wo der Setzerlehrling schon dabei war, den von Iwan Semjonytsch verschmissenen Satz auseinanderzupolken. Der Lehrling beschwerte sich über diese erniedrigende Arbeit. Mischka empfing Iwan Semjonytsch mit einem Hohngebrüll. Iwan Semjonytsch hatte eine ungezwungene, selbstbewußte Haltung, er blieb an der Tür stehen, der weiße Fittich seines Greisenhaares hob sich vom Türpfosten ab.

Darauf rief der Metteur Jerschow den Anleger Mischka an die Maschine, schob ihm seine terpentingetränkte Faust vor die Nase und zog die kurzen Brauen zusammen. Mischka muckste nicht. Iwan Semjonytsch verstand, daß man dem Mischka das Maul verboten hatte. Furcht und

Wunsch stritten in ihm, man möchte den Schreihals austoben lassen.

Es war ein gräßlich trüber Tag. Zwei Wochen regnete es schon. Aus dem Erdboden drang der Lehm mit widerlich dumpfem Geruch durch den Sand. Langsam schaufelte sich der Dampfer »Woge der Revolution« den Amu-Darja hinauf der Stadt entgegen. Der Dampfer trug zwei Kompanien roter Soldaten, Feldgeschütze und Munition. Er brachte Hilfe, weil tatsächlich die Baßmatschen aus der Wüste vorrückten. Seine Langsamkeit kam daher, daß der Amu-Darja, der durch die Sandwüste fließt, sein Bett oftmals wechselt, und daß bei den vielen Stromschnellen und Sandbänken die Strömung gefährlich reißt. Dazu hatten Banditen die Bojen von den Stromschnellen weggeschleppt, und Bojenleger gab es längst nicht mehr auf der Welt. Nachts warf der Dampfer Anker, und jede Nacht ging der Streit los: die Soldaten verlangten, man solle trotz allem weiterfahren. Tatsächlich war Schlafen nicht ungefährlicher als Weiterfahren. Die Kanoes der Baßmatschen glitten unhörbar durch das Wasser, im Schilf rauschte der Wind ... Der Dampfer löschte die Feuer und sicherte die Luken. Schließlich wurde den Soldaten mitgeteilt, daß die Stadt noch etwa zwölf bis fünfzehn Kilometer entfernt sei. Doch da setzte heftiger Regen ein, der Himmel umdüsterte sich. Braungelbe Sandhügel umringten das reißende Gewässer des Amu-Darja.

Auf einem der Hügel stand ein riesiger nackter Baum, den ein Rabennest krönte. Die Matrosen landeten und klommen den Hügel hinan. Der Rabe ließ die Matrosen nicht an den Baum heran, er stieß ein ums andere Mal gegen sie vor. Neben dem Baum lagen die Gehäuse junger Schildkröten, mit denen offenbar die Brut gefüttert worden war. Als ein Blitz zuckte, schoß ein vorsichtiger Matrose auf den Raben – der Donner übertönte den Schuß. Endlos dehnte sich die blaubraune Ebene, mit Flußkies bestreut, weit drüben zeigten sich lilafarbene Hügel, nichts deutete die Nähe der Stadt an. Der Besatzung wurde es trübe zumute. Man stritt lange mit leiser Stimme und beschloß endlich, Anker zu werfen. Mit einem Mal strömte der Faulgeruch des lehmigen Flußschlammes vom Ufer herüber, als schwömmen Tausende Leichname zur Oberfläche empor. Die straff gespannte Ankerkette zitterte in kurzen, bösen Schwingungen. Der trübgelbe Strom wälzte sich schwer und kalt unaufhaltsam vorbei.

In der Stadt erwartete der Revolutionsausschuß den Dampfer. Seit zwei Tagen war der Landungsplatz mit roten Wimpeln geschmückt, die bereits zu bleichen begannen. Der wütende Regen riß sie zum Teil los. Die halbe Stadt war von Kosaken bewohnt. Der Revolutionsausschuß argwöhnte, sie könnten gemeinsame Sache mit den Baßmatschen machen, und wagte deshalb nicht, obwohl die übrige Bevölkerung Waffendienst tat, die Kosakenschaft zur Verteidigung aufzurufen. Die Kosaken gingen, trotz Regen und Sauwetter, mit umgehängtem Gewehr, sangen und spielten Harmonika – die Instrumente hatten sie von der Front mitgebracht –, und all das vergrößerte den Trubel. Die draußen vor der Stadt, die in den Schützengräben hockten, vor sich die Wüste, wandten die Köpfe zurück und lauschten schwermütig der heimischen Stille. Die Wüste lag düster und wild da, sie glich einer ungeheuren schmutzigen Viehweide.

Drüben, etwa zwanzig Kilometer vor der Stadt, zwischen den Hügeln, hinter den zusammengebundenen Buschwipfeln, über die Satteldecken gebreitet waren, lagerten die Baßmatschen. Unter ihnen der Ataman und General Kaschimirow. Die Kysil-Kum-Wüste hatten sie fast durchschritten, die Stadt war nicht mehr fern, hinter ihr lag der Amu-Darja und weiter noch das gesegnete, düftereiche Chiwa! Gleichwohl dachte der Ataman, wie auch die ganze Horde, daß man zwar einen Glauben wie Flaum aufheben könne, aber nicht kopfüber von sich werfen dürfe. Sie glaubten an die Stärke der Stadt! Schließlich fingen sie einen Kirgisen, einen wandernden Sänger, der von Chiwa nach Buchara unterwegs war. Der Mann, wie alle seines Gewerbes zu Übertreibungen geneigt, sagte ihnen, daß die Russen seit drei Tagen den Amu-Darja ableiteten, daß sie Kräfte besäßen, die er nicht einmal im Liede wiedergeben könne, und überhaupt gewaltige Helden seien. Hier schoß ihm der Ataman Kaschimirow eine Kugel in den geöffneten Mund. Darauf berieten sich die Baßmatschen, mit dem Ergebnis, der Barde sei ein ihnen zugeschickter Spion gewesen. Lassos schnitten durch die Luft, Steigbügel klirrten an die Sättel, die Baßmatschen brachen gegen die Stadt auf.

Die Stadt aber grub tatsächlich seit drei Tagen unter Regen, in Schlamm und Dreck, einen Kanal. Der Dampfer »Woge der Revolution«, der fünfzehn Kilometer vor der Stadt Anker geworfen hatte, war eines Nachts ins Schaukeln geraten, die Besatzung eröffnete, halb im Schlaf noch, Feuer.

Das Plätschern des Wassers hörte auf, und im regnerischen Morgengrauen bemerkten die Soldaten, daß der Strom um hundert Faden nach der Seite gerückt war. Der Dampfer saß hilflos im Schlick. Die Matrosen machten ein Boot flott, bis zu den Knien versanken sie dabei im Morast. Schwarz und glitschig ragte zu beiden Seiten das Knieholz.

Mächtige Fische, die sich nicht mehr ins Nasse retten konnten, wanden sich in trüben kleinen Regenpfützen. Das war alles, was vom Strom übrig geblieben war. Unter kernigen Flüchen ruderten die Matrosen zur Stadt. Der Revolutionsausschuß erklärte die restlose Mobilisierung und die Beschlagnahme aller Hacken und Schaufeln. An die Einberufung der Kosaken traute sich der Revolutionsausschuß jedoch auch jetzt nicht heran. In großer Unordnung gingen Abteilungen ans Flußufer ab, um den Kanal zu graben und den Dampfer dadurch flott zu machen. Der

Regen stäubte, der graue Himmel hing so tief herab, als wölbe er sich nicht über dem hellen, leuchtenden Turkestan, sondern als wälzte er sich über trüben russischen Sümpfen. In der Druckerei war es kalt, die Schrift klebte zusammen, denn es war nichts vorhanden, um sie abzuwaschen, weder Terpentin noch Petroleum. Die Farbe war eingetrocknet, die Walzen rollten über den Satz, ohne daß etwas haften blieb. Die Arbeiter waren mit ausmarschiert, den Kanal zu graben, nur Iwan Semjonytsch und Mischka waren zurückgeblieben.

Nach wie vor schritt Iwan Semjonytsch rüstig zwischen den Satzkästen auf und ab, die Hände auf dem Rücken verschränkt, hustete und grämte sich, daß niemand da war, dem er die schönen Geschichten, die ihm durch den Kopf gingen, erzählen konnte. Mischka hatte sich, um nicht mit zum Schippen gehen zu müssen, einen Nagel in den Fuß eingetreten, hinkte, war tüksch und schnitt schmale Papierstreifen, mit denen er kreuzweise die Fenster beklebte: beim voraussichtlichen Bombardement würden sie dann nicht platzen. Iwan Semjonytsch ging unentwegt auf und ab. Maschenka, die ihm die Kartoffeln zum Mittagessen bringen sollte, blieb recht lange aus. Er sah durch die Fenster und meinte, daß sie schon längst gewaschen werden müßten, vor Dreck wären sie undurchsichtig. Mischka bleckte die Zähne: was man bei dem Regen noch waschen sollte – außerdem sei das Vormittagsarbeit. Mit einem Mal schmiß er die ganzen Papierstreifen zu Boden und zeterte los. Der üppige Vorrat an Schimpfwörtern, den er in den Jahren der großen Revolutionen und Kriege angesammelt hatte, wälzte sich von seinen Lippen. Er rieb sich den Mund, die Hand war lang und feucht. Der Alte blickte unbekümmert seitwärts durch die Fenster, die vor seinen Augen verschwammen. Er wartete auf seine Tochter. Da schrie ihm Mischka die Wahrheit über die Tochter ins Gesicht und begriff dabei selbst: wenn der Alte in seiner

Blindheit überhaupt noch verwundbar war, so würde er es jetzt einem Mischka bestimmt nicht zeigen. Genauso war's. Er sagte, daß Mischka die Tochter verleumde, das Mädchen sei treu und anständig. Woher Mischka allein seine Weisheit habe, wo doch die ganze Stadt so etwas wissen müßte.

Der Alte sprach sogar mit erhobener, fröhlicher Stimme. Mischka schickte sich eben an, ihm eine besonders schwere Beleidigung in die Ohren zu schreiben, als in der Tür der Druckerei der Kriegskommissar Tulumbajew erschien.

Tulumbajew, ein buckliger, energischer Mann, mit einem Überschwang an Redefreudigkeit begabt, bat noch in der Tür ums Wort. Mischka nahm seine Bitte als Ironie auf und verzog sich beleidigt hinter die Maschine. Der Kriegskommissar hielt ein sauber beschriebenes Blatt Papier in der Hand. Er erklärte, den erhaltenen Nachrichten zufolge griffen die Baßmatschen und die atamanische Horde unter dem Kommando des Generals Kaschimirow die Stadt von der Wüstenseite an. In zwei Stunden müßten sie die Schützengräben erreichen. Der Kriegskommissar rufe der Buchdruckerschaft zu: In euren Händen liegt das Schicksal der Stadt! In den Kosakenclub sei eine Versammlung einberufen worden; doch die Kosaken kämen nicht, wenn nicht sofort in der ganzen Stadt Aufrufe mit einem Telegramm aus der Hauptstadt angeklebt würden, wonach Kosaken und Turkmenen in ihren Rechten auf Wiesenland und Heumahd gleichzustellen seien. (Ein solches Telegramm war nicht eingetroffen, der Kriegskommissar hatte es erfunden!) Nun könne man aber die Arbeiter vom Ufer nicht mehr zurückholen. Man hätte auch niemanden hinzuschicken – es gelte jetzt nicht zu reden, sondern zu handeln! Die Kosaken fürchteten eine Falle, sie fürchteten, daß man sie mitten aus der Versammlung heraus verhafte. Tulumbajew sah auf seine Uhr, er hatte fünf Minuten gesprochen, und das schien ihm ausreichend. Er überreichte dem Alten das Manuskript des Aufrufs.

»Wann kann man die gedruckten Exemplare abholen?« fragte er.

Und der Alte erwiderte:

»In dreiviertel Stunden.«

Der Kriegskommissar drückte ihm die Hand, berührte flüchtig den Mützenrand und verließ mit zur Schau getragener militärischer Strammheit die Druckerei. Der Sprühregen stäubte noch immer gegen die Fenster, es war still, doch in der Stadt begann bereits der Unfug: man wußte nicht, wohin mit den Maschinengewehren, sollte man sie vor dem Gebäude des Vollzugsausschusses aufstellen oder hinaus in die Schützengraben bringen. Quer über die Straßen wurde Stacheldraht gespannt. Die bucklige Maschenka lag bei einem Soldaten auf der Wachtstube, unweit vom »Städtischen Museum der Geographischen Gesellschaft«. Aus dem Museum wurde eine altertümliche Kanone geschleppt. Ein Gedanke kam Maschenka. Sie schlug vor, die Kanonen mit den überflüssigen alten Buchstaben zu laden, die seit der Revolution aus dem russischen Alphabet gestrichen worden waren. Wie hatte der Vater diesen bleiernen Überbleibseln nachgetrauert, er brauchte solche Schnörkel im Leben. Niemand verstand, was Maschenka wollte, man lud die Kanone mit Nägeln. Die Straßen bedeckten sich mit Glasscherben, hingeworfene Stühle ersetzten naiven Gemütern die Barrikaden, vor denen eine Reiterattacke scheuen sollte.

Iwan Semjonytsch stand da, das Manuskript in der Hand. Vor sich sah er eine feste, graue Leinwand mit ebenmäßigen Linien darauf. Der Hals schmerzte ihn, er wußte nicht woher, in den Schläfen stach es so scharf, daß er den Kopf kaum wenden konnte. Mischka, durch seinen übelriechenden Atem bemerkbar, zappelte vor ihm hin und her und stampfte boshaft – sein Gekreisch war ihm wohl selbst schon fürchterlich – mit den Absätzen. Er erklärte, daß er gar keine Lust habe, sich wegen so eines alten Gauners, der sich als Setzer aufspiele, ohne setzen zu können, wegen eines lumpigen Bettlers, erschießen zu lassen. Jetzt büße er dafür, daß man ihn nicht rechtzeitig das Setzen habe erlernen lassen. Fauchend vor Bosheit packte er Iwan Semjonytsch am Arm, der so lang und unsäglich schwer herunterhing.

Mischka führte den Alten zum Setzkasten, lief auf die andere Seite hinüber, stützte sich mit den Ellenbogen auf den farbebeschmierten Rand und heulte wieder los:

»Erschießen wird man mich, umbringen wird man mich deinetwegen, altes Aas! Die eignen Leute erschießen mich! Willst du endlich setzen!«

Das Druckpapier knisterte trocken, die Zeilen erstarrten und verschwammen. Plötzlich erinnerte sich Iwan Semjonytsch, daß Fischsuppe vom Barsch sein Lieblingsgericht war, oder in Salzwasser gekochte Kartoffeln, und daß er früher weiße Semmeln so gern gegessen hatte. Er erinnerte sich, daß seine verstorbene Frau kurz vor ihrem Tode ihn traurig angesehen und gesagt hatte: »Du bist ganz wie eine Bremse, Iwan Semjonytsch, fliegst wie ein Vogel und brummst wie ein Ochs.« Dabei waren ihr die Tränen aus den Augen gekullert. Iwan Semjonytsch hatte sich damals über die Tränen gewundert, er hatte es sich so erklärt, daß die Alte ungern starb, daß sie vom Leben nicht scheiden wollte. Jetzt, wo er das Manuskript in den Händen hielt, dessen Zeilen er nicht entziffern konnte, begriff er, wie er sich selbst viele Jahre hindurch betrog und die anderen ihn aus Mitleid mit betrogen. Er begriff viele Gespräche, er begriff, warum immer so wenig zu setzen war, und warum die Setzer jedesmal sagten, daß nichts mehr zu tun sei, und daß er, Iwan Semjonytsch, ruhig Feierabend machen und gehen könne. Iwan Semjonytsch ging dann, spazierte in der Stadt herum und dachte: das nenn' ich mir ein angenehmes und würdiges Greisenalter. Und noch eines begriff er: was das für ein klägliches und dreckiges

Leben war, wenn man ihn, so einen alten Schwätzer und Prahlhans, weiß Gott wozu, in der Druckerei behielt, seine Arbeit verrichtete, ihn durchfütterte und seine Tochter dazu... Und jetzt soll seinetwegen, seiner Unfähigkeit wegen... In diesem Augenblick erinnerte er sich an seine Tochter, erinnerte er sich, wie oft sie nach Fusel roch... sein Herz – wie war es müde, zerschunden...

Mischka brüllte noch immer:

»Setz! Setz!«

Seine widerlichen Schimpfwörter waren unerschöpflich. Iwan Semjonytsch rüttelte verzweifelt am Setzkasten: der dritte von oben mußte es sein. Das ganze Schrankgestell wackelte. Er stellte den Winkelhaken auf zehn Konkordanzen. Mit einem Ruck hob er den Setzkasten auf den Schrank, einige Gevierte fielen dabei heraus. Seine Finger packten den Buchstaben G – so fingen ja alle Aufrufe an –, es schien ihm, als hätte er nicht das G gegriffen, sondern einen Buchstaben, der davor oder daneben lag. Seine Augen richteten sich auf den Buchstaben. Der Buchstabe war kalt, schwer und matt, als wäre er schon gänzlich abgebraucht und zerschrammt. Hilflos sah Iwan aufs Fenster, auch das Fenster war zerschrammt wie ein rosig flimmerndes Spinngewebe, und hob den Buchstaben ganz nahe an die Augen ... sah: ein unklares Oval glänzte in seinen glatten, nebelhaften, wie verjüngten Fingern. Der Buchstabe fiel auf seine Handfläche. Tut nichts! Der Winkelhaken zitterte ihm in der Hand. Er fühlte einen leichten Schüttelfrost. Der Schüttelfrost verstärkte sich, erst war es wie das Gefühl, wenn einem der Fuß eingeschlafen ist, dann starb der Fuß ganz ab, nur eine straffe, furchtbar heiße Ader zitterte noch in ihm. Der Frost stieg in die Wade, ergriff das ganze Bein. Den Bauch überlief eine schwere, feurige Welle. Die Kehle war trocken, die Lippen zogen sich tief in den Mund zurück, da loderte das Gehirn auf, eine heftige Freude, wie er sie seit seiner Kindheit nicht kannte –

und waren denn die Kindheitsfreuden bis zu dieser Minute je klar, je erratbar gewesen? –, richtete ihn plötzlich in die Höhe. Tränen rollten aus seinen Augen. Der Buchstabe wanderte von der Handfläche wieder zwischen die Finger zurück, in die biegsamen Finger, und jetzt merkte er, jetzt eben fiel es ihm ein, wie lange er nicht die Runzeln an seinen Fingern gesehen hatte … wie lange! … aber er hatte keine Zeit, nachzugrübeln, denn ganz klar stieg es ihm in die Augen, daß er nicht den Buchstaben G aus dem Kasten genommen hatte, sondern den Buchstaben H, der daneben lag. »Fehler!« sagte er laut, warf den Buchstaben zurück und faßte mit festen Fingern, im Halbkreis um den Winkelhaken herum, das richtige G, dann das E, dann das N, und so weiter…

Der Aufleger Mischka rückte langsam vom Schrank ab, sah sich furchtsam um und versuchte etwas auszudenken, eine rechte Beleidigung für den Alten. Bloß ein Schimpfwort formte sich, aber er wagte es nicht auszusprechen. Er strich sich – warum wußte er selbst nicht – durch das Haar und begann die Stege zurechtzulegen, um den Satz in den Rahmen zu schließen. Der Rahmen wird mit dem Satz in die Maschine gelegt – dann kann der Druck losgehen. Mischka nahm erst einen ganz neuen Rahmen, faßte dann Mut, nickte sich selber listig zu – sozusagen, wir wissen schon: dieser alte Fuchs hat uns die ganze Zeit zum besten gehabt! Er nahm nun den schmutzigsten, rostigsten Rahmen. Iwan Semjonytsch, noch immer von der wunderbaren Freude erfüllt, die, sich bis zur Qual steigernd, in der Brust bohrte und in den Schläfen brannte, setzte in Eile einen Winkelhaken nach dem andern aus. Ihm war, als sei ein Wort falsch gesetzt. Er prüfte nach, las nochmals, alles in Ordnung. Wieder begann er zu setzen, wieder schien es, ein Wort, diesmal ein ganz besonders wichtiges Wort, sei falsch. Er spuckte ärgerlich aus, band den Satz mit einer Schnur zusammen, schob ihn auf den

Abziehtisch und faßte den Griff, um die Walzen mit der Druckerschwärze über die Buchstaben laufen zu lassen. Seine Hände waren schweißnaß. Dampf stieg von seinem Gesicht auf.

»Roll rüber«, rief Mischka und legte ein Stück Tapetenpapier (Aufrufe wurden auf Tapeten gedruckt) auf, um die Walze darüber gehen zu lassen. Iwan Semjonytsch sah den Bürstenabzug seines Satzes. Seit wieviel Jahren hatte er nicht einen Bürstenabzug von seinem Satz gesehen! Aber er hatte keine Zeit für Erinnerungen. Mischka grinste.

»Lies Korrektur, Alter!«

Da war der Druckfehler! Statt »Abwehr« stand da »Abkehr«, er griff nach der Ahle, um den falschen Buchstaben herauszuziehen und durch den richtigen zu ersetzen ... plötzlich verschwand die Ahle vor seinen Augen, er verlor den Griff, seine Finger verirrten sich im Nebel, die Hand war nicht mehr da. Er ließ das Werkzeug zu Boden fallen, packte mit aller Kraft den Hebel der Maschine und blickte sich um. Die Druckerei war fortgeschwommen, ein roter, trüber Nebel war seine Welt. Er sagte:

»Leg auf, Mischka.«

Mischka pfiff und rief ihm zu: »Dreh rum!«

Bald danach kam ein Soldat, die Aufrufe zu holen, sie gaben ihm alle siebzig Stück, vergaßen, einen für sich zu behalten. Eine halbe Stunde darauf rückten die Kosaken nach den Schützengräben ab. Die Maschinengewehre richteten ihre Mündungen gegen die Wüste, die Baßmatschen zogen sich zurück. Nach weiteren fünf Stunden fuhr der Dampfer durch den fertigen Kanal den Amu-Darja hinauf! Die ganze Stadt lief ihm entgegen. Man führte auch den alten Iwan Semjonytsch, unter beiden Achseln gestützt, er merkte nicht wie und wohin. Die Kosaken begrüßten in Reih und Glied – es sah etwas prahlerisch aus – den Dampfer mit »Hurra!«. Der Regen goß noch immer, die kleinen Tropfen sprühten dem Alten ins Gesicht. Irgendwer rief ihm zu: »Siehst du ihn? Prächtiger Kahn, was?« Er antwortete: »Ich seh«, obwohl sich vor ihm eine unendliche Nebelhülle ausspannte, mitten drin ein roter Punkt, – die Sonne.

Sadaq Hedayat

Die Puppe hinter dem Vorhang

Die Sommerferien hatten begonnen. In den Gängen des Jungeninternats von Le Havre herrschte reger Betrieb. Fröhlich pfeifend verließen die Schüler mit ihren Koffern in der Hand das Internat. Nur Mehrdad stand mit seiner Mütze unter dem Arm unentschlossen und traurig neben seinem Koffer. Er machte den Eindruck eines Kaufmanns, dessen Schiff gesunken war.

Der glatzköpfige, dickbäuchige Schulleiter kam auf ihn zu und sagte:

»Fahren Sie auch weg?«

Mehrdad bekam rote Ohren und senkte den Kopf.

Der Schulleiter fuhr fort:

»Es tut mir sehr leid, daß Sie im nächsten Jahr nicht mehr an unserer Schule sein werden. In Ihrem Betragen waren Sie immer ein Vorbild für unsere Schüler. Doch ich möchte Ihnen einen Rat geben: Seien Sie nicht so schüchtern! Für einen jungen Mann wie Sie ist das ein Fehler. Zeigen Sie mehr Mut! Man muß im Leben mutig sein.«

Statt darauf zu antworten, sagte Mehrdad:

»Auch mir tut es leid, daß ich Ihre Schule verlasse.«

Der Schulleiter lachte, klopfte ihm auf die Schulter. »Gott schütze Sie«, sagte er, drückte ihm die Hand und ging.

Der Schulwart nahm Mehrdads Koffer, begleitete ihn zur Rue Anatole France, verstaute den Koffer in einem Taxi.

Mehrdad gab ihm ein Trinkgeld und verabschiedete sich von ihm.

Seit neun Monaten lernte Mehrdad an der Schule in Le Havre Französisch. An jenem Tag, an dem er seine Freunde in Paris verlassen hatte, glich er einem Schaf, das sich unwillig von seiner Herde trennt. Gereift und bereit, Anweisungen zu befolgen, machte er sich auf den Weg nach Le Havre. Sein Betragen forderte das uneingeschränkte Lob des Schuldirektors und Schulleiters heraus. Er war folgsam, bescheiden und ruhig. Beim Lernen und Arbeiten hielt er sich genau an die Schulordnung. Und doch machte er stets einen traurigen, depressiven Eindruck. Es kam ihm einzig und allein darauf an, seine Pflichten zu erfüllen, seine Lektionen auswendig zu lernen und für die Schule zu büffeln, als sei er nur zum Lernen auf die Welt gekommen. Sein Denken reichte über Schulbücher und Schulfächer nicht hinaus. Sein Aussehen war gewöhnlich: Er war blaß im Gesicht, war schmal und hochgewachsen, hatte runde, ausdruckslose Augen, schwarze Wimpern, eine kleine Nase und einen dünnen Bartwuchs, den er nur alle zwei Tage zu rasieren brauchte.

Das eintönige Leben an der Schule, das eintönige Essen, Lernen, Schlafen, Aufwachen hatten seine Seele und seinen Geist ebenfalls mit Monotonie geprägt. Nur manchmal weckten die hohen, verräucherten Mauern der Schule, die Schüler, die anders dachten als er, die Sprache, die er nicht ganz beherrschte, die Gewohnheiten und Verhaltensweisen, die ihm fremd waren, in Mehrdad ein Gefühl der Einsamkeit und des Ausgeschlossenseins. Es waren Gefühle, die denen eines Gefangenen glichen. Sonntags, wenn er die Erlaubnis erhielt, für ein paar Stunden das Heim zu verlassen, ging er weder ins Kino noch ins Theater, da er dergleichen nicht mochte. Er setzte sich stundenlang auf eine Bank in einem Park gegenüber vom Rathaus, blickte den Mädchen und anderen Passanten nach, schaute den

Frauen, die auf den Bänken saßen und strickten, zu und betrachtete die Spatzen und Tauben, die frei auf der Wiese herumtrippelten und -sprangen. Manchmal nahm er, andere nachahmend, ein Stück Brot mit, zerkrümelte es und warf es den Vögeln hin. Oder er lief zum Strand, setzte sich auf einen Hügel in der Nähe der Leuchttürme, verfolgte den Lauf der Wellen und genoß den Anblick der Stadt. Bei schlechtem Wetter begab er sich in ein Café und verbrachte dort die Zeit mit Lernen. Weil er so unnahbar war, hatte er keine Freunde oder Bekannte. Er kannte nicht einen einzigen Iraner und hielt keinerlei Kontakt zu seinen Landsleuten.

Mehrdad war außerordentlich schüchtern, so sehr, daß sein Benehmen im Kreise seiner Verwandtschaft im Iran sprichwörtlich war. Selbst wenn er nur den Namen einer Frau hörte, errötete er bis über beide Ohren. Seine französischen Mitschüler lachten ihn aus. Wenn sie von Frauen, vom Tanzen, von anderen Vergnügungen, vom Sport oder von ihren Liebesaffären sprachen, nickte Mehrdad ihnen aus Höflichkeit zustimmend zu, ohne daß er ihren Liebesschwärmereien etwas aus eigener Erfahrung hinzufügen konnte. Er war einfach ein Muttersöhnchen, ängstlich, immer traurig und depressiv. Er hatte sich noch nie im Leben mit einer fremden Frau unterhalten. Seine Eltern hatten ihm den Kopf mit Anweisungen und Ratschlägen aus der Zeit vor tausend Jahren vollgestopft. Zu guter Letzt hatten sie ihren Sohn mit seiner Kusine Derachschandeh verlobt, um ihn vor Irrwegen zu bewahren. Diesen letzten Dienst betrachteten sie als den Gipfel der Selbstlosigkeit. Sie waren davon überzeugt, ihn zu einem reinen, sauberen, moralisch makellosen Menschen erzogen zu haben. Tatsächlich aber entsprach sein Verhalten Vorstellungen, die vor zweitausend Jahren herrschten.

Mehrdad war vierundzwanzig Jahre alt, doch er besaß nicht einmal das Selbstvertrauen, die Erfahrung, die Bildung, die Geschicklichkeit und den Mut eines vierzehnjährigen Knaben aus Europa. Er war immer verstimmt und betrübt, als warte er darauf, daß ein predigender Mullah auf die Kanzel stiege und ihn zum Weinen brächte. Seine Erfahrung in der Liebe beschränkte sich auf den Tag, da er Teheran verließ und Derachschandeh ihn mit Tränen in den Augen zum Hafen begleitet hatte. Mehrdad hatte beim Abschied kein einziges Wort finden können, um sie zu trösten. Seine Bescheidenheit hatte ihn daran gehindert, obwohl er mit seiner Kusine in einem Haus aufgewachsen und sie seine Spielgefährtin gewesen war. Als damals das Schiff *Krassin* den Hafen Bandar Pahlavi verließ, um in See zu stechen, und das grünfeuchte iranische Ufer allmählich in den Wolken und in der Dunkelheit verschwand, da dachte Mehrdad an Derachschandeh. Auch in den ersten Monaten seines Aufenthalts im Ausland kam sie ihm oft in den Sinn. Aber dann vergaß er sie nach und nach.

In der Zeit, in der er sich im Internat aufhielt, gab es ein paarmal kurze Schulferien. Trotzdem war Mehrdad die ganze Zeit über im Heim geblieben, er hatte die Ferien mit Lernen verbracht und sich damit getröstet, daß er alles Versäumte während der dreimonatigen Sommerferien nachholen werde.

Nun verließ er mit einem hervorragenden Zeugnis die Schule. In der Rue Anatole France warf er noch einen Blick auf den verräucherten Kasten des Schulgebäudes, sagte ihm Lebewohl und fuhr direkt zu einer Pension, die er schon zuvor besichtigt hatte. Er mietete dort ein Zimmer und beschloß, weil er von seinen Mitschülern soviel über große Lokale, Casinos, Dancings gehört hatte, noch am selben Abend ins Casino zu gehen. Er steckte seine gesamte Ersparnis von siebenhundert Francs zusammen mit seinem Monatswechsel von eintausendachthundert Francs in die Brieftasche, rasierte sich, aß zu Abend und verließ die Pension. Weil es noch zu früh war, ging er zunächst auf die

Rue de Paris, eine sehr belebte Straße in Le Havre, die zum Hafen führt. Er schlenderte langsam einher, schaute sich vergnügt um, betrachtete aufmerksam die Schaufenster. Er hatte Geld, er war frei, er hatte drei Monate Ferien vor sich und wollte nun diese Freiheit nutzen und ins Casino gehen, ein Gebäude, an dem er so oft vorbeigegangen war, ohne daß er den Mut aufgebracht hätte, es zu betreten. Heute abend war es soweit: Wer weiß, vielleicht würde sich dort auch das eine oder andere Mädchen in seine schwarzen Augen verlieben?

Mit diesen Gedanken im Kopf blieb er vor dem Schaufenster eines großen Geschäfts stehen und betrachtete die ausgestellten Waren. Plötzlich fiel sein Blick auf die Puppe einer Frau mit blonden Haaren. Sie hielt den Kopf auf die Seite gebeugt und lächelte dabei. Sie hatte lange Wimpern, große Augen, einen weißen Hals. Eine Hand hatte sie auf die Hüfte abgestützt. Sie trug ein pistaziengrünes Kleid. Diese Puppe, die im gedämpften Licht eines Scheinwerfers stand, zog auf seltsame Weise Mehrdads Aufmerksamkeit auf sich. Er blieb wie erstarrt stehen, er war hingerissen. Das war keine Puppe, es war eine Frau, mehr noch, es war ein Engel, der ihn anlächelte. Diese dunklen Augen, dieses unschuldige, herzberaubende Lächeln, dem er noch nie begegnet war, dieser zierliche, schlanke Körper, das alles übertraf seine Träume von der Schönheit. Hinzu kam, daß diese Frau nicht mit ihm sprechen konnte. Sie würde niemals in die Verlegenheit kommen, durch Lüge und List Verliebtheit vorzutäuschen. Auch er brauchte sich nicht um ihre Liebe zu bemühen. Nie würde er Grund zur Eifersucht haben. Diese Frau, die immer stumm war, immer in derselben Haltung dastand, immer ihre Schönheit bewahrte, diese Frau war für ihn das Ideal. Sie brauchte keine Nahrung, keine Kleidung, sie würde nie nörgeln, nie krank werden, sie würde nichts kosten, sie würde immer zufrieden sein, ewig freundlich lächeln. Doch am allerwichtigsten war der Umstand, daß sie nicht reden und keine Meinung äußern konnte. Man brauchte bei dieser Frau nicht zu befürchten, daß man sich nicht mit ihr vertrug. Ihr Gesicht würde nie Falten bekommen, sich nie verändern, sie würde nie dickbäuchig werden oder häßlich aussehen. Allerdings war sie auch kalt.

Alle diese Gedanken gingen ihm durch den Kopf. Wäre es möglich, sich dieser Frau zu bemächtigen, konnte er sie beschnuppern, ablecken, mit dem Parfüm, das er gerne hatte, betupfen? Vor dieser Frau brauchte er keine Hemmungen zu haben. Sie würde ihn niemals verraten, er hätte vor ihr nichts zu verbergen. Bei ihr könnte er immer der brave, reine, saubere Mehrdad bleiben. Aber wohin sollte er mit dieser Puppe?

Nein, keine der Frauen, die er bisher gesehen hatte, konnte dieser Puppe das Wasser reichen. Das Lächeln auf ihren Lippen und der Ausdruck ihrer Augen hatten sie auf eine unglaubliche Weise mit Leben und Geist erfüllt. Alle Züge, Farben und Formen, die in seiner Vorstellung die Schönheit verkörperten, hatten in dieser Puppe Gestalt gewonnen. Am erstaunlichsten schien ihm, daß ihr Gesichtsausdruck dem Derachschandehs ähnelte. Nur waren Derachschandehs Augen dunkelbraun, während die der Puppe hell waren. Aber Derachschandeh sah immer verwelkt und traurig aus, die Puppe hingegen spendete durch ihr Lächeln Freude und erweckte in Mehrdad tausend unbekannte Gefühle.

Unter der Puppe lag ein Schild aus Pappe, darauf stand der Preis: 350 Francs. War es möglich, daß man ihm diese Puppe für 350 Francs überließe? Er war bereit, dem Verkäufer sein ganzes Geld, ja selbst seine Kleider zu geben, nur um diese Puppe zu bekommen. Er blieb lange vor dem Schaufenster stehen und starrte die Puppe an. Plötzlich kam ihm der Gedanke, man könnte ihn auslachen. Doch konnte er sich von der Puppe nicht trennen; er war ihr einfach ausgeliefert. Seinen Plan, ins Casino zu gehen, hatte er längst aufgegeben. Es schien ihm, als sei sein Leben ohne diese Puppe sinnlos, als könne nur sie seinem Dasein einen Inhalt geben. Ach, wäre sie doch sein Eigentum! Wie wunderbar wäre es, wenn er sie immer anschauen könnte! Plötzlich bemerkte er, daß im Schaufenster nur Damenwäsche ausgestellt war. Er bildete sich ein, daß sein langes Verweilen dort Anstoß erregen könnte. Es kam ihm so vor, als würden die Passanten auf ihn aufmerksam. Er wagte es nicht, in das Geschäft zu gehen und die Puppe zu kaufen. Wenn ihm nur jemand die Puppe heimlich verkaufen könnte, damit er den Handel nicht vor den Augen fremder Leute abschließen müßte! Er würde dieser Person die Hand küssen und ihr sein ganzes Leben lang für diesen Dienst dankbar sein. Durch das Schaufenster sah er in das Geschäft hinein. Zwei Frauen unterhielten sich dort miteinander. Eine von ihnen zeigte mit dem Finger auf ihn. Mehrdads ganzes Gesicht färbte sich scharlachrot. Er blickte auf. Über dem Schaufenster stand: Sigram, No. 102. Mehrdad zog sich zurück und entfernte sich langsam.

Ziellos ging er die Straße entlang. Sein Herz pochte laut, seine Augen waren kaum noch imstande, etwas wahrzunehmen. Das verführerische Lächeln der Puppe ging ihm nicht aus dem Sinn. Er fürchtete, jemand würde ihm zuvorkommen und die Puppe kaufen. Er wunderte sich, daß die Leute so gleichgültig an der Puppe vorbeigingen. Vielleicht wollten sie ihn ablenken. Denn er wußte, daß sein Wunsch nicht natürlich war.

Es fiel ihm auf, daß er sein ganzes Leben im Schatten, in der Finsternis verbracht hatte. Seine Verlobte, Derachschandeh, liebte er nicht. Nur gezwungenermaßen, aus Rücksicht auf seine Mutter, hatte er sich mit ihr eingelassen. Von den europäischen Frauen wußte er, daß er nicht so leicht eine Beziehung zu ihnen herstellen konnte; tanzen, sich unterhalten, Initiative zeigen, sich schön anziehen, den

Frauen schmeicheln, kurz, alles, was zu einem Flirt gehörte, war ihm zuwider. Hinzu kamen seine Hemmungen. Ihm fehlte einfach der Mut. Aber diese Puppe war wie ein Licht, das sein ganzes Dasein erhellen konnte, wie jene Laterne am Strand, unter der er so oft gesessen hatte und deren Schein auf dem Wasser Wellen schlug. War er wirklich so naiv? Wußte er nicht, daß sein Wunsch den gängigen Vorstellungen zuwiderlief und daß man ihn auslachen würde? Wußte er nicht, daß diese Figur aus Pappe, Glas, Farbe und künstlichem Haar hergestellt war wie ein Kinderspielzeug; wußte er nicht, daß sie nicht sprechen konnte, daß ihr Körper kalt war, daß ihr Gesicht sich niemals verändern würde? Aber gerade diese Eigenschaften hatten Mehrdads Herz ergriffen. Er fürchtete sich vor lebendigen Menschen, die sprechen, deren Körper warm sind, die sich an ihn klammern oder gegen ihn wehren und seine Eifersucht herausfordern konnten. Nein, er brauchte diese Puppe zum Leben, er konnte ohne sie nicht mehr arbeiten, nicht mehr existieren. Würde er sie tatsächlich für 350 Francs bekommen?

Mehrdad lief völlig verwirrt an Passanten vorbei, die eilig daherkamen. Er sah sie nicht, er bemerkte nichts von dem, was um ihn herum geschah. Er glich einer Pappfigur, einer Statue, leblos und ohne Willen, einem vom Teufel Besessenen. Plötzlich fiel ihm eine Frau auf. Sie trug einen grünen Umhang, ihr Gesicht war stark geschminkt. Unwillkürlich lief er hinter ihr her. Sie ging an der Kirche vorbei, bog in die Rue Saint-Jacques ein, eine schmale, dunkle Gasse mit verräucherten Häusern. Die Frau trat in ein Haus ein. Aus einem geöffneten Fenster dieses Hauses war Tanzmusik zu hören. Es war Schallplattenmusik. In Abständen wurde dieselbe Melodie wiederholt, begleitet von einer melancholischen Stimme, die auf englisch sang. Mehrdad blieb stehen, bis das Lied zu Ende war. Die Musik ließ ihn kalt. Wer war diese Frau, fragte er sich. Warum war sie in das Haus gegangen? Warum war er ihr gefolgt? Die roten Lichter eines billigen Weinlokals, dickleibige Männer, seltsame Gesichter, eine kleine, merkwürdige Taverne, die dem Geschmack dieser Leute entsprach, sah er, ohne darauf zu achten. Am Hafen wehte ein feuchter, kühler Wind, der nach Teer und Fischöl roch. Bunte Glühbirnen blinzelten auf den eisernen Mastbäumen. Im Lärm der größeren und kleineren Schiffe und Segelboote sah man Hafenarbeiter, Gesindel, alle möglichen Gestalten; es waren auch erfahrene, gewalttätige Diebe darunter, die einem das Schwarze von den Augen rauben. Unwillkürlich knöpfte Mehrdad sein Jackett zu und räusperte sich ein paarmal. Dann lief er rasch zur Chaussee des États-Unis, die an einem Damm aus Zement endete. Ein großes Schiff hatte am Hafen angelegt. Von weitem sah man seine Bullaugen, die in einer Reihe leuchteten. Es war eines von den Schiffen, die wie eine kleine Welt, wie eine fahrende Stadt übers Meer zogen und einen ganzen Schwarm von Menschen von unterschiedlichster Art und Sprache aus exotischen Ländern an Land setzten, Menschen, die dann allmählich von der Stadt aufgesogen und verschluckt werden. Mehrdad beobachtete einige dieser fremdartigen Menschen; vor allem achtete er auf die geschminkten Frauen. Waren das die Frauen, die die Männer verliebt und verrückt machten? Waren diese Frauen nicht weitaus primitiver als die Puppe im Schaufenster? Das ganze Leben kam ihm künstlich, widersinnig und absurd vor. Es war ihm, als versuche er in diesem Augenblick, sich mit Händen und Füßen aus einer dicken, klebrigen Flüssigkeit zu befreien. Alles schien ihm lächerlich, so auch das junge Paar, das, sich umarmend, an der Hafenmauer saß. Was er in der Schule gelernt hatte, das verräucherte Schulgebäude, all das kam ihm plötzlich wie eine Täuschung, wie ein Spielzeug vor. Für Mehrdad gab es nur noch eine Wirklichkeit: die Puppe im Schaufenster.

Er kehrte zurück. Mit gleichmäßigen Schritten ging er an den Passanten vorbei und blieb schließlich vor dem Geschäft Sigram stehen. Er betrachtete das Schaufenster, die Puppe stand immer noch da. Zum erstenmal in seinem Leben faßte er selbständig einen Entschluß: Er betrat das Geschäft. Ein hübsch aussehendes Mädchen in schwarzem Kleid, mit einer weißen Schürze und einem erstarrten Lächeln auf den Lippen kam ihm entgegen.

»Was wünscht der Herr?« fragte sie. Mehrdad zeigte auf das Schaufenster und sagte: »Diese Puppe!«

»Möchten Sie das pistaziengrüne Kleid? Dieses Kleid haben wir auch noch in anderen Farben. Erlauben Sie, warten Sie bitte zwei Minuten, gleich wird eine unserer Verkäuferinnen das Kleid anziehen, damit Sie sehen können, wie es wirkt. Sie wollen sicher das Kleid für Ihre Verlobte? Oder wollen Sie es in dieser pistaziengrünen Farbe haben?«

»Verzeihen Sie, ich möchte die Puppe kaufen.«

»Die Puppe? Wieso die Puppe? Ich verstehe nicht, was Sie meinen.«

Mehrdad merkte, daß sein Wunsch ungewöhnlich war. Aber er blieb hartnäckig. Plötzlich hatte er einen Einfall.

»Ja, ich möchte diese Puppe kaufen, so wie sie da steht, zusammen mit dem Kleid. Ich bin Ausländer, ich besitze eine Schneiderei.«

»Ach! Das wird nicht so einfach sein, ich muß den Besitzer fragen.«

Sie wandte sich an eine andere Verkäuferin: »Susanne, rufe bitte Monsieur Léon her!«

Mehrdad ging zu der Puppe hin. Monsieur Léon eilte herbei. Er trug einen schwarzen Bart, war kleingewachsen, dickleibig; an der Weste seines schwarzen Anzugs hing eine goldene Kette.

Er wechselte ein paar Worte mit der Verkäuferin, dann kam er auf Mehrdad zu und sagte:

»Mein Herr, Sie möchten gern diese Puppe haben? Da Sie Kollege sind, gebe ich sie Ihnen zusammen mit dem Kleid für zweitausendzweihundert Francs, mit neunhundert Francs Rabatt. Zweitausendsiebenhundertfünfzig Francs – das war unser Selbstkostenpreis. Das Kleid ist dreihundertfünfzig Francs wert. Es ist die schönste Puppe, die wir haben. Sie ist aus reinem Porzellan. Ich gratuliere Ihnen, es scheint, daß Sie von Ihrem Fach viel verstehen. Die Puppe stammt von dem berühmten Künstler de Crow. Da wir demnächst neue Puppen anschaffen wollen, sind wir bereit, Ihnen diese Puppe mit Verlust zu verkaufen. Aber Sie sollen wissen, daß dies eine Ausnahme ist. Gewöhnlich ist das Mobiliar unseres Geschäfts unverkäuflich. Im übrigen möchte ich bemerken, daß wir die Puppe in einem passenden Karton für Sie einpacken können.«

Mehrdad war ganz rot im Gesicht und wußte nicht, was er auf die langen, freundlichen Ausführungen des Geschäftsinhabers erwidern sollte. Statt einer Antwort gab er ihm zwei Tausendfrancscheine und einen Fünfhundertfrancschein und bekam dreihundert Francs zurück.

Wie sollte er mit diesen dreihundert Francs einen ganzen Monat lang auskommen? Aber ihm war alles gleichgültig. Sein größter Wunsch war in Erfüllung gegangen.

Fünf Jahre nach diesem Ereignis traf Mehrdad mit zwei Koffern, von denen einer sehr groß war und einem Sarg glich, in Teheran ein. Die Familie wunderte sich darüber, wie distanziert er sich seiner Verlobten Derachschandeh gegenüber verhielt; nicht einmal ein Souvenir hatte er ihr mitgebracht. Am dritten Tag nach seiner Ankunft nahm ihn seine Mutter beiseite, machte ihm Vorwürfe und beteuerte, daß Derachschandeh sechs Jahre lang auf ihn gewartet hatte. Sie habe bereits zahlreiche Bewerber abgelehnt; er, Mehrdad, müsse sie nun heiraten. Doch Mehrdad nahm die Mahnungen der Mutter gelassen hin und machte ihr am Ende jede Hoffnung zunichte. Er habe seine Meinung geändert, sagte er, und sei entschlossen, niemals zu heiraten. Das stimmte die Mutter sehr traurig. Sie merkte, daß ihr Sohn seine einstige Schüchternheit und Folgsamkeit verloren hatte. Diese Veränderung führte sie auf seinen Umgang mit gottlosen Menschen in Europa zurück, die einen Wandel seines Denkens und seiner Ansichten bewirkt hätten. Doch konnte sie, als sie später sein Verhalten prüfte, nichts feststellen, was dieses Urteil bestätigt hätte. Es war auch nicht klar, welcher Sekte der Sohn angehörte und in welche Richtung er sich geistig bewegte. Eigentlich war ihr ängstlicher und schüchterner Mehrdad sich treu geblieben. Geändert hatten sich lediglich seine Ansichten. Und obwohl ihn manche Leute dauernd im Auge behielten, konnte niemand herausfinden, wie es mit seinen Liebesbeziehungen bestellt war.

Verdächtig schien den Hausbewohnern nur, daß Mehrdad in seinem Zimmer, hinter dem Erker, die Statue einer Frau aufgestellt hatte, die ein pistaziengrünes Kleid trug, die eine Hand auf die Hüfte stützte und die andere herunterhängen ließ. Abends, wenn Mehrdad nach Hause kam, schloß er sich in seinem Zimmer ein, legte eine Schallplatte auf, trank Wein und zog den Vorhang, der vor der Puppe hing, zurück. Er saß stundenlang auf seinem Sessel der Puppe gegenüber. Ihre Schönheit riß ihn immer wieder hin. Manchmal, wenn der Wein ihn betrunken machte, stand er auf, trat auf die Puppe zu, streichelte ihr Haar und ihre Brüste. Das war alles. Die Puppe war für ihn das Symbol der Liebe, der Begierde, sie stellte die Erfüllung seiner Wünsche dar.

Allmählich wuchs die Neugierde der Familienmitglieder, besonders die Derachschandehs. Sie beobachteten Mehrdad. Sie witterten hinter der Puppe ein Geheimnis. Ironisch nannte Derachschandeh die Figur ›die Puppe hinter dem Vorhang‹.

Um Mehrdads Reaktion zu prüfen, hatte die Mutter ihn ein paarmal aufgefordert, die Puppe zu verkaufen oder ihr Kleid Derachschandeh zu schenken. Doch Mehrdad weigerte sich. Auf der anderen Seite begann Derachschandeh, um Mehrdads Aufmerksamkeit und Zuneigung auf sich zu lenken, ihr Aussehen dem der Puppe anzupassen. Man frisierte ihre Haare wie die der Puppe, zerzaust und gewellt. Sie ließ sich ein pistaziengrünes Kleid nähen, sie kaufte Schuhe, die denen der Puppe glichen. Tagsüber, wenn Mehrdad das Haus verließ, ging Derachschandeh in sein Zimmer und stellte sich vor den Spiegel. Sie ahmte die Puppe nach, legte eine Hand an die Hüfte, lehnte ihren Kopf auf die Seite; sie lächelte und versuchte besonders den Ausdruck ihrer Augen zu kopieren. Es waren Augen, die äußerst anziehend wirkten, sich dem Betrachter zuwandten und gleichzeitig den Eindruck erweckten, als blickten sie in einen luftleeren Raum. Sie war bemüht, sich die Seele der Puppe anzueignen. Ohnehin hatte sie eine gewisse Ähnlichkeit mit der Puppe. Das machte ihr die Arbeit leichter. Stundenlang verglich sie die einzelnen Körperteile der Puppe mit ihren eigenen und bemühte sich, ihren Gesichtsausdruck, ihr Aussehen dem der Puppe anzugleichen. Wenn Mehrdad nach Hause kam, benutzte sie jeden Vorwand, setzte jedes Mittel ein, um ihm zu begegnen. Anfangs waren ihre Versuche vergeblich. Mehrdad beachtete sie nicht. Um so hartnäckiger setzte sie ihre Bemühungen fort, so lange, bis es ihr allmählich gelang, Mehrdads Aufmerksamkeit auf sich zu lenken, ja, in ihm einen inneren Kampf hervorzurufen. Das ging schließlich so weit, daß Mehrdad sich ernsthaft überlegte, auf wen er verzichten sollte. Einerseits bewunderte er die Beharrlichkeit seiner Kusine, andererseits löste sie eine gewisse Rachsucht bei ihm aus. Wem sollte er entsagen? Dieser kalten, vergilbten Puppe mit dem verblichenen Kleid, die die einzige Erfahrung seiner Jugend und seiner Liebe darstellte, aber gleichzeitig sein Unglück verkörperte und seit fünf Jahren mit ihrer begehrenswerten Gestalt seine Gefühle und Begierden getäuscht hatte? Oder sollte er seine Kusine ablehnen, die unaufhörliche Qualen ausgestanden, viel Geduld aufgebracht und sich seinem Geschmack angepaßt hatte? Auf welche von beiden sollte er verzichten? Doch er fühlte, daß er die Puppe, das Symbol seiner Liebe, nicht verlassen konnte. Hatte sie nicht in seinem Herzen einen festen Platz? Wie oft hatte sie ihn verführt, ihm Freude und Glück beschert! Für ihn war sie keine Puppe aus gebrannter Erde und künstlichen Haaren. Ihm erschien sie wie ein lebendiges Wesen, als wäre sie wirklicher als andere Menschen. Konnte er sie einfach auf den Müll werfen oder sie jemandem schenken? Sollte er zulassen, daß man sie wieder in einem Schaufenster aufstellte, wo die Blicke fremder Menschen die Geheimnisse ihrer Schönheit suchen und sie mit ihren Augen liebkosen würden? Oder sollte er sie zertrümmern, diese Lippen, die er so oft geküßt, diesen Hals, den er so oft gestreichelt hatte? Nein, niemals! Eher würde er sie ganz verstoßen, sie töten, genauso, wie man einen lebendigen Menschen tötet. Er müßte sie mit eigenen Händen ermorden. Er kaufte sich zu diesem Zweck einen Revolver. Doch jedesmal, wenn er seine Absicht in die Tat umsetzen wollte, stiegen Zweifel in ihm auf.

Eines Abends betrat Mehrdad, später als üblich, betrunken und taumelnd sein Zimmer. Er schaltete das Licht ein, zog wie gewohnt den Vorhang zurück, holte eine Flasche Wein aus dem Schrank. Er legte eine Schallplatte auf und trank hintereinander zwei Gläser Wein. Dann setzte er sich in seinen Sessel, der Puppe gegenüber, und betrachtete sie.

Lange Zeit blickte Mehrdad auf das Gesicht der Puppe, ohne es wirklich zu sehen. Er kannte es ja in- und auswendig. Sein Anblick war ihm längst zur Gewohnheit geworden.

Nachdem er nun den ganzen Abend die Puppe angestarrt hatte, stand er langsam auf und näherte sich ihr. Er streichelte ihr Haar, ihren Hals und ihre Brüste. Doch plötzlich zog er seine Hand zurück, als habe er ein glühendes Eisen berührt. Er trat ein paar Schritte zurück. War das denn möglich, diese brennende Hitze, die er spürte? Nein, es gab keinen Zweifel. Er war bei Sinnen. Mit dem Ärmel seiner Jacke rieb er sich die Augen; er sank auf den Sessel, er versuchte, seine Gedanken zu sammeln. Auf einmal sah er, daß die Puppe mit festen Schritten, die Hand auf die Hüfte gestützt, lächelnd auf ihn zukam. Mehrdad glaubte wahnsinnig zu werden; er zuckte zurück, er wollte fliehen. Doch dann kam ihm ein Einfall: ohne sich zu besinnen, faßte er in die Tasche, zog den Revolver heraus und schoß dreimal auf die Puppe. Er hörte einen Schrei und ein kurzes Stöhnen. Dann fiel die Puppe zu Boden. Völlig verwirrt bückte sich Mehrdad und hob den Kopf der Puppe hoch. Es war keine Puppe, es war Derachschandeh.

Iwan Bunin

Der Fall Kornett Jelagin

I

Es ist ein schrecklicher Fall – absonderlich, voller Rätsel und Unwägbarkeiten; einerseits ganz einfach, andrerseits sehr kompliziert; ein Fall, der wie ein Boulevardroman anmutet – so übrigens wurde er in unserer Stadt auch von allen bezeichnet – und doch gleichzeitig den Stoff eines tiefgründigen Kunstwerkes abgeben könnte ... Überhaupt sprach der Verteidiger vor Gericht sehr wahr.

»In dieser Sache«, sagte er zu Beginn seines Plädoyers, »hat es den Anschein, ein Streit zwischen mir und dem Anklagevertreter erübrige sich: Der Angeklagte bekannte sich schuldig, sein Verbrechen und seine Persönlichkeit, wie auch die Persönlichkeit seines Opfers, dessen Willen er vergewaltigt haben soll, erscheinen nahezu allen Anwesenden in diesem Saal eines besonderen Kopfzerbrechens unwürdig aufgrund ihrer angeblichen Banalität und Gewöhnlichkeit. Aber so ist es durchaus nicht, so ist nur das äußere Bild. Ja, wir haben zu streiten, haben alle Ursache für Disput und eingehende Betrachtung ...«

Und dann: »Gesetzt, ich hätte lediglich das Ziel, Nachsicht für den Angeklagten zu erwirken – da gäbe es wenig zu sagen. Der Gesetzgeber legt nicht fest, wovon konkret in Fällen wie dem unsrigen sich die Richter leiten zu lassen haben, er läßt ihrer Auffassung, Verantwortung und ihrem Gewissen breiten Spielraum, und denen obliegt es schließlich, den einen oder anderen Gesetzesparagraphen für die zu verhängende Strafe zu wählen. Also wäre ich denn auch bemüht, auf Auffassung und Gewissen Einfluß zu nehmen, wäre bemüht, all das Gute, das der Angeklagte aufzuweisen hat, und alles, was seine Schuld schmälert, herauszustellen und die Richter gütig zu stimmen, und dies um so nachdrücklicher, als der Angeklagte ja nur eines an seiner Tat leugnet: den bösen Vorsatz. Indes, selbst dann, könnte ich selbst dann einen Streit mit dem Ankläger vermeiden, der den Angeklagten sage und schreibe als einen ›kriminellen Wolf‹ charakterisierte? In jedem Prozeß kann man die Dinge von verschiedenen Seiten sehen, so oder so beleuchtet, so oder so darstellen, nach Belieben. Und was sehen wir hier? Daß es offenbar kein einziges Detail gibt, das der Ankläger und ich gleichermaßen beurteilen würden, einhellig beleuchten und wiedergeben könnten. Alles ist so und doch nicht so! müßte ich jeden Augenblick zu ihm sagen. Aber, und das ist das Wichtigste, im Grunde ist eben alles ›doch nicht so‹ ...«

Dieser Fall ... Schrecklich schon, wie er begann.

Der 19. Juni des vergangenen Jahres. Früher Morgen, sechs Uhr. Im Speisezimmer von Licharjow, Rittmeister der Leibgarde des Husarenregiments, war es schon hell und brütend warm von der heißen städtischen Sommersonne, doch noch ganz still, dies um so mehr, als die Wohnung des Rittmeisters in einem Gebäude der am Stadtrand befindlichen Husarenkasernen lag. Und dank dieser Stille, doch auch dank seiner Jugend, schlief der Rittmeister noch fest. Auf dem Tisch standen Likörflaschen und Tassen mit Kaffeeresten. Auch die anderen in der Wohnung schliefen: im Salon nebenan ein weiterer Offizier, Stabsrittmeister Graf Koschitz, und hinten im Kabinett Kornett Sewski. Kurzum, ein gewöhnlicher Morgen, ein alltägliches Bild, und – wie stets, wenn mitten im Gewöhnlichen etwas Ungewöhnliches geschieht – um so schrecklicher und frappierender, irgendwie unwahrscheinlich war das, was am frühen Morgen des 19. Juni in der Wohnung des Rittmeisters Licharjow geschah. In dieser tiefen Stille schellte plötzlich im Korridor die Klingel, dann hörte man, wie der Bursche barfüßig, hastig-behutsam die Tür öffnen lief und wie eine demonstrativ laute Stimme fragte: »Zu Hause?«

Wiederum demonstrativ laut trat der Ankömmling ein, öffnete betont ungezwungen die Speisezimmertür, ließ betont schneidig die Stiefelabsätze knallen und die Sporen klirren. Der Rittmeister hob das verwunderte und verschlafene Gesicht: Sein Regimentskamerad Kornett Jelagin stand vor ihm, ein schmächtiger junger Mann, rotblond, sommersprossig, die Beine krumm und ungewöhnlich dünn und mit jenem Schick gestiefelt und gespornt, von dem er zu sagen liebte, er sei seine »größte« Schwäche. Rasch zog er den Sommermantel aus, warf ihn auf den Stuhl und sagte laut: »Hier, meine Epauletten!« Dann ging er zum Sofa an der Wand gegenüber, ließ sich rücklings darauf fallen und verschränkte die Arme unterm Kopf.

»Halt, halt«, brummte der Rittmeister, der ihm mit aufgerissenen Augen zugesehen hatte, »woher des Wegs, was ist denn los?«

»Ich habe Manja getötet«, sagte Jelagin.

»Bist du besoffen? Was für eine Manja?« fragte der Rittmeister.

»Die Schauspielerin Maria Josefowna Sosnowskaja.«

Der Rittmeister setzte die Füße auf den Boden.

»Na, na! Das soll wohl ein Scherz sein?«

»Leider nein – oder vielleicht auch glücklicherweise.«

»Wer ist denn da? Was habt ihr?« rief der Graf von nebenan.

Jelagin streckte sich und stieß die Tür mit dem Fuß auf.

»Warum brüllst du«, sagte er. »Ich bin's, Jelagin. Ich habe Manja erschossen.«

»Was hast du?« sagte der Graf, verstummte und lachte plötzlich auf. »Oho, das ist ja was!« rief er fröhlich. »Na, du Satansbraten, diesmal wollen wir ein Auge zukneifen.

Gut, daß du uns geweckt hast, sonst hätten wir bestimmt verschlafen, bis drei ist es gestern wieder gegangen.«

»Mein Ehrenwort, ich habe sie umgebracht«, beharrte Jelagin.

»Du spinnst, alter Bruder, aber wie!« rief nun der Hausherr, während er nach den Socken griff. »Und ich kriege schon einen Schreck, denke, es ist wirklich was passiert... Jefrem, den Tee!«

Jelagin faßte in die Tasche, holte einen kleinen Schlüssel heraus, warf ihn lässig über die Schulter auf den Tisch und sagte: »Geht doch hin, seht nach...«

Der Staatsanwalt sprach bei der Verhandlung viel von dem Zynismus und der Schrecklichkeit einiger Szenen aus Jelagins Drama; auf diese Szene kam er mehrmals zurück. Dabei vergaß er, daß Rittmeister Licharjow Jelagins »übernatürliche« Blässe und merkwürdige Augen, in denen etwas »Nichtmenschliches« lag, nicht gleich wahrgenommen hatte, sondern erst später, und dann »einfach erschlagen« gewesen war von dem einen wie dem anderen.

2

Und weiter hat sich am Morgen des 19. Juni vergangenen Jahres dann dies zugetragen.

Nach einer halben Stunde schon standen Graf Koschitz und Kornett Sewski vor dem Haus, in dem die Sosnowskaja wohnte. Das Späßemachen war ihnen vergangen.

Hals über Kopf waren sie aus der Droschke gesprungen – fast zuschanden hatten sie sie gefahren –, hatten den Schlüssel ins Schloß gesteckt und verzweifelt geklingelt. Aber der Schlüssel paßte nicht, und hinter der Tür blieb es still. Ungeduldig rannten sie auf den Hof und suchten den Hausmeister. Der Hausmeister lief über den Hintereingang in die Küche, kam zurück und erklärte, nach Auskunft des Stubenmädchens habe die Sosnowskaja woanders übernachtet, nicht daheim, schon gegen Abend sei sie mit einem Bündel fortgefahren. Sie griffen sich an den Kopf. Was war zu machen? Sie zuckten die Achseln, überlegten, und schließlich fuhren sie mit dem Hausmeister aufs Revier. Von dort riefen sie Rittmeister Licharjow an.

Der Rittmeister brüllte ins Telefon: »Dieser Idiot, der mich schon fast zum Heulen bringt, hat zu sagen vergessen, daß ihr natürlich nicht zu ihrer Wohnung, sondern zu ihrem Liebesnest fahren müßt: Starogradskaja 14. Verstanden? Starogradskaja 14. Eine Art Pariser Garçonnière, Zugang gleich von der Straße ...«

Sie preschten zur Starogradskaja.

Der Hausmeister saß auf dem Bock und der Revieraufseher, ernst-unnahbar, mit im Fond, den beiden Offizieren gegenüber. Es war heiß, die Straßen waren laut und belebt, und es wollte einem nicht in den Kopf, daß an solch einem sonnigen und lebenslustigen Morgen irgendwer irgendwo tot lag, und erst recht nicht, daß dies der zweiundzwanzigjährige Saschka Jelagin auf dem Gewissen hatte. Was mochte ihn dazu gebracht haben? Aus welchem Grund hatte er sie getötet, warum und wie getötet? Unfaßlich, es gab darauf keine Antwort.

Als sie endlich in die Starogradskaja kamen und bei dem alten und unfreundlichen einstöckigen Haus Nummer 14 vorfuhren, war dem Grafen und dem Kornett, wie sie sich ausdrückten, »der Mut gesunken«. Hier also sollte es sein und würden sie sehen, was sie zu sehen fürchteten und sie doch trieb, unwiderstehlich trieb? Der Revieraufseher dagegen fühlte sich sogleich in seinem Element, gab sich streng, forsch und gelassen.

»Den Schlüssel, wenn ich bitten darf«, sagte er gesetzt, und die Offiziere rückten eilig, mit einer Beflissenheit, wie man sie höchstens vom Hausmeister erwartet hätte, den Schlüssel heraus.

In der Mitte des Hauses war ein Tor, und hinter dem Tor schimmerten ein kleiner Hof und ein Bäumchen, dessen

Grün unnatürlich grell war oder vor der dunkelgrauen Hauswand so wirkte. Rechts vom Tor aber befand sich die bewußte geheimnisvolle, direkt auf die Straße führende Tür, die es nun zu öffnen galt. Eine rauhe Miene aufsetzend, steckte der Revieraufseher den Schlüssel ins Schloß, die Tür sprang auf, und der Graf und der Kornett blickten in eine stockdunkle korridorähnliche Höhle. Der Revieraufseher, wie mit den Sinnen spürend, wo zu suchen sei, streckte die Hand aus, tastete an der Wand und knipste das Licht an – ein schmaler düsterer Raum wurde sichtbar und in seiner Tiefe zwei Sessel rechts und links neben einem Tischchen, auf welchem Teller mit Speiseresten, Wild und Früchten standen. Noch düsterer aber war, was sich den Augen der Eintretenden im weiteren bot. Ein kleiner Durchgang in der rechten Korridorwand führte in ein anliegendes Zimmer. Es war ebenfalls düster; wie in einer Gruft schimmerte an der Decke eine kleine Mattglaslaterne unter einem riesigen schwarzen Seidenschirm. Alle Wände dieses völlig abgeschiedenen, fensterlosen Zimmers waren von oben bis unten mit schwarzem Stoff bespannt. Hier, auch ganz hinten, stand ein großer und niedriger türkischer Diwan, und auf dem Diwan, nur mit einem Hemd bekleidet, Augen und Mund halb geöffnet, den Kopf auf die Brust gesenkt, lang ausgestreckt, die Beine ein wenig geöffnet, lag, weiß schimmernd, eine junge Frau von außergewöhnlicher Schönheit.

Die Eintretenden blieben stehen – und standen einen Moment wie versteinert vor Schreck und Verwunderung.

3

Die Schönheit der Frau war deshalb außergewöhnlich zu nennen, weil sie in außergewöhnlich hohem Maße jenen Vorstellungen entsprach, die Modemaler haben, wenn sie ideal schöne Frauen darstellen. Hier war alles, wie man es schöner nicht hätte denken können: eine wundervolle

Figur, wundervolle Tönung der Haut, ein makellos gebildeter kleiner Fuß, ein kindlich-treuherziger Liebreiz der Lippen, nicht sehr ausgeprägte und regelmäßige Gesichtszüge, prächtiges Haar ... Und all das war nun tot, begann zu erstarren und zu verblassen, und die Schönheit machte die Tote nur noch schrecklicher. Das Haar war wohlgeordnet – eine Frisur wie für den Ball. Der Kopf ruhte auf einem aufgeklopften Diwankissen, und das Kinn berührte die Brust, was den starren halboffenen Augen und dem ganzen Gesicht einen Ausdruck von Fassungslosigkeit verlieh. Und über allem lag der seltsame Schein der kleinen Mattglaslaterne mit dem riesigen schwarzen Schirm wie ein Raubvogel, der über der Toten seine Flügel ausgebreitet hat.

Ein Bild, vor dem selbst der Revieraufseher betroffen stand. Zaghaft ging man dazu über, die Tote näher zu untersuchen.

Die schönen bloßen Arme lagen ausgestreckt am Körper. Auf der Brust, dem Spitzenbesatz des Hemdes, befanden sich zwei Visitenkarten von Jelagin, und zu Füßen lag ein Husarensäbel, der sich höchst grob ausnahm neben der weiblichen Nacktheit. Der Graf – in dem unsinnigen Gedanken, es könne Blut an der Klinge sein – wollte ihn aufnehmen und aus der Scheide ziehen, doch der Revieraufseher verwies ihm diese gesetzwidrige Handlung.

»Ach, natürlich, natürlich«, murmelte leise der Graf, »man darf ja noch nichts berühren. Nur wundert es mich, daß ich nirgends Blutspuren oder überhaupt die Spuren eines Verbrechens sehe. Offenbar Gift?«

»Haben Sie Geduld«, sagte der Revieraufseher gesetzt, »warten wir auf den Untersuchungsrichter und den Arzt. Aber kein Zweifel – es sieht nach einer Vergiftung aus ...«

Und in der Tat: nirgends war Blut, weder auf dem Fußboden oder dem Diwan noch am Körper oder Hemd der Toten. Auf dem Sessel vor dem Diwan lagen Frauenpantalons und ein Frisiermantel, darunter ein blaues perlmuttglänzendes Blüschen, ein Rock aus sehr gutem dunkelgrauem Stoff und ein grauseidener Manteau. All das wurde der Reihe nach auf den Diwan geworfen, wies aber ebenfalls keinerlei Blutspuren auf. Der Verdacht auf Giftmord erhärtete sich zudem durch etwas, was man auf dem Wandsims über dem Diwan entdeckte: zwischen Champagnerflaschen und Korken, Kerzenstümpfen und Haarnadeln, zwischen beschriebenem und zerrissenem Papier stand ein Glas mit einem Rest Portwein und ein Fläschchen, auf dessen weißem Etikett unheilvoll schwarz ins Auge sprang: »Op. Pulv.«

Doch gerade als der Revieraufseher, der Graf und der Kornett einander das Fläschchen zureichten und die lateinische Aufschrift studierten, hörte man unten die Equipage heranrasseln, die den Arzt und den Untersuchungsrichter brachte, und wenige Minuten später offenbarte sich, daß Jelagin die Wahrheit gesagt hatte: Die Sosnowskaja war mit einem Revolver erschossen worden. Zwar trug das Hemd keinerlei Blutspur, doch unter dem Hemd in der Herzgegend kam ein dunkelroter Fleck zum Vorschein, und in der Mitte dieses Flecks zeichnete sich eine kleine runde Wunde mit versengten Rändern ab, aus der dünnes dunkles Blut sickerte; das Blut war deshalb nicht durchs Hemd gedrungen, weil auf der Wunde ein gebauschtes Taschentuch gelegen hatte …

Was ergab die ärztliche Expertise noch? Nicht viel: in der rechten Lunge Spuren einer Tuberkulose; der Schuß wurde von vorn und aus unmittelbarer Nähe abgegeben, und der Tod trat augenblicklich ein; dennoch kann das Opfer auch noch nach dem Schuß einen kurzen Satz gesprochen haben; zwischen ihm und dem Mörder fand kein Kampf statt; vor dem Tod trank die Sosnowskaja Champagner und nahm zusammen mit Portwein eine kleine (für eine Vergiftung unzureichende) Dosis Opium zu sich; und schließlich: Sie hatte in dieser verhängnisvollen Nacht Verkehr mit einem Mann...

Doch weshalb, wofür mochte dieser Mann sie getötet haben? Jelagin gab auf diese Frage immer nur eines zur Antwort: weil sie beide – er und die Sosnowskaja – in einer »tragischen Lage« gewesen seien, weil sie keinen anderen Ausweg mehr gesehen hätten als den Tod, weil die Sosnowskaja getötet werden wollte, er nur ihren Befehl ausgeführt habe. Letzteres aber schien in völligem Widerspruch zu dem zu stehen, was die Sosnowskaja vor ihrem Tod aufgeschrieben hatte. Die beiden Visitenkarten, die auf ihrer Brust gefunden wurden, waren nämlich von ihrer Hand beschrieben, polnisch (übrigens reichlich fehlerhaft). Auf der einen stand:

»An General Konownizyn, den Vorsitzenden der Theaterleitung. Mein Freund! Ich danke Dir für Deine langjährige edelmütige Freundschaft ... Ich sende Dir meinen letzten Gruß und bitte Dich, meiner Mutter die Gage für meine letzten Auftritte auszuhändigen...«

Auf der anderen:

»Dieser Mann hat richtig gehandelt, als er mich tötete. ... Arme, unglückliche Mutter! Um Verzeihung bitte ich nicht, denn ich sterbe nicht aus freiem Willen... Mutter! Wir werden uns wiedersehen ... dort droben ... Ich fühle es – dies ist mein letzter Augenblick...«

Auf ähnliche Karten hatte die Sosnowskaja auch noch andere Abschiedszeilen geschrieben – die, die auf dem Wandsims lagen, zu kleinen Schnipseln zerrissen. Man setzte sie zusammen, klebte sie auf Papier und entzifferte folgendes:

»Dieser Mensch fordert meinen und seinen Tod. Lebendig komme ich hier nicht wieder raus...«

»So hat denn meine letzte Stunde geschlagen... Gott, verlaß mich nicht... Meine letzten Gedanken weilen bei meiner Mutter und der heiligen Kunst...«

»O Abgrund, Abgrund! Dieser Mensch ist mein Verhängnis ... Gott, errette mich, hilf ...«

Und das größte Rätsel schließlich:

»Quand même pour toujours ...«*

All diese Notizen, sowohl die unversehrten auf ihrer Brust als auch die zerrissenen, die auf dem Sims gefunden wurden, standen zu Jelagins Aussagen anscheinend in Widerspruch. Aber eben nur anscheinend. Warum wurden nicht auch die beiden Karten zerrissen, die auf ihrer Brust lagen? Auf der einen standen doch für Jelagin so verhängnisvolle Worte, wie »Ich sterbe nicht aus freiem Willen!« Jelagin hat sie weder zerrissen noch mitgenommen, ja, er hat sie sogar selbst (ein anderer käme doch nicht in Frage) an eine so unübersehbare Stelle gelegt. Er vergaß in der Eile, sie zu zerreißen? Gewiß, das wäre denkbar. Wie aber konnte er in Eile diese ihn selbst so belastenden Zeilen auf die Brust der Toten legen? Und war er überhaupt in Eile? Nein, er brachte die Tote in Ordnung, glättete das Hemd, nachdem er die Wunde vorsorglich mit dem Tüchlein abgedeckt hatte; dann machte er sich selbst zurecht, kleidete sich an ... Nein, hier stimmen wir dem Staatsanwalt bei: Alles geschah ohne Eile.

4

Der Staatsanwalt sagte:

»Es gibt zwei Kategorien von Tätern. Erstens, Zufallstäter, ihr Vergehen entspringt einem unglücklichen Zusammentreffen von äußeren Umständen und innerer Erregung, fachlich »Kurzwahn« genannt. Und zweitens, Täter, die in böser Absicht, vorsätzlich handeln; das sind geborene Feinde der Gesellschaft und der öffentlichen Ordnung, das sind kriminelle Wölfe. Zu welcher Kategorie aber zählen wir den Mann, der da vor uns auf der Anklagebank sitzt? Zur zweiten natürlich. Er ist ein krimineller Wolf, ohne

* (franz.) Und doch für immer ...

Frage, er beging die Tat, weil er in einem nichtsnutzigen und ausschweifenden Leben verwildert ist...«

Diese Triade nimmt sich höchst sonderbar aus (auch wenn sie quasi die allgemeine Meinung unsrer Stadt ausdrückt), um so mehr, als Jelagin vor Gericht einen anderen Eindruck machte – die ganze Zeit saß er mit aufgestützten Armen, die Handkanten an die Stirn gedrückt, um sich vor den Blicken des Publikums zu schützen, und antwortete leise, stockend und mit herzzerreißender Schüchternheit und Trauer. Und doch hatte der Staatsanwalt auch wiederum recht: Auf der Anklagebank saß ein Täter, der sehr aus dem Rahmen des Üblichen fiel und keineswegs Opfer eines »Kurzwahns« war.

Zwei Fragen stellte der Staatsanwalt: erstens, versteht sich – ob die Tat im Affekt begangen wurde, das heißt in Erregung; und zweitens – ob dieser Affekt nur unwillkürlicher Auslöser des Mordes war; und auf beide Fragen antwortete er mit voller Gewißheit: nein und nochmals nein.

»Nein«, sagte er auf die erste Frage, »von Affekt kann keine Rede sein, vor allem deshalb, weil ein Affekt nicht mehrere Stunden anhält. Und was hätte denn einen Affekt auslösen können?«

In Beantwortung der letzten Frage stellte sich der Staatsanwalt eine Menge beiläufiger Fragen und wies sie sogleich von sich oder verlachte sie sogar. So:

»Hat an dem verhängnisvollen Tag Jelagin mehr als gewöhnlich getrunken? Nein, er trank überhaupt viel, und an diesem Tag nicht mehr als sonst.«

»War und ist der Angeklagte gesund? Ich schließe mich dem Urteil der Ärzte, die ihn untersuchten, an: völlig gesund; jedoch nicht im geringsten gewöhnt, sich zu zügeln.«

»Könnte nicht aber die Unmöglichkeit, die von ihm geliebte Frau zu ehelichen, wenn wir einmal annehmen, er liebte sie wirklich, einen Affekt ausgelöst haben? Nein, denn zuverlässig wissen wir: Der Angeklagte gab sich keinerlei Mühe, unternahm keinerlei Schritte, eine Eheschließung herbeizuführen.«

Ferner:

»Konnte nicht die Tatsache, daß die Sosnowskaja ins Ausland reisen wollte, einen Affekt ausgelöst haben? Nein, denn er wußte von dieser Reise seit langem.«

»Konnte dann vielleicht der Gedanke an die Trennung infolge der Reise einen Affekt ausgelöst haben? Wiederum nein, denn von einer Trennung sprachen sie auch vor dieser Nacht tausendmal. Was also dann letzten Endes? Die Gespräche über den Tod? Das seltsame Zimmer, seine finstere Atmosphäre und sozusagen Versuchung, sein Druck, wie überhaupt der Druck dieser ganzen exzentrischen und unheimlichen Nacht? Doch was die Todesgespräche angeht – auch sie dürften für Jelagin nichts Neues gewesen sein: Diese Gespräche waren zwischen ihm und seiner Geliebten gang und gäbe, und natürlich hatte er sie längst satt. Und von einer Versuchung reden ist überhaupt lächerlich. Denn da sind einige höchst prosaische Dinge, die ihr stark entgegenwirken: das Abendessen, Speisereste auf dem Tisch, Flaschen und sogar, Pardon, ein Nachtgeschirr... Jelagin aß, trank, erledigte seine natürlichen Bedürfnisse, ging ins Nebenzimmer nach Wein oder nach einem Messer, um den Bleistift zu spitzen...«

Und der Staatsanwalt schloß: »Und was die Frage betrifft, ob Jelagin den Mord auf Verlangen des Opfers ausführte – da braucht es keine langen Betrachtungen: Für die Klärung dieses Punktes liegen uns einerseits die unbewiesene Behauptung des Jelagin vor, die Sosnowskaja habe ihn selbst gebeten, sie zu töten, und andererseits die für Jelagin verhängnisvolle Zeile der Sosnowskaja: ›Ich sterbe nicht aus freiem Willen‹...«

5

Gegen Einzelheiten in der Rede des Staatsanwalts ließe sich mancherlei einwenden. »Der Angeklagte ist völlig gesund...« Aber wo liegt die Grenze zwischen gesund und ungesund, normal und unnormal? »Er unternahm keinerlei Schritte, eine Eheschließung herbeizuführen...« Aber erstens, er unterließ diese Schritte ja allein deshalb, weil er zu fest von ihrer Aussichtslosigkeit überzeugt war; und zweitens, hängen Liebe und Ehe denn unbedingt so eng zusammen, und hätte Jelagin Ruhe gefunden, hätte sich das Drama seiner Liebe auch nur annähernd gelöst, wenn er mit der Sosnowskaja verheiratet gewesen wäre? Als ob man nicht wüßte, daß jede starke, nicht ganz normale Liebe die seltsame Eigenheit hat, die Ehe sogar zu vermeiden?

Aber das sind alles, wie gesagt, Einzelheiten. Im Prinzip hatte der Staatsanwalt recht: Ein Affekt liegt nicht vor.

Er sagte:

»Die ärztliche Expertise kam zu dem Schluß, Jelagin habe sich *eher* in einem ruhigen als in einem affektiven Zustand befunden; ich aber meine, nicht in einem ruhigen schlechthin, sondern in einem erstaunlich ruhigen. Davon zeugt die Ordnung des Zimmers, in welchem das Verbrechen geschah und Jelagin sich noch lange nach dem Tod seines Opfers aufhielt. Außerdem – die Aussage des Zeugen Jaroschenko, der gesehen hat, in welcher Ruhe Jelagin die Wohnung Starogradskaja vierzehn verließ und wie sorgfältig, ohne jede Eile, er die Tür abschloß. Was zum Beispiel sagte Jelagin, als Kornett Sewski ihn beschwor, zur Besinnung zu kommen, sich zu entsinnen, ob die Sosnowskaja sich nicht vielleicht selbst erschossen habe. Er sagte: ›Nein, mein Lieber, ich entsinne mich bestens!‹ – und schilderte sogleich, wie er, er allein, den Schuß abfeuerte. Den Zeugen Budberg hat Jelagin ›sogar unangenehm überrascht, weil er nach seinem Geständnis kaltblütig Tee trank‹. Und der Zeuge Vogt war noch mehr überrascht.

›Herr Stabsrittmeister‹, sagte Jelagin zu ihm ironisch, ›ich hoffe, heute befreien Sie mich vom Exerzieren.‹ – ›Das war so schrecklich‹, sagte Vogt, ›daß Kornett Sewski die Fassung verlor und in Schluchzen ausbrach …‹ Allerdings gab es einen Moment, da auch Jelagin zu schluchzen begann: als nämlich der Rittmeister vom Regimentskommandeur kam, bei dem er sich Anweisungen bezüglich Jelagins geholt hatte, und als Jelagin Licharjows und Vogts Gesichtern ansah, daß es mit seiner Offizierslaufbahn nun vorbei war. In diesem Moment brach er in Tränen aus«, schloß der Staatsanwalt, »erst zu diesem Zeitpunkt!«

Der letzte Satz ist natürlich wieder höchst sonderbar. Jedermann weiß, wie häufig jemand aus einem Zustand tragisch-schmerzlicher Erstarrung plötzlich durch etwas ganz Nebensächliches gerissen wird, etwas, was beiläufig in die Augen fällt und das ganze vorherige glückliche Leben und die ganze Aussichtslosigkeit und Elendigkeit der gegenwärtigen Situation jäh ins Bewußtsein ruft. Zudem handelt es sich durchaus nicht um etwas Nebensächliches oder Beiläufiges, was Jelagin an seine Situation erinnerte. War er doch gleichsam zum Offizier geboren – zehn Generationen seiner Vorväter hatten gedient: Und nun war er plötzlich kein Offizier mehr, weil es sie, die er über alles im Leben liebte, nicht mehr gab, und diese Ungeheuerlichkeit hatte er angerichtet, er selbst!

Übrigens sind das ebenfalls nur Einzelheiten. Ausschlaggebend bleibt, ein »Kurzwahn« liegt nicht vor. Was aber dann? Der Staatsanwalt bekannte, »in dieser dunklen Angelegenheit« müßten »in erster Linie die Charaktere des Jelagin und der Sosnowskaja und deren Beziehungen zueinander geklärt werden«. Und entschieden verkündete er: »Hier fanden sich zwei Persönlichkeiten, die nichts miteinander gemein hatten …«

Verhält es sich so? Gerade das ist die Frage: Verhält es sich wirklich so?

6

Über Jelagin gäbe es für mich in erster Linie zu sagen – er ist zweiundzwanzig Jahre: Ein verhängnisvolles Alter, eine schlimme Zeit, die den Menschen für seine ganze Zukunft festlegt. In dieser Zeit macht der Mensch gewöhnlich durch, was in der Medizin Geschlechtsreife genannt wird, im Leben aber – erste Liebe. Fast immer wird diese »erste Liebe« nur poetisch und überhaupt sehr leichtfertig betrachtet. Meist geht sie mit Dramen, Tragödien einher, aber niemand denkt daran, daß der Mensch gerade in dieser Zeit etwas viel Tieferes und Komplizierteres durchmacht als Erregung, Unruhe und Leiden, die allgemein als »Anhimmeln eines geliebten Wesens« bezeichnet werden. Er macht, ohne es zu ahnen, eine furchtbare Entfaltung, eine qualvolle Häutung durch – die erste Messe des Geschlechts. Wäre ich Jelagins Verteidiger gewesen, ich hätte die Richter gebeten, gerade unter diesem Blickwinkel sein Alter zu berücksichtigen, außerdem, daß ein in dieser Hinsicht nicht ganz durchschnittlicher Mensch vor uns sitzt. »Ein junger Husar, ein übergeschnappter Lebemann«, sagte der Staatsanwalt, der öffentlichen Meinung folgend, und führte zum Beweis für seine Worte den Bericht eines Zeugen, des Schauspielers Lissowski, an: Einmal kam Jelagin am Tage ins Theater, als die Schauspieler Probe hatten; sowie die Sosnowskaja ihn erblickte, flüchtete sie hinter Lissowskis Rücken und sagte hastig: »Schirm mich vor ihm ab, Onkel!« – »Ich schirme sie ab«, berichtete Lissowski, »und dieser kleine Husar, voll bis zum Kragen, bleibt auf einmal stehen und schnappt über – steht mit gespreizten Beinen da, stiert wild: wo nur die Sosnowskaja hin ist?«

Jawohl, er war übergeschnappt. Wovon aber »übergeschnappt«? Von einem »nichtsnutzigen, ausschweifenden Leben«?

Jelagin kommt aus einer alten und reichen Familie, die Mutter (sie war, wohlgemerkt, eine sehr exaltierte Natur) verlor er früh, der Vater, ein harter und strenger Mann, hielt ihn in Furcht und Schrecken, so wuchs er auf und reifte heran. Mit grausamer Kühnheit umriß der Staatsanwalt nicht nur die moralische, sondern auch die physische Gestalt des Angeklagten.

Er sagte: »So, meine Herren, war unser Held im malerischen Husarenaufzug. Aber sehen Sie ihn jetzt an. Jetzt ist die ganze Zierde weg, und was haben wir vor uns? Ein schmächtiges Bürschlein mit Hängeschultern, mit einem blonden Schnauzbärtchen und äußerst unbestimmten, unbedeutenden Gesichtszügen, in seinem schwarzen Gehrock, beileibe nicht wie ein Othello anzusehen, das heißt: eine Persönlichkeit mit meines Erachtens stark ausgeprägten degenerativen Merkmalen, einerseits höchst uncouragiert – wie beispielsweise in der Beziehung zum Vater – andererseits höchst unverschämt, meist darauf aus, sich über Grenzen hinwegzusetzen, dann nämlich, wenn er sich vom Vater unbeobachtet wußte und überhaupt hoffte, ungestraft davonzukommen ...«

Gewiß, diese grobe Charakteristik enthielt viel Wahrheit. Aber als ich sie hörte, schüttelte ich nur den Kopf – erstens, wie kann man nur all das furchtbare Komplizierte und Tragische, das oft Menschen mit einer stark ausgeprägten erblichen Belastung kennzeichnet, so leichthin betrachten, und zweitens, diese Wahrheit war für mich dennoch nur ein sehr kleiner Teil der Wahrheit. Ja, Jelagin wuchs in ständiger Furcht vor dem Vater auf. Doch Furcht ist nicht Feigheit, besonders nicht vor den Eltern, zudem bei einem Menschen, dem es beschieden ist, alles Erbe, das ihn mit seinem Vater, Großvätern und Ahnen verbindet, aufs tiefste zu empfinden. Ja, Jelagins Äußeres ist nicht das klassische Bild eines Husaren, doch auch hierin erblicke ich einen Hinweis auf das Überdurchschnittliche seiner Natur. Betrachten Sie, hätte ich zum Staatsanwalt gesagt, diesen rotblonden dünnbeinigen Mann mit den hängenden Schultern etwas schärfer, und fast erschrocken werden Sie sehen, daß dieses sommersprossige Gesicht mit den kleinen grünlichen (Ihnen ausweichenden) Augen alles andere als unbedeutend ist. Und beachten Sie außerdem seine degenerative Kraft: Am Mordtag war er zum Exerzieren – frühmorgens natürlich –, und nach dem Frühstück trank er sechs Wodka, eine Flasche Champagner und zwei Gläser Kognak und blieb trotzdem so gut wie nüchtern!

7

In großem Widerspruch zu der schlechten Meinung, die die Öffentlichkeit von Jelagin hatte, standen auch die Aussagen vieler Regimentskameraden. Einhellig äußerten sie sich über Jelagin freundlich.

Der Schwadronführer sagte zum Beispiel: »Als Jelagin zum Regiment kam, fügte er sich ausgesprochen gut unter den Offizieren ein und war auch zu den niederen Dienstgraden immer freundlich, entgegenkommend und korrekt. Sein Charakter unterschied sich von den anderen meines Erachtens nur durch eins: eine gewisse Unausgeglichenheit, aber die äußerte sich nie unangenehm, machte sich nur in häufigen und urplötzlichen Stimmungsumschwüngen bemerkbar – von Fröhlichkeit zu Melancholie, von Gesprächigkeit zu Schweigsamkeit, von Selbstbewußtsein zu tiefem Zweifel an seinen Fähigkeiten und überhaupt Zweifel an seinem ganzen Leben ...«

Und Rittmeister Licharjow meinte:

»Jelagin war immer ein netter und guter Kamerad, nur hatte er seine Merkwürdigkeiten: Mal war er still und schüchtern verschlossen, mal packten ihn der Übermut und eine Art Prahlsucht. Nachdem er mit dem Mordgeständnis zu mir gekommen war und Sewski und Koschitz zur Starogradskaja losgesaust waren, hat er abwechselnd bitter geweint und höhnisch, wie rasend gelacht, und als er verhaftet und abgeführt wurde, erkundigte er sich bei uns mit wildem Lächeln, bei welchem Schneider er sich Zivilsachen nähen lassen solle ...«

Und Graf Koschitz: »Jelagin war ein Mensch von alles in allem heiterem und sanftem Gemüt – nervös und empfindsam, mit einer Neigung zum Schwärmen sogar. Besonders hatten es ihm das Theater und die Musik angetan, oft rührten sie ihn zu Tränen, er war auch selber ungewöhnlich musikalisch, spielte fast alle Instrumente ...«

Ungefähr dasselbe sagten auch alle übrigen Zeugen aus: »Ein sehr begeisterungsfähiger Mensch, aber immer schien er auf was Besonderes zu warten, das eigentlich Wahre im Leben ...«

»Auf Kameradschaftsabenden war Jelagin meistens guter Laune und irgendwie lieb-aufdringlich, bestellte mehr Champagner als die andern und hielt alle Welt frei ... Als er mit der Sosnowskaja zusammen war – seine Gefühle für sie versuchte er peinlich vor andern zu verbergen –, veränderte er sich sehr. Oft saß er grübelnd, traurig, manchmal sagte er, er wünsche immer sehnlicher, mit sich Schluß zu machen ...«

So Auskünfte über ihn, gegeben von Personen, die in nächster Nähe von ihm lebten. Woher nahm der Staatsanwalt, dachte ich bei der Verhandlung, nur solche schwarzen Farben für sein Porträt? Hatte er noch andere Kenntnisse? Nein, andere hatte er nicht. Also steht zu vermuten, zu diesen schwarzen Farben haben ihn die landläufigen Vorstellungen von der »goldenen Jugend« verleitet; außerdem das, was er einem Brief von Jelagin an einen Freund in Kischinjow, dem einzigen, der dem Gericht zur Verfügung stand, entnahm.

Hier spricht Jelagin mit großer Leichtfertigkeit von seinem Leben: »Ich bin bei einer richtigen Gleichgültigkeit angelangt, Bruderherz: alles egal! Heute geht's gut – na also, Gott sei Dank, was kratzt mich, was morgen ist, der Morgen ist klüger als der Abend. Eine feine Reputation habe ich mir verschafft: fast der größte Trunkenbold und Trottel am Ort…«

Diese Selbsteinschätzung unterstützt anscheinend die beredsamen Worte des Staatsanwalts, der sagte: »Im Namen eines tierischen Kampfs um sinnliche Befriedigung zerrte Jelagin die Frau, die ihm alles hingab, vor das Gericht der Öffentlichkeit und brachte sie nicht nur um ihr Leben, sondern auch noch um die letzte Ehre – ein christliches Begräbnis…« Aber wiederum muß man ergänzen: nur »anscheinend«. Denn der Staatsanwalt greift nur wenige Zeilen heraus.

Vollständig lautet der Brief so: »Lieber Sergej, Deinen Brief habe ich erhalten, auch wenn ich spät antworte, aber was soll man machen! Wahrscheinlich denkst Du, wenn Du das liest: ›Ein Gekrakel, als wäre eine in Tinte geratene Fliege drübergekrochen!‹ Ja, ja, die Schrift, sagt man, ist, wenn nicht Spiegel, so doch mehr oder weniger Ausdruck des Charakters. Ich bin noch derselbe Taugenichts wie damals, ja, wenn Du willst, sogar noch schlimmer, denn die zwei Jahre selbständigen Lebens und *so einiges* dazu haben ihren Stempel hinterlassen. Es gibt da so einiges, Bruderherz, was auch der weise Salomon nicht ausdrücken könnte! Und daher wundere Dich nicht, wenn Du eines schönen Tages erfährst, daß ich mich abgeknallt habe. Ich bin bei einer richtigen Gleichgültigkeit angelangt, Bruderherz: alles egal! Heute geht's gut – na also, Gott sei Dank, was kratzt mich, was morgen ist, der Morgen ist klüger als der Abend. Eine feine Reputation habe ich mir verschafft: fast der größte Trunkenbold und Trottel am Ort. Aber gleichzeitig – glaubst Du das? Gleichzeitig fühle ich manchmal eine solche Kraft und Qual und solche Sehnsucht nach allem Schönen, Hohen und überhaupt, Herrgott noch mal, nach etwas, was die Brust zerreißt. Du wirst sagen, das ist noch die Jugend: Aber warum fühlen so was nicht auch meine Altersgefährten? Ich bin ungeheuer nervös geworden: manchmal im Winter, nachts, bei Kälte und Schneesturm, springe ich aus dem Bett und reite durch die Straßen, fliege los, daß sogar die Wachtmänner, längst gewöhnt, sich über nichts mehr zu wundern, sich wundern – und stell Dir vor, stocknüchtern, nicht etwa im Suff. Immer suche ich nach einer Melodie, die ich schon mal gehört haben muß, finde und finde sie aber nicht! Nun gut, Dir will ich es sagen: Ich habe mich verliebt, und zwar in eine, die ganz, ganz anders ist als die, von denen es in der Stadt wimmelt … Aber lassen wir das. Schreibe mir bitte, meine Adresse hast Du. Weißt Du noch, wie Du sagtest ›Rußland, an Kornett Jelagin …‹?«

Erstaunlich, wie kann man nach der Lektüre, selbst nur eines solchen Briefes sagen – »hier fanden sich zwei Persönlichkeiten, die nichts miteinander gemein hatten«!

8

Die Sosnowskaja war eine reinblütige Polin. Sie war älter als Jelagin – achtundzwanzig. Ihr Vater, ein kleiner Beamter, hatte in ihrem dritten Lebensjahr Selbstmord begangen. Die Mutter blieb lange Witwe, heiratete dann erneut, wieder einen kleinen Beamten, und verwitwete bald wieder. Sie sehen, die Sosnowskaja war von recht einfacher Herkunft – woher also kamen all die seelischen Sonderbarkeiten an ihr, woher die Leidenschaft fürs Theater, die sich, wie wir wissen, sehr früh offenbart hatte? Ich denke, natürlich nicht von der Erziehung in der Familie und im Privatpensionat, wo sie unterrichtet wurde. Übrigens war sie eine sehr gute Schülerin und las in ihrer Freizeit viel. Zuweilen schrieb sie sich Gedanken und Aussprüche, die ihr gefielen, aus den Büchern heraus, und wie es in solchen Fällen zu sein pflegt, bezog sie sie in der einen oder anderen Weise auf sich, überhaupt machte sie sich oftmals Notizen, führte Tagebuch, falls sich die Bündel von Zetteln, die sie zuweilen ganze Monate nicht anrührte und auf denen sie sporadisch ihre Wunschträume und Lebensansichten niederschrieb, manchmal auch nur die Wäscherechnung und die Ausgaben für die Schneiderin oder anderes dieser Art festhielt, überhaupt als Tagebuch bezeichnen lassen. Was aber schrieb sie auf?

»›Nicht geboren werden – das erste Glück, das zweite – möglichst rasch ins Nichts zurückkehren.‹ Ein wundervoller Gedanke!«

»Die Welt ist öde, tödlich öde, meine Seele strebt aber nach Außergewöhnlichem ...«

»›Die Menschen begreifen nur die Leiden, an denen sie sterben.‹ Musset.«

»Nein, niemals werde ich heiraten. Das sagen alle. Ich aber schwöre es bei Gott und dem Tod ...«

»Nur Liebe oder Tod. Aber wo im Universum fände ich einen, den ich lieben könnte? Den gibt es nicht, ausgeschlossen. Doch wie soll ich sterben, da ich wie eine Besessene das Leben liebe?«

»Nichts im Himmel wie auf Erden ist schrecklicher, verlockender und geheimnisvoller als die Liebe ...«

»Die Mutter sagt zum Beispiel, ich soll des Geldes wegen heiraten. Ich, ich, des Geldes wegen! Liebe, welch überirdisches Wort, wieviel Hölle und Herrlichkeit ist darin, auch wenn ich nie geliebt habe!«

»Die ganze Welt schaut auf mich mit Millionen gierigen Augen, so wie im Tiergarten, als ich klein war ...«

»›Mensch zu sein lohnt nicht. Engel zu sein – auch nicht. Auch die Engel murrten und erhoben sich gegen Gott. Gott oder nichts zu sein lohnt!‹ Krasiński.«

»›Wer kann sich rühmen, in ihre Seele gedrungen zu sein, da alle Anstrengung ihres Lebens darauf gerichtet ist, die Tiefe ihrer Seele zu verdecken?‹ Musset.«

Gleich nach Abschluß des Pensionats eröffnete sie der Mutter, sie beabsichtige, sich der Kunst zu weihen. Die Mutter, eine gute Katholikin, wollte von dem Entschluß der Tochter, Schauspielerin zu werden, anfangs natürlich nichts hören. Doch die Tochter war nicht so geartet, sich, wem auch immer, zu fügen, und hatte der Mutter auch schon früher einzureden gewußt, daß ihr Leben, das Leben der Maria Sosnowskaja, unmöglich gewöhnlich und ruhmlos sein könne.

Mit sechzehn Jahren ging sie nach Lwow und machte ihren Traum im Handumdrehen wahr: Ohne die geringste Mühe gelangte sie zur Bühne und tat sich auf ihr alsbald hervor. Rasch gewann sie sowohl beim Publikum als auch in der Theaterwelt ein so ernsthaftes Ansehen, daß sie in ihrem dritten Spieljahr ein Engagement in unsere Stadt erhielt. Aber auch in Lwow hatte sie ihr Tagebuch in derselben Art wie früher weitergeführt.

»›Alle sprechen von ihr, weinen über sie und lachen, aber wer kennt sie?‹ Musset.«

»Wäre nicht Mutter – ich würde mich umbringen. Mein ständiger Wunsch …«

»Wenn ich aus der Stadt hinausfahre, irgendwohin, den Himmel sehe, so schön und unergründlich, da weiß ich nicht, was mit mir geschieht. Ich möchte schreien, singen, deklamieren, weinen … lieben und sterben …«

»Ich werde einen schönen Tod wählen. Ich miete ein kleines Zimmer, lasse es mit Trauerstoff ausschlagen. Hinter der Wand soll Musik spielen, und ich lege mich hin in einem einfachen weißen Kleid und breite lauter Blumen um mich, deren Duft mich dann tötet. Oh, wird das wundervoll!«

Ferner: »Alle, alle begehren meinen Körper, nicht meine Seele …«

»Wäre ich reich, so würde ich um die ganze Welt fahren und über den ganzen Erdball hin lieben …«

»›Weiß denn der Mensch, was er will? Ist er sich dessen gewiß, was er denkt?‹ Krasiński.«

Und schließlich: »Nichtswürdiger!«

Wer war dieser »Nichtswürdige«, der natürlich das tat, was sich unschwer erraten läßt? Nur eins ist bekannt – es gab ihn, mußte ihn gegeben haben. »Schon in Lwow«, sagte der Zeuge Sause, ein Lwower Kollege der Sosnowskaja, »zog sie sich für die Bühne nicht an, sondern eher aus; zu Hause empfing sie alle ihre Bekannten und Verehrer in einem durchsichtigen Gewand und barfuß. Ihre schönen Füße verwirrten und entzückten alle, besonders die Neulinge. Aber sie sagte: ›Jetzt wundert euch nicht, das sind meine eigenen‹, und zeigte ihre Beine bis übers Knie. Gleichzeitig wieder sagte sie ständig zu mir – oft unter Tränen –, es gäbe keinen, der ihre Liebe verdient, und ihre einzige Hoffnung sei der Tod.«

Und hier nun tauchte der »Nichtswürdige« auf; mit ihm reiste sie nach Konstantinopel, Venedig und Paris und hielt sich in Kraków und Berlin auf. Er war ein galizischer Gutsbesitzer, steinreich. Über ihn sagte der Zeuge Wolski, der die Sosnowskaja schon als Kind kannte: »Ich hielt die Sosnowskaja immer für eine moralisch sehr tiefstehende Frau. Sie war unfähig, sich zu benehmen, wie es sich für eine Schauspielerin und Bürgerin unseres Landes gehört. Sie war nur hinter Geld her, hinter Geld und Männern. Zynisch, wie sie sich, ein halbes Kind noch, an diesen alten galizischen Eber verkaufte!«

Doch gerade von diesem »alten Eber« hatte die Sosnowskaja kurz vor ihrem Tod Jelagin erzählt. Hatte ihm geklagt mit leisen, abgerissenen Worten: »Ich wuchs einsam auf, niemand kümmerte sich um mich. Ich war in meiner Familie und eigentlich auf der ganzen Welt eine Fremde … Eine Frau – ihre Kinder sollen verflucht sein! – hat mich verdorben, als ich ein vertrauensseliges, reines Mädchen war … Und in Lwow gewann ich einen Mann aufrichtig lieb, so wie einen Vater, und der stellte sich als solch ein Nichtswürdiger heraus, solch ein Unmensch, daß ich an ihn nicht ohne Schrecken denken kann! Und er brachte mich an Haschisch und Alkohol, nahm mich nach Konstantinopel mit, wo er einen ganzen Harem hatte; in diesem Harem lag er und schaute sich seine nackten Sklavinnen an; auch mich nötigte er, mich vor ihm auszuziehen, dieser gemeine, niedrige Mensch …«

9

Bei uns, in unsrer Stadt, war die Sosnowskaja alsbald in aller Munde.

»Schon in Lwow«, sagte der Zeuge Meschkow, »bedrängte sie viele mit dem Vorschlag, mit ihr nach einer gemeinsamen Nacht in den Tod zu gehen, und erklärte immer wieder, sie suche ein Herz, das liebesfähig sei. Dieses liebende Herz suchte sie sehr beharrlich. Sagte dabei aber dauernd: ›Mein Hauptziel ist leben und das Leben nutzen. Der Küfer muß alle Weine kosten und darf sich an keinem betrinken. Genauso muß die Frau mit den Männern verfahren.‹ Und das tat sie denn auch … Ich bin mir zwar nicht gewiß, ob sie alle Weine gekostet hat, weiß aber, mit welcher enormen Menge von Weinen sie sich umgab. Übrigens tat sie das wahrscheinlich nur, um Wirbel um sich zu machen, Theaterclaqueure zu bekommen. ›Geld ist unwichtig‹, sagte sie. ›Ich bin sparsam, manchmal geizig wie die letzte Spießerin, aber eigentlich mache ich mir gar nichts aus Geld. Das Wichtigste – Ruhm, alles andere kommt von selbst.‹ Und vom Tod redete sie meiner Meinung nach auch nur, um von sich reden zu machen …«

In unserer Stadt ging es mit ihr im Grunde genauso weiter wie in Lwow. Fast die gleichen Tagebuchnotizen:

»Mein Gott, diese Trauer, diese Qual! Wenn doch ein Erdbeben käme, eine Sonnenfinsternis!«

»Einmal war ich abends auf dem Friedhof: Wie war das schön! Mir kam es vor … doch nein, unmöglich, dieses Gefühl zu beschreiben. Am liebsten wäre ich geblieben, um die ganze Nacht vor den Gräbern zu deklamieren und schließlich tot umzufallen vor Erschöpfung. Am andern Tag habe ich besser gespielt denn je ...«

Und nochmals:

»Gestern war ich abends um zehn auf dem Friedhof. Welch düsteres Schauspiel! Die Grabsteine und Kreuze lagen im Mondlicht. Mir kam es vor, als stünde ich im Kreis Tausender Toter. Aber wie froh und glücklich ich war! Wie wohl ich mich fühlte ...«

Und als sie mit Jelagin verkehrte und eines Tages von ihm hörte, im Regiment sei der Wachtmeister gestorben, bat sie ihn, mit ihr zu der Kapelle zu fahren, wo der Verstorbene aufgebahrt lag, und notierte danach, die Kapelle und der Leichnam im Mondlicht seien für sie ein »erschütternd beseligender Anblick« gewesen.

Ihr Streben nach Ruhm und allgemeiner Aufmerksamkeit wurde in dieser Zeit geradezu zur Manie. Ja, sie war eine sehr schöne Frau. Ihre Schönheit hatte zwar nichts Originelles, doch etwas Besonderes, Seltenes – einen überraschenden Zauber, hervorgerufen durch eine Mischung von naiver Unschuld und Raubtierlist und diesen ständigen Wechsel zwischen Spiel und Aufrichtigkeit. Betrachten Sie die Porträts von ihr, beachten Sie ihren eigentümlichen Blick – von unten her, dazu der Mund leicht geöffnet, ein Blick der Trauer, meistens lieb, lockend und voll Verheißung, gleichsam einwilligend in etwas Geheimes, Sündiges. Und sie verstand sich darauf, ihre Schönheit auszuspielen.

Auf der Bühne angelte sie ihre Verehrer nicht nur allein dadurch, daß sie dort ihren Charme, ihre Anmut besonders gut zur Wirkung bringen konnte mit ihrer Stimme, ihren lebhaften Bewegungen, ihrem Lachen und Weinen, sondern auch dadurch, daß sie meistens in Rollen auftrat, die ihr Gelegenheit gaben, ihre Körper zu zeigen. Und zu Hause, wenn sie ihre zahlreichen Gäste empfing, trug sie verführerische orientalische oder griechische Gewänder.

Ein Zimmer hatte sie, wie sie sich ausdrückte, speziell für den Selbstmord ausersehen – dort waren sowohl Revolver und Dolche und Säbel in Form von Sicheln und Spindeln als auch Flacons mit allen möglichen Giften, und ständig brachte sie das Gespräch auf den Tod, ihr Lieblingsthema. Doch damit nicht genug: Oft nahm sie, während sie von den verschiedensten Selbstmordmöglichkeiten plauderte, plötzlich einen geladenen Revolver von der Wand, entsicherte ihn, hielt sich die Mündung an die Schläfe und sagte: »Rasch, küssen Sie mich, oder ich erschieße mich!« Oder sie steckte eine Strychnintablette in den Mund und erklärte, wenn ihr Gast nicht sofort vor ihr auf die Knie fiele und ihren nackten Fuß küßte, werde sie das Zeug herunterschlucken. Und das tat und sagte sie so, daß der Gast schreckensbleich wurde und von ihr doppelt betört wieder ging, spornstreichs all die Gerüchte ausstreuend, die, ihr zur Genugtuung, alle in Aufregung versetzten.

»Überhaupt, richtig bei sich war sie fast nie«, sagte vor Gericht der Zeuge Salesski, der sie sehr lange und gut gekannt hatte. »Spielen, aufreizen – das war ihre Hauptbeschäftigung. Einen Mann wild machen mit zärtlichen geheimnisvollen Blicken und vielsagendem Lächeln oder dem kummervollen Seufzen eines schutzlosen Kindes, das hatte sie fein heraus. So trieb sie es auch mit Jelagin. Mal heizte sie ihn an, mal gab sie ihm eine kalte Dusche ... Ob sie sterben wollte? Aber sie liebte das Leben mit allen Fasern, fürchtete sich unendlich vor dem Tod. Eigentlich war sie von Natur aus lebensfroh und heiter. Einmal, erinnere ich mich, schickte Jelagin ihr ein Eisbärenfell als Geschenk. Sie hatte gerade viele Gäste. Aber die vergaß sie sogleich allesamt – so selig war sie über das Fell. Sie breitete es auf dem Fußboden aus und schlug darauf Purzelbäume, ohne sich um jemand zu scheren, vollführte solche Kunststücke, daß jeder Akrobat vor Neid erblaßt wäre ... Sie war eine bezaubernde Frau!«

Derselbe Salesski erzählte übrigens auch, sie habe oft Anfälle von Schwermut und Verzweiflung gehabt. Doktor Seroschewski, der sie zehn Jahre kannte und sie schon vor ihrem Umzug nach Lwow behandelt hatte – damals begann eine Schwindsucht bei ihr – gab ebenfalls an, in der letzten Zeit habe sie unter heftiger Nervosität, Gedächtnisschwund und Halluzinationen gelitten, so daß er um ihre geistigen Fähigkeiten fürchten mußte. Mit ihrer Nervenschwäche war sie auch bei Doktor Schumacher in Behandlung, dem sie ständig erklärte, sie werde keines natürlichen Todes sterben (von ihm übrigens lieh sie einmal zwei Bände Schopenhauer, die sie, wie sich dann zeigen sollte, »sehr aufmerksam las und erstaunlich gut verstand«).

Und Doktor Nedselski äußerte sich so: »Eine merkwürdige Frau! Wenn sie Gäste hatte, war sie meist sehr fröhlich und kokett; aber es kam auch vor, daß sie plötzlich, aus heiterem Himmel, verstummte, mit den Augen rollte, den Kopf auf den Tisch fallen ließ … oder sogar anfing, Gläschen und Kelche auf den Fußboden zu schleudern, zu zerschlagen … In solchen Situationen half immer am besten eins – ihr schnell sagen: ›Gut, mach weiter, noch mehr!‹, dann ließ sie sofort davon ab.«

Und dieser »merkwürdigen und bezaubernden Frau« ist schließlich auch der Kornett Alexander Michailowitsch Jelagin begegnet.

10

Wie kam es zu dieser Begegnung? Wie fanden die beiden zusammen, wie waren ihre Beziehungen, ihre Gefühle füreinander? Davon berichtet Jelagin zweimal selbst: einmal – kurz und bruchstückhaft, ein paar Stunden nach dem Mord – dem Untersuchungsrichter und einmal bei den Verhören drei Wochen später.

»Ja«, sagte er, »ich bin schuld, daß die Sosnowskaja ihr Leben verloren hat, *doch es geschah auf ihren Wunsch …*

Kennen lernte ich sie vor anderthalb Jahren, an der Theaterkasse, auf Vermittlung von Leutnant Budberg. Ich verliebte mich leidenschaftlich in sie und glaubte, sie teile meine Gefühle. Aber nicht immer war ich mir dessen gewiß. Manchmal dachte ich sogar, sie liebt mich mehr als ich sie, und manchmal wieder umgekehrt. Außerdem hatte sie so viele Verehrer und kokettierte in einem fort, und da plagte mich eine schlimme Eifersucht. Aber trotzdem war es letzten Endes nicht das, was uns in unsere tragische Lage brachte, sondern etwas anderes, was ich nicht ausdrücken kann … Jedenfalls schwöre ich, nicht aus Eifersucht habe ich sie getötet …

Ich lernte sie, wie gesagt, voriges Jahr im Februar kennen, im Theater, an der Kasse. Ich machte ihr einen Besuch, aber bis Oktober ging ich höchstens zweimal im Monat zu ihr, und immer am Tag. Im Oktober machte ich ihr eine Liebeserklärung, und sie gestattete mir, sie zu küssen. Eine Woche später fuhr ich zusammen mit ihr und dem Kameraden Woloschin zu einem Restaurant außerhalb der Stadt essen, zurück fuhren wir beide allein, und obwohl sie fröhlich, zärtlich und ein bißchen beschwipst war, empfand ich vor ihr eine solche Scheu, daß ich nicht den Mut hatte, ihre Hand zu küssen. Danach bat sie mich einmal um meinen Puschkin und sagte, als sie die ›Ägyptischen Nächte‹ las: ›Könnten Sie Ihr Leben für eine Nacht mit der geliebten Frau hingeben?‹ Und als ich eilig ja sagte, lächelte sie geheimnisvoll. Zu sehr liebte ich sie schon, und klar sah und fühlte ich, daß diese Liebe mein Verhängnis ist. Wir kamen uns immer näher, und ich wurde mutiger, sprach immer öfter von meiner Liebe, sagte, mir wäre, als müßte ich sterben …, weil mein Vater mir nie und nimmer erlauben würde, sie zu heiraten, und mit mir einfach so zusammen zu leben für sie unmöglich sei; ihr als Schauspielerin würde die polnische Gesellschaft eine ungesetzliche Verbindung mit einem russischen Offizier nicht verzeihen. Und sie klagte auch über ihr Schicksal, beklagte ihr seltsames Seelenleben; aber einer Antwort auf meine Bekenntnisse, meine stumme Frage, ob sie mich auch liebe, wich sie aus, nur daß sie mir irgendwie doch Hoffnungen machte mit der Intimität dieser Klagen ...

Seit Januar dieses Jahres besuchte ich sie dann jeden Tag. Ich schickte ihr Blumen ins Theater, schickte ihr Blumen nach Hause, machte Geschenke ... Ich habe ihr zwei Mandolinen, ein Eisbärenfell, einen Ring und ein Armband mit Brillanten geschenkt, außerdem noch eine kleine Brosche in Form eines Schädels. Sie schwärmte für Todesembleme und hat sich so oft eine solche Brosche mit der französischen Inschrift ›Quand même pour toujours!‹ von mir gewünscht.

Am sechsundzwanzigsten März dieses Jahres bekam ich eine Einladung zum Abendessen von ihr. Nach dem Essen hat sie sich mir zum erstenmal hingegeben ... in einem Zimmer, das sie als das ›japanische‹ bezeichnete. In diesem Zimmer fanden dann auch unsere weiteren Treffen statt: Das Dienstmädchen schickte sie nach dem Abendessen schlafen, dann gab sie mir den Schlüssel zu ihrem Schlafzimmer, dessen Außentür direkt auf die Treppe führte ... Zur Erinnerung an den sechsundzwanzigsten März ließen wir Verlobungsringe anfertigen, auf denen innen, so, wie sie gewünscht hatte, unsere Initialen und das Datum unserer ersten Nacht eingraviert waren ...

Als wir wieder einmal aufs Land fuhren, gingen wir in einem Dorf zu dem Kreuz bei der Kirche, und vor diesem Kreuz schwor ich ihr ewige Liebe, sagte, daß sie meine Frau vor Gott sei und ich ihr treu bleiben werde bis ans Grab. Sie stand traurig und nachdenklich da und schwieg. Dann sagte sie einfach und fest:

›Ich liebe dich auch. Quand même pour toujours!‹

Anfang Mai, als ich einmal bei ihr zum Abendessen war, holte sie Opiumpulver und sagte: ›Wie leicht wäre das –

sterben! Bloß ganz wenig reintun, und fertig!‹ Und sie schüttete das Pulver in ihren Champagner und führte das Glas zum Mund. Ich riß es ihr aus der Hand, schüttete den Sekt in den Kamin und zerschlug es an den Stiefelsporen. Am andern Morgen sagte sie: ›Statt einer Tragödie hat es gestern eine Komödie gegeben!‹ Und dann: ›Was soll ich nur machen, selber bring ich's nicht über mich, und du schaffst es auch nicht, traust dich nicht ... Eine Schande!‹

Und danach sahen wir uns immer seltener. Sie sagte mir, abends könne sie mich nun nicht länger empfangen. Warum nicht? Ich wäre fast verrückt geworden, quälte mich schrecklich. Und außerdem war sie auf einmal so anders zu mir, so kalt und ironisch, tat manchmal so, als wären wir nur flüchtig bekannt, und verhöhnte mich, sagte, ich hätte keinen Charakter ... Und plötzlich wieder andersherum. Sie kam mich zu Spazierfahrten abholen, tat mir schön – wahrscheinlich, weil ich mich auch immer kühler und reservierter zeigte ... Schließlich bat sie mich, für unsere Rendezvous eine Wohnung zu mieten, aber eine in einem finsteren alten Haus, in einem abgelegenen Stadtviertel, die ganz dunkel zu sein hat und so herzurichten ist, wie sie mir auftragen wird ... Sie wissen, wie diese Wohnung aussieht ...

Und am sechzehnten Juni ging ich um vier zu ihr, sagte, die Wohnung sei fertig, und übergab ihr einen der beiden Schlüssel. Sie lächelte und reichte mir den Schlüssel mit der Bemerkung zurück: ›Wir reden darüber noch.‹ In diesem Moment klingelte es, ein gewisser Schkljarewitsch war gekommen. Ich steckte den Schlüssel wieder ein und redete Nebensächliches. Aber als Schkljarewitsch und ich zusammen gingen, sagte sie in der Diele zu ihm laut: ›Kommen Sie am Montag‹, mir aber flüsterte sie zu: ›Komm morgen, um vier‹, und ihr Flüstern war so, daß sich mir der Kopf drehte ...

Am andern Tag stellte ich mich Punkt vier bei ihr ein. Aber wie groß war mein Erstaunen, als die Köchin öffnete und erklärte, die Sosnowskaja könne mich nicht empfangen, und mir einen Brief von ihr gab! Sie schrieb, sie fühle sich nicht wohl, sei zur Mutter auf die Datsche gefahren und es sei ›nunmehr zu spät‹. Ich war außer mir, kehrte in der nächstbesten Konditorei ein und schrieb einen furchtbaren Brief, in dem ich sie bat, mir eine Erklärung abzugeben für dieses ›zu spät‹, und schickte einen Boten. Aber der Bote kam mit dem Brief zurück – sie war nicht zu Hause. Da dachte ich, sie will mit mir endgültig brechen, und schrieb zu Hause einen neuen Brief: Ich warf ihr wütend vor, sie habe mit mir gespielt, und verlangte den Verlobungsring zurück, da er für sie ja sowieso nur ein Scherz sei, für mich aber das Kostbarste im Leben, das, was man ins Grab mitnimmt. Damit wollte ich zu verstehen geben, daß zwischen uns alles aus ist und mir nur noch der Tod bleibt. Zusammen mit dem Brief schickte ich ihr Photo an sie zurück und alle ihre Briefe und Sachen, die ich bei mir verwahrt hatte: Handschuhe, Haarnadeln, ein Hütchen … Der Bote kam wieder und sagte, er habe sie nicht angetroffen und darum den Brief und das Päckchen beim Hausmeister hinterlassen.

Am Abend fuhr ich zum Zirkus, dort begegnete mir Schkljarewitsch, den ich eigentlich kaum kenne, aber mit dem ich aus Angst vor dem Alleinsein Champagner trank. Plötzlich sagte Schkljarewitsch: ›Hören Sie, ich sehe doch, was mit Ihnen ist, und weiß, warum. Sie können mir glauben, sie ist es nicht wert. Wir haben das alle durchgemacht, alle hat sie uns an der Nase herumgeführt …‹ Am liebsten hätte ich den Säbel herausgerissen und ihm den Schädel zertrümmert, aber ich war so niedergedrückt, daß ich nichts dergleichen tat und auch nicht aufstand und ging, sondern im stillen sogar froh über ihn war, froh über die Gelegenheit, von jemand bemitleidet zu werden. Und ich weiß nicht, was mit mir los war: Natürlich antwortete ich mit keiner Silbe, kein Wort sagte ich über die Sosnowskaja, fuhr ihn aber in die Starogradskaja und zeigte ihm die Wohnung, die ich mit soviel Liebe für unsere Rendezvous ausgesucht hatte. Ich war traurig, schämte mich, daß ich mit dieser Wohnung so angeführt worden war …

Von dort scheuchte ich den Kutscher zum Restaurant Newjarowski; es nieselte, die Droschke raste, und schon der Regen und die Lichter vor mir taten mir weh, waren eine Qual. Um ein Uhr nachts kam ich mit Schkljarewitsch zu Hause an, und als ich schon dabei war, mich schlafen zu legen, brachte der Bursche ein Billett: Sie warte draußen auf mich und bitte mich, sofort herunterzukommen. Sie saß mit ihrem Stubenmädchen in einer Kutsche und sagte, ihr sei so Angst um mich geworden, daß sie sich nicht einmal getraut habe, allein zu kommen, und das Mädchen mitgenommen habe. Ich befahl dem Burschen, das Stubenmädchen nach Hause zu begleiten, stieg zu ihr in die Kutsche, und wir fuhren in die Starogradskaja. Unterwegs machte ich ihr Vorwürfe, sagte wieder, sie spiele mit mir. Sie schwieg, schaute vor sich hin, trocknete sich ab und zu die Tränen. Aber sie wirkte ruhig. Und weil sich ihre Verfassung meistens auf mich übertrug, beruhigte ich mich langsam auch. Als wir ankamen, freute sie sich sogar richtig – die Wohnung gefiel ihr. Ich nahm ihre Hand, bat für meine Vorwürfe um Verzeihung und bat auch, mir das Photo wiederzugeben, das ich ihr im Ärger zurückgeschickt hatte. Häufig gab es Streit zwischen uns, und immer war ich derjenige, der sich am Ende schuldig fühlte und um Verzeihung bat. Nachts um drei brachte ich sie nach Hause. Unterwegs erhitzte sich unser Gespräch wieder. Sie saß da, starrte vor sich hin, ihr Gesicht sah ich nicht, ich nahm nur ihren Parfümduft und den eisigen bösen Klang ihrer Stimme wahr. ›Du bist kein Mann‹, sagte sie, ›du hast keinen Charakter, ich kann dich zum Rasen und zur Ruhe bringen, ganz nach Wunsch. Wenn ich ein Mann wäre, würde ich eine solche Frau kurz und klein schlagen!‹ Da rief ich: ›Wenn das so ist, nehmen Sie Ihren Ring zurück!‹ – und steckte ihr den Ring gewaltsam an den Finger. Sie wandte sich mir zu und sagte verlegen lächelnd: ›Komm morgen.‹ Ich antwortete, ich werde keinesfalls kommen. Da fing sie an, schüchtern, verzagt auf mich einzureden: ›Nein, du kommst, du kommst ... zur Starogradskaja ...‹ Und dann setzte sie entschlossen hinzu: ›Nein, ich flehe dich an zu kommen, bald reise ich ins Ausland und will dich noch einmal sehen, ich muß dir was ganz Wichtiges sagen.‹

Und wieder weinte sie und sagte unter Tränen: ›Ich muß mich nur wundern – du sagst, daß du mich liebst, daß du nicht leben kannst ohne mich und dich erschießen willst, willst aber nicht, daß wir uns noch einmal sehen ...‹ Da sagte ich mühsam beherrscht – wenn das so sei, würde ich sie morgen benachrichtigen, ab wann ich frei bin. Als wir uns verabschiedeten, vor dem Haus, im Regen, zerriß es mir das Herz vor Mitleid und Liebe. Bei mir zu Hause fand ich zu meinem Ärger Schkljarewitsch vor, er schlief fest ...

Montag morgen, das war der achtzehnte Juni, schickte ich ihr ein Billett – ich sei schon ab zwölf frei. Sie antwortete: ›Abends um sechs, Starogradskaja ...‹«

II

Antonina Kowanko, das Stubenmädchen, und Wanda Linewitsch, die Köchin der Sosnowskaja, berichtete: Am Sonnabend, am 16., fiel der Sosnowskaja, als sie den Spirituskocher anzündete, um sich Schläfenlocken zu drehen, versehentlich das Streichholz auf den Schoß, der leichte Frisiermantel, den sie anhatte, fing Feuer, sie kreischte wild, warf ihn ab, ja riß ihn sich vom Leibe – war überhaupt derart schockiert, daß sie sich ins Bett legte, nach dem Arzt schickte und dann fortwährend murmelte: »Passen Sie auf, das bringt großes Unglück …«

Die liebe, unglückliche Frau! Die Geschichte mit dem Frisiermantel und ihrem kindlichen Schreck berührt mich ungemein. Diese Kleinigkeit verbindet und erhellt für mich aufs erstaunlichste all das Ungereimte und Widersprüchliche, was über sie geredet wurde und wir sowohl in der Öffentlichkeit als auch bei der Gerichtsverhandlung nach ihrem Tod zu hören bekamen, vor allem aber – regte mich dazu an, jene eigentliche Sosnowskaja aufzuspüren, die – ebenso wie Jelagin – kaum einer wirklich begriffen, wirklich erkannt hat, trotz allen Interesses, das ihr gegenüber ständig bekundet wurde, trotz allen Bemühens, sie zu begreifen, zu enträtseln, trotz all der Mutmaßungen und Betrachtungen über sie, die bis heute andauern.

Überhaupt muß man sagen: Die Armut der Leuteurteile ist erstaunlich! Auch hier war es nämlich so, wie es immer ist, wenn sich die Leute mit irgendeinem Ereignis, und sei es noch so klein, auseinanderzusetzen haben: Sie sehen hin und sehen nicht, hören zu und hören nicht. War es wohl nötig, entgegen allem Augenschein, als hätte man es darauf angelegt, Jelagin und die Sosnowskaja und alles, was zwischen ihnen vorfiel, so in den Schmutz zu ziehen! Als ob alle untereinander ausgemacht hätten, nichts als Gemeinheiten zu erzählen! Sozusagen: Was gibt es da schon zu deuteln: er Husar, ein eifersüchtiger und versoffener Lebemann, sie eine Schauspielerin, verstrickt in ein liederliches und unmoralisches Leben …

»Chambres separées, Alkohol, Kokotten, Hurerei« heißt es über ihn. »Das Säbelgerassel hat alle höheren Gefühle in ihm überdröhnt …«

Höhere Gefühle, Alkohol! Doch was hat Alkohol bei Naturen wie Jelagin zu bedeuten? »Daneben fühle ich manchmal eine solche … Qual und solche Sehnsucht nach allem Schönen, Hohen und überhaupt, Herrgott noch mal, nach etwas, was die Brust zerreißt... Immer suche ich nach einer Melodie, die ich schon mal gehört haben muß, finde und finde sie aber nicht...« Doch im Rausch atmet es sich ja leichter und freier, im Rausch kommt die ungreifbare Melodie näher, wird deutlicher. Und was besagt es schon, daß der Rausch, die Musik und auch die Liebe nur ein Gaukelspiel sind letzten Endes, etwas, was dies Unsagbare in seiner Schmerzlichkeit und Welt- und Lebensfülle nur stärker empfinden macht?

»Sie liebte ihn nicht«, hieß es von ihr. »Sie fürchtete ihn nur – ständig drohte er ja, sich umzubringen, also ihr eine Bürde aufzuladen mit seinem Tod, und sie darüber hinaus zur Heldin eines großen Skandals zu machen. Es gibt Zeugen, die sagen, sie habe ›sogar eine gewisse Abscheu‹ vor ihm empfunden. Sie war mit ihm aber intim? Was ändert das? Mit wem war sie das nicht? Nur Jelagin eben legte es darauf an, ein Drama zu machen aus einer dieser Liebeskomödien, die sie fortwährend aufführte...«

Und weiterhin: »Sie ängstigte sich vor dieser fürchterlichen maßlosen Eifersucht, die er immer mehr hervorkehrte. Einmal kam der Schauspieler Strakun zu Besuch. Zuerst saß Jelagin ganz ruhig, nur daß er vor Eifersicht erbleicht war. Plötzlich stand er auf und ging mit raschen Schritten ins Nebenzimmer. Sie stürzte ihm nach, und als sie sah, daß er einen Revolver in der Hand hatte, fiel sie vor ihm auf die Knie und flehte ihn an, Erbarmen zu haben mit sich selbst und mit ihr. Solche Szenen spielten sich wahrscheinlich des öfteren ab. Da kann man wohl begreifen, daß sie sich entschloß, sich seiner zu entledigen, indem sie ins Ausland reiste – dafür hatte sie tags zuvor ja schon gepackt. Er brachte ihr den Schlüssel der Wohnung in der Starogradskaja, einer Wohnung, auf die sie offenbar nur verfallen war, um einen Vorwand zu haben, ihn vor der Abreise daheim nicht mehr zu empfangen. Den Schlüssel wollte sie gar nicht haben. Er fing an, ihn ihr aufzudrängen. Sie erklärte: ›Nunmehr ist es zu spät‹, und das heißt, wozu brauch ich ihn jetzt, ich verreise. Er aber pfefferte ihr einen so furchtbaren Brief hin, daß sie mitten in der Nacht zu ihm eilte in der panischen Angst, er könne sich etwas angetan haben ...«

Mag sein, daß es so ist (obwohl all diese Schlüsse Jelagins Beichte widersprechen). Warum aber war er so »fürchterlich« und »maßlos« eifersüchtig und »legte es darauf an, ein Drama zu machen« aus der Komödie? Hatte er das nötig? Warum hat er sie denn nicht einfach in einem Eifersuchtsanfall erschossen? Warum fand »kein Kampf statt zwischen Mörder und Opfer«? Und dann dies: »Manchmal empfand sie sogar eine gewisse Abscheu vor ihm ... Manchmal verhöhnte sie ihn im Beisein anderer, gab ihm kränkende Spitznamen, nannte ihn zum Beispiel ›krummbeiniges Hündchen‹ ...« Doch, mein Gott, gerade das ist doch kennzeichnend für die Sosnowskaja! Denn schon in ihrem Lwower Tagebuch steht etwas über Abscheu vor jemandem: »Also er liebt mich noch! Und ich? Was empfinde ich? Liebe und Abscheu!« Sie kränkte Jelagin? Ja, bei einem Streit einmal – und sie stritten sehr oft – rief sie das Stubenmädchen herein, warf ihren Verlobungsring auf den Fußboden und schrie: »Du kannst diesen Dreck da haben!«

Aber was hatte sie davor getan? Sie kam in die Küche und sagte: »Gleich werde ich dich rufen, dann werfe ich diesen Ring auf den Fußboden und sage, daß du ihn haben kannst. Aber denk daran – es ist nur Komödie, du mußt ihn mir nachher gleich wiedergeben, denn er ist das Verlobungsband zwischen mir und ihm, diesem Dummkopf, und das Kostbarste, was ich auf der Welt habe ...«

Zu Unrecht wurde sie eine Frau mit »leichtfertigem Lebenswandel« genannt, und zu Unrecht versagte ihr die katholische Kirche das christliche Begräbnis, stempelte sie ab als »schlechte und verderbte Person«. Ihrem ganzen Wesen nach gehörte sie jenen weiblichen Naturen an, aus denen sowohl professionelle Kokotten als auch freie Dienerinnen der Liebe hervorgehen. Wovon aber sind diese Naturen bestimmt? Von einem ausgeprägten Geschlechtstrieb, der unbefriedigt und auch gar nicht zu befriedigen ist. Aus welchen Gründen? Was weiß ich! Und man beobachte, was dann stets geschieht: Die Männer dieses äußerst komplizierten und interessanten Typs, ein (mehr oder minder) atavistischer Typ, Männer, hochgradig sinnlich, nicht nur in bezug auf die Frau, sondern in ihrer Weltwahrnehmung überhaupt, zieht es mit allen ihren seelischen und physischen Kräften immer gerade zu diesen Frauen – und werden die Helden unzähliger Liebesdramen und Liebestragödien. Warum? Weil sie einen trivialen Geschmack haben, verderbt sind oder weil diese Frauen leicht zugänglich sind? Nein, natürlich tausendmal nein. Schon allein deshalb nicht, weil diese Männer sehr genau fühlen und sehen, wie qualvoll, manchmal wahrhaft entsetzlich und verderblich ihre Verbindung mit solchen Frauen ist. Sie fühlen, sehen und wissen das, und trotzdem zieht es sie gerade zu solchen Frauen – denn unbändig zieht es sie zu ihren Qualen, ja sogar ihrem Untergang. Warum?

Natürlich war es nur Spiel, als sie Kärtchen mit Abschiedsworten beschrieb und sich suggerierte, ihre letzte Stunde hätte wirklich geschlagen. Selbst die Tagebücher (die übrigens sehr banal und naiv sind) und die Friedhofsbesuche sprechen in keiner Weise dagegen …

Die Naivität der Tagebücher und die Theatralik der Friedhofsgänge stehen außer Frage, auch der Umstand, daß sie besonders gern auf ihre Ähnlichkeit mit Marija Baschkirzewa oder Marija Wetschera anspielte. Aber warum wählte sie gerade diese Art des Tagebuchs und wollte gerade diesen Frauen ähnlich sein? Ihr war alles gegeben: Schönheit, Jugend, Ruhm, Geld, Hunderte von Verehrern, und von allem machte sie voll Leidenschaft und Hingabe Gebrauch. Und doch war ihr Leben ein einziges Martyrium, ein unentwegtes Verlangen, fortzugehen von dieser verhaßten Erdenwelt, wo nie etwas sein wollte, wie es sein sollte. Wo lag der Grund? Darin, daß sie sich all das selbst vorspielte. Doch warum gerade das und nichts anderes? Weil gerade das so üblich ist bei Frauen, die sich, wie sie es nennen, der Kunst weihten? Aber weshalb so üblich? Weshalb?

12

Am Morgen des Sonntags schallte das Tischglöckchen aus ihrem Schlafzimmer gegen acht: Sie war aufgewacht und rief viel früher als sonst nach dem Stubenmädchen. Das Mädchen brachte ein Tablett mit einer Tasse Schokolade und öffnete den Vorhang. Sie saß auf dem Bett und sah ihm zu – mit einem Blick, wie stets ein wenig von unten herauf, den Mund halb geöffnet, nachdenklich und zerstreut. Dann sagte sie: »Weißt du, Tonja, gestern bin ich gleich, als der Doktor weg war, eingeschlafen. O Mutter Gottes, das war ein Schreck! Aber kaum war er da, wurde mir ganz wohl. In der Nacht bin ich aufgewacht, habe mich im Bett hingekniet und eine ganze Stunde gebetet... Stell dir vor, ich hätte überall Verbrennungen: die Augen verquollen, die Lippen dick! Alle würden vor mir erschrecken... Das ganze Gesicht in Watte gepackt...«

Lange rührte sie die Schokolade nicht an, saß da und grübelte. Dann trank sie die Schokolade, nahm ein Bad und schrieb an ihrem kleinen Schreibtisch, im Bademantel, das Haar offen, einige Briefe auf schwarzumrandetem Papier. Dieses Trauerpapier hatte sie sich schon vor langem besorgt. Dann kleidete sie sich an, frühstückte und fuhr aus: sie war bei ihrer Mutter auf der Datsche und kam erst nachts um zwölf wieder, in Begleitung des Schauspielers Strakun, der »bei ihr aus und ein ging«.

»Sie kamen gut gelaunt beide«, erzählte das Stubenmädchen. »Ich ging ihnen in der Diele entgegen, nahm sie gleich beiseite und gab ihr den Brief und die Sachen, die Jelagin geschickt hatte. Sie flüsterte: ›Tu die Sachen schnell beiseite, daß Strakun nichts sieht!‹ Den Brief öffnete sie hastig, erbleichte jäh und rief fassungslos, nun ohne Rücksicht darauf, daß Strakun im Salon saß: ›Um Gottes willen, lauf, lauf, besorg eine Kutsche!‹ Ich stürzte los, und gleich unten erwischte ich ein Gespann. Wir fuhren wie wild, unterwegs bekreuzigte sie sich fortwährend und murmelte: ›O Mutter Gottes, laß mich ihn lebend vorfinden!‹«

Am Montag, früh gleich, fuhr sie zur Badeanstalt am Fluß. Zu Mittag kamen Strakun und die Engländerin (die überhaupt fast täglich kam, um ihr Englischunterricht zu geben, aber meistens wurde nichts daraus). Nach dem Essen ging die Engländerin wieder, und Strakun blieb etwa noch anderthalb Stunden. Er rauchte, auf dem Sofa liegend, den Kopf auf den Knien der Herrin, die »nichts als einen Morgenrock und ihre japanischen Pantoffeln anhatte«. Schließlich ging Strakun, und als sie sich verabschiedeten, bat sie ihn, »gleich heute, abends um zehn« wiederzukommen.

»Wird das nicht zu oft?« sagte lachend Strakun, als er in der Diele nach seinem Spazierstock suchte.

»O nein, bitte schön!« sagte sie. »Aber wenn ich nicht da bin, darfst du nicht böse sein, Ljussja, hm?«

Und danach machte sie sich lange am Kamin zu schaffen; verbrannte allerlei Briefe und Papiere. Sie trällerte vor sich hin und scherzte mit dem Stubenmädchen: »Jetzt wird alles verbrannt, da ich nun schon selber nicht verbrannt bin! Und gut so, daß es verbrennt! Alles muß weg, alles ...«

Dann sagte sie: »Gib Wanda Bescheid, sie soll das Abendessen für zehn Uhr vorbereiten. Und jetzt fahre ich ...«

Um sechs ging sie mit »irgend etwas, was in Papier gewickelt war und wie ein Revolver aussah«, aus dem Haus.

Sie fuhr zur Starogradskaja, unterwegs machte sie aber bei ihrer Schneiderin Lestschinskaja halt, die ihren am

Sonnabend in Flammen geratenen Frisiermantel ausbesserte und kürzte. Nach Aussage der Lestschinskaja war sie »nett und guter Dinge«. Nachdem sie den Mantel begutachtet und samt dem mitgebrachten Päckchen in Papier eingeschlagen hatte, blieb sie noch lange bei den Gesellinnen in der Werkstatt sitzen, sagte dauernd: »O Mutter Gottes, ich komme zu spät, ich muß gehen, ihr Englein!« und ging und ging nicht. Schließlich stand sie energisch auf und sagte mit einem Seufzer, aber fröhlich: »Leben Sie wohl, Pani Lestschinskaja. Lebt wohl, Schwesterchen, ihr Englein, schönen Dank auch, daß ihr mit mir ein bißchen geplaudert habt. Wie schön es ist in euerm lieben Frauenkreis, sonst habe ich ja ewig nur Männer um mich!«

Und in der Tür nickte sie noch einmal und ging...

Warum war sie mit einem Revolver hingegangen? Der Revolver gehörte Jelagin, aber sie hatte ihn bei sich verwahrt, weil sie fürchtete, er würde sich erschießen. »Jetzt beabsichtigte sie, ihn dem Eigentümer zurückzugeben, da sie eine längere Auslandsreise vorhatte«, sagte der Staatsanwalt und fügte hinzu: »So begab sie sich zu dem verhängnisvollen, zu dem ungeahnt verhängnisvollen Stelldichein. Um sieben Uhr betrat sie das Haus Starogradskaja Nr. 14 und die Wohnung Nr. 1 – und nun schloß sich die Tür dieser Wohnung, um sich erst am Morgen des 19. Juni wieder zu öffnen. Was geschah dort in der Nacht? Das kann uns allein Jelagin berichten! Hören wir ihn noch einmal...«

13

Und nochmals, in tiefem Schweigen, hörten wir alle, der ganze vollbesetzte Gerichtssaal, jene Seiten der Anklageschrift, die uns in Erinnerung zu rufen der Staatsanwalt für notwendig hielt und mit denen Jelagins Bericht schloß: »Montags, das war der 18. Juni, schickte ich ihr ein Billett – ich sei schon ab zwölf frei. Sie antwortete: ›Abends um sechs, Starogradskaja.‹

Viertel vor sechs war ich da, brachte einen Imbiß mit, zwei Flaschen Champagner, zwei Flaschen Portwein, zwei kleinere Gläser und ein Fläschchen Eau de Cologne. Aber lange mußte ich warten: Sie kam erst um sieben …

Sie trat ein, küßte mich flüchtig, ging ins andere Zimmer durch und warf das Päckchen, das sie mitgebracht hatte, auf den Diwan. ›Geh raus‹, sagte sie auf französisch, ›ich will mich ausziehen.‹ Ich ging hinaus und saß wieder lange allein. Ich war völlig nüchtern und schrecklich niedergeschlagen, dunkel fühlte ich, daß nun Schluß war, es zu Ende ging … Aber auch alles rundum war so seltsam: ich saß bei Lampenlicht, als wäre es Nacht, und wußte und spürte doch, daß draußen, hinter den Wänden dieser fensterlosen und dunklen Räume noch hellichter Tag war, ein herrlicher Sommerabend. Lange ließ sie mich warten, ich weiß nicht, was sie tat. Es war still nebenan. Endlich rief sie: ›Komm, jetzt kannst du kommen …‹

Sie lag auf dem Diwan – nur im Frisiermantel, die Beine nackt, ohne Schuhe und Strümpfe, schwieg und blickte schräg hinauf zur Decke, zur Laterne. Das Päckchen lag geöffnet, und ich erblickte den Revolver. Ich fragte: ›Und wozu hast du das mitgebracht?‹ Sie ließ einen Moment verstreichen, ehe sie antwortete: ›Nur so … weil ich doch verreise … Verwahr ihn lieber hier, nicht zu Hause …‹ Da kam mir ein schrecklicher Gedanke: Nein, das ist nicht ›nur so‹! Aber ich sagte nichts …

Und das Gespräch, das wir danach führten, dauerte ziemlich lange und war mühselig und kalt. Innerlich regte ich mich furchtbar auf – dauernd wollte ich, daß mir etwas einfiele, dauernd wartete ich, daß ich meine Gedanken zusammenkriegte und ihr endlich was Wichtiges, Entschiedenes sagte, denn ich ahnte ja, das war unser letztes Zusammensein oder zumindest ein Abschied auf lange – aber ich konnte einfach nicht und fühlte meine ganze Ohnmacht. Sie sagte: ›Rauch nur, wenn du willst …‹ – ›Du magst es doch nicht‹, antwortete ich. ›Nein, alles einerlei *jetzt*‹, sagte sie. ›Und gib mir Champagner …‹ Darüber freute ich mich, als wenn es meine Rettung wäre. In wenigen Minuten hatten wir die ganze Flasche geleert, ich setzte mich zu ihr und küßte ihre Hände, sagte, ihre Abreise würde ich nicht überleben. Sie wuschelte mir im Haar und murmelte zerstreut: ›Ja, ja … Ein Unglück, daß ich nicht deine Frau sein kann … Alles und alle sind gegen uns, nur Gott vielleicht ist für uns … Ich liebe deine Seele, liebe deine *Phantasie* …‹ Was sie mit diesem letzten Wort meinte, weiß ich nicht. Ich blickte zum Schirm hoch und sagte: ›Sieh mal, wir sind wie in einer Gruft. Und wie still alles!‹ Dazu lächelte sie nur traurig …

Gegen zehn sagte sie, sie möchte gern essen. Wir gingen ins vordere Zimmer. Aber sie aß nur wenig, und ich auch – wir tranken mehr. Plötzlich fiel ihr Blick auf den Imbiß, den ich mitgebracht hatte, und da rief sie: ›Dummer Kerl, wieviel du wieder gekauft hast! Nächstes Mal nimmst du dir das nicht heraus.‹ – ›Aber wann wird wohl dies nächste Mal jetzt noch sein?‹ fragte ich. Sie sah mich eigentümlich an, ließ dann den Kopf auf den Tisch fallen und ihre Augen rollten nach oben. ›Jesus Maria‹, flüsterte sie, ›was soll bloß werden? Oh, wie irrsinnig ich dich will! Komm!‹

Einige Zeit später sah ich nach der Uhr, es war schon zwei. ›Oje, so spät schon‹, sagte sie. ›Wir müssen nach Hause, auf der Stelle.‹ Aber sie richtete sich nicht einmal auf und fügte hinzu: ›Weißt du, ich spüre, daß wir hier unbedingt wegmüssen, kann mich aber nicht vom Fleck rühren. Ich spüre, daß ich hier nicht mehr rauskomme. Du bist mein Verhängnis, mein Schicksal, der Wille Gottes …‹ Aber das begriff ich nicht. Wahrscheinlich wollte sie damit etwas Ähnliches sagen wie das, was sie dann aufschrieb: ›Ich sterbe nicht aus freiem Willen.‹ Sie denken, dieser Satz drückt ihre Hilflosigkeit vor mir aus. Meiner Meinung nach wollte sie aber etwas anderes sagen: daß unsere unglückselige Begegnung ihr Verhängnis, der Wille Gottes ist, daß sie nicht aus freiem Willen, sondern durch den Willen Gottes stirbt. Übrigens maß ich diesen Worten keine besondere Bedeutung bei; alle diese Seltsamkeiten von ihr war ich ja längst gewöhnt. Dann fragte sie plötzlich: ›Hast du einen Bleistift?‹ Wieder wunderte ich mich: Wozu einen Bleistift? Aber eilig gab ich ihr einen, den aus meinem Notizbuch. Sie bat noch um eine Visitenkarte. Als sie auf ihr zu schreiben begann, sagte ich: ›Aber hör mal, auf meiner Visitenkarte kannst du doch keine Briefe schreiben.‹ – ›Nein, nein, das sind nur so ein paar Zeilen für mich‹, antwortete sie. ›Laß mich nachdenken und ein bißchen schlummern.‹ Und sie legte sich die beschriebene Karte auf die Brust und schloß die Augen. Es wurde so still, daß ich in eine Art Trance verfiel…

So verging wohl eine halbe Stunde, nicht weniger. Plötzlich schlug sie die Augen und sagte eisig: ›Ich vergaß – ich wollte dir den Ring wiedergeben, deshalb bin ich gekommen. Du wolltest ja selber Schluß machen gestern.‹ Und sich aufrichtend, warf sie den Ring auf den Sims. ›Liebst du mich vielleicht?‹ Sie schrie fast. ›Unbegreiflich, wie du mir seelenruhig zumuten kannst weiterzuleben! Ich bin eine Frau, ich habe keine Entschlußkraft. Den Tod fürchte ich nicht – nur das Leiden, aber du, mit einem Schuß könntest du mir ein Ende setzen und dann dir selber.‹

Und da ging mir noch mehr, mit schrecklicher Klarheit, das Entsetzliche und die Ausweglosigkeit unserer Lage auf und wurde mir bewußt, daß endlich eine Entscheidung fallen mußte. Aber sie umbringen – nein, ich fühlte, dazu war ich außerstande. Und noch etwas anderes fühlte ich: daß mein Augenblick gekommen war. Ich nahm den Revolver und spannte den Hahn. ›Wie? Nur dich selber?‹ rief sie aufspringend. ›Nein, bei Jesus, keinesfalls!‹ Und entriß mir den Revolver…

Und wieder dieses quälende Schweigen. Ich saß, sie lag da und rührte sich nicht. Und plötzlich murmelte sie vor sich hin, undeutlich, auf polnisch, dann wandte sie sich an mich: ›Leg meinen Ring hierher.‹ Ich tat es. ›Deinen auch!‹ Hastig erfüllte ich ihren Wunsch. Sie steckte ihren Ring an den Finger, hieß mich, meinen auch anzustecken, und sagte: ›Ich habe dich immer geliebt und liebe dich auch jetzt. Ich habe dich um den Verstand gebracht und dich gequält, aber so bin ich nun mal, und so ist unser Schicksal. Gib mir den Rock und bring den Portwein ...‹ Ich reichte ihr den Rock und ging den Portwein holen; als ich zurückkam, sah ich neben ihr das Opiumfläschchen stehen. ›Hör zu‹, sagte sie fest. ›Jetzt haben die Komödien ein Ende. Kannst du ohne mich leben?‹ Ich antwortete: ›Nein.‹ – ›Ja‹, sagte sie, ›ich habe dich um deine Seele, um all deine Gedanken gebracht. Bist du ohne Zögern bereit, dich zu töten? Wenn ja, nimm mich mit. Ohne dich kann ich auch nicht mehr leben. Und nachdem du mich getötet hast, stirbst du in dem Bewußtsein, daß ich endlich ganz dein bin – für ewig. Und nun hör dir mein Leben an ...‹ Und sie legte sich wieder hin, schwieg einen Moment, wurde ruhiger und begann ihr ganzes Leben zu erzählen, von der Kindheit an ... Fast nichts habe ich davon behalten ...«

»Ich weiß auch nicht mehr, wer von uns eher zu schreiben anfing ... Ich brach den Bleistift in der Mitte durch ... Wir begannen zu schreiben und schrieben die ganze Zeit schweigend. Zuallererst, glaube ich, schrieb ich an den Vater ... Sie fragen, warum ich ihm vorwarf, er habe ›mein Glück nicht gewollt‹, da ich kein einziges Mal versuchte, ihn um Zustimmung zu bitten zu unsrer Ehe? Ich weiß nicht ... Er hätte sie sowieso nicht gegeben ... Dann schrieb ich an meine Regimentskameraden, sagte ihnen Lebewohl. ... Dann, an wen noch? An den Regimentskommandeur – daß man mich anständig beerdigen möge. Sie sagen: Also hatte ich den festen Vorsatz, mich umzubringen? Natürlich. Aber warum ich es dann doch nicht tat? Ich weiß nicht...

Und sie schrieb ganz langsam, erinnere ich mich, hielt fortwährend inne und dachte nach; schrieb zwei, drei Wörter und blickte von schräg unten zur Wand ... Das Geschriebene zerriß sie selbst, nicht ich. Sie schrieb, zerriß und warf die Schnipsel hierhin und dorthin ... Ich glaube, kein Grab kann so schrecklich sein wie diese späte Stunde mit dieser Stille, dieser Laterne, als wir dieses sinnlose Zeug schrieben ... Aber sie hatte gewollt, daß wir schreiben. Überhaupt fügte ich mich widerspruchslos in alles, was sie mir in dieser Nacht befahl, bis hin zum allerletzten Augenblick...

Auf einmal sagte sie: ›Es reicht. Und wenn wir's nun schon tun, dann schnell. Gieß Portwein ein, Mutter Gottes, segne uns!‹ Ich füllte ihr Glas, und sie, sich leicht aufrichtend, streute eine Prise von dem Pulver hinein. Über die Hälfte trank sie selbst, und mir befahl sie, den Rest zu trinken.

Ich trank. Aber da warf sie sich hin und her, faßte nach meinen Händen und flehte und flehte: ›Jetzt mußt du mich töten, töte mich! Um unsrer Liebe willen töte mich!‹

Wie tat ich es eigentlich? Ich legte den linken Arm um sie, glaube ich – ja, natürlich, den linken –, und küßte sie lange. Sie sagte: ›Leb wohl, leb wohl ... Oder nein: Sei gegrüßt, und nun auf immer ... Wenn uns das Glück nicht hier beschieden ist, so dort droben...‹ Ich schmiegte mich an sie und legte den Finger an den Revolverabzug... Und dann, wie von selbst, zuckte der Finger... Sie sagte auf polnisch noch: ›Alexander, mein Geliebter!‹

Zu welcher Uhrzeit das war? Um drei, denke ich. Was ich die zwei Stunden danach noch tat? Aber eine Stunde etwa war ich ja dann zu Licharjow unterwegs. Und die übrige Zeit habe ich bei ihr gesessen und dann noch aufgeräumt, weiß selber nicht, warum...

Weshalb ich mich nicht auch erschossen habe? Ich vergaß es irgendwie. Als ich sie so tot liegen sah, vergaß ich alles auf der Welt. Ich saß und schaute sie immer nur an. Dann, noch immer ganz von Sinnen, richtete ich sie her und räumte im Zimmer auf. Mich meinem Wort entziehen, mich dann auch selbst umzubringen, das hätte ich gar nicht über mich gebracht, aber mich befiel plötzlich eine so tiefe, tiefe Gleichgültigkeit... Genauso gleichgültig ist mir jetzt, daß ich lebe. Nur kann ich mich nicht damit abfinden, daß man denkt, ich wäre ein Henker. Nein, nein! Schuldig bin ich vielleicht vor dem menschlichen Gesetz, schuldig vor Gott, aber nicht vor ihr!«

Isaac Bashevis Singer
Der Bart

Daß ein jiddischer Schriftsteller reich würde – und das obendrein auf seine alten Tage, schien unglaublich. Aber bei Chaim Pupko, einem kleinen, kranken und pockennarbigen Mann mit einem blinden Auge und einem lahmen Fuß, kam es so.

Während er sich mit seinen körperlichen Leiden abquälte und mit den Theaterstücken, die er nie zu Ende brachte, den Gedichten, die niemand las, und den Romanen, für die er keinen Verleger fand, befolgte er den Rat eines Verwandten und kaufte für 4000 $ Aktien an der Over the Counter Börse, die Aktie zu 2 $. Das Geld bekam er anfänglich von großzügigen Geldgebern und wohltätigen Verbänden. Die Aktien stiegen im Verlauf von ein paar Monaten auf das beinahe Hundertfache ihres ursprünglichen Kaufpreises.

Später gab ihm derselbe Verwandte den Rat, einige halb verfallene Gebäude an der Third Avenue in New York zu kaufen. Eine Bauunternehmung wollte das Grundstück haben und zahlte ihm dafür eine riesige Summe.

Niemand in der Cafeteria, unserem Stammlokal, erfuhr jemals, wer der mysteriöse Ratgeber war, aber wir wußten, daß Chaim Pupko von Tag zu Tag reicher wurde. Er selbst gestand uns, daß ihm zu seiner ersten Million nicht mehr viel fehlte. Dennoch trug er dieselben schäbigen Kleider, die er immer getragen hatte. Er saß mit uns an einem Tisch, rauchte Zigaretten, hustete, aß Reispudding und stöhnte:

»Was kann ich mit meinem Geld anfangen? Gar nichts.«

»Du kannst es mir geben«, sagte Pelta Mannes, der Fabeln schrieb.

»Was würdest du damit tun? Nimm dir ein Eierkichel und einen Kaffee auf meine Rechnung.«

Chaim Pupko war einer jener primitiven Schriftsteller, die nie lernen, was korrekter Satzbau ist, und von Grammatik keine Ahnung haben, aber trotzdem talentiert sind. Manchmal warf ich einen Blick in seine veröffentlichten Werke. Sie hatten keinerlei Ordnung, aber auf jeder Seite fand ich einige überraschende Zeilen. Er schilderte halbirre Menschen, notorische Geizkragen, verjährte Dispute aus der alten Heimat, die schon so lange dauerten, daß niemand mehr wußte, wie sie angefangen hatten oder worum es sich eigentlich handelte, und tragische Liebesgeschichten, die in polnischen Dörfern begannen, sich in den Eastside-Spelunken von New York fortsetzten und schließlich bis in die Hotels von Miami Beach führten. Seitenlang machte er keine Absätze. Plötzlich tauchte er mitten im Dialog eines Helden auf.

In Amerika hatte Pupko zum erstenmal etwas von Freud gehört, und nun versuchte er seine Helden nach Freudscher Theorie zu erklären. Er brauchte einen Redakteur, aber er erlaubte nicht einmal, seine Interpunktion zu ändern.

Als ich einmal Redakteur eines literarischen Blattes war, brachte er mir eine Erzählung, die mit den Worten begann: »Der Tag war wolkig und der Himmel getreu.« Als ich ihn fragte, was er mit »getreu« meinte, starrte er mich mit seinem guten Auge voller Ärger und Mißtrauen an und rief: »Laß mich in Ruhe mit diesem gebildeten Blödsinn. Entweder veröffentliche es oder geh zum Teufel.« Er riß das Manuskript an sich und lief davon.

Obwohl er seit über 40 Jahren in Amerika lebte, konnte er nicht mehr als ein paar Wörter Englisch sprechen. Er las ausschließlich seine jiddischen Zeitungen. »Psychologie«

nannte er »Pyschologie«. Jemand meinte, man könne ein ganzes Wörterbuch von Pupkos Fehlern zusammenstellen. Aber manchmal sprach er wieder wie ein Gelehrter. Er wohnte irgendwo in Brownsville und er war kinderlos.

Ein Mann erzählte mir, daß Chaim Pupkos Frau einen starken Bart habe, der früher schwarz gewesen, aber dann grau geworden sei. Er nahm sie nie mit, wenn er ausging. Niemand konnte verstehen, warum sie den Bart nicht abrasierte.

Ich hatte es längst aufgegeben, in meinem Bekanntenkreis nach Erklärungen zu suchen. Ein Komiker der Jiddischen Bühne, der für seine frechen Redensarten bekannt war, wurde plötzlich religiös, ließ sich Schläfenlocken wachsen und nahm sich in Jerusalem eine Wohnung in der Gegend der 100 Tore. Ein orthodoxer Rabbiner ließ sich scheiden, gab seine Synagoge auf und wurde Kommunist. Zwei Rabbinerfrauen aus Brooklyn ließen sich scheiden und fingen an, als lesbisches Liebespaar zusammenzuleben. Selbst Pupkos zunehmender Reichtum hätte uns nicht zu sehr überrascht, aber er unterließ es nie, uns immer wieder darauf hinzuweisen. Täglich kam er und rühmte sich seiner finanziellen Erfolge. Er begann, uns Ratschläge zu geben, wie wir unsere Ersparnisse anlegen sollten.

Eines Tages prahlte er damit, daß der Kritiker Gabriel Weitz über ihn ein Buch schreibe. Das konnten wir nicht glauben. Weitz hatte sich bei jeder Gelegenheit abfällig über Pupkos Werke geäußert. Er nannte ihn einen Ignoramus, einen Dorfphilosophen und Schundschriftsteller.

Wir fragten uns alle: »Wie ist das möglich?« Chaim Pupko zwinkerte mit seinem schlechten Auge, lächelte schlau und sagte: »Wer gut schmiert, fährt gut.« Dann zitierte er einen Spruch aus dem Talmud: »Geld kann selbst einen Bastard reinwaschen.«

Pupko sprach ganz offen mit uns. »Alle diese literarischen Größen kann man für einen Pappenstiel kaufen.« Er,

Pupko, habe mit Gabriel Weitz klipp und klar gesprochen. »Was würde es kosten, mein Freund?«, und der Kritiker habe ihm einen Preis genannt: Fünftausend Dollar.

Wir waren alle entsetzt. Gabriel Weitz kam niemals in unser Café. Er galt als seriöser Schriftsteller. Wir waren alle der Meinung, daß Chaim Pupko uns etwas vormachte. Aber dann erschien in einem literarischen Blatt ein Artikel von Gabriel Weitz über Chaim Pupko, der als Fragment eines größeren Werkes angezeigt war. Darin erklärte Gabriel Weitz, Chaim Pupko sei ein Klassiker. Er nannte ihn genial. Er sprach eingehend über Pupkos Bedeutung für die jiddische Literatur. Chaim Pupko hatte uns nichts vorgemacht: Gabriel Weitz hatte sich für fünftausend Dollar kaufen lassen.

Ich sagte zu Pupko: »Was hast du schon davon, wenn du dafür zahlen mußt! Was taugt solche Berühmtheit?« und Pupko antwortete: »Man muß alles kaufen. Wenn du eine Frau hast, mußt du für sie sorgen, sonst verklagt sie dich. Wenn du eine Geliebte hast, mußt du sie ins Restaurant ausführen, ihr Hotel bezahlen und sie mit Geschenken überhäufen. Selbst deine eigenen Kinder würden zu Feinden werden, wenn du nicht mehr für sie sorgst. Früher oder später schickt dir jeder eine Rechnung. Warum soll Ruhm eine Ausnahme sein?«

Zu mir sagte er: »Du wirst mich eines Tages auch noch loben.« Ich schauderte bei dieser Bemerkung und antwortete: »Ich habe eine hohe Meinung von dir, aber keine Summe Geldes könnte mich veranlassen, über dich zu schreiben.« Er lachte und wurde sofort ernst. »Nicht einmal für zehntausend Dollar?«

»Nicht einmal für zehn Millionen Dollar.«

Jemand am Tisch bemerkte: »Chaim, du verdirbst dir dein eigenes Geschäft. Vielleicht hätte er einmal über dich geschrieben.«

»Ja, vielleicht«, sagte ich. »Aber jetzt ist es vorbei.«

Chaim Pupko nickte zustimmend den Kopf. »Und doch – wenn du wüßtest, daß du für eine gute Kritik über mich den Rest deines Lebens behaglich verbringen könntest – du brauchtest keine Artikel mehr zu schreiben und könntest nach Belieben in Kalifornien sitzen –, dann würdest du dir den Fall schon zweimal überlegen. Warum ist es eine Sünde, einzugestehen, daß Chaim Pupko Talent hat?«

»Es ist keine Sünde, und du hast wirklich Talent, aber seit du angefangen hast, Kritiker zu bestechen, würde ich um keinen Preis mehr über dich schreiben.«

»Und wenn dir jemand den Revolver an die Stirn setzte? Würdest du dann nachgeben?«

»Ja, es ist sicher nicht der Mühe wert, dafür zu sterben«, antwortete ich in unserem üblichen Cafeteriastil.

»Nun gut, iß deinen Reispudding. Ich gebe dir ohnehin keine zehntausend Dollar. Du wirst es noch viel billiger machen.« Und er lachte und zeigte seine Zähne, die schwarz und krumm waren wie rostige Nägel.

Ungefähr ein Jahr verging. Eines Tages kam ich in die Cafeteria und setzte mich an unsern Stammtisch. Eine Zeitlang drehte sich das Gespräch um ein Gedicht, das ein Kollege in einer Zeitschrift veröffentlicht hatte. Einer von uns hielt es für ein geniales Werk, während ein anderer sagte, es enthalte nichts als leere Phrasen. Eine Weile waren wir in dieses Thema vertieft. Dann fragte der Fabelschriftsteller: »Hast du das Neueste von Chaim Pupko gehört?«

»Was ist passiert?«

»Er hat Krebs.«

»So, das ist das Ende von all seinem Reichtum«, sagte einer.

Wir aßen unsern Reispudding, tranken unsern Kaffee, und die Frage, ob das Gedicht ein geniales Werk oder ein wertloses Fabrikat sei, verlor an Bedeutung. Einer von uns bemerkte: »Wir treten ab und kein Nachwuchs kommt.

In zwanzig Jahren wird keiner mehr wissen, daß wir existierten.«

»Und selbst wenn sie es wüßten, würde uns das was nützen?«

Nach einer Weile ging ich nach Hause, in meine Junggesellenstube. Mein Schreibtisch war mit Manuskripten, Erzählungen und Romanen überhäuft, die ich nie zu Ende brachte. Alles war mit Staub bedeckt. Ich hatte ein schwarzes Dienstmädchen, das einmal wöchentlich für mich sauber machte, aber ich hatte ihr verboten, meine Papiere anzurühren. Außerdem war sie alt und halb gelähmt. Ich bezahlte ihr oft ihren Tageslohn und schickte sie heim, da ich sah, daß sie keine Kraft hatte, zu arbeiten. Ich fürchtete, sie würde bei der Arbeit in meiner Wohnung zusammenbrechen.

An diesem Tag legte ich mich auf das Sofa und las einen Brief, dessen Datum zeigte, daß ich ihn schon vor zwei Jahren erhalten hatte. Ich hatte ihn gefunden, als ich in der inneren Brusttasche meiner Jacke herumkramte. Der Absender war nicht mehr leserlich. Da klopfte jemand an meine Tür. Ich öffnete, und was sich meinem Blick darbot, war wie ein Alptraum. Draußen stand eine Frau in einem schwarzen Kleid, mit Männerschuhen und Hut und einem weißen Bart. Sie stützte sich auf einen Stock. Ich wußte sofort, wer sie war – Frau Pupko. Ich fürchtete, daß meine lauernden Nachbarn sie sehen und über sie lachen würden.

Ich sagte: »Treten Sie ein, Frau Pupko.«

Sie sah mich erstaunt an. Ihr Stock war zuerst über der Schwelle. Sie sagte mit männlicher Stimme: »Ihr Aufzug funktioniert nicht… Ich mußte fünf Treppen steigen.«

»Es tut mir leid, es ist ein altes Haus. Setzen Sie sich.«

»Darf ich rauchen?«

»Ja, gewiß.«

Sie zog eine Zigarre aus der Tasche und zündete sie an. Vielleicht ist es ein Mann, dachte ich mir. Aber ich sah, daß sie einen großen Busen hatte. Wahrscheinlich ein Zwitter, dachte ich.

Sie sagte: »Mein Mann ist schwer krank.«

»Ja, ich habe es gehört. Es tut mir sehr leid.«

»Sie sind schuld an seiner Krankheit«, sagte sie mit lauter Stimme.

Erschüttert fragte ich: »Was sagen Sie da?«

»Ich weiß, was ich sage. Vor einiger Zeit ließen Sie ihn wissen, daß Sie um keinen Preis in der Welt über ihn schreiben würden. Für Sie war das bloß so dahingesagt, eine Wichtigtuerei. Aber es gibt ein Sprichwort: ›Einen Schlag vergißt man, aber nie ein böses Wort.‹ Mit Ihren Worten haben Sie ihn mehr verletzt, als Sie sich vorstellen können. Wie hat er das verdient?

Mein Mann hat großes Talent. Gabriel Weitz nennt ihn genial. Chaim hat eine hohe Meinung von Ihnen. Als Sie ihm sagten, daß Sie nie über ihn schreiben würden, nahm er sich das sehr zu Herzen. Sie werden nie wissen, wie ihn das verletzt hat. Als er heim kam, war er gelb wie Wachs. Ich fragte ihn, was los sei. Erst wollte er es mir nicht erzählen, aber ich bekam es aus ihm heraus. Sie werden es mir nicht glauben, aber von dem Tag an war er nie mehr derselbe. Obwohl er kränklich war, war er doch immer voller Lebensfreude. Er machte Pläne jahrelang im voraus. Aber seit jenem Tag nahm er nie mehr die Feder zur Hand. Er fing an, unter Magenkrämpfen zu leiden –«

»Frau Pupko, das kann nicht wahr sein«, unterbrach ich sie.

»Gott weiß, daß es wahr ist.«

»Ich bin kein Kritiker. Gabriel Weitz schreibt ein ganzes Buch über ihn.«

»Er hält nicht viel von Gabriel Weitz. Wir kennen ihn alle und wissen, was er ist, ein intellektueller Langweiler.

Nur Verstand, kein Gefühl. Er versteht von Literatur soviel wie mein linker Fuß. Denken Sie ja nicht, daß man Chaim etwas vormachen kann. Sie sind etwas ganz anderes. Er liest jedes Wort, das Sie schreiben. Manchmal lesen wir Ihre Sachen zusammen. Wir leiden beide an Schlaflosigkeit. Wir liegen wach bei Nacht, und wenn die Sprache auf Sie kommt, sagt er immer dasselbe, ›der hat Talent‹.

Und Sie mußten ihm solch einen Schlag versetzen. Er ist empfindlicher, als Sie glauben. Literatur ist sein ein und alles. Sie kennen mich nicht, aber ich kenne Sie. Vielleicht kenne ich Sie sogar besser, als Sie sich selber kennen. Ich bin mit Chaim über vierzig Jahre verbunden. Wissen Sie, was es heißt, ein Leben vierzig Jahre lang zu teilen! Er liest mir jede Zeile vor. Wenn er Schwierigkeiten hat mit seiner Arbeit, fragt er mich um Rat.

Wir sind kinderlos, aber seine Werke sind unsere Kinder. Sie haben nie mit jemandem geteilt und verstehen nichts von solchen Dingen. Sie schreiben über Liebe, aber Sie verstehen nichts davon. Verzeihen Sie mir, Sie beschreiben Leidenschaft, nicht Liebe, die Opfer bringt und mit den Jahren wächst. In dieser Beziehung überragt Sie Chaim um mehr als Haupteslänge. Haben Sie einen Aschenbecher?«

Ich brachte ihr einen Aschenbecher, und sie streifte die Asche ihrer Zigarre ab. Sie hob ihre buschigen Augenbrauen, und ich sah dunkle Augen, fast nur Pupille. Hexen, die samstags bei Nacht auf Besenstielen zu schwarzen Messen flogen und dann auf dem Scheiterhaufen verbrannt wurden, müssen so ausgesehen haben.

»Warum starren Sie mich so an? Ich bin eine Frau, kein Mann.«

»Darf ich Sie fragen, warum –«

»Ich weiß, was Sie fragen wollen. Mir wuchs ein Bart, als ich noch ein junges Mädchen war. Sie werden es nicht glauben, aber ich war schön. Ich versuchte ihn abzurasieren oder sogar die Wurzeln auszubrennen, aber je mehr ich dagegen zu tun versuchte, desto schneller wuchs er. Denken Sie nur nicht, daß ich die einzige bin. Tausende von Frauen haben Bärte. Ein Bart ist kein Vorrecht des Mannes.

Als ich Chaim kennenlernte und er mich auf die Wange küßte, rief er: ›Bella, dir wächst ein Bart!‹ Und er fiel in ein seltsames Entzücken. Er war in meinen Bart verliebt. Unglaublich? Ich konnte es selbst nicht glauben, daß das wahr sein könnte. Er sprach sich mit mir aus. Er war bereit, mich zu heiraten, aber nur unter einer Bedingung – daß ich meinen Bart wachsen lasse. Es war nicht leicht, so etwas zu versprechen. Ich dachte, er sei verrückt.«

»Er muß homosexuelle Neigungen haben«, sagte ich.

»Oh, ich wußte, daß das kommen würde. Jedermann sagte das. Von Ihnen hätte ich etwas Originelleres erwartet. Er ist kein Homosexueller. Die Menschen haben Vorlieben, die man nicht mit irgendwelchen Theorien erklären kann. Es war keine Kleinigkeit, mich dem anzupassen. Es bedeutete vollkommene Isolierung. Als meine Mutter nach unserer Heirat zu Besuch nach Odessa kam und mich mit dem Bart sah, wurde sie fast ohnmächtig.

Ich wurde ein vollkommener Einsiedler. Aber Chaims Wunsch war mir wichtiger als ein angenehmes Leben. Das ist jene Liebe, die Sie nicht verstehen. Hier in Amerika wurde ich noch einsamer. Ich könnte Ihnen noch mehr erzählen, aber ich bin nicht hierhergekommen, um meinen Bart zu rechtfertigen, sondern um Sie wissen zu lassen, daß Sie Chaim umbringen.«

»Bitte, sagen Sie so etwas nicht, Chaim ist mein Freund.«

»Dann bringen Sie Ihren Freund um.«

Eine Zeitlang führten wir das Gespräch noch weiter. Ich gab Frau Pupko mein Ehrenwort, daß ich über ihren Mann etwas schreiben würde. Sie sagte zu mir: »Es ist vielleicht zu spät, ihn zu retten, aber ich möchte ihm die

Genugtuung verschaffen, etwas aus Ihrer Feder über sich zu lesen.«

»Darf ich fragen, warum Sie Zigarren rauchen?«

»Nu, man muß doch nicht alles wissen.«

Im Stillen sandte ich ein Stoßgebet zu Gott, daß keiner meiner Nachbarn sehen würde, wie sie aus meiner Wohnung wegging, aber als ich die Tür für Frau Pupko öffnete, sah ich meine Nachbarin, eine geschiedene Frau, im Gang lauern. Der Aufzug war noch immer nicht in Betrieb, und Frau Pupko mußte die Stiegen hintergehen. Sie rief mir zu: »Seien Sie ein Kavalier und helfen Sie mir hinunter.« Sie hielt sich an meinem Arm fest, und ihre Brust berührte meinen Ellbogen. Als wir hinunterstiegen, waren alle Nachbartüren auf allen Stockwerken aus irgendwelchem Grund offen. Ich hörte Kinder schreiben: »Mama, sieh doch, eine Frau mit einem Bart.« Ein bellender Hund rannte aus einer Wohnung und verbiß sich in Frau Pupkos Kleid, mit Mühe und Not vertrieb ich ihn.

Am selben Abend setzte ich mich hin, um Chaim Pupkos Werke wieder zu lesen. Nach ein paar Wochen hatte ich einen Artikel über ihn geschrieben, aber der Redakteur des Blattes, an den ich den Aufsatz sandte, schob die Veröffentlichung so lange hinaus, daß Chaim Pupko darüber starb. Er hatte gerade noch die Korrekturfahnen lesen können, und auf die letzte Seite hatte er mit zitternder Hand geschrieben: »Hab ich es dir nicht gesagt?«

Eines Tages, als ich in dem Automatencafé an der Sixth Avenue nicht weit von der Stadtbibliothek saß, öffnete sich die Tür, und Frau Pupko kam herein. Sie stützte sich auf einen Stock und eine Krücke. Obwohl sie schon zwei Jahre Witwe war, trug sie noch immer ihren Bart und Männerhut und Stiefel. Sie hinkte sofort herüber zu meinem Tisch und setzte sich, als ob sie mit mir eine Verabredung hätte.

Alle Gäste in dem Automatenrestaurant starrten sie an, winkten ihren Nachbarn zu und lachten. Ich wollte Frau

Pupko fragen, warum sie noch immer ihren Bart beibehielt, obwohl ihr Mann nicht mehr am Leben war, aber ich erinnerte mich an ihren Ausspruch: »Nu, man muß doch nicht alles wissen.«

Emmanuel Berl
Liliane

Ich war ein bißchen verrückt, damals im Frühjahr 1917, ganz Frankreich war ein bißchen verrückt: Nivelle bereitete die Offensive von Chemin des Dames vor. – Zudem hatte mir ein berühmter Radiologe unten an meiner rechten Lunge ein großes schwarzes Viereck gezeigt. Da Krieg war und ich ihn beschworen hatte, mir die Wahrheit zu sagen, hatte er mir erklärt, daß dieses Viereck eine Kaverne bedeutete und ich wahrscheinlich nicht mehr länger als sechs Monate zu leben hätte.

Eigentlich legte ich dem kein großes Gewicht bei, ich fühlte mich nicht besonders elend, und schließlich starb alle Welt. Nie war Nizza kurzweiliger gewesen; noch dauerte die Regierung Margulies, bald sollte Clemenceau ihr ein Ende bereiten. Die hübschesten Frauen der Welt versammelten sich im Hotel Ruhl, wie die Stutenfohlen zum Prix de Diane. Man hatte mich in Cimiez untergebracht, damit ich dem Nebel in der Stadt unten entging, aber ich kam jeden Tag ins Ruhl hinunter.

Eines Morgens stand ich vor dem Hotelportal plötzlich Auge in Auge Liliane gegenüber, was uns beiden den gleichen Überraschungsschrei entlockte: an sie hatte ich überhaupt nicht gedacht, sowenig wie sie an mich, aber es gab keine junge Frau, die ich besser kannte oder zumindest hätte besser kennen müssen.

Ihr Vater und meiner waren eng befreundet gewesen, wir waren im selben Monat desselben Jahres geboren, wir hatten Seite an Seite gesabbelt, dann zusammen gespielt. Soweit meine Erinnerungen zurückreichen, finde ich sie. Sie sagte mir oft: Wenn einer von uns stirbt, kann der andere einpacken. Ich fand diesen Satz ein wenig vulgär und nicht richtig: denn schließlich starben einige als Neunzigjährige und andere mit zwanzig.

Alles wirkte zusammen, um aus Liliane ein glückliches Kind zu machen. Ihr Vater ähnelte Alfred de Musset, aber mit einer Athletenbrust: ein durch den Mariani-Wein gekräftigter Musset. Ihre Mutter mit ihrer etwas zu vollen Büste und ihrer schneeweißen, überall mit Grübchen übersäten Haut glich den *Frauen von Algier* von Delacroix.

Reich, fröhlich, strotzend vor Gesundheit, Appetit und guter Laune, hatten sie keine anderen Kinder außer Liliane, ein Einzelkind wie ich, aber weitaus mehr: sie hatte keinen Bruder gehabt, sie hatte weder Vetter noch Kusine, sie herrschte ganz allein über ihre entzückten Eltern.

Völlig zu Recht, übrigens. Sie war immer hübsch gewesen und wurde es beim Heranwachsen mehr und mehr. Mit vierzehn Jahren war sie *Das schöne Schiff* von Baudelaire. Ihr Haar wuchs mit der unaufhaltsamen Kraft, die eine Quelle sprudeln läßt. Ihre Gestalt war wie die ihres Vaters ganz aus Rundungen zusammengesetzt; ein kleines, ein wenig erhabenes Rund schloß ihre Nase ab; zwei weitere Rundungen bildeten ihre Wangen; eine Rundung bildete ihr Kinn; es gab nichts Eckiges in diesem Gesicht. Die Augen hoben das Ganze noch: sie schimmerten gleichzeitig violett, dunkelgrau und hellblau; ich habe nie ähnliche gesehen, sie schienen unter großem Kostenaufwand von einem äußerst geschickten Kunsthandwerker hergestellt worden zu sein, der sich verpflichtet hatte, sie nicht noch einmal zu machen.

Als sie ein richtiges junges Mädchen wurde, bekam ihre Schönheit geradezu etwas Überwältigendes. Sie schüchterte mich ein. Ich sagte Sie zu ihr. Dieser Körper einer antiken Statue, der dazu gemacht schien, einen Tempelgiebel zu tragen, lud nicht zum Duzen ein.

Auch das Haus, wo sie wohnte, in der Avenue de l'Alma, schloß Vertraulichkeiten aus, es war nicht gebaut, um zu gefallen, sondern um seinen Reichtum zu demonstrieren. Es hatte eine ausladende Fassade zur Avenue de l'Alma hin; die Treppe von großtuerischer Breite war mit einem Teppich bedeckt, in dem man so tief einsank, daß man sich den Fuß verrenkte; und das von stämmigen Bohlen gestützte Geländer war viel zu mächtig, als daß eine Hand sich dort festhalten konnte. Lilianes Zimmer war so von übereinanderdrapierten Behängen, Kissen, Brokatstoffen, Gegenständen aus geprägtem Leder, Vasen, Lampen, Porzellan, Nippesfigürchen überladen, daß ich mich kaum hinzusetzen wagte und, saß ich einmal, mich nicht wieder aufzustehen traute. Ein Maler – heute vergessen, aber damals berühmt – hatte ihr Porträt in Pastell gemalt, es eigenhändig auf eine Staffelei gesetzt und mit einem von einer Bandschleife gehaltenen goldenen Schleier verhüllt. Liliane war mit diesem Dekor einverstanden. Aber sie paßte überhaupt nicht dazu, da sie im Ausdruck ihrer Neigungen und Abneigungen ganz einfach und geradeheraus, ja sogar ein wenig grob war.

Wir waren Freunde, das verstand sich von unserer Geburt an von selbst. Ihre Eltern übertrugen auf mich die Freundschaft, die sie für meine Eltern gehegt hatten. Aber wir wußten uns nichts zu sagen. Man zögerte noch zu glauben, ein junges Mädchen mit einer schönen Mitgift solle etwas anderes tun, als auf ihren Zukünftigen zu warten. Liliane hatte keine einzige Prüfung abgelegt, ging keinerlei Ausbildung nach und verkehrte mit niemandem, weder mit Jungen noch mit Mädchen. Viermal im Jahr gab sie eine große Nachmittagsgesellschaft, so wie ihre Eltern zu einem großen Diner einluden. Danach war das erledigt, man hatte die notwendige Höflichkeit gezeigt oder sich revanchiert. Wenn ich darüber nachdenke, wundere ich mich, daß Liliane keine einzige meiner Kusinen kannte und daß wir, die wir uns gesellschaftlich so nahestanden, keinerlei gemeinsame Bekannten hatten. Aber so war es; sie lebte bei ihren Eltern in einer abgeschlossenen Welt: ein Idol in seinem Heiligtum.

Am liebsten sprach sie von ihrem Vater. Aber sie brach plötzlich ab, wenn ihr einfiel, daß ich meinen Vater verloren hatte. Ich glaube, sie war gutherzig.

An der Front war es mir nicht in den Sinn gekommen, ihr zu schreiben, so unvereinbar mit ihrem verwöhnten Dasein schien mir mein elendes Infanteristenleben. Sie hat mir übrigens auch nie Schals oder Wollmützen geschickt, wie es Mode war. Wenn ich an sie dachte, was selten geschah, fragte ich mich, ob sie wohl gut mit Lilien versehen sei; es waren immer in Hülle und Fülle große, anspruchsvolle Blumen um sie herum; ich selbst schickte ihr manchmal welche.

Nie war sie mir prächtiger vorgekommen als nun vor dem Ruhl, in ihrem sandfarbenen Wollmantel mit einem riesigen Luchspelzkragen. Eine barocke Halskette unterstrich das Kraftvolle ihres Halses und nahm das Motiv ihrer auseinanderstrebenden, vollen festen Brüste auf.

Sie teilte mir mit, daß sie verheiratet sei. Ich hätte es wissen müssen, ich kannte ihren Mann flüchtig, ein schöner Junge, aber ein bißchen albern wie sein Vorname, Alcide. Er arbeitete ein bißchen an der Börse und war Liebhaber von Kupferstichen, er hatte mir sogar die Stiche von Goya gezeigt, von denen er eine Sammlung besaß.

Aber Liliane ließ mir gar nicht die Zeit, von Alcide zu sprechen: sie war bereits von ihm getrennt und lebte in Scheidung. Diese Heirat hatte mich übrigens mehr erstaunt als ihr Scheitern; ich hätte nicht geglaubt, daß Liliane einen so mittelmäßigen jungen Mann nehmen würde, wenn er auch ziemlich gut aussah und reich war.

Auf der Stelle überschüttete sie mich mit ihren Klagen, die sie hartnäckig und wortreich gegen ihn erhob. Von ihrer Hochzeitsnacht an hatte er sie durch seinen Sadismus entsetzt; er verlangte, daß sie sich verkleidete, daß sie Stiefel trug; er bewaffnete sich mit langen Nadeln mit dicken Glasknöpfen, die er ihr ins Fleisch treiben wollte, holte aus einer Schublade Seile, um sie zu fesseln, forderte, daß sie eine Freundin kommen ließ – irgendeine –, um sie zu entkleiden, zu binden und zu schlagen. Trotz meiner Zuneigung zu ihr und meiner Freude, sie wiederzusehen, war ich völlig überzeugt, daß kein wahres Wort an ihren Geschichten war: ich wußte, Alcide war viel zu schwach, um so schnell einem so starken – und so gut behüteten – Mädchen so lasterhafte Neigungen zu offenbaren, selbst wenn er sie tatsächlich hatte.

Ich war verwirrt: Liliane redete viel, aber ganz ohne Empörung, ja, ganz ohne Kummer. Sie war bei aller Heftigkeit ausgeglichen, gesund, ruhig wie immer, und ich war sicher, daß sie log, aber ich konnte es doch wieder nicht glauben: ich hatte sie noch nie lügen sehen. Schließlich ließen ihre Eltern ihr sowieso alles durchgehen. Ich hatte damals Freud noch nicht gelesen; ich dachte, Liliane habe, in ihrer Verstörung, sich plötzlich außerhalb ihrer Familie einem Fremden gegenüberzufinden, ihren Schrecken durch eine Flucht bezeugt und rechtfertige diese nun, so gut sie könne. Die Vorstellungen über die Ehe waren nicht die von heute: Lilianes Abscheu hätte geradeso Anstoß erregt wie die Laster, die sie ihrem Mann unterstellte.

Ihr Vater, zu dem sie mich führte, nahm mich beiseite und sagte mir mit tiefbewegter Stimme, diese unglückliche Heirat sei für Liliane ein schwerer Schock gewesen. Er habe sie nach Nizza gebracht, um ihre Wiederherstellung zu beschleunigen. Er schien sich nicht bewußt zu sein, daß Liliane vor Gesundheit und Schönheit strahlte und keineswegs den Eindruck einer durch nervöse Depression erschöpften Person machte. Über seinen Schwiegersohn sagte er allerdings nichts.

Doch Liliane, die ich natürlich jeden Tag sah, redete unaufhörlich von ihm: sie überzeugte mich um so weniger, als sie ihn immer mehr anschwärzte: sie schrieb ihm alle Fehler und alle Laster zu und eine Vollkommenheit im Bösen, wie sie nur in Melodramen nicht selten ist. Sie behauptete sogar, er habe sie wegen ihres Geldes geheiratet, das er sofort angefangen habe zu vergeuden. Nun war er aber weder verschwenderisch noch arm, und sie konnte unmöglich nichts von ihrer Schönheit wissen. Selbst in dieser Hotelhalle des Ruhl, wo es von hübschen Mädchen wimmelte, zog sie dermaßen alle Blicke auf sich, daß ich mich weniger geschmeichelt als geniert fühlte, als ihr Kavalier zu gelten.

Ebenso schlechter Franzose wie schlechter Ehemann, hatte Alcide sich natürlich vor dem Militärdienst gedrückt. Als ich Liliane fragte, bei welcher Abteilung er diene, brach sie in Gelächter aus: »Was? Sie glauben, einer wie der zieht in den Krieg?« Sie hielt ihn sogar für einen Spion: man witterte damals überall Spione. Das ausgeblutete, betrogene Frankreich konnte einfach nicht verstehen, daß der so lange schon versprochene Sieg so lange auf sich warten ließ. Überall tauchten die Anschläge auf, die in allen Tonarten warnten: »Schweigt! Seid mißtrauisch! Feind hört mit!« In gewissem Sinn hatte Liliane nicht unrecht, denn jeder glaubte, die Spione seien zahllos, und keiner gab jemals zu, mit einem in Berührung gekommen zu sein.

Trotzdem! Ich sah wieder die Wohnung vor mir, wo Alcide an der Place Malesherbes mit seiner Mutter zusammen wohnte, so ganz wie es sich gehört, so langweilig, den Bücherschrank aus Birnbaum, in dem er seine Bücher zusammenzwängte, die Louis-quinze- bis Second-Empire-Möbel, wenn sie nicht neues Louis-seize waren. Die Unwahrscheinlichkeit von Lilianes Verdacht schien mir noch durch ihre jungmädchenhafte Frische unterstrichen, die auf ungestörten Schlaf und Appetit schließen ließ.

Denn ihre schöne bernsteinfarbene Haut war immer noch so glatt und fest wie ein Lotusblütenblatt, und sie verschlang fröhlich Kuchen, während ihr Angetrauter Frankreich verriet. Ich verstand das alles nicht. Aber da ich Liliane sowieso nie verstanden und sie noch nie mit soviel schwesterlichem Vertrauen zu mir gesprochen hatte, wuchs meine Zuneigung zur ihr nur noch, statt abzunehmen.

Daher war ich überhaupt nicht verwundert, als ich in der Zeitung las, daß der Spion, der Verräter, der Drückeberger an der Spitze seiner Abteilung gefallen und ihm zu seinem Kriegskreuz noch das Band der Ehrenlegion verliehen worden war, aber die Sache ärgerte mich wegen Liliane. Ich wagte nicht, ins Ruhl zu gehen; ich ließ ihr durch den Portier telephonisch ausrichten, daß ich am nächsten Tag gegen Mittag zu ihr kommen würde.

Eine sommerliche Sonne strahlte über dem Meer. Liliane trug ein bezauberndes graublaues Kostüm. Gewöhnlich gab sie Kleidern den Vorzug, aber dieses Kostüm stand ihr sehr gut. Ich machte ihr ein Kompliment darüber. Sie sagte: »Das ist von Linker. Aber er ist gleich danach gestorben. Das ist Linkers letzte Inspiration.« Sie lachte, stolz auf ihre geistreiche Anspielung auf Schubert. Doch ihr Lachen brach ab. Sie fragte mich: »Haben Sie gelesen …?« und schlug mit leicht gerunzelten Augenbrauen vor: »Sollen wir beide zusammen essen gehen, in ein Bistro?« Sie rief einen Hoteldiener, um ihre Eltern zu benachrichtigen, daß wir weggehen würden. Ein mit Troddeln geschmückter Fiaker brachte uns in die Altstadt von Nizza vor die Tür eines italienischen Restaurants. Wir waren mehr als einfach zwei Freunde; zwei Verbündete, die zusammen nach einem Mittel suchten, eine schwierige Situation zu meistern.

Ausnahmsweise einmal – zum erstenmal – verstand ich Liliane, ja, ich verstand sie sogar sehr gut: Alcides Tod war ihr gleichgültig, er freute sie nicht einmal, war nicht einmal eine Erleichterung für sie. Obwohl ihre Scheidung noch nicht ausgesprochen war, fühlte sie sich jetzt weder befreit, noch war sie traurig. Alcide hatte für sie überhaupt nicht existiert, deswegen hatte sie von ihm alles beliebige sagen und denken können.

Aber sie war wegen ihres Vaters bekümmert. Sie fürchtete nicht, getadelt zu werden (sie hatte nie irgend etwas oder irgend jemanden nötig gehabt), aber sie sorgte sich wegen des Kummers, den ihm die Angst, daß man sie tadeln könnte, bereiten würde. Scheidungen waren noch ziemlich selten und anstößig: meine Tante Franck brüstete sich wochenlang mit ihrer Großzügigkeit, als sie schließlich einwilligte, den Sozius ihres Mannes und die Frau, die er in zweiter Ehe geheiratet hatte, zu empfangen. Sie sagte nicht: »Frau S.«, sondern: »die zweite Frau S.«. Lilianes Eltern hatten die Scheidung ihrer Tochter leichten Herzens akzeptiert, weil Alcide ein Ungeheuer war. Wie sollte sie ihnen gestehen, daß er kein Ungeheuer und zweifellos nicht einmal ihr Mann gewesen war?

Zärtlich gestimmt durch die Sonne, den Wein, die Fischsuppe und Lilianes warmes Vertrauen in mich, meine Zuneigung für sie, die Erinnerung an die Liebkosungen, die mein Vater ihr hatte zuteil werden lassen, suchte ich tastend in einem euphorischen Nebel nach Worten, die ihre Befürchtungen mildern sollten, und nach einem Mittel, um sie aus der Welt zu schaffen. Ich tröstete sie, indem ich ihr sagte, wie unermeßlich die Liebe ihres Vaters zu ihr sei, wie sehr ich ihn bewunderte, wie jugendfrisch er immer noch sei, wie sehr sie einander glichen, was sein immer noch blonder Bart, in dem kein graues Haar war, noch unterstreiche, statt es zu verwischen. Sie ergriff meine Hände und sagte: »Wissen Sie, ich bin sehr froh, daß wir uns wieder begegnet sind.« Ihr Mund war ganz nahe vor meinem Gesicht, ihre auf mich gerichteten Augen wurden violett wie das Meer. Sie schienen durch mich hindurch, in der Ferne, etwas zu betrachten, was sie gar nicht sehen konnten. Sie murmelte: »Im Grunde...«

Da kam mir plötzlich in meinem umnebelten Hirn die große Erleuchtung. Wir brauchten uns ja einfach nur sofort zu verloben, damit sie aus ihrer peinlichen Lage befreit war. Selbst ihr Vater würde an seinen neuen Schwiegersohn denken und den früheren vergessen. Damals ging alles rasant. Jeder Todesfall wurde sogleich von der Flut der anderen Todesfälle und den großen Wellen der militärischen Ereignisse mitgerissen. Es gab nicht mehr viel Wahrheit, um mich herum regierte die Lüge und in mir der Stumpfsinn: die Schlacht am Hartmannsweilerkopf war zu furchtbar gewesen, und Nizza war zu bodenlos lustig. Bald würde man nicht mehr wissen, ob Liliane mit Alcide verheiratet gewesen war oder mit mir. Ich glaubte, ich würde so oder so nicht mehr lange leben, ob nun die Prognose des Radiologen sich bestätigte oder ob ich im Gegenteil gesund würde und an die Front zurückkehrte. Ich war glücklich, Liliane so billig einen Dienst erweisen zu können. Ich sagte zu ihr: »Wenn Sie einverstanden sind, gehen wir ins Hotel zurück, und ich werde Ihren Vater um Ihre Hand bitte.« Sie antwortete lachend: »Soviel ist sicher, das wird ihn freuen.« In der Tat wurden seine kleinen Augen feucht, er küßte mich, seine Frau auch, Liliane nicht.

Es wäre freilich an mir gewesen, das zu tun. Aber ich wagte es nicht, ich hatte Angst, sie anzustecken, vor allem Angst, daß sie das fürchtete, Angst, die Situation, in die wir hineingeraten waren, auszunützen. Wir küßten uns schon lange nicht mehr. Und der Gedanke, daß sie vielleicht Lust dazu gehabt hätte, kam mir nicht. Er ist mir niemals gekommen.

Die Keuschheit unserer Verlobung war übrigens ziemlich erträglich: ich hatte eine Geliebte, ein spindeldürres, sehr lebenslustiges Mannequin. Liliane hatte sie in meiner

Begleitung im Ruhl gesehen. Sie nannte sie »Kirschenstiel«, voller Verachtung, aber ohne Eifersucht. Sie spürte nicht, daß die Geschichte einen Sprung gemacht hatte und die Epoche der ausladenden Formen überholt war.

Meine Nächte mit »Kirschenstiel« sicherten mir den Seelenfrieden meiner Tage mit Liliane. Unsere Verlobung änderte nichts an unserer Beziehung, sie war einfach die Feuerprobe unserer Freundschaft.

Aber wenigstens ihr Vater nahm sie ernst, und darauf kam es uns am meisten an. Er schien noch jünger geworden zu sein. Wegen des Benzinmangels gab es nur wenige Automobile, doch es gelang ihm trotzdem, eines zu mieten, um mit uns zum Naturschutzgebiet von Beaulieu zu fahren; man servierte uns im herrlichen Sonnenscheine eine üppige Bouillabaisse, dann schlugen wir, Liliane und ich, allein den Pfad ein, der zum Cap Ferrat führt. Eine gewisse Stille, die plötzlich zwischen uns entstand, schien uns wie ein sich langsam zusammenziehendes Netz einzuhüllen. Liliane war nicht mehr nur blendend schön in einer blendend schönen Landschaft, sie war auf einmal ganz nahe, ein neuer Horizont tat sich vor mir und, glaube ich, auch vor ihr auf. Ein klein wenig noch hätte das Netz sich zusammenziehen müssen, und wir wären ganz beieinander gewesen, vielleicht für immer.

Aber der Horizont verschloß sich wieder. Liliane wurde wieder undurchsichtig: das Netz hatte sich wieder in dem Element, aus dem es aufgetaucht war, aufgelöst. Durch wessen Schuld? Wer von uns brach als erster dieses Schweigen, das zu ertragen wir nicht mutig genug waren? Gewiß löste Lilianes herausfordernde Schönheit bei mir eine Art Rückzug aus. Sie war nicht größer als ich, aber neben ihr kam ich mir wie eines dieser im Vergleich zu ihren mächtigen Weibchen viel zu kümmerlichen Insektenmännchen vor. Das Prächtige an ihrer Person entsprach einer Lebensart, die ich zwar keineswegs tadelte und die mein Vater billigte, die aber für alles stand, was meine Mutter verabscheute und mied und von dem sie wünschte, daß auch ich es meiden sollte. Zweifellos ist das der Grund, warum ich so gespalten blieb. Ich konnte wohl meiner toten Mutter trotzen, ich hatte ihr getrotzt, als sie am Leben war, ich würde weiterhin Paläste lieben und öffentliche Bibliotheken verabscheuen. Aber wenn ich auch oft versucht habe, die Wege einzuschlagen, die mein Vater gegangen war, weit bin ich darauf nie gekommen. Der Erfolg und der Luxus irritieren mich genauso, wie das Scheitern und die Armut mich abstoßen. Ich habe nie eine Intellektuelle begehren können, die meiner Mutter gefallen hätte, aber ich habe auch nie eine Frau begehren können, die durch ihre Toiletten, ihren Schmuck, ihre Lebensführung das Wort »Luxus« beschwor. Meine Mutter hat mir erzählt, daß mein Großvater sie während ihrer Verlobungszeit von seinem Kutscher abholen ließ und sie sich dann auf den Klappsitz der Viktoria setzte und aus Scham ihren Schirm aufspannte; Liliane dagegen war dazu geschaffen, sich mit hochmütiger Gelassenheit im Fond eines schönen, weichgepolsterten Wagens zu räkeln.

Wie auch immer, die seltsame Glasscheibe, die uns, Liliane und mich, trennte und die einen Augenblick lang fallen zu wollen schien, richtete sich wieder auf. Ich weiß noch, daß das genau vor der neugriechischen Villa geschah, die Théodore Reinach an den Eingang zu Cap Ferrat gebaut hatte.

War sie es, die mich daran erinnerte, wie nahe der Prunk beim Lächerlichen liegt?

Worte hätten heilen können, was gerade gleichzeitig mit unserem Schweigen zerbrochen worden war. Liliane hätte zu mir sagen können: »Ich wäre in jedem Fall glücklich gewesen, mich mit Ihnen zu verloben.« Ich hätte sie fragen können, ob sie mich für zu krank halte, um sich von mir küssen zu lassen. Sie hatte allen Grund, mir meine Kälte vorzuhalten. Hielt sie diese für wahrscheinlicher als meine Skrupel? Wie die Dinge lagen, wäre das anzunehmen; aber ihr Charakter, ihr Vertrauen in die Schönheit und in ihre Mittel ließen und lassen mich es bezweifeln.

Unsere Verlobung hat trotzdem noch zwei oder drei Monate gedauert. Doch ein paar Tage nach dem Mittagessen von Beaulieu kehrte Liliane nach Paris zurück, wohin ich ihr übrigens nicht lange danach folgte; dort hatten wir, sie auf ihrem Diwan, ich in einem Sessel, noch weniger Gründe, unsere Verlobung zu lösen, als wir gehabt hatten, sie zu schließen, aber wir streiften einander kaum, fürchteten uns, uns zu berühren. Ihr Vater bestand hartnäckig darauf, mich als Schwiegersohn zu behandeln; die schöne Frucht war immer noch in meiner Reichweite, ohne daß ich die geringste Bewegung andeutete, um die Hand danach auszustrecken, oder ein Zeichen von Liliane mir eine solche Andeutung erlaubte.

Eines Tages haben wir uns nicht mehr »bis morgen« gesagt, das war alles. Ich bin noch sachter aus ihrem Leben getreten, als ich eingetreten war. Mein Erholungsurlaub war verlängert worden. Ich reiste mit »Kirschenstiel« in die Touraine, ich blieb nicht lange dort. Ich schrieb nicht an Liliane und sie auch nicht an mich. Mehrere Jahre vergingen, ohne daß ich ihr begegnete. Eines Tages traf ich sie in einer Konditorei in Biarritz. Sie war mit einem sehr vornehmen und ungeheuer reichen Engländer verheiratet. Aber sie hatte sich überhaupt nicht verändert; die Ehe war an ihr abgeglitten. Ihre süperbe Robustheit war immer noch aus der Belle Epoque; sie hatte immer noch die majestätisch ausladenden Formen von Lantelme. Die Kriege, die Revolutionen, die Zerstörungen hatten alles verwandelt, sie geruhte nicht einmal, es zu merken; für sie gab es keinen Bolschewismus, keine Psychoanalyse, keinen Surrealismus; sie bewahrte sich weiterhin ruhig, von einem Palast zum andern und einem Schloß zum andern, ihre Schönheit, ihre

Gesundheit, ihren Duft. Ich fühlte mich um so mehr von ihr entfernt, als sie sich auf wunderbare Weise gleichgeblieben war, genauso liebevoll, schwesterlich und unzugänglich wie im Jahr 1912. Nichts hatte Gewalt über das pflanzliche Glück, an dem sie mich gerne hätte teilhaben lassen. Hätte ich es gekonnt? Sie begehrte nicht zu leben, es genügte ihr, zu existieren. Sie fuhr in ihrem Rolls davon, wie eine Göttin in ihrer Muschel, und ich blieb zurück, melancholisch und zugleich froh darüber, ein Sterblicher zu sein, der altern konnte.

Mavis Gallant

Lena

In ihrer besten Zeit, womit ich sagen will, als sie schön war, brauchte Magdalena andere Frauen nicht. Sie war nicht auf Frauen angewiesen, wenn es um wichtige Dinge ging wie Charme und Vergnügen und das Bezahlen ihrer Rechnungen; und was den Austausch von Pariser Klatschgeschichten und intimem Tratsch anging, so war – weil sie nie etwas Vertrauliches mitteilte und nie klagte – das Ohr eines Mannes gut genug. Magdalena sah Frauen als Beiwerk, freundlich zu behandeln – Hausmädchen, Näherinnen, Maniküren –, oder als kleinere komische Figuren, die Frauen und offiziellen Verlobten ihrer Bewunderer. Es lag nicht in ihrer Natur, sich darum zu kümmern, was die Leute sagten, und sie erkannte nie die Gestalt einer Drohung, auch wenn sie ihr schon ganz nah war, doch ich vermute, es waren Frauen, die ihr einige der sinnlosen Namen gaben, mit denen sie bedacht wurde, wie etwa »mitteleuropäische Hure« und »jüdische Abenteuerin«.

Aber jetzt, wo sie fast achtzig und ans Bett gefesselt ist, erhält sie Besuche von Frauen – übriggeblieben von einer frühen Auswanderungswelle aus Ungarn. Sie haben kleine Näschen, tragen Strickmützen bis tief in die Stirn gezogen und können an dunklen Straßenecken den schrecklichen Geist von Béla Kun sehen. Sie haben vergessen, daß Magdalena einst vielleicht einen schlechten Ruf hatte. Sie ist eine gläubige Katholikin, und sie äußert kultivierte, moralisch klingende Dinge, die in den Ohren einer Handvoll Generalswitwen und hinterbliebener Schwestern von unverheirateten Diplomaten lieblich klingen. Sie überhäufen ihren Nachttisch mit Hustensaftflaschen, Zitronen, bestickten Servietten, Honiggläsern und zugedeckten Schüsseln mit Pflaumenkompott, das immer Kleckerspuren hinterläßt. Sie nennen Magdalena »Lena«.

Sie belegt ein Bett in der einzigen Institution, die bereit war, sie aufzunehmen – ein Krankenhaus am nördlichen Stadtrand von Paris, getüncht wie ein Gefängnis, mit Graffiti beschmiert. Die Eingangshalle aus Glas und Marmor erinnert an den protzigen Wohlstand der sechziger Jahre. Sie enthält, neben einem demolierten Kaffeeautomaten und einer Gedenktafel mit dem Namen eines vergessenen Gesundheitsministers, ein monumentales Beispiel der Kunst von vor zwanzig Jahren – einen weißen Fuß, an dem jeder Zehennagel in einer anderen Farbe lackiert ist. Um dieses Wunder zu bestaunen und um Magdalena die kleinen Tröstungen zu bringen, deren sie meiner Meinung nach bedarf, muß ich eine ermüdend lange Strecke mit der Vorortlinie der U-Bahn fahren. Bei diesen Ausflügen führe ich einen geschlossenen Schirm mit: Man sagt, daß das matte, schattenlose Licht dieser Linie Gewaltverbrechen anzieht. In meiner Brieftasche habe ich einen Ausweis, der mir wegen eines im Krieg erlittenen Unfalls das Recht auf einen Sitzplatz bestätigt. Ich wage es nie, diesen Ausweis zu zeigen. Lieber stehe ich. Alles, was mit dem Zweiten Weltkrieg zu tun hat, besonders mit den älteren Überlebenden, fordert bei der jungen Generation Spott und Anzüglichkeiten heraus und sogar Feindseligkeiten.

Magdalena ist im vierten Stock (kein Fahrstuhl) eines Flügels untergebracht. Er ist für ältere Patienten reserviert, die zu gebrechlich sind, um in Pflegeheime verlegt zu werden – selbst wenn ein Zimmer in einem solchen Heim gefunden werden könnte. Man hat den alten Leuten eingetrichtert, daß sie froh sein können, ein Bett zu haben, daß die Warteliste für ihre Matratze und ihr Kopfkissen stündlich länger wird. Sie dürfen nicht zu launenhaft unzufrieden und zänkisch wirken und den Schwestern zusätzliche Mühe machen. Wenn sie das ständig tun, werden ihre Habseligkeiten gepackt und ihre Verwandten benachrichtigt. Ein Gesetz verpflichtet nahe Verwandte, sie aufzunehmen. Gesetz bedeutet nicht Liebe, und Magdalena hat genug Kummer und Durcheinander erlebt, um nachdenklich zu werden.

»Familien sind schlimmer als der totale Krieg«, sagt sie. Ich weiß nicht genau, wie ihr eigener Krieg aussah. Soweit ich weiß, ertrug sie alle seine Härten in Cannes, wo sie einen täglichen Spaziergang zu einem Schwarzmarkt-Restaurant machte und ihre Beine unterwegs von berühmten Kollaborateuren und deutschen Offizieren bewundern ließ. Ihre Erinnerungen, wenn sie sich damit abzugeben geruht, sind wie ein kurzer, verschwommener, egozentrischer Traum.

»Aber was hast du in diesen Jahren *getan*?« habe ich sie gefragt. (Meine Mutter malte mit Kreide gaullistische Losungen an Pariser Mauern. Der Vater meiner zweiten Frau starb in der Deportation. Ich schloß mich den Freien Franzosen in London an.)

»Ich habe die Luft angehalten«, antwortet sie und lächelt.

Sie teilt sich das Zimmer mit einer Frau, die an einem brennenden Ausschlag auf den Schultern leidet. Medikamente, die das Brennen lindern, scheinen ihren Geist zu verwirren, und sie streunt dann auf den Gängen umher, weiß nicht, wo sie ist, und weint. Das Krankenhaus droht daraufhin, sie nach Hause zu schicken, und ihre Kinder bitten in panischer Angst darum, daß die Behandlung abgesetzt wird. Nach wenigen Tagen kehrt der Ausschlag zurück, und die Frau hält Magdalena wach, indem sie ihre Schmerzen schildert – es ist, als würde man sie mit glühenden Nesseln peitschen, sagt sie. Magdalena stibitzt Beruhigungsmittel und überredet die Bettnachbarin, sie zu nehmen, doch einmal hat sie die Frau mit einem Kissen geschlagen. Das Krankenhauspersonal wurde unangenehm, ich mußte vermitteln. Glücklicherweise hatte mich der Leiter der Abteilung für Geriatrie und chronisch Kranke im Fernsehen als Teilnehmer an einem literarischen Spiel gesehen (»Mit welchem Heiligen könnte sich Jean-Paul Sartre eine Begegnung am meisten gewünscht haben?«), und das half in unserem Fall.

Eigentlich kann Magdalena nicht fortgeschickt werden – nicht so ohne weiteres. Sie hat keine Familie und weiß nicht, wohin. Ihre fortdauernde Existenz wird vom Krankenhaus ein wenig als Betrug angesehen. Man hat sie zunächst nur aufgenommen, weil man annahm, daß sie bald sterben und das Bett freimachen würde.

»Deine gebrochene Nase ist ein Fehler«, hat sie gestern gesagt.

Mein Gesicht wurde bei demselben Unfall im Krieg beschädigt, der mir eigentlich einen Sitzplatz in öffentlichen Verkehrsmitteln garantieren soll. »Sie verleiht dir etwas unverschämt Freches, als wäre ein Held von Malraux in einen modernen Roman spaziert und man hätte ihn hinausgeworfen.«

Nun, das war hart für einen Mann, der früher als gewöhnlich aufgestanden war und eine Anzahl von Illustrierten für Magdalena gekauft hatte, ehe er hinunterstieg zu der Vorortlinie mit ihrem matten, beunruhigenden Licht. Ein Mann, der eben fünfundsechzig geworden war. Dessen neue Brücke ihn lispeln ließ. Sie redete, wie sie in den alten Tagen geredet hatte, in ihrer Wohnung mit den großen Fenstern und dem weiten Blick über die Seine. Sie trug damals immer Weiß und saß auf einem weißen Sofa. Es gab rote Farbflecke in dem Zimmer – ihre langen

Fingernägel und ihr Lippenstift und die Ehrenlegion auf dem Revers eines Verehrers. Sie hatte zwei komische Hündchen, deren Augen im Dunkeln rot glühten.

»Ich habe dich neulich erst reden hören«, fuhr sie fort. »Das war äußerst interessant, was du von Gide erzählt hast, daß er immer die Runde durch die Buchläden machte, um zu sehen, wie sich sein Buch verkaufte. Ich glaube übrigens, daß ich dir diese Geschichte erzählt habe.«

»Es kann nicht erst neulich gewesen sein«, sagte ich. »Das klingt nach einer Radiosendung, die ich in den fünfziger Jahren hatte.«

»Wenn ich darüber nachdenke, kannst du es nicht gewesen sein«, sagte sie. »Der Mann lispelte. Ich habe mir gesagt: ›Es *könnte* Édouard sein.‹«

Ihr fremder Akzent bezauberte mich, als ich jung war. Jetzt reizt er mich. Fünfzig Jahre ist sie nun in Frankreich und kann meinen Namen, Édouard, nicht aussprechen, ohne ihn falsch zu betonen und das r zu rollen. »Wenn du zu einem R kommst«, habe ich ihr gesagt, »dann laß deine Zunge hinter den unteren Schneidezähnen.«

»Sie will da nicht bleiben«, sagt sie. »Sie biegt sich nach oben. Tut mir leid.« Als ob ihr das etwas ausmachte. Sie nimmt alle Verdrießlichkeit, die ich zeige, hin, weil sie mir Duldsamkeit zu schulden glaubt: Sie meint, ich sei jugendlich, kindlich, müsse geneckt und bei guter Laune gehalten werden. Sie glaubt, wir hätten ein langes, ungebundenes Leben vor uns, und sie erwartet, darin ihren Platz als meine Frau und zukünftige Witwe einzunehmen. Zu diesem Zweck hat sie meine zweite Frau überlebt, und sie könnte auch mich überleben, obwohl ich vierzehn Jahre jünger bin als sie und noch gut zu Fuß.

Magdalenas katholische Legende ist, daß sie bekehrt wurde, nachdem sie bei einer Teegesellschaft gehört hatte, wie Jacques Maritain den Neothomismus erläuterte. Seither hat sie nie aufgehört, metaphysische Tugendgesetze auf atavistische Thesen über Gut und Böse zu türmen. Das Ergebnis ist ein moralischer Steinhaufen, der jederzeit ins Rutschen kommen kann. Nur Gott könnte diese Lawine aufhalten, aber sie hat es so arrangiert, daß er hinter ihr steht und sie anstachelt. Ich mußte auf die Verabschiedung eines Gesetzes warten, das Scheidung auf Grund von Trennung möglich machte, ehe ich frei war, wieder zu heiraten. Ich habe lange gewartet. Unterdessen schrieb Magdalena Briefe an den Papst, bejubelte seinen Standpunkt zur Ehe und beschwor ihn, nicht nachzugeben. Sie kann unter drei oder vier verschiedenen Sprachen wählen, und ihre Wahl hängt davon ab, wohin sie ihre Träume in der Nacht geführt haben. Früher reiste sie mit dem Zug nach Budapest und Prag und war in weißes Leinen gekleidet. Sie hatte glattes, blondes Haar und trug eine Haarspange mit Diamanten hinter einem Ohr. Jetzt reist keiner mehr in diese Städte, und die schmalen Leinenkostüme stecken zerknittert in Koffern. Ihr Geist ist klar, aber sie äußert absurde Dinge. »Ich habe sie nie kennengelernt«, sagte sie über Juliette, meine zweite Frau. »War sie mir irgendwie ähnlich?«

»Natürlich hast du sie kennengelernt. Wir waren zusammen essen, wir drei.«

»Zeig mir ihr Photo. Vielleicht kann ich mich dann erinnern.«

»Nein.«

Sie sind sich einmal begegnet, am ersten Sonntag im September 1954 – einem heißen Tag, an dem die Luft in der Ferne flimmerte und Wespen gegen die Windschutzscheibe flogen. Ich hatte einen neuen Renault – ein Modell, das im Ruf stand, sich leicht zu überschlagen und mit den Rädern in der Luft liegenzubleiben. Ich fuhr verbissen, glaube ich. Magdalena saß neben mir, in einer Duftwolke – Jasmin oder Gardenie –, die mich an die luxuriöse, profitable Seite von Kriegen denken ließ. Juliette saß hinter mir, eine Straßenkarte auf dem Knie, den Finger auf dem westlichen Stadtrand von Fontainebleau. Ihr dunkles Haar war straff nach hinten gekämmt und im Nacken mit einem dunkelblauen, grob gerippten Seideband zusammengebunden. Man kann ohne weiteres sagen, daß sie nach Seife und Zitronen roch.

Wir führten Magdalena zum Essen aus. Es war Juliettes Idee gewesen. Irgendwann zwischen Himbeeren mit Sahne und Kaffee sollte ich um die Scheidung ersuchen – schlimmer, Magdalena das Versprechen entlocken, einer Scheidung zuzustimmen. Bisher hatte sie sich jeder Erörterung dieses Themas verweigert und zehn Jahre lang abgelehnt, sich mit mir zu treffen. Juliette und ich hatten seit Kriegsende zusammengelebt. Sie war jetzt dreißig und wollte nicht länger warten. Wir wurden allmählich zu einem der besorgten, schattenhaften Paare, die ewig darauf warten, daß eine dritte Person stirbt oder sich scheiden läßt. Ich hatte Angst, sie zu verlieren. Im Sommer dieses Jahres war sie ohne mich nach Amerika gefahren (damals so viel weiter weg von Europa als heute), und ihr Verhalten hatte bei ihrer Rückkehr eine neue Farbe, eine Lasur von Unabhängigkeit, als wäre sie einer kräftigen Sonne ausgesetzt gewesen.

Ich weiß noch, wie sie Magdalena mit milder Verwunderung anstarrte, als wäre Magdalena ein Bild in einer Illustrierten, das nicht zurückschauen konnte. Magdalena hatte ein helles Kleid aus einem weichen, fließenden Stoff an und trug lange weiße Handschuhe. Auf dem Kopf hatte sie einen flachen runden Hut ohne Krempe mit einem weißen Schleier festgebunden. Ich sah sie mit Juliettes Augen, und ich dachte, was Juliette denken mußte: Was glaubt Magdalena, wohin wir mit ihr fahren? Auf eine Hochzeit? Als ich ihr vorn in das Auto geholfen hatte, hatte ich ihren Rock mit der Wagentür eingeklemmt. Ich fragte mich, ob sie sich in eine der schwachen, fügsamen

Frauen verwandelt hatte, deren Kleider immer irgendwo eingeklemmt werden.

Juliette hatte die Angewohnheit, ein gesellschaftliches Vakuum auszufüllen, indem sie etwas über ihre eigenen Aktivitäten daherplapperte. Gäste waren oft dankbar dafür. Ohne große Umstände konnten sie mit einer eigenen Schilderung daran anknüpfen, und heraus kam etwas, was echter Unterhaltung nahekam. Juliette sprach also von ihrer kürzlichen Reise. Sie sagte, daß sie ein amerikanisches Kleid aus einem Stoff anhabe, der Baumwoll-Seersucker hieß. Es ließ sich wie ein Staubtuch waschen und mußte fast überhaupt nicht gebügelt werden.

Zur Antwort erhielt sie eine Seitenansicht von Magdalenas Hut und einem blauen Auge, beschattet von hellerem Blau. Magdalena schaute nicht hin, sie hörte zu und genoß aus nächster Nähe den Tonfall der französischen protestantischen Oberschicht. Sie wußte, daß sie privilegiert war. In der Regel sprachen sie nur mit ihresgleichen. Da ich mich an Gangschaltung und Steuerrad klammerte, war ich davon befreit, einen Kommentar abzugeben. Mein Profil mit der gebrochenen Nase hatte Magdalena zunächst verwirrt. Sie hatte mich sogar für einen Betrüger gehalten. Doch dann glitt das Gesicht eines jüngeren Mannes, an das sie sich erinnerte, über die Fälschung und bemächtigte sich seiner.

Juliette hatte den Michelin-Führer durchforstet und ein Restaurant mit einer großen Terrasse und weißen Schirmen ausgesucht, inmitten von Bäumen. An einigen der Tische saßen amerikanische Offiziere in Uniform mit ihren Familien – das soll zeigen, wie lange das her ist. Juliette richtete unseren Schirm so, daß jeder Zoll von Magdalena im Schatten war. Sie nahm es als gegeben, daß meine Frau einer Generation angehörte, die auf Blässe eingeschworen war. Von meinem Platz aus konnte ich das Innere des Restaurants sehen. Es sah kühl und dunkel aus, dachte ich, und wäre vielleicht passender für die behutsame Unterhaltung, die folgen sollte.

Ich rückte meine Lesebrille zurecht, die Magdalena nie gesehen hatte, und starrte eine lange, handgeschriebene Speisekarte an. Magdalena machte keine Anstalten, ihre Karte zu studieren. Ihr ganzes Leben lang hatte sie Männer für sich entscheiden lassen. Schließlich fragte Juliette, ob unser Gast nicht gern mit Spargel beginnen würde. Ich befürchtete, daß es Spargel aus der Dose sein würde. Nun, wie wäre es dann mit Melone. An einem heißen Tag etwas Kühles, gefolgt von kaltem Lachs. Sie verstummte. Ich setzte meine Brille ab, aber Juliette erinnerte mich an den Wein.

Magdalena war mit einem Ritual beschäftigt, das Juliette vielleicht noch nie gesehen hatte und das ich vergessen hatte: Sie zog ihre langen engen Handschuhe Finger für Finger von der Hand und drehte ihre Ringe mit der richtigen Seite nach oben. An einen Ring mit irgendeinem großen funkelnden Stein drückte sich ein Ehering. Juliette sammelte sich, zupfte ein wenig am Kragen des waschbaren Seersuckerkleids und redete weiter über Amerika. In Philadelphia hatte ein gefeierter Prediger der Pfingstkirche den Heiligen Geist herabgefleht auf ein Gemeindemitglied, eine Frau, deren Gehör Schaden genommen hatte, als sie bei einem Stock-Car-Rennen von einem fliegenden Schuh getroffen wurde. Die taube Frau erhob sich und sagte, sie könne Spatzen auf Hochdeutsch tschilpen hören, worauf die Gemeinde jubelnde Dankgebete anstimmte.

Juliette ließ sich nicht zu der Erklärung herab, daß sie nicht der Pfingstkirche angehörte. Sie sprach vom Heiligen Geist wie von einem alten Bekannten, der aus derselben Klasse und demselben gesellschaftlichen Umfeld kam, ein kultivierter, aufgeschlossener Europäer.

Wir waren kein junges Liebespaar mehr, und ich hatte diese Geschichte schon etliche Male gehört. Ich sagte, daß der Heilige Geist möglicherweise Besseres zu tun hätte, als sich mit einem geplatzten Trommelfell abzugeben. Es war kaum zehn Jahre her, daß wir einen entsetzlichen Krieg überlebt hatten. Überall auf der Welt gab es kranke, angsterfüllte, verzweifelte Menschen. Erst vor ein paar Tagen hatte sich der Präsident von Brasilien erschossen.

Juliette erwiderte, daß es Nöte jenseits unseres Verständnisses gebe. »Gott weiß, was er will«, sagte sie. Ich bin sicher, daß sie es glaubte.

»Gott hat Auschwitz gewollt?« fragte ich.

Ich spürte eine Berührung am Arm, blickte hin und sah eine gealterte Hand und einen Ehering.

Mit ihrer ausgeprägten Neigung, sich zurückzuziehen, wenn es brenzlig wurde, entschuldigte sich Juliette mit einem Telefongespräch. Ich wußte, daß ihre kurze Abwesenheit als Zäsur gedacht war. Wenn sie zurückkehrte, konnten wir das Thema wechseln. Magdalena und ich saßen still da, sie noch immer mit ihrer Hand auf meinem Arm, als hätte sie nun endlich eine Geste vollendet, die vor langer Zeit begonnen worden war. Juliette, die Augen mit kaltem Wasser gekühlt, das dunkle Haar frisch gekämmt, kehrte zurück und sah, daß ich dabei war, eine gute Gelegenheit, das Thema Scheidung zur Sprache zu bringen, zu verpassen. Sie setzte sich, lächelte und griff nach ihrem Melonenlöffel. Sie habe eine Menge Arbeit zur Zeit, sagte sie. Sie übersetze einen amerikanischen Roman, der nie hätte geschrieben werden sollen. (Juliette offenbarte nichts weiter über diesen Roman.) Von da glitt sie zum Thema der radikalen Trennungen – nicht so sehr meiner von Magdalena, als vielmehr Scheidung im allgemeinen. Eine klare Trennung sei doch bestimmt eine Möglichkeit, das Leben angenehm und schön zu erhalten? Diesmal schien Magdalenas Gehör geschädigt, und der Heilige Geist war nirgends zu entdecken. Die beiden Frauen mußten gleichzeitig dasselbe gedacht haben, wenn auch aus völlig unterschiedlichen Gründen: daß ich jegliche Chance auf göttlichen Beistand verspielt hatte, indem ich Gottes Absichten hinterfragte.

Es war kurz vor ihrer Einweisung ins Krankenhaus, daß Magdalena von Juliettes Tod hörte. Eine ihrer tatterigen Freundinnen hatte vielleicht die Annonce in der Zeitung gesehen. Sie beanspruchte sofort wieder ihren Platz als meine einzige Gemahlin und zukünftige Witwe. Eigentlich hatte sie ihn nie geräumt, aber jetzt leuchtete der Weg zurück zu mir hell und klar. Die Scheidung, diese Mauer heidnischer Finsternis, war niedergerissen und mit der Asche der Konkubine verstreut. Sie sah mich erlöst von einer ehebrecherischen und ketzerischen Verbindung. Nur ein Konvertit kann »ketzerisch« denken, ohne eine Miene zu verziehen. Sie hätte mitansehen können, wie Juliette auf dem Scheiterhaufen verbrannt wurde, ohne schlaflose Nächte zu haben. Eine weitere Tatsache ist, daß Konvertiten gleichgültige Henker abgeben.

Sie stellte sich vor, daß ich sofort zu ihr kommen würde, doch ich ging nirgends hin. Juliette hatte bestimmt, daß sie eingeäschert werden sollte, und dabei an die reinigende Wirkung der Flamme gedacht, doch der Ritus wurde von einem verborgenen, starken Mechanismus vollzogen, der immer wieder mit Gerassel anruckte und stoppte. Wenn er am lautesten war, übertönte er die Stimme des Geistlichen, der versicherte, daß Juliette mit großem Wohlwollen von oben auf uns herabblicke, und er behielt auch die Oberhand über Juliettes Lieblingsaufnahmen von Mozart und Bach. Ihre Asche wurde in einer numerierten Nische deponiert, die ich nie sah, weil ich irgendwann während der Begräbnisfeier ohnmächtig geworden war und hinausgetragen werden mußte. Dieser Alptraum wurde in der Kapelle des Friedhofs Père Lachaise geträumt. Ich bin dort nicht wieder gewesen. Es ist weit entfernt von meiner

Wohnung, und ich glaube nicht, daß Juliette dort ist, oder anderswo. Von dem Augenblick an, als ihr Herz aufhörte zu schlagen, war nichts als Schweigen.

Vergangenen Winter hatte ich Bronchitis und ging selten aus dem Haus. Ich schaffte es, Magdalena eine Uhr, ein Radio, eine Azalee und genug Briefmarken und Briefpapier zu schicken, um eine dem achtzehnten Jahrhundert angemessene literarische Korrespondenz zu führen. Trotzdem waren die Briefe, die mein Krankenbett von dem ihren erreichten, auf schief abgerissene Zeitungsränder gekritzelt. Manchmal behauptete sie, ihre Zimmergenossin hätte ihr das Geld für eine Briefmarke geliehen. Die Botschaft war immer die gleiche: Ich dürfe nicht zulassen, daß meine Frau in einer öffentlichen Institution starb. Ihre Freundinnen mit den rosigen Näschen schrieben mir auch, unterzeichneten mit ihren fremden Namen, gaben ihre Titel an – eine Prinzessin war darunter.

Es hatte keinen Sinn zu antworten, daß heutzutage jeder im Krankenhaus stirbt. Allein bei dem Gedanken daran wurde ihnen schon übel, und diese Übelkeit besiegte jede schwache letzte Hoffnung. Dann kam von Magdalena: »Am Samstag um neun stehe ich angekleidet mit gepackten Sachen da und warte darauf, daß du kommst und mich mitnimmst.«

Mitnehmen? Weg vom Krankenhausbett? Es hatte wochenlanges Lavieren und Schmeicheln und sogar ein wenig Bestechung gebraucht, um es zu bekommen. Öffentliche Mittel, die ihr eigentlich nicht zustehen, und ein freiwilliger finanzieller Beitrag von mir erhalten ihr den Bettenplatz. Sie hat nicht ein einziges Mal gefragt, wo das Geld herkommt. Als sie jung war, hat sie beschlossen, sich nie Sorgen zu machen, und dabei ist sie geblieben.

Ich ließ mehrere Sonntage verstreichen, bis die törichte Idee verflogen war.

Ende April kreuzte ich mit einer Flasche Krug, die ich bis zur letzten Minute auf Eis liegen hatte, und ein paar Gläsern in einer Papiertüte bei ihr auf. Die Frau, die mit ihr das Zimmer teilt, ließ ein lautes Stöhnen hören, als sie mich sah, und zeigte das Weiße vom Auge. Ich schloß daraus, daß Magdalena gestorben war. Das andere Bett war sauber und leer. Die Uhr und das Radio auf dem Tisch wirkten wie zurückgelassene Gegenstände. Ich spürte Erschrecken, Schuld, Reue und Erleichterung, und ich wußte nicht, was ich mit dem Schaumwein machen sollte. Ich drehte mich um, und da in der Tür stand Magdalena in Morgenmantel und Pantoffeln, mit kurzem weißem Haar. Sie schlurfte an mir vorbei und legte sich mit offenem Mund auf das Bett und rang nach Atem.

»Sollte ich nicht nach einer Schwester läuten?« sagte ich und wickelte die Flasche aus.

»Es kommt sowieso keiner. Mach den Champagner auf.«

»Ich hole lieber eine Schwester.« Statt dessen machte ich auf dem Tisch Platz für die Gläser. Ich hatte drei mitgebracht, wegen der Zimmergenossin.

Magdalena rang nach Luft. »Ich habe heute Geburtstag.« Sie setzte sich auf, offenbar erholt, und zog die Brille unter dem Kopfkissen hervor. Sich zu mir beugend fragte sie: »Was bedeutet der rote Flecke auf deinem Revers? Das sieht wie die Ehrenlegion aus.«

»So wird es wohl sein.«

»Warum?« fragte sie. »Gab es einen Grund?«

»Sie hatten wahrscheinlich eine Menge davon übrig. Irgend jemand hat sogar etwas von ›kultureller Bereicherung der Medien‹ gesagt.«

»Über die Bereicherung freue ich mich«, sagte sie. »Es freut mich auch für dich. Wirst du den Orden immer tragen, ihn von einem Anzug zum anderen wechseln?«

»Er ist neu«, sagte ich. »Heute morgen gab es eine Feier.« Ich setzte mich auf den wackligen, für Besucher reservierten Stuhl, und mit einer Ruhe, die uns beide verstummen ließ, goß ich den Wein ein. »Was ist mit deiner Nachbarin?« fragte ich, die Flasche zum Eingießen geneigt.

»Laß sie schlafen. Das ist eine nette Geburtstagsüberraschung.«

Mir war zumute, als wäre um mein Herz warme Asche aufgehäuft, wie der Rückstand guter Vorsätze. Mir fiel ein, daß Magdalena, als sie bei Kriegsende nach Paris zurückkehrte, ihre Wohnung geplündert und verwüstet vorfand. Einer der ersten Briefe, die mit der Post kamen, war von mir, und darin stand, daß ich eine viel jüngere Frau liebte. »Falls es dir überhaupt etwas bedeutet«, sagte ich, und die Kohlen glühten intensiver, »falls es dir hilft, mich irgendwie zu verstehen – also, keine hat mich je so beeindruckt wie du.« Und das nach nur einem Glas.

»Aber vielleicht hast du mich nie geliebt«, sagte sie.

»Wahrscheinlich nicht«, sagte ich. »Obwohl ich dich doch geliebt haben muß.«

»Gewissermaßen, meinst du?« sagte sie.

»Vermutlich.«

Im Zimmer wurde es so still, daß ich den Fernsehfilm aus dem Nachbarzimmer hören konnte. Ich erkannte die Stimme des Synchronsprechers von Robert Redford.

Magdalena sagte: »Noch vor ein paar Monaten wäre das mein Todesurteil gewesen. Jetzt bin ich einfach dankbar, daß ich nur noch so wenig Zeit habe, um zwischen ›vielleicht‹ und ›wahrscheinlich nicht‹ und ›gewissermaßen‹ hin und her zu irren. Eine verrückte Alte, die Hände ringend.«

Ich erinnerte mich an Juliettes Gesicht, damals, als sie erfuhr, daß ihre Menopause unumkehrbar war. Ich erinnere mich an ihren Schreck, ihr Entsetzen, ihr allmähliches Begreifen, ihren überwältigenden Kummer. Sie hatte auf Kinder gehofft, zuletzt auf ein Kind, einen Sohn, den sie »Thomas« genannt hätte. »Dein Todesurteil«, sagte ich.

»Dein Todesurteil. Was ist mit Juliettes lebenslänglicher Strafe? Sie hatte nie Kinder. Als ich sie endlich heiraten konnte, war es zu spät.«

»Sie hätte fünfzehn Kinder haben können, ohne verheiratet zu sein« sagte Magdalena.

Ich wollte sie anbrüllen, doch meine Stimme wurde hoch und dünn. »Frauen wie Juliette, Menschen wie Juliette tun so etwas nicht. Es war ein Wunder, daß sie einwilligte, mit mir all die Jahre zusammenzuleben. Was ist mit ihrem Sohn, ihrem Thomas? Ich hätte ihn nicht einmal als mein Kind beanspruchen können – nicht dem Gesetz nach, so lange ich mit dir verheiratet war. Stell ihn dir vor, male dir aus, wie er einen Paß beantragt und herausfindet, daß er keinen Vater hat. Auf seiner Geburtsurkunde steht nichts davon. Nur eine Mutter.«

»Du hättest Thomas adoptieren können«, sagte Magdalena. »Auf diese Weise hätte er deinen Namen bekommen.«

»Hätte ich nicht – nicht ohne deine Zustimmung. Du warst meine Frau. Und außerdem, warum hätte ich meinen eigenen Sohn adoptieren sollen?« Ich glaube, das war ein Schrei; so erinnere ich mich jedenfalls daran. »Und das Erbrecht, wie es damals war. Hast du jemals daran gedacht? Ich hätte nicht einmal ein Testament zu seinen Gunsten machen können.«

Die Wange auf die Hand gestützt, die blauen Augen beschattet, sagte meine arme, verrückte, rechtmäßige und einzige Frau: »Ach Édouard, du hättest dir keine Sorgen machen sollen. Du weißt doch, daß ich ihm alles, was ich besaß, vermacht hätte.«

Das war nicht das letzte Mal, daß ich Magdalena gesehen habe, aber nach diesem Tag schickte sie keine dringlichen Botschaften mehr, stellte keine verrückten Forderungen mehr. Zweimal ist sie seitdem gestorben und hat sich wieder erholt. Jedesmal wenn der Arzt sagte: »Das war's wohl«, hat sie die Hand der Schwester gedrückt. Sie liebt Rituale, und sie will vielleicht die Sterbesakramente, aber Krankenhäuser hassen das. Die Kunde von einem Priester im Haus verbreitet sich und verstört die anderen Patienten. Es gibt Nachmittage, an denen sie nicht sprechen kann und mit geschlossenen Augen und zitternden Lidern daliegt. Ich halte ihre Hand und fühle den Ehering. Wie dic treuen kleinen Witwen nenne ich sie »Lena«, und sie dreht den Kopf und öffnet die Augen.

Dann schaue ich weg, irgendwohin – auf die Uhr draußen vorm Fenster. Ich habe alles ertragen, aber ich habe vor, ihre letzte Zumutung zurückzuweisen, die Begegnung mit ihrem blauen, beständigen Blick reiner Liebe.

Mohamed Choukri

Eins

Ich weine, weil mein Onkel tot ist. Die Kinder um mich herum weinen mit mir zusammen. Sonst weine ich nur, wenn jemand mich schlägt oder wenn ich etwas verloren habe. Ich sehe auch andere Leute weinen. Der Hunger ist im Rif. Die Dürre und der Krieg. Eines Abends bin ich nicht mehr imstande, meine Tränen aufzuhalten. Der Hunger schmerzt mich. Ich lutsche meine Daumen, lutsche und lutsche. Ich erbreche mich, doch nur Speichel sabbert aus meinem Mund.

Meine Mutter sagt immer wieder zu mir: »Schweig! Wir werden nach Tanger auswandern. Dort gibt es viel Brot. Du wirst nicht mehr um Brot weinen, wenn wir in Tanger angekommen sind. Dort essen die Leute sich satt.«

Mein Bruder Abdelkader weint nicht.

Meine Mutter sagt: »Sieh deinen Bruder Abdelkader an, er weint nicht, und du weinst.«

Ich schaue in sein bleiches Gesicht und in seine leeren Augen und höre auf zu weinen. Nach wenigen Augenblicken verläßt mich die Geduld wieder, die ich von ihm geborgt habe.

Mein Vater kommt herein. Er findet mich weinend. Er verpaßt mir Fußtritte und Faustschläge.

»Schweig! Schweig! Schweig! Das Herz deiner Mutter wirst du fressen, du Hurensohn.«

Er hebt mich in die Luft. Er schleudert mich auf den Boden. Er tritt mich, bis seine Füße erlahmen und meine Hose durchnäßt ist.

Auf dem Weg in unser Exil, zu Fuß, sahen wir Viehkadaver, um die schwarze Vögel und Hunde ihre Kreise zogen. Ekelhafte Gerüche. Zerfetzte Eingeweide, Gewürm, Blut und Eiter.

Nachts heulten die Schakale in der Nähe des Zeltes, das wir irgendwo aufstellten, dort, wo die Erschöpfung und der Hunger uns zum Halt zwangen. Da und dort begruben die Leute ihre Toten, wo sie soeben gestorben waren. Mein Bruder hustete und hustete.

Ich fragte meine Mutter voller Angst: »Wird er auch sterben?«

»Aber nein. Wer hat dir gesagt, daß er sterben wird?«

»Mein Onkel ist tot.«

»Dein Bruder wird nicht sterben. Er ist nur krank.«

In Tanger sah ich das viele Brot nicht, das mir meine Mutter versprochen hatte. Der Hunger war auch in diesem Paradies, aber es war kein Hunger, der die Leute umbrachte.

Wenn der Hunger sich mit Gewalt über mich hermachte, ging ich hinaus in unser Viertel Ain Ktiouet. Ich suchte in den Mülleimern nach eßbaren Resten. Ich traf einen Knaben, in den Mülleimern wühlend wie ich. Sein Kopf und seine Hände voller Pusteln. Barfüßig, Hemd und Hose durchlöchert. Er sagte zu mir: »Die Mülleimer in der Stadt sind besser als die in unserem Quartier. Die Abfälle der Christen sind besser als die der Muslime.«

Nach dieser Entdeckung ging ich ab und zu weiter aus unserem Quartier hinaus. Alleine oder zusammen mit den Mülleimerkindern.

Einmal entdecke ich ein totes Huhn. Ich presse es gegen meine Brust und renne nach Hause. Meine Eltern sind in der Stadt. Mein Bruder hat sich in einer Ecke ausgestreckt. Sein Oberkörper liegt, etwas erhöht, auf einem Kissen. Er atmet schwer. Seine großen, matten Augen überwachen den Eingang. Er sieht das Huhn. Seine Augen werden munter. Er lächelt. Sein ausgemergeltes Gesicht rötet sich. Es kommt Bewegung in ihn, er erwacht aus seiner Bewußtlosigkeit. Er hustet vor Freude. Ich finde ein Messer. Er hustet und keucht. Ich wende mein Gesicht nach Osten, so wie ich meine Mutter beten sehe. Ich sage laut: »Im Namen Gottes. Gott ist groß.« So tun es die Erwachsenen. Ich schneide dem Huhn in die Kehle, bis sein Kopf ganz abgetrennt ist. Ich warte, daß es blutet. Ich massiere es, damit es vielleicht blutet. Etwas Schwarzes, ganz wenig, rinnt aus seinem Hals. Im Rif habe ich Nachbarn ein Schaf schlachten gesehen. Sie hielten ihm ein Becken unter die Kehle, aus der das Blut schäumte. Das Becken wurde voll, und sie gaben es meiner kranken Mutter. Sie hielten sie auf dem Bett fest, doch sie sträubte sich dagegen, das Blut zu trinken. Sie brachten sie mit Gewalt dazu. Das Blut lief ihr über das Gesicht und über die Kleider, sie wälzte sich im Bett, dann verlor sie die Besinnung und versetzte die andern mit unverständlichen Worten in Aufregung. Warum fließt das Blut jetzt nicht aus der Kehle dieses Huhns, wie ich es aus der Kehle des Schafs fließen sah? Ich höre ihre Stimme: »Was machst du da? Wo hast du es gestohlen?«

»Ich habe es gefunden, krank. Da habe ich es geschlachtet, damit es nicht vorher stirbt. Frag meinen Bruder.«

»Du Narr!« Sie reißt es mir wütend aus den Händen. »Die Menschen essen kein Aas.«

Mein Bruder und ich wechseln darauf traurige Blicke. Er schließt die Augen, in der Hoffnung auf etwas Eßbares.

Mein Vater kommt jeden Abend verdrossen nach Hause. Wir wohnen in einem einzigen Raum. Manchmal schlafe ich mitten im Gerümpel. Mein Vater ist eine Bestie. Kein Mucks, kein Wort ohne seine Ermächtigung, als würde er über alle Dinge bestimmen und nicht Gott, wie ich es die Leute sagen hörte. Er schlägt meine Mutter ohne verständlichen Grund. Ich habe ihn öfters zu ihr sagen hören: »Ich werde dich verlassen, du Hurentochter. Mach deine Sache allein mit diesen zwei Welpen!«

Er zieht seinen Schnupftabak hoch. Er spricht mit sich allein. Er speit nach unsichtbaren Leuten. Er verflucht uns. Er sagt zu meiner Mutter:

»Du bist eine Hure und die Tochter einer Hure.« Er beleidigt die ganze Welt. Manchmal lästert er Gott und bittet ihn hinterher um Verzeihung.

Mein Bruder weint. Von Schmerzen gepeinigt, weint er um Brot. Er ist kleiner als ich. Ich sehe IHN auf ihn zugehen. Die Bestie geht auf ihn zu. Wahnsinn in den Augen. Die Arme eines Kraken. Keiner kann ihn aufhalten. Ich will um Hilfe schreien: »Eine Bestie! Ein Verrückter! Haltet ihn!« Das Scheusal dreht ihm mit all seiner Kraft den Hals um. Mein Bruder krümmt sich zusammen. Blut spritzt aus seinem Mund. Ich stürze aus dem Haus, an ihm vorbei, während er meine Mutter mit Schlägen und Tritten zum Schweigen bringt. In einem Versteck warte ich auf das Ende der Schlacht. Nichts regt sich. Um mich die Stimmen dieser Nacht, nah und fern. Der Himmel. Die Lichter Gottes sind Zeugen des Verbrechens meines Vaters. Die Leute schlafen. Die Lichter Gottes leuchten auf und verschwinden. Die Silhouette meiner Mutter. Ihre erstickte Stimme. Sie sucht mich. Sie schluchzt. Warum ist sie nicht so stark wie er? Die Männer schlagen die Frauen, und die Frauen weinen und schreien.

»Mohamed, mein Mohamed! Komm! Hab keine Angst! Komm!« Ich sehe sie gerne so, ohne daß sie mich sehen kann.

»Schau, hier bin ich.«

»Komm!«

»Nein! Er wird mich töten, wie er meinen Bruder getötet hat.«

»Hab keine Angst! Komm mit mir! Er wird dich nicht töten. Sei still, daß uns die Nachbarn nicht hören.«

Er schluchzt und schnupft seinen Tabak. Seltsam: er tötet seinen Sohn, und dann weint er darüber.

Wir blieben alle drei wach, weinten und schwiegen. Mein Bruder wurde in ein weißes Leichentuch gewickelt. Ich schlief ein und ließ die beiden alleine schluchzen.

Am Morgen weinen wir wieder alle, schweigend. Ich mache mich zum ersten Mal zu einem Begräbnis auf. Mein Bruder, verhüllt, in den Armen des Schaichs, dann mein Vater, und ich hinke barfuß hinterher. Sie legen ihn in eine feuchte Grube. Ich zittere und weine. Ein Klecks von geronnenem Blut klebt auf seiner Lippe. Sie bedecken ihn mit Erde. Es bleibt ein kleiner Hügel zurück.

Als wir dann zum Friedhof hinausgingen, bemerkte der Schaich, daß meine Füße blutverschmiert waren. Er fragte mich auf rifi: »*Mana 'dh-dhamma*? Was ist das für Blut?«

»Ich bin auf Scherben getreten.«

Mein Vater sagte: »Er kann nicht einmal richtig gehen. Der Schwachkopf.«

Der Schaich fragte mich: »Du hattest deinen Bruder lieb?«

»Sehr lieb. Meine Mutter hatte ihn sehr lieb. Sie liebte ihn mehr als mich.«

»Wer liebt seine Kinder nicht?!«

Ich dachte daran, wie mein Vater meinem Bruder den Hals umgedreht hatte. Beinahe hätte ich es hinausgeschrieen: Mein Vater liebte ihn nicht. Er ist es, der ihn getötet hat. Ja, er hat ihn getötet. Er hat ihn getötet. Ich habe es gesehen, wie er ihn getötet hat. Er, er hat ihn getötet. Ich habe es gesehen, wie er ihn getötet hat. Er hat ihm den Hals umgedreht. Das Blut spritzte aus seinem Mund. Ich habe es gesehen, ich habe es gesehen, wie er ihn getötet hat. Mein Vater hat ihn getötet – daß Gott ihn strafe!

Um den ungeheuren Haß gegen meinen Vater zu unterdrücken, fing ich aufs neue zu weinen an. Ich hatte Angst, daß er mich töten würde, wie er meinen Bruder getötet hatte. Er schimpfte mit leiser drohender Stimme: »Hast du jetzt genug geheult?«

Der Schaich sagte: »Ja, jetzt ist genug geweint. Dein Bruder ist zu Gott gegangen. Er ist jetzt bei den Engeln.«

Ich haßte auch diesen Mann, der meinen Bruder begraben hatte.

Er kauft einen Sack Weißbrot und billigen Tabak. Er geht weit hinaus aus Tanger, zu den Baracken der spanischen Soldaten, zu einer kleinen Schieberei. Am Abend kommt er mit Militärklamotten zurück. Er verkauft sie im großen Souk den marokkanischen Arbeitern und Armen.

Eines Abends kam er nicht zurück. Ich schlief und ließ meine Mutter in Sorge und Tränen. Wir warteten drei Tage. Manchmal weinte ich mit ihr. Ich tröstete sie. Liebt sie ihn? Liebt sie ihn nicht? Ich begriff ihren Kummer, wenn sie sprach:

»Da sind wir, alleine. Wer wird uns helfen? Wir kennen niemanden in dieser Stadt. Deine Großmutter Roukaya, deine Tante Fatma und dein Onkel Idriss sind auch aus dem Rif ausgewandert, nach Oran. Es kann nicht anders sein, die spanischen Soldaten müssen deinen Vater gefaßt haben. Er ist aus der spanischen Armee davongelaufen.«

Wir erfuhren, daß sie ihn ins Gefängnis gesteckt hatten. Es hatte ihn ein marokkanischer Soldat verraten, der ihn aus Spanien kannte. Mein Vater wollte ihm eine Decke nicht so billig verkaufen, wie er es verlangte, und darum verriet er ihn. Das war es, was meiner Mutter erzählt wurde.

Sie geht in die Stadt auf Arbeitssuche. Sie kommt genauso enttäuscht zurück wie mein Vater in den ersten Tagen nach unserer Ankunft in Tanger. Sie nagt an ihren Fingernägeln. Sie schluchzt. Zauberer verschreiben ihr Wundermittel, damit mein Vater aus dem Gefängnis entlassen werde und damit sie Arbeit finde. Sie betet und ruft den Himmel an. Sie zündet Kerzen an auf den Gräbern der Heiligen. Sie sucht das Glück der Zukunft bei den Seherinnen. Es gibt keine Freilassung aus dem Gefängnis, es gibt keine Arbeit, es gibt keine Aussicht für uns, außer wenn Gott es will und sein Abgesandter Mohamed. So spricht sie.

»Warum«, fragte ich meine Mutter, »gibt uns Gott nicht unser Glück, wie er es den anderen gibt?«

»Nur Gott weiß es. Wir wissen es nicht. Es ist nicht recht, wenn wir nach dem fragen, was der weiß, der über uns ist.«

Sie verkaufte Dinge aus unserem Haushalt. Eines Tages hieß sie mich mit den Kindern unserer Nachbarschaft Kraut pflücken zu gehen.

Ich fürchte, daß sie sich über mich hermachen. Es ist kein guter Freund unter ihnen, bei dem ich Hilfe finde, wenn ich mit mehr als einem in eine Keilerei gerate. Denn sie halten zusammen gegen die Neuankömmlinge in der Stadt. Ich bleibe hinter ihnen zurück und tue so, als müßte ich pinkeln. Dann laufe ich in die Stadt hinunter. Ich mag ihr Treiben. Im großen Souk esse ich Kohlblätter, Orangenschalen und Reste von verdorbenem Obst. Einem Jungen, der etwas größer ist als ich, rennt ein Polizist nach. Der Abstand zwischen den beiden ist gering. Ich stelle mir vor, ich sei dieser Junge. Ich keuche mit ihm. Die Leute schreien: »Er wird ihn erwischen! Er wird ihn erwischen!« Sie schreien: »Seht! Er hat ihn!«

Ich zittere. Ich habe Angst. Ich sehe mich, wie ich selbst erwischt werde. Ich habe zu Gott gerufen, daß der Junge nicht erwischt werden möge. Doch sie haben ihn. Ich bin voller Haß gegen jene, die sich darüber freuen. Doch sie haben ihn. Von weitem sehe ich eine Frau, eine Europäerin, keuchend die Menge der Gaffer einholen. Ich höre sie etwas rufen, in einer Sprache, die ich nicht verstehe. Ein Marokkaner sagt: »Er hat ihr nichts außer dem Griff der Tasche gelassen.«

Ein Polizist drischt mir seinen Stock über den Hintern. Ich fahre hoch und jaule auf rifi: »*Aimainou! Aimainou!* Mutter! Mutter!« Ich stoße lautlos Verwünschungen aus. Zwei andere Polizisten prügeln die Knaben und treiben die Männer auseinander. Sie schlagen auch die Erwachsenen, die arm aussehen.

Ich hatte schon gehört, daß die Polizei die Leute schlägt und sie ins Gefängnis steckt, wenn sie getötet oder gestohlen haben oder wenn bei einer Schlägerei Blut fließt.

Ich ging in den Friedhof Bouarrakia. Ich nahm ein paar Basilikumzweige von den schönen Gräbern und legte sie auf das Grab meines Bruders. Ich sah viele Gräber ohne Basilikum, ohne Grabplatte, wie das Grab meines Bruders: ein Erdhügel und zwei einfache Steine, der eine über dem Kopf, der andere über den Füßen. Die vergessenen Gräber machten mich traurig: über und über von Unkraut bedeckt, einige von ihnen ganz ausgelöscht. Auch hier, im Friedhof gibt es die Reichen und die Armen. »Warum sterben die Menschen?« – »Gott will es so.« Das war die Antwort meiner Mutter. »Wohin gehen die, die sterben?« – »Ins Paradies oder ins Feuer.«

»Und wir?«

»Ins Paradies, wenn Gott will.«

»Was ist dort im Paradies?«

»Du stellst zu viele Fragen. Wenn du groß bist, wirst du alles das verstehen.«

Ich fand im Friedhof das Kraut, das mir meine Mutter beschrieben hatte. Ich sah drei Männer, die eine Flasche im Kreis herumgehen ließen und daraus eine dunkle Flüssigkeit tranken. Einer von ihnen rief mir zu: »He du! Komm Kleiner! Komm, ich gebe dir etwas.«

Ich bekam Angst und rannte davon.

»Gib es deiner Mutter, du Hurensohn!«

Beim Mittagessen sagte sie zu mir: »Dieses Kraut ist wunderbar.«

Ich verspeiste es mit demselben Genuß wie sie. Ich schlang mehr, als daß ich kaute.

»Wo hast du es gesammelt?«

»Auf dem Friedhof Bouarrakia.«

»Auf dem Friedhof?«

»Ja, auf dem Friedhof. Was ist dabei?«

Sie brachte den Mund nicht mehr zu.

»Ich habe das Grab meines Bruders besucht, ich habe einen Basilikumzweig daraufgelegt. Der Erdhügel seines Grabes ist nicht mehr hoch. Wenn er sich weiter so senkt, wird das Grab bald dem Erdboden gleich sein, und wir werden es von den angrenzenden Gräbern nicht mehr unterscheiden können.«

Sie hatte aufgehört zu essen. Ihr Gesicht war versteinert. Ihre Augen füllten sich mit Tränen. Ich fügte hinzu: »Dieses Kraut gibt es dort im Überfluß, um die vergessenen Gräber herum.«

»Was im Friedhof wächst, darf man nicht essen.«

»Warum?«

Bestürzt sah sie mich an. Ich aß mit Appetit weiter. Ich glaubte, sie müßte erbrechen. Sie nahm mir den Teller weg und sagte auf rifi: »Jetzt reicht's! – Daß du dich selber ißt!«

»Ich bin nicht satt.«

»Wo hast du den Basilikumzweig genommen?«

»Von einem der Gräber. Da ist eine Menge Basilikum.«

Sie sagte aufgebracht: »Morgen wirst du zum Friedhof zurückgehen und das Basilikum an seinen Ort zurücklegen. Das sind die Gräber von anderen Leuten. Paß auf, daß dich niemand dabei sieht. Wir werden für deinen Bruder auch welche kaufen. Dann machen wir ihm ein schönes Grab.«

Sie fing an zu schluchzen. Auch mich überkam der Kummer, und meine Tränen flossen. Sie drückte mich an sich, und ich schlummerte ein.

Sie nimmt mich mit zum großen Souk. Wir kaufen einen Haufen altes Brot, das die Bettler unter einem hohen Baum beim Grab des heiligen Sidi El Makhfi verkaufen. Sie kocht es im Wasser weich, mit einem bißchen Öl und Gewürzen. Manchmal ohne.

Eines Morgens früh sagte sie zu mir: »Ich gehe zum Markt. Ich will Gemüse und Obst kaufen und es weiterverkaufen. Du bleibst hier. Paß auf das Haus auf! Und daß du nicht mit den Kindern spielst und das Haus den Dieben überläßt!«

Die Kinder des Quartiers sind anders als ich. Ich fühle mich minderwertig unter ihnen, obwohl einige genauso elend dran sind wie ich. Als ich einen von ihnen Hühnerknochen aus einem Mülleimer klauben und daran lutschen sah, sagte er: »Die Herren des Hauses hier werfen immer guten Abfall weg.«

Doch über mich sagten sie: »Das ist ein Rifi. Er ist aus dem Land des Hungers und der Mörder gekommen.«

»Er spricht nicht Arabisch.«

»Die Leute vom Rif sind alle krank, dieses Jahr, sie haben die Krankheit des Hungers.«

»Sogar ihre Tiere sind krank.«

»Wir essen sie nicht. Sie essen sie. Das macht sie kränker und kränker.«

»Wenn ihnen eine Kuh stirbt oder ein Schaf oder eine Ziege, essen sie sie. Sie essen sogar Aas.«

Der Junge, der aus den Bergen in die Stadt gekommen ist wie der Rifi, teilt mit ihm diese Ecke, doch er wird nicht in gleicher Weise gedemütigt. Er schneidet besser ab, er ist ein Leichtgläubiger: Der Rifi ist ein Betrüger, der Junge aus den Bergen ist ein Einfaltspinsel.

An unser Haus grenzt ein kleiner Obstgarten. Der große Birnbaum führte mich jeden Tag in Versuchung. Eines Morgens früh erwischte mich der Besitzer des Gartens dabei, wie ich seine großen Birnen herunterschlug, die reifsten, mit einem langen Schilfrohr. Er schleifte mich hinter sich her, und ich versuchte heulend mich freizumachen. Meine weiße Pumphose war durchnäßt von Urin, obwohl er mich nicht schlug. Er sagte zu seiner lächelnden Frau: »Da ist er, der Käfer, der unseren Birnbaum schädigt. Er zerstört mehr, als er essen kann, wie die Ratten.«

Sie fragte mich mit einer Freundlichkeit, die meine Angst milderte: »Wo ist deine Mutter, mein Kleiner?«

»Sie ist zum Souk gegangen, Gemüse und Obst zu verkaufen.«

»Hör auf zu weinen! Und dein Vater?«

»In Haft.«

»In Haft?«

»Ja, in Haft.«

»Der Arme! Warum ist er in Haft?«

Die Frage machte mich verlegen. Sie wiederholte sie, zärtlich mein Gesicht streichelnd.

»Sag mir, warum ist dein Vater in Haft?«

Ich dachte, die aufrichtige Antwort würde die Ehre meiner Eltern verletzen.

»Ich weiß nicht. Meine Mutter weiß es.«

Der Mann diskutierte mit seiner Frau, wo sie mich festhalten sollten, bis meine Mutter zurück war. Seine Tochter war dazugekommen, barfuß, um den Kopf ein weißes Tuch, ihre zierlichen, makellosen Hände naß. Ich merkte, daß die Frau und das Mädchen Mitleid mit mir hatten. Aber der Mann, zwischen Ernst und Scherz, schien in seinen Worten und Gesten entschlossen, mich zu bestrafen. Er führte mich in einen dunklen Raum, überfüllt mit altem Gerümpel, lauter kaputte Sachen. Er sagte zu mir, ehe er die Tür zuschloß:

»Wehe, wenn du heulst. Ich geb's dir mit dieser Rute hier, wenn du heulst.«

Gefangen in einem Zimmer. Es ist das erste Mal. Ich erfahre, daß Leute, die nicht zu meiner Familie gehören, über mich verfügen können. Die Birnen gehören denen, die mich jetzt eingesperrt haben. Aber warum verlassen wir das Rif, während andere Leute auf ihrem Land bleiben? Warum ist mein Vater im Gefängnis, warum verkauft meine Mutter Gemüse und läßt mich hungernd allein, während dieser Mann und seine Frau in ihrem Haus bleiben? Warum haben wir nicht, was die anderen haben?

Durchs Schlüsselloch sehe ich das Mädchen voll Eifer mit Wasser und Seife den Boden säubern, immer noch barfuß, das Kleid über die weißen Schenkel hochgezogen, ihre kleinen Brüste nackt. Sie hüpfen aus ihrer Bluse, verschwinden und tauchen wieder auf, wie zwei Trauben. Ihr Haar ist ganz von ihrem weißen, hennabefleckten Tuch umhüllt, wie ein Krautwickel.

Ängstlich klopfe ich gegen die Tür. Mein Auge folgt ihren Bewegungen. Mein Herz klopft mit ihren Bewegungen, bange und bezaubert zugleich. Sie hat sich zur Tür umgewandt, noch immer vornübergebeugt, um den Boden aufzutrocknen.

»Komm und mach mir diese verfluchte Tür auf!«

Einen Augenblick ist sie unentschlossen. Innerlich flehe ich weiter: Ich bitte dich, sei nicht so unentschlossen, komm zu mir! Sie läßt den Lappen liegen und richtet sich auf. Sie trocknet sich die Hände und stemmt sie in die Hüften. Ein leichter Schmerz huscht über ihr gerötetes Gesicht. Doch da kommt sie schon auf die Tür zu. Mein Herz klopft. Ich zittere. Sie schließt die Tür auf und sagt freundlich lächelnd: »Hier bin ich! Was willst du?«

Ich stottere, Tränen in den Augen: »Meine Mutter schlägt mich, wenn sie vom Souk zurückkommt und mich nicht im Haus findet. Sie hat mich dagelassen, es zu bewachen.«

Ich senkte den Kopf, voller Scham, herzerweichend. Mein Blick fiel auf ihre vollen Schenkel. Sie zog ihr Kleid zurecht. Sie musterte mich mitleidig. Ich blickte bittend zu ihr auf. Sie knüpfte ihre offene Bluse zu. Ihre Brüste saßen jetzt fest. Durch das Weiß der Bluse schimmerten ihre Warzen wie zwei Traubenbeeren.

»Wirst du noch einmal mit deinem Stock die Birnen vom Baum in unserem Garten schlagen?«

»Nie! Töte mich mit deinen eigenen Händen, wenn du mich noch einmal dabei erwischst!«

Sie lächelte. Ich nicht. Ich rannte hinaus. Ihre sanfte Stimme holte mich ein: »Komm! Bist du hungrig?«

Ich zuckte zusammen. In meiner Aufregung sagte ich: »Nein, satt.«

Sie bestand darauf, daß ich wartete. Ihre Eltern waren ausgegangen. Ich warf einen Blick zum Baum. In meine Liebe zu ihm hatte sich Abneigung gemischt. Ich würde nicht mehr von ihm essen. Sie streckte mir einen Fladen Brot hin, triefend von schwarzem Honig.

»Wenn du Hunger hast, schau bei uns vorbei! Hast du keine Schuhe?«

»Meine Mutter wird mir ein Paar kaufen.«

Sie schaute mir lächelnd nach, und ich entfernte mich, immer wieder zurückblickend. Bevor ich verschwand, sah ich sie winken. Ich winkte lächelnd zurück und verschwand.

Er folgt uns hartnäckig. Er macht sich an sie heran und flüstert ihr etwas ins Ohr. Sie entfernt sich von ihm. Wir wechseln die Straßenseite. Sie faßt meine Hand, zerrt mich ein paarmal jäh mit sich. Er bleibt uns verbissen auf den Fersen. Er grinst. Sie ist aufgebracht. Wir bleiben stehen. Er überholt uns und verlangsamt seine Schritte. Wir wechseln aufs neue die Straßenseite. Er folgt uns hartnäckig. Ich bin wütend.

Ich frage sie: »Was will er eigentlich, dieser Mann?«

»Das ist nicht deine Sache.«

Ich blicke mich nach ihm um. Er lächelt. Er folgt uns weiter. Was will er von meiner Mutter? Will er sie entführen? Kein Zweifel, er ist ein Räuber. Ich halte ihre Hand, so fest ich kann.

»Klammer dich nicht so fest! Ich laufe dir nicht davon.«

Wütend schreie ich ihn an: »Geh weg! Geh weg! Was willst du?«

Al-la'ana alaihi! Er lacht. Er lacht mich an und lacht meine Mutter an. Sie sagt zu mir: »Ich habe dir gesagt, du sollst schweigen. Hörst du nicht?«

Obwohl ich es sie nicht merken lasse, bin ich auch auf sie böse. Ich verteidige sie, und sie heißt mich schweigen.

Da traf meine Mutter eine Frau. Sie fingen an, von meinem Vater zu sprechen. Der Verfolger entfernte sich. Die Frau strich mir durchs Haar. Ihre rauhe Hand fuhr mir liebkosend übers Gesicht. Ich ließ die Hand meiner Mutter los und umschlang ihre Hüften. Die Frau sagte: »Warum ist dein Mohamed so traurig?«

Meine Mutter schaute zu mir herunter und legte mir den Arm um den Hals. Meine Wut verging. Sie sagte zu der Frau: »Er ist immer so.«

Sie verabschiedeten sich. Meine Mutter sagte zu mir: »Küss Lalla Luiza die Hand!«

Gehorsam küßte ich der Frau Luiza die Hand.

Der Bauch meiner Mutter schwillt an. Manchmal geht sie nicht zum Souk. Sie erbricht sich tagsüber öfter. Sie ist erschöpft. Ihre Beine schmerzen. Sie schluchzt. Ihr Bauch schwillt und schwillt. Ich habe Angst, daß er platzt.

Ihr endloses Schluchzen machte auf mich keinen Eindruck mehr. Ich wurde härter, immer härter und trauriger. Ich ließ auch das Spielen. Eines Nachts trugen sie mich halb schlafend in ein anderes Haus. Dort schlief ich mit drei

Kindern zusammen. Am Morgen sagte die Nachbarin zu mir: »So du, jetzt hast du eine Schwester. Sei lieb zu ihr!«

Sie besucht ihn jetzt einmal jede Woche im Gefängnis. Manchmal kommt sie in Tränen zurück. Ich habe begriffen, daß die Frauen mehr weinen als die Männer. Sie weinen und hören auf zu weinen, wie die Kinder. Manchmal sind sie traurig, wenn man denkt, sie müßten sich freuen, und sie freuen sich, wenn man denkt, sie müßten traurig sein. Wann sind sie traurig und wann froh? Ich habe meine Mutter schon zur selben Zeit weinen und lachen gesehen. Ist sie verrückt?

Ich bleibe zu Hause, um auf meine Schwester Rhimou aufzupassen. Ich weiß, wie ich sie zum Lachen bringen kann. Aber ich weiß nicht, wie ich sie zum Schweigen bringen kann, wenn sie weint. Ich bin es leid und gehe hinaus. Ich lasse sie liegen, weinend und mit ihren ungelenken Gliedern strampelnd, wie eine Schildkröte auf dem Rücken. Wenn ich wiederkomme, finde ich sie schlafend oder lächelnd. Meistens schlafend. Die Fliegen tummeln sich auf ihrem Gesicht, das von den Stichen der Mücken gefleckt ist. Nachts die Mücken, tags die Fliegen.

Meine Schwester wächst. Meine Mutter weint und jammert jetzt weniger. Ich werde immer gewalttätiger, gegen meine Mutter und gegen die Kinder im Quartier. Wenn ich gegen sie den kürzeren ziehe, zerschlage ich Gegenstände, oder ich werfe mich zu Boden, schlage mich selbst, schreiend und heulend, und beschimpfe meine Mutter oder die Kinder.

Ich fragte sie: »Können auch die Frauen ins Gefängnis gesperrt werden?«

»Warum?«

»Ich frage nur.«

»Ja, auch die Frauen, wenn sie den Leuten etwas Schlechtes getan haben.«

Sie hat angefangen, uns zum Souk mitzunehmen. Meine Schwester saugt an ihrer Brust, und ich suche meine Nahrung meistens fern von den beiden, im Souk oder in den Gassen der Medina. Ich bettle und stehle. Wenn sie mich schilt, weil ich wegbleibe, sage ich zu ihr: »Ich verschwinde aus diesem Dreckhaus. Ich komme nie wieder.«

»So bist du! Du Käfer! Schon jetzt bist du so. Was muß ich erst sagen, wenn du größer bist...?«

Eines Morgens überraschte er uns im großen Souk, begleitet von einer Nachbarin, die ihn zu meiner Mutter geführt hatte. Meine Mutter schluchzte, im Souk und zu Hause. Warum schluchzt sie seinetwegen? Er ist roh und böse. Diese Nacht überfiel mich der Schlaf früher als gewöhnlich, und ich ließ die beiden einander ihr Leid klagen.

Am Morgen ging sie nicht zum Souk. Sie ging ins öffentliche Bad. Sie schmückte sich, putzte sich die Zähne und schminkte sich die Augen. Ich sah sie sehr fröhlich diesen Morgen. Eigenartig. Als mein Vater das Haus verließ, sah ich sie trotz ihrer Aufmachung schluchzen. Ich dachte, ich habe noch nie eine Frau so viel weinen sehen wie sie. Ich fragte sie, warum sie weine. Sie erklärte mir, daß mein Vater den Soldaten suchen gehe, der ihn verraten habe, und daß die beiden miteinander kämpfen würden. Das paßte mir. Ich hoffte, daß er den Soldaten finden und töten würde, damit er ein zweites Mal wegbliebe, diesmal lange. Daß einer der beiden den andern töten würde. Das war alles, was ich wünschte. Ich wollte ihn weghaben, lebend oder tot.

Am Abend kam er mißmutig nach Hause. Er hatte eine Weinfahne. Ich hörte meine Mutter zu ihm sagen: »Du hast getrunken, nicht wahr?«

Er stammelte ein paar Worte und sank niedergeschlagen und erschöpft zusammen. Er war traurig, weil er nicht gefunden hatte, was er suchte, und ich war traurig, weil er zurückgekommen war. Ich hörte sie über unseren Umzug nach Tetuan diskutieren. Es würde nicht bei unserem ersten Exil bleiben. Sie diskutierten immer noch traurig miteinander, als ich einschlief.

In der Nacht weckte mich meine volle Blase. Schmatzende Küsse. Unausgesetztes Keuchen. Die Verrenkungen der Liebe. Sie lieben sich. Fluch über ihre Liebe! Klatschendes Fleisch. Puh! Wie sie lügt! Nie mehr werde ich ihr glauben!

»Deinen Mund!«

»Hier bin ich. Nicht grob! Nicht so! Warte!«

Was tun sie?

»Ich will dir sagen, wie!«

»Ich lege mich auf den Fußboden schlafen!«

Er schlägt sie. Was tun sie?

»Hurentochter!«

»Aber nein, nein, du tust mir weh! Das ist mein Darm! So, so ist es besser. Nein, nein, nicht so! Ja, so.«

Das muß eine Krankheit des Fleisches sein. Keuchen, Küsse, Stöhnen. Keuchen, Küsse. Keuchen, Küsse, Stöhnen. Sie beißen sich. Sie verschlingen sich. Sie lecken ihr Blut…

»Mmmmmmm…!«

Er beschimpft sie. Dann ein langer unterdrückter Schrei. Schluchzen. Er hat sie getötet. Ich spüre, wie sich meine Blase leert. Die warme Flüssigkeit strömt mir wohlig zwischen die Schenkel.

Am Tag vor unserem Auszug sah ich das Mädchen, das mich aus meiner Gefangenschaft befreit und mir das Honigbrot gegeben hatte. Ich kündigte ihr unseren Umzug nach Tetuan an. Sie nahm mich bei der Hand und führte mich mit sich ins Haus. Ich aß Schwarzbrot mit warmem Honig und Butter. Sie gab mir einen großen, leicht geröteten Apfel und füllte mir die Taschen mit Mandeln. Sie wusch mir das Gesicht, die Hände und die Füße. War ich ihr kleiner Bruder? Ihr Sohn? Sie kämmte meine zerzausten Haare, schnitt sie mir, und ich spürte ihre weichen, warmen Hände auf meinem Kopf und auf meinem Gesicht. Sie parfümierte mich, schnupperte an mir. Dann zeigte sie mir mein Gesicht in einem kleinen Spiegel mit silbernem Rahmen. Ich schaute mehr in ihr Gesicht als in mein eigenes. Sie nahm meinen Kopf in die Hände, so wie ich die Spatzen in die Hände nehme, damit ich ihnen nicht wehtue. Sie drückte sanft meinen Kopf und wiegte ihn in ihren Armen. Zum Abschied gab sie mir Küsse auf die Wangen. Sie küßte meinen Mund. Ich dachte an sie wie an eine Schwester, die nicht meine Mutter geboren hatte.

Am Tag unseres Auszugs waren meine Gedanken beim Grab meines Bruders. Sein Grab wird ohne Wasser bleiben, ohne Basilikum, ohne Grabstein. Das Grab meines Bruders wird untergehen, wie die kleinen Dinge zwischen den großen untergehen.

Bruce Chatwin
Ein Putsch

Benin 1984

Der Putsch begann am Sonntag morgen um sieben Uhr. Die Dämmerung war grau und windstill, und die grauen Brandungswellen des Atlantiks brachen sich in langen, gleichmäßigen Reihen am Strand. Die Palmen jenseits der Flutgrenze zitterten in einem Hauch kühlerer Luft, die von den Brechern her landeinwärts strömte. Draußen auf dem Meer, hinter der Brandungslinie, waren ein paar schwarze Fischerboote. Bussarde kreisten über dem Markt und stießen dann und wann herab, um sich Fleischabfälle zu schnappen. Die Schlachter waren bei der Arbeit, auch am Sonntag.

Wir saßen in einem Taxi, als der Putsch begann, auf dem Weg in ein anderes Land. Wir waren im Hôtel de la Plage und an der Sûreté Nationale vorbeigekommen, und dann fuhren wir unter einem schlaff herabhängenden Transparent hindurch, auf dem in roten Buchstaben verkündet wurde, der Marxismus-Leninismus sei der einzige Wegweiser. Vor dem Präsidentenpalast war eine Straßensperre. Ein Soldat bedeutete uns, anzuhalten, dann winkte er uns weiter.

»*Pourriture!*« sagte mein Freund Domingo und grinste.

Domingo war ein noch junger honigfarbener Mulatte mit einem flachen, freundlichen Gesicht, einem krausen Schnurrbart und einem Mund voll schimmernder Zähne. Er war ein direkter Nachkomme von Francisco Felix de

Souza, einem brasilianischen Sklavenhändler, über den ich damals ein Buch schrieb.

Domingo hatte zwei Frauen. Die erste Frau war alt, und die Haut hing ihr in losen Falten vom Rücken. Die zweite Frau war fast noch ein Kind. Wir waren unterwegs nach Togo, um uns ein Fußballspiel anzusehen und seinen Großonkel zu besuchen, der eine Menge alter Geschichten über den Sklavenhändler kannte.

Das Taxi war vollgestopft mit Fußballfans. Zu meiner Rechten saß ein sehr schwarzer alter Mann, in grünen und orangeroten Kattun gehüllt. Auch seine Zähne waren orangerot vom Kauen von Kolanüssen, und ab und zu spuckte er aus.

Draußen vor dem Präsidentenpalast hingen ein überdimensionales Plakat mit dem Staatsoberhaupt und zwei sehr viel kleinere mit Lenin und Kim Il Sung. Hinter der Straßensperre bogen wir nach rechts ab und fuhren durch das ehemalige Europäerviertel mit seinen Bungalows und Bougainvilleahecken neben dem Eingang. Zu beiden Seiten der asphaltierten Straße gingen Marktfrauen im Gänsemarsch, mit Schalen und Körben, die sie auf dem Kopf balancierten.

»Was ist da los?« fragte ich. Weiter vorn, in Richtung des Flughafens, herrschte irgendein Durcheinander.

»Unfall!« sagte Domingo achselzuckend.

Die Frauen kreischten, ließen ihre Yamswurzeln und Ananas fallen und flüchteten sich in den Schutz der Gärten. Ein weißer Peugeot schoß die Straße hinunter, schwenkte nach rechts und links, um den Frauen auszuweichen, und dann hörten wir den Donner von Geschützfeuer.

»*C'est la guerre!*« rief unser Fahrer und wendete das Taxi. »Ich habe es gewußt.« Domingo packte mich am Arm. »Ich habe es kommen sehen.«

Die Sonne war aufgegangen, als wir im Zentrum Cotonous ankamen. Auf dem Taxiplatz war die Menge in Panik geraten und hatte eine Kohlenpfanne umgeworfen. Ein Stapel Kisten hatte Feuer gefangen. Ein Polizist pfiff auf seiner Pfeife und schrie nach Wasser. Über den Dächern stieg eine schwarze Rauchsäule immer höher.

»Jetzt brennen sie den Palast nieder«, sagte Domingo. »Schnell! Laufen Sie los!«

Wir rannten, stießen mit anderen rennenden Gestalten zusammen und rannten weiter. Ein Mann rief »Söldner!« und griff nach meiner Schulter. Ich duckte mich, und wir wichen in eine Seitenstraße aus. Ein Junge in einem roten Hemd winkte mich in eine Bar. Drinnen war es dunkel. Menschen standen dichtgedrängt um ein Radio. Dann schrie mich der Barkeeper an (wild, auf afrikanisch). Und plötzlich war ich wieder draußen auf der staubigen Straße, meinen Kopf mit den Armen schützend, während mich vier grimmige, beißenden Schweiß ausströmende Männer knufften und gegen die Wellblechhütte drängten, bis die Gendarmen in einem Jeep kamen und mich mitnahmen.

»Zu Ihrer eigenen Sicherheit«, sagte ihr Vorgesetzter, als die Handschellen an meinen Gelenken zuschnappten.

Das letzte, was ich von Domingo sah, war, wie er auf der Straße stand und weinte, als der Jeep davonfuhr; dann verschwand er in einem Wirbel bunter Kattuns.

In der Arrestzelle der Kaserne kauerte ein magerer Junge, nackt bis auf die purpurrote Unterhose, mit dem Rücken zur Wand. Seine Hände und Füße waren mit Stricken gefesselt, und er hatte die gräuliche Gesichtsfarbe, die Afrikaner bekommen, wenn sie wirklich Angst haben. Ein Gecko hing reglos an der weißgetünchten Wand. Draußen vor der Tür war ein Papayabaum mit einem hohen, schuppigen Stamm und gelblichen Früchten. Eine Lehmmauer lief am äußersten Ende des Gefängnishofes entlang. Hinter der Mauer ging das Artilleriefeuer weiter und auch das durchdringende Wehklagen von Frauen.

Ein Unteroffizier kam herein und durchsuchte mich. Er war klein, drahtig und hager, und seine Backenknochen glänzten. Er nahm mir Armbanduhr, Brieftasche, Paß und Notizbuch ab.

»Söldner!« sagte er und zeigte auf die aufgesetzte Tasche meiner Khakihose. Sein Zahnfleisch war schwammig, und er roch aus dem Mund.

»Nein«, sagte ich unterwürfig. »Ich bin Tourist.«

»Söldner!« kreischte er und schlug mir ins Gesicht – nicht fest, doch fest genug, daß es weh tat.

Er hielt meinen Füllfederhalter hoch. »Und das?«

»Eine Füller«, sagte ich.

»Wozu?«

»Zum Schreiben.«

»Eine Pistole?«

»Keine Pistole.«

»Doch Pistole!«

Ich saß auf einer Bank und starrte den mageren Jungen an, der immer noch auf seine Zehen starrte. Der Unteroffizier saß mit gekreuzten Beinen in der Tür, seine Maschinenpistole auf mich gerichtet. Draußen auf dem Hof teilten zwei Sergeanten Gewehre aus, und ein Lastwagen wurde mit Soldaten beladen. Die Soldaten setzten sich, die Gewehre zwischen den Oberschenkeln aufgepflanzt. Der Oberst kam aus seinem Dienstraum und verabschiedete sie. Als der Lastwagen davonschwankte, kam er schwerfällig zur Arrestzelle herüber.

Der Unteroffizier nahm Haltung an und zeigte auf mich. »Söldner, Genosse Oberst!«

»Ab heute«, sagte der Oberst, »gibt es keine Genossen mehr in unserem Land.«

»Jawohl, Genosse Oberst«, sagte der Mann und nickte; doch er besann sich und sagte: »Jawohl, mein Oberst.«

Der Oberst scheuchte ihn mit einer Handbewegung weg und musterte mich mit düsterem Blick. Er hatte eine tadellos gebügelte Fallschirmjägerhose an, einen roten Stern an seiner Mütze und einen weiteren roten Stern an seinem Aufschlag. Eine Fettwulst quoll an seinem Nacken hervor, seine dicken Lippen hingen an den Mundwinkeln herab. Er sieht aus wie ein trauriges Flußpferd, dachte ich. Ich sagte mir, ich dürfe nicht denken, daß er wie ein trauriges Flußpferd aussehe. Was auch geschieht, er darf nicht denken, daß ich denke, er sieht wie ein trauriges Flußpferd aus.

»Ah, Monsieur!« sagte er in leisem, deprimierten Ton. »Was tun Sie hier in unserem armen Land?«

»Ich bin als Tourist hergekommen.«

»Sie sind Engländer?«

»Ja.«

»Aber Sie sprechen ausgezeichnet Französisch.«

»Passabel«, antwortete ich.

»Mit einem Pariser Akzent, würde ich sagen.«

»Ich habe in Paris gelebt.«

»Auch ich habe Paris besucht. Eine wunderbare Stadt!«

»Die wunderbarste Stadt überhaupt.«

»Aber Sie haben sich eine schlechte Zeit für Ihren Besuch in Benin ausgesucht.«

»Ja«, stammelte ich. »Es sieht so aus, als sei ich in Schwierigkeiten geraten.«

»Sind Sie schon mal hier gewesen?«

»Einmal«, sagte ich. »Vor fünf Jahren.«

»Als Benin noch Dahomey war.«

»Ja«, sagte ich. »Ich hatte immer gedacht, Benin wäre in Nigeria.«

»Benin ist in Nigeria, und jetzt haben wir es hier bei uns.«

»Ich glaube, ich verstehe.«

»Beruhigen Sie sich, Monsieur.« Seine Finger machten sich daran, meine Handschellen zu öffnen. »Wir haben wieder einen kleinen Wechsel in der Politik. Nichts weiter!

In solchen Situationen muß man die Ruhe bewahren. Verstehen Sie? Die Ruhe!«

Ein paar Kinder waren durch das Kasernentor gekommen und pirschten sich heran, um sich den Gefangenen anzusehen. Der Oberst erschien auf der Schwelle, und sie sprangen davon.

»Kommen Sie«, sagte er. »Sie sind sicherer, wenn Sie bei mir bleiben. Kommen Sie, hören wir uns das Staatsoberhaupt an.«

Wir gingen über den Exerzierplatz zu seinem Dienstraum, wo er mir einen Stuhl anbot und nach einem Kofferradio griff. Über seinem Schreibtisch hing ein Photo des Staatsoberhaupts, mit einer Fidel-Castro-Mütze. Die Wangen waren ein Flechtwerk von Stammesnarben.

»Das Staatsoberhaupt«, sagte der Oberst, »spricht dauernd im Rundfunk. Wir nennen es das *journal parlé*. In diesem Land ist es ein Verbrechen, sich das journal parlé *nicht* anzuhören.«

Er drehte am Knopf. Die Militärmusik brach in abgehackten Stößen hervor.

Bürger von Benin ... die Lage ist ernst. Heute morgen um sieben Uhr landete eine nicht identifizierte DC-8 auf unserem internationalen Flughafen in Cotonou mit einer betrunkenen Bande von Söldnern an Bord ... schwarzen und weißen ... finanziert von den Handlangern des internationalen Imperialismus ... Ein hinterhältiges Komplott, um unser demokratisches und einsatzfähiges Regime zu stürzen.

Der Oberst stützte sein Gesicht in die Hände und seufzte: »Die Somba! Die Somba!«

Die Somba kamen aus dem entlegenen Nordwesten des Landes. Sie feilten sich die Zähne spitz und waren vor nicht allzu langer Zeit noch Kanibalen gewesen.

»... haben einen hinterhältigen Angriff auf unseren Präsidentenpalast unternommen ...«

Ich sah wieder hoch zur Wand. Das Staatsoberhaupt war ein Somba – und der Oberst war ein Fon.

»... die Bevölkerung wird aufgefordert, sich mit Steinen und Messern zu bewaffnen, um diese betrunkene Bande zu töten ...«

»Eine aufgezeichnete Rede«, sagte der Oberst und drehte das Radio leiser. »Sie wurde gestern auf Band aufgenommen.«

»Sie meinen ...«

»Nur Ruhe, Monsieur. Sie verstehen das nicht. In diesem Land versteht man gar nichts.«

Sicher war, daß der Oberst immer weniger verstand, je weiter der Morgen voranschritt. Zum Beispiel verstand er nicht, warum dem Kommuniqué von neun Uhr zufolge die Söldner in einer DC-8-Düsenmaschine gelandet waren, während sich um zehn das Flugzeug in eine Turboprop DC-7 verwandelt hatte. Gegen elf brach die Musik wieder ab, und das Staatsoberhaupt gab den Sieg der Regierungskräfte bekannt. Der Feind, sagte er, habe *en catastrophe* den Rückzug in die Sümpfe von Ouidah angetreten.

»Da ist etwas schiefgegangen«, sagte der Oberst, der stark erschüttert wirkte. »Entschuldigen Sie mich, Monsieur. Ich muß Sie verlassen.« Auf der Schwelle zögerte er, dann trat er ins Sonnenlicht hinaus. Die Falken warfen flüchtige spiralförmige Schatten auf den Boden. Ich bediente mich aus seiner Feldflasche. Die Schüsse waren jetzt aus größerer Entfernung zu hören, und in der Stadt war es ruhiger. Zehn Minuten später marschierte der Unteroffizier in den Dienstraum. Ich hielt die Hände über den Kopf, und er geleitete mich zurück zur Arrestzelle.

Es war sehr heiß. Der magere Junge war weggebracht worden, und auf der Bank im Hintergrund saß ein Franzose.

Draußen, an den Papayabaum gebunden, keuchte ein Springerspaniel und zerrte an seiner Leine. Zwei Soldaten saßen in der Hocke und versuchten, die Schrotflinte des Franzosen auseinanderzunehmen. Ein dritter Soldat wühlte in seiner Jagdtasche und legte ein paar Rebhühner und ein Perlhuhn auf den Boden.

»Würden Sie dem Hund bitte etwas Wasser geben?« bat der Franzose.

»Hä?«

Der Unteroffizier entblößte sein Zahnfleisch.

»Der Hund«, sagte er und zeigte auf ihn. »Wasser!«

»Nein.«

»Was ist los?« fragte ich.

»Die Affen machen mein Gewehr kaputt und bringen meinen Hund um.«

»Da draußen, meine ich.«

»Coup monté.«

»Und das bedeutet?«

»Man heuert ein Flugzeug mit Söldnern an, die die Stadt terrorisieren sollen. Damit man sieht, wer die Freunde sind und wer die Feinde. Die Feinde erschießt man. So einfach ist das.«

»Schlau.«

»Sehr schlau.«

»Und wir?«

»Vielleicht brauchen sie ein paar Leichen. Als Beweis!«

»Vielen Dank«, sagte ich.

»War nur ein Scherz.«

»Trotzdem vielen Dank.«

Der Franzose war Wasserbauingenieur. Er baute im Landesinnern artesische Brunnen und war auf Urlaub in die Hauptstadt gekommen. Er war ein kleiner, kräftiger Mann mit einem Bauchansatz, kurzgeschorenem grauen Haar und einem Netz weißer Lachfältchen auf seinen lederigen Wangen. Er war *en mercenaire* gekleidet, getarnt mit einem

Anzug aus imitierter Pythonhaut, um im Wald vor der Stadt ein paar Vögel zu schießen.

»Was halten Sie von meinem Anzug?« fragte er.

»Passend«, sagte ich.

»Vielen Dank.«

Die Sonne stand senkrecht. Die Farbe des Exerzierplatzes war zu einem rosigen Orange verblaßt, und die Soldaten stolzierten in ihren eigenen Schattenumrissen auf und ab. Auf der Mauer spreizten die Geier ihre Flügel.

»Sie warten«, scherzte der Franzose.

»Vielen Dank.«

»Keine Ursache.«

Unser Blick auf das morgendliche Unterhaltungsprogramm wurde durch die Breite des Türrahmens begrenzt. Wir konnten jedoch beobachten, wie eine Gruppe Soldaten ihren Exoberst auf schäbigste Art behandelte. Wir fragten uns, wie er noch am Leben sein konnte, als sie ihn wegschleppten und auf den Rücksitz eines Jeeps warfen. Der Unteroffizier hatte das Radio des Obersten an sich genommen und wiegte es auf den Knien.

Das Staatsoberhaupt bellte blutrünstig: *»Mort aux mercenaires soit qu'ils sont noirs ou blancs ...«*

Auch die Kinder waren in großer Zahl wieder da, sie hüpften auf und ab, fuhren mit dem Finger quer über die Kehle und riefen im Chor: *»Mort aux mercenaires! ... Mort aux mercenaires! ...«*

Gegen Mittag kam der Jeep zurück. Eine geschmeidige junge Frau sprang heraus und begann, mit schriller Stimme Befehle an einen Infanteriezug auszugeben. Sie trug einen schlammbefleckten Kampfanzug. Wirre Zöpfe ringelten sich wie Schlangen unter ihrer Mütze hervor.

»So«, sagte mein Gefährte. »Der neue Oberst.«

»Ein Amazonen-Oberst«, sagte ich.

»Ich habe es immer gesagt«, meinte er. »Traue niemals einem halbwüchsigen Amazonen-Oberst.«

Er bot mir eine Zigarette an. In der Schachtel waren zwei, und ich nahm eine davon.

»Danke«, sagte ich. »Ich rauche nicht.«

Er zündete meine Zigarette an, dann seine und blies einen Rauchring an die Decke.

Der Gecko an der Wand hatte sich nicht von der Stelle gerührt.

»Ich heiße Jacques«, sagte er.

Ich nannte ihm meinen Namen, und er sagte: »Mir gefällt das alles nicht.«

»Mir auch nicht«, sagte ich.

»Nein«, sagte er. »In diesem Land gibt es keine Regeln.«

Es gab auch keine Regeln, jedenfalls keine, die man sich vorstellen konnte, als der Unteroffizier von seiner Unterredung mit der Amazone zurückkam und uns befahl, uns bis auf die Unterhose auszuziehen. Ich zögerte. Ich war nicht sicher, ob ich überhaupt eine Unterhose anhatte. Doch ein Gewehrlauf in meinem Rücken überzeugte mich, daß meine Hose fallen mußte – ob Unterhose oder nicht –, doch dann stellte ich fest, daß ich rosa-weiße Boxershorts von Brooks Brothers trug.

Jacques trug einen grünen Slip. Wir müssen ein schönes Paar abgegeben haben – mein Rücken geschwollen von Moskitostichen, er mit einem Bauch, der über dem elastischen Bund hervorquoll –, als der Unteroffizier uns nach draußen führte, uns barfuß über die heiße Erde gehen und uns mit erhobenen Händen an der Mauer stehen ließ, die die Geier mit ihren aschgrauen, nach Ammoniak riechenden Exkrementen verdreckt hatten.

»Merde!« sagte Jacques. »Was nun?«

Ja, was? Ich hatte keine Angst. Ich war müde und schwitzte. Meine Arme schmerzten, meine Knie gaben nach, meine Zunge fühlte sich an wie Leder, und meine Schläfen pochten. Aber all das machte mir keine Angst. Es war zu sehr wie in einem zweitklassigen Film, als daß es angst gemacht hätte. Ich begann die Tupfen von Hirsespreu zu zählen, die in die lehmverputzte Mauer eingebettet waren ...

Ich dachte an den Morgen vor fünf Jahren, meinen ersten Morgen in Dahomey, unter den hohen Bäumen in Parakou. Ich hatte eine anstrengende Nacht hinter mir, denn ich war auf der dicht besetzten Ladefläche eines Lastwagens aus der Wüste gekommen, und beim Frühstück in der Kneipe an der Landstraße fragte ich den Kellner, was es in der Stadt zu sehen gebe.

»Patrice.«

»Patrice?«

»Das bin ich«, sagte er grinsend. »Und, Monsieur, es gibt noch Hunderte anderer hübscher Mädchen und Jungen, die die ganze Zeit die Straßen von Parakou auf und ab gehen.«

Ich dachte auch an das Mädchen, das am Bahnhof von Dassa-Zoumbé Ananas verkaufte. Es war ein drückend heißer Tag gewesen, der Zug fuhr langsam, das Land war verbrannt. Ich hatte Gides *Uns nährt die Erde* gelesen, und als wir nach Dassa hineinfuhren, war ich bei der Zeile angelangt: *»O cafés – où notre démence c'est continuée très avant dans la nuit ...«* Nein, dachte ich, das bringt mich nicht weiter, und sah aus dem Abteilfenster. Ein Korb mit Ananas hatte draußen haltgemacht. Das Mädchen unter dem Korb lächelte, und als ich ihr den Gide gab, rang sie nach Luft, warf alle sechs Ananas ins Abteil und lief davon, um ihn ihren Freundinnen zu zeigen – die ihrerseits über die Gleise gesprungen kamen und riefen: »Ein Buch, bitte? Ein Buch? Ein Buch!« Und *hinaus* gingen ein Krimi mit Eselsohren und Saint-Exupérys *Nachtflug*, und *herein* kamen die »Früchte der Erde« – die echten: Papayas, Guaven, noch mehr Ananas, eine gegrillte Sumpfratte und ein Hut aus Palmblättern.

»Diese Mädchen«, erinnere ich mich, in mein Notizbuch geschrieben zu haben, »sind die letzten Produkte des französischen Schulsystems.«

Und was nun?

Die Amazone schrie auf den Infanteriezug ein, und wir horchten angestrengt auf das Klicken von Gewehrsicherungen.

»Ich glaube, die treiben nur ihr Spielchen mit uns«, sagte Jacques mit einem schnellen Blick zur Seite.

»Das will ich hoffen«, murmelte ich. Ich mochte Jacques. Wenn man schon hiersein muß, war es gut, mit ihm zusammen hierzusein. Er war ein alter Afrika-Hase und hatte schon andere Putsche erlebt.

»Das heißt«, fügte er verdrießlich hinzu, »wenn sie sich nicht betrinken.«

»Vielen Dank«, sagte ich und blickte über die Schulter auf den exerzierenden Trupp.

»Nicht umdrehen!« bellte der Unteroffizier. Er stand neben uns, das Hemd bis zum Nabel offen. Augenscheinlich war er bestrebt, eine gute Figur zu machen.

»Zieh deinen Bauchnabel ein«, murmelte ich auf englisch.

»Nicht sprechen!« sagte er drohend.

»Ich spreche ja gar nicht.« Ich ließ die Wörter nicht über meine Lippen. »Aber bleib da. Verlaß mich nicht. Ich brauche dich.«

Die vor Hitze und Erregung tobende Menge, die zum Gaffen gekommen war, schrie: *»Mort aux mercenaires! ... Mort aux mercenaires! ...«,* und meine Gedanken rasten zurück zu den Schrecken des alten Dahomey, bevor die Franzosen kamen. Ich dachte an die Sklavenkriege, die Menschenopfer, die Haufen zertrümmerter Schädel. Ich dachte an Domingos anderen Onkel, »den Brasilianer«, der uns in seinem Schaukelstuhl empfing, mit weißen Segeltuchhosen und einem Tropenhelm bekleidet. »Ja«, seufzte er, »die Dahomeyer sind ein charmantes und intelligentes Volk. Ihre einzige Schwäche ist ein gewisser nostalgischer Hang, Köpfe abzuschneiden.«

Nein. Das war nicht mein Afrika. Nicht dieses verregnete Afrika voller verfaulender Früchte. Nicht dieses Afrika voller Blut und Gemetzel. Das Afrika, das ich liebte, war das weite, wellige Savannenland im Norden, das »wie Leopardenfell gesprenkelte Land«. Wo windgestutzte Akazien sich erstreckten, so weit das Auge reichte, und wo es schwarzweiße Nashornvögel und hohe rote Termitenhügel gab. Denn sobald ich in dieses Afrika zurückkam und eine Kamelkarawane sah, weiße Zelte oder einen einzelnen blauen Turban, weit entfernt in der flimmernden Hitze, wußte ich, daß das Paradies – einerlei, was die Perser sagten – niemals ein Garten war, sondern eine Wüste voll weißer Dornen.

»Ich träume«, sagte Jacques plötzlich, »von *perdrix aux choux*.«

»Ich hätte gern ein Dutzend Belons und eine Flasche Krug.«

»Nicht sprechen!« Der Unteroffizier fuchtelte mit seinem Gewehr, und ich machte mich halbwegs darauf gefaßt, daß der Kolben auf meinen Schädel heruntersausen würde.

Und wenn schon? Was würde es ausmachen, wenn ich doch jetzt schon das Gefühl hatte, als wäre mein Schädel gespalten? War das ein Sonnenstich? fragte ich mich. Wie seltsam auch, daß bei dem Versuch, mich auf die Mauer zu konzentrieren, jedes Stückchen Spreu eine deutliche, besondere Erinnerung an Essen und Trinken auslöste!

Es gab einen See in Mittelschweden, und in dem See gab es eine Insel, auf der die Fischadler nisteten. Am ersten Tag der Krebssaison ruderten wir zu der Fischerhütte hinüber und ruderten zurück mit zwölf Dutzend Krebsen, die wir in einem Fangnetz hinter uns herzogen. Am Abend des gleichen Tages kamen sie aus der Küche, ein scharlachroter, unter Dill begrabener Berg. Vom See reflektierte das nördliche Sonnenlicht in das helle weiße Zimmer herein. Wir tranken Aquavit aus fingerhutgroßen Gläsern, und wir beendeten die Mahlzeit mit einem Kranichbeerkuchen. Ich hatte wieder den Geschmack der gegrillten Sardinen auf der Zunge, die wir auf dem Kai von Douarnenez gegessen hatten, und ich sah meinen Vater vormachen, wie sein Vater Sardinen *à la mordecai* aß: man faßte eine lebende Sardine beim Schwanz und schluckte sie hinunter. Oder die jungen Aale, die wir in Madrid gegessen hatten, mit Knoblauch und einer halben roten Pfefferschote in Öl gebraten. Es war ein kalter Frühlingsmorgen gewesen, und wir hatten zwei Stunden lang im Prado die Bilder von Velázquez betrachtet, eng umarmt, so schön war es, am Leben zu sein: Wir hatten unsere Reservierung für ein Flugzeug rückgängig gemacht, das abgestürzt war. Oder die Hummer, die wir in Cape Split Harbour in Maine gekauft hatten. In der Baracke auf der Mole war ein Anschlagbrett mit einer Karte gewesen, auf der eine Witwe den Freunden ihres Mannes für ihre Spende dankte und inständig zum Herrn betete, sie möchten sich im Boot festschnallen, während sie die Körbe einholten.

Wie lange, o Gott, wie lange noch? Wie lange würde ich mich auf den Füßen halten können, während sich die ganze Welt drehte ...?

Wie lange, das werde ich nie wissen, denn als nächstes erinnere ich mich, daß ich auf unsicheren Beinen über den Exerzierplatz schwankte, einen Arm um die Schulter des Unteroffiziers, den anderen um Jacques' Schulter gelegt. Dann gab Jacques mir ein Glas Wasser, und danach war er mir beim Anziehen behilflich.

»Sie sind ohnmächtig geworden«, sagte er.

»Vielen Dank«, sagte ich.

»Keine Sorge«, sagte er. »Sie treiben *wirklich* nur ihr Spielchen.«

Es war inzwischen später Nachmittag. Der Unteroffizier war besserer Laune und erlaubte uns, draußen vor der Arrestzelle zu sitzen. Die Sonne brannte noch immer. Mein Kopf schmerzte noch immer, aber die Menge hatte sich beruhigt, und zu unserem Glück war diese besondere Einheit der Proletarischen Armee Benins auf eine neue Quelle des Vergnügens gestoßen – in Gestalt dreier belgischer Ornithologen, die sie in einem Sumpfgebiet gefangengenommen hatten, zusammen mit einem Leica-Objektiv, das Form und Größe eines Mörsers hatte.

Der Expeditionsleiter war ein fleischiger, rotbärtiger Mann, der anscheinend glaubte, mit Afrikanern könne man nur schreiend verhandeln. Jacques riet ihm, den Mund zu halten; doch als einer der Subalternen mit der Leica herumzuspielen begann, drehte der Belgier durch. Wie konnten sie es wagen? Wie konnten sie es wagen, seine Kamera anzufassen? Wie konnten sie es wagen, sie für Söldner zu halten? Sahen sie etwa aus wie Söldner?

»Und ich vermute, die da sind auch Söldner?« Er fuchtelte mit den Armen und deutete auf uns.

»Ich habe Ihnen gesagt, Sie sollen den Mund halten«, wiederholte Jacques.

Der Belgier achtete nicht auf ihn und brüllte weiter, man solle ihn freilassen. *Auf der Stelle! Jetzt gleich! Sonst! Hatte er verstanden?*

Ja. Der Subalterne hatte verstanden und schmetterte dem Belgier die Faust ins Gesicht. Nie habe ich jemanden so schnell zusammenbrechen sehen. Blut strömte über seinen Bart, und er fiel. Der Subalterne gab ihm einen Fußtritt, als er am Boden lag. Er lag auf der gestampften Erde und wimmerte.

»Idiot«, knurrte Jacques.

»Armes Belgien«, sagte ich.

Die nächsten Stunden würde ich lieber vergessen. Ich erinnere mich jedoch daran, daß ich fluchte, als der Unteroffizier meine Sachen zurückbrachte: »Verdammt, sie haben meine Reiseschecks geklaut« – und daß Jacques, der mich fest am Arm packte, flüsterte: »Jetzt halten *Sie* aber den Mund.« Ich erinnere mich, daß *John Brown's Body* aus dem Radio dröhnte und das Staatsoberhaupt die Bevölkerung diesmal dazu aufforderte, die Leichen einzusammeln. *Ramasser les cadavres* waren seine Worte, und seiner heiseren, unheilvollen Stimme war anzuhören, daß es sehr viele Tote gegeben hatte oder geben würde. Und ich erinnere mich, daß wir bei Sonnenuntergang in einem Minibus zur Ghezo-Kaserne gebracht wurden, wo Hunderte von Soldaten, allesamt siegestrunken, einander umarmten und küßten.

Unsere neuen Wächter befahlen uns, wieder unsere Kleider auszuziehen, und mit weiteren als Söldner Verdächtigen wurden wir in einem leeren Munitionsschuppen eingeschlossen. »Nun ja«, dachte ich beim Anblick so vieler nackter Körper, »je mehr wir sind, um so sicherer dürfen wir sein.«

Es war drückend heiß in dem Schuppen. Die anderen Weißen machten einen fröhlichen Eindruck, doch die Schwarzen ließen die Köpfe zwischen den Knien hängen und zitterten.

Nach Einbruch der Dunkelheit erlitt ein Missionsarzt, ein alter Mann, einen Kollaps und erlag einem Herzschlag. Die Wachen trugen ihn auf einer Bahre hinaus, und wir wurden zum Verhör in die Sûreté gebracht.

Es war ein hagerer Mann mit eingefallenen Schläfen, der uns verhörte; er hatte eine Haube aus wolligem weißem Haar, und seine Augen waren blutunterlaufene Schlitze. Er rekelte sich hinter seinem Schreibtisch und strich mit den Fingerspitzen liebevoll über die Klinge seines Bowiemessers. Jacques sagte, ich solle mich einen Schritt hinter ihn stellen. Als er an die Reihe kam, sagte er mit lauter Stimme, er sei bei der und der französischen Ingenieurfirma angestellt, und ich, fügte er hinzu, sei ein alter Freund von ihm.

»Weitergehen!« fauchte der Offizier. »Der nächste.«

Der Offizier schnappte sich meinen Paß, blätterte in den Seiten und begann, mich persönlich für bestimmte Vorgänge in Südafrika verantwortlich zu machen.

»Was tun Sie in unserem Land?«

»Ich bin Tourist.«

»Ihr Fall ist komplizierter. Stellen Sie sich dorthin.«

Ich stand wie ein Schuljunge in der Ecke, bis ein weiblicher Feldwebel mich abholte, um mir Fingerabdrücke abzunehmen. Sie war ein sehr großer Feldwebel. Mein Kopf pochte, und als ich mir Mühe gab, meinen kleinen Finger auf das Farbkissen zu drücken, bog sie ihn zurück; ich schrie »Au!« und ihr Stiefel krachte auf meinen Fuß, der in einer Sandale steckte.

Die Nacht verbrachten neun von uns, allesamt Weiße, zusammengepfercht in einem heruntergekommenen Büro. Das Bild des Präsidenten hing schief an einer hellblauen Wand, neben einer zerbrochenen Gitarre und einer ausgestopften Zibetkatze, der man, zur Verhöhnung der Kreuzigung Christi, Schwanz und Hinterpfoten zusammengenagelt und die Vorderpfoten seitwärts ausgestreckt hatte.

Zusätzlich zu den Moskitostichen war mein Rücken mit wäßrigen Bläschen überzogen. Mein Zeh war stark entzündet. Der Wächter trat mich mit dem Fuß wach, sobald ich einnickte. Seine Wangen waren mit Narben bedeckt, und ich weiß noch, daß ich dachte, wie fern seine Stimme sich anhörte, als er sagte: »*On va vous fusiller.*« Gegen zwei oder drei Uhr morgens war in der Nähe eine Maschinengewehrsalve zu hören, und wir alle dachten: Jetzt ist es soweit. Aber es war nur ein Soldat, der, betrunken oder schießwütig, sein Magazin auf die Sterne entleert hatte.

Wir alle waren nicht traurig, als wir das erste Licht des Tages erblickten.

Es war wieder ein schmuddeliges Dämmerlicht, ein heftiger Wind blies landeinwärts, brachte die Bussarde ins Schwanken und bog die Kokospalmen. Auf der anderen Seite des Gefängnishofes drängte sich eine dichte Menge am Tor. Dann erkannte Jacques seinen Hausboy, und als er winkte, winkte der Junge zurück. Um neun trat der französische Vizekonsul in Erscheinung, unter Bewachung. Es war ein dicker Mann mit einem teigigen Gesicht, der sich unentwegt den Schweiß von der Stirn wischte und über die Schulter auf die Bajonettspitzen in seinem Rücken blickte.

»Messieurs«, stammelte er, »diese Situation ist für mich wahrscheinlich nicht ganz so unangenehm wie für Sie. Obwohl wir Pläne für Ihre Freilassung haben, darf ich unglücklicherweise nicht mit Ihnen über Ihre Freiheit sprechen, sondern nur über die Frage Ihrer Ernährung.«

»Eh bien!« sagte Jacques und grinste. »Sehen Sie meinen Boy dort drüben? Schicken Sie ihn zur Boulangerie Gerbe d'Or und lassen Sie uns Sandwiches bringen, mit Schinken, Pastete und Dauerwurst, reichlich Croissants für alle und drei kleine *pains au chocolats* für mich.«

»Oui«, sagte der Vizekonsul mit schwacher Stimme.

Dann kritzelte ich meinen Namen und meine Paßnummer auf ein Stück Papier und bat ihn, der britischen Botschaft in Lagos ein Telex zu schicken.

»Das kann ich nicht«, sagte er. »Ich kann mich in diese Angelegenheit nicht einmischen.«

Er kehrte uns den Rücken zu und watschelte davon, wie er gekommen war, gefolgt von den beiden Bajonetten.

»Charmant«, sagte ich zu Jacques.

»Denken Sie an Waterloo«, sagte Jacques. »Und außerdem sind Sie ja vielleicht ein Söldner!«

Eine halbe Stunde später kam Jacques' Boy mit strahlenden Augen und einem Korb voller Proviant zurück. Jacques gab der Wache ein Sandwich, breitete den Rest auf dem Bürotisch aus, grub seine Zähne in ein kleines *pain au chocolat* und murmelte: *»Byzance!«*

Der Anblick von Nahrung hatte eine erstaunlich belebende Wirkung auf die belgischen Ornithologen. Die ganze Nacht hindurch waren die drei weinerlich und hysterisch gewesen, und jetzt schlangen sie die Sandwiches herunter. Sie entsprachen nicht meiner Vorstellung von einer angenehmen Gesellschaft. Ich blieb allein mit ihnen zurück, als die französischen Staatsbürger gegen Mittag auf freien Fuß gesetzt wurden.

»Machen Sie sich keine Sorgen.« Jacques drückte mir fest die Hand. »Ich werde tun, was ich kann.«

Er war noch keine zehn Minuten fort, als ein großer Deutscher mit einem roten Gesicht und wehenden blonden Haaren über den Hof geschritten kam, die Soldaten anschnauzte und die Bajonette beiseite schob.

Er stellte sich als der deutsche Botschaftsrat vor.

»Ich bedaure außerordentlich, daß Sie in diese mißliche Lage geraten sind«, sagte er in fehlerlosem Englisch. »Unser Botschafter hat offiziellen Protest angemeldet. Soweit ich verstanden habe, müssen Sie vor irgendeinem Militärgericht erscheinen. Kein Grund zur Sorge! Der Kommandeur ist ein netter Kerl. Die ganze Geschichte ist ihm unangenehm. Aber wir werden dasein, wenn Sie wieder herauskommen.«

»Danke«, sagte ich.

»Wie auch immer«, fügte er hinzu, »der Wagen der Botschaft steht draußen, und wir fahren nicht eher fort, bis alle freigelassen sind.«

»Können Sie mir sagen, was eigentlich los ist?«

Der Deutsche senkte die Stimme: »Sie halten sich da besser raus!«

Das Gericht nahm seine Arbeit um eins auf. Ich war unter den ersten Gefangenen, die aufgerufen wurden.

Ein junger Fanatiker begann, antikapitalistische Phrasen zu proklamieren, bis der kommandierende Oberst ihn zum Schweigen brachte. Der Oberst stellte dann ein paar belanglose Fragen, entschuldigte sich müde für die Unannehmlichkeiten, setzte seine Unterschrift in meinen Paß und äußerte die Hoffnung, daß ich meinen Urlaub in der Volksrepublik weiterhin genießen würde.

»Das hoffe ich auch«, sagte ich.

Draußen vor dem Tor dankte ich dem Deutschen, der auf dem Rücksitz seines klimatisierten Mercedes saß. Er lächelte und setzte die Lektüre der *Frankfurter Allgemeinen* fort.

Es war grau und schwül, und auf der Straße waren nur wenige Menschen. Ich kaufte die Regierungszeitung und las ihren Bericht über den glorreichen Sieg. Es gab Bilder von drei toten Söldnern – ein Weißer, der zu schlafen schien, und zwei übel zugerichtete Schwarze. Dann ging ich zu dem Hotel, wo ich meine Reisetasche zur Aufbewahrung abgegeben hatte. Die Frau des Hotelmanagers sah angegriffen und nervös aus. Ich durchsuchte meine Tasche und fand die beiden Reiseschecks, die ich in einer Socke versteckt hatte. Ich löste hundert Dollar ein, nahm mir ein Zimmer und legte mich hin.

Ich blieb den Straßen fern, um den Patrouillen zu entgehen, die durch die Stadt streiften und Bürger verhafteten. Mein Zehennagel färbte sich schwarz, und mein Kopf schmerzte noch immer. Ich aß in meinem Zimmer, las und versuchte zu schlafen. Alle anderen Gäste waren entweder Guineer oder Algerier.

Gegen elf am nächsten Morgen las ich die traurige Geschichte von Frau Marmeladow in *Schuld und Sühne* und hörte den dumpfen Kanonendonner, der von der Ghezo-Kaserne herüberdrang. Vom Fenster blickte ich auf die Palmen, die Falken, eine Frau, die Mangos verkaufte, und eine Nonne, die aus dem Kloster trat.

Sekunden später war der Obststand umgeworfen, die Nonne davongeeilt, und zwei Panzerwagen fuhren dröhnend die Straße hinunter.

Es klopfte an der Tür. Es war der Hotelmanager.

»Bitte, Monsieur. Sie dürfen nicht hinaussehen.«

»Was ist los?«

»Bitte«, sagte er flehentlich, »Sie müssen das Fenster schließen.«

Ich schloß die Fensterläden. Der Strom war ausgefallen. Ein paar Streifen Sonnenlicht drangen durch die Ritzen, aber es war zu dunkel zum Lesen, daher legte ich mich aufs Bett und horchte auf die Salven. Es mußten viele Menschen umgekommen sein.

Es klopfte wieder.

»Herein.«

Ein Soldat trat ins Zimmer. Er war sehr jung und sah flott aus. Auf seinen Drillichhosen kreuzten sich jede Menge Patronengurte, und seine Zähne glänzten. Er wirkte schrecklich nervös. Sein Finger zuckte am Abzug. Ich hob die Hände und stand auf.

»Da rein!« Er zeigte mit dem Lauf auf die Badezimmertür.

Die Wände des Badezimmers waren blau gekachelt, und auf dem blauen Plastik-Duschvorhang waren tropische Fische abgebildet.

»Geld«, sagte der Soldat.

»Klar!« sagte ich. »Wieviel?«

Er sagte nichts. Ich warf einen Blick in den Spiegel und sah das klaffende Weiß seiner Augen. Er atmete schwer.

Ich ließ die Hand in meine Hosentasche gleiten: mein Impuls war, ihm alles zu geben, was ich hatte. Dann fingerte ich eine einzelne Banknote heraus und legte sie ihm in die ausgestreckte Hand.

»Merci, Monsieur!« Seine Lippen dehnten sich zu einem erstaunten Lächeln. *»Merci«,* wiederholte er und schloß die Badezimmertür auf. *»Merci«,* sagte er immer wieder, während er sich verbeugte und sich in den Flur zurückzog.

Dieser junge Mann, dachte ich beeindruckt, hatte ausgesprochen gute Manieren.

Die Algerier und Guineer waren Männer in braunen Anzügen, die den ganzen Tag an der Bar saßen, alkoholfreie Getränke schlürften und mir böse Blicke zuwarfen, sooft ich die Bar betrat. Ich beschloß, ins Hôtel de la Plage umzuziehen, wo es andere Europäer und einen Swimmingpool gab. Ich nahm ein Handtuch, um schwimmen zu gehen, und begab mich in den Garten. Das Wasser im Pool war abgelassen worden: am Morgen des Putsches war ein junger Kanadier, der gerade seine Bahnen schwamm, von der Kugel eines Heckenschützen getroffen worden.

Die Grenzen des Landes waren geschlossen, ebenso der Flughafen.

An diesem Abend aß ich zusammen mit einem Norweger, der in der Ölbranche arbeitete. Er behauptete, der Putsch sei inszeniert gewesen. Er hatte gesehen, wie die Söldner den Palast unter Beschuß genommen hatten. Er hatte sie aus der Bar gegenüber im Hôtel des Cocotiers beobachtet.

»Alles habe ich gesehen«, sagte er, und sein Hals lief rot an vor Entrüstung. Der Palast sei verlassen gewesen. Die Armee habe sich in den Kasernen aufgehalten. Die Söldner hätten Unschuldige erschossen. Dann seien alle zum Flughafen zurückgefahren und davongeflogen.

»All das«, sagte er, »war inszeniert.«

»Nun ja«, sagte ich, »wenn es inszeniert war, dann bin ich darauf hereingefallen.«

Es dauerte noch einen Tag, bis der Flughafen geöffnet wurde, und zwei weitere, bis ich einen Platz in der Maschine nach Abidjan bekam. Ich hatte eine leichte Bronchitis und brannte darauf, das Land zu verlassen.

An meinem letzten Morgen sah ich ins *Paris-Snack* hinein, das in der guten alten Zeit, als Dahomey noch Dahomey war, einem Korsen namens Guerini gehört hatte. Er war zurück nach Korsika gegangen, als die Dinge noch gut standen. Die Barhocker waren mit rotem Leder bezogen, und der Barkeeper trug ein schweres goldenes Armband am Handgelenk.

Zwei nigerianische Geschäftsleute saßen mit zwei Huren beim Essen. An einem Tisch in der Ecke erblickte ich Jacques.

»Tiens?« sagte er und grinste. »Noch am Leben?«

»Das habe ich Ihnen und den Deutschen zu verdanken«, sagte ich.

»Braves boches!« Er winkte mich auf die Sitzbank. »Sehr intelligente Leute.«

»Braves boches«, pflichtete ich ihm bei.

»Trinken wir eine Flasche Champagner.«

»Ich habe nicht viel Geld.«

»Der Lunch geht auf meine Rechnung«, sagte er mit Nachdruck. »Pierrot!«

Der Barkeeper neigte kokett den Kopf zur Seite und kicherte.

»Ja, Monsieur Jacques.«

»Dies ist ein englischer Gentleman, und wir müssen eine ganz besondere Flasche Champagner für ihn finden. Haben sie Krug?«

»Nein, Monsieur Jacques. Wir haben Roederer. Wir haben Bollinger, und wir haben Mumm.«

»Bollinger«, sagte ich.

Jacques verzog das Gesicht. »Und zu Guerinis Zeiten konnte man seine Austern bekommen. Wurden zweimal in der Woche aus Paris eingeflogen ... Belons ... Claires ... Portugaises ...«

»Ich erinnere mich an ihn.«

»Er war ein Original.«

»Erzählen Sie.« Ich beugte mich vor. »Was war eigentlich los?«

»Psst!« Seine Lippen wurden schmal. »Es gibt zwei Theorien, und sobald ich den Eindruck habe, daß uns jemand zuhört, wechsle ich das Thema.«

Ich nickte und sah in die Speisekarte.

»Der offiziellen Version zufolge«, sagte Jacques, »wurden die Söldner von Emigranten aus Dahomey in Paris angeheuert. Das Flugzeug startete von einem Militärflugplatz in Marokko, hat in Abidjan aufgetankt ...«

Eine der Huren stand von ihrem Tisch auf und schwankte durch das Restaurant zur Damentoilette.

»66 war ein wunderbarer Jahrgang«, sagte Jacques mit Entschiedenheit.

»Mir ist er älter sogar lieber«, sagte ich, als die Hure vorbeirauschte. »Dunkel und kaum prickelnd ...«

»Das Flugzeug flog nach Gabun, um den Kommandeur abzuholen ..., der angeblich ein Berater von Präsident Bongo ist ...« Dann erklärte er, der Pilot der gecharterten DC-8 habe sich in Libreville geweigert weiterzufliegen, und die Söldner mußten auf eine DC-7 umsteigen.

»Mit ihrer Ankunft am Flughafen wurde also gerechnet?«

»Genau«, stimmte Jacques zu. »Und jetzt die zweite Version ...«

Die Tür zur Damentoilette wurde aufgestoßen. Die Hure zwinkerte uns zu. Jacques steckte das Gesicht in die Speisekarte.

»Was möchten Sie essen?« fragte er.

»Gefüllten Krebs«, sagte ich.

»Für die zweite Version«, fuhr er leise fort, »sind tschechische und ostdeutsche Söldner erforderlich. Das Flugzeug, eine DC-7, startet von einem Flugplatz in Algerien, tankt in Conakry auf... Verstehen Sie?«

»Ja«, sagte ich, als er geendet hatte. »Ich glaube, ich begreife. Und an welche Version glauben Sie?«

»An beide«, sagte er.

»Das«, sagte ich, »ist eine sehr komplizierte Analyse.«

»Dies«, sagte er, »ist ein sehr kompliziertes Land.«

»Ich weiß.«

»Haben Sie die Schüsse in der Ghezo-Kaserne gehört?«

»Was war das?«

»Da wurde eine alte Rechnung beglichen«, sagte er mit einem Achselzucken. »Und jetzt haben die Guineer die Geheimpolizei übernommen.«

»Schlau.«

»Das ist Afrika.«

»Ich weiß, und ich reise ab.«

»Nach England?«

»Nein«, sagte ich. »Nach Brasilien. Ich muß ein Buch schreiben.«

»Schönes Land, Brasilien.«

»Das hoffe ich.«

»Schöne Frauen.«

»So sagt man.«

»Und was ist das für ein Buch?«

»Über den Sklavenhandel.«

»In Benin?«

»Und in Brasilien.«

»Eh bien!« Der Champagner war gekommen, und er füllte mein Glas. »Material haben Sie ja!«

»Ja«, stimmte ich zu. »Material habe ich.«

Elisabeth Ambras
Achim oder die Liebe zur Kunst

Ich betrüge meinen Mann. Wenigstens würde er sich vermutlich so ausdrücken. Aber es geht ihn nichts an. Was ich tue und lasse, ist ihm gleichgültig. Er möchte nur, daß ich auspacke: denn er legt den größten Wert darauf, daß man, wie er es nennt, »in der Wahrheit lebt«. Solche Sprüche hat er auf Lager, dieser alte Heuchler. Das letzte, was ihm vorzuwerfen wäre, ist, daß er sich nicht daran hält. Konsequent ist er, das muß ich ihm lassen. Das ist ja das Entsetzliche. Vor Jahren, als ich aufhörte, ihm zu gefallen – umgekehrt war ich noch nicht ganz soweit, weiß der Himmel, was ich an ihm fand –, hat er mich feierlich davon unterrichtet. Liebe lasse sich nun einmal nicht erzwingen. Aufrichtigkeit dagegen sei er mir schuldig. Er werde mir immer reinen Wein einschenken – das ist eine andere von seinen Phrasen. Was ihm vorschwebe, sei eine offene Ehe, eine ehrliche Partnerschaft. Ich war außer mir vor Wut, ließ mir aber nichts anmerken. Seitdem hält er mich gewissenhaft auf dem laufenden. Haarklein – und wenn ich sage, haarklein, so ist das wörtlich zu verstehen – erzählt er mir von seinen Seitensprüngen; auch so ein widerlicher Ausdruck. Stumpfsinnig wie er ist, hat er versucht, auch mich auszuholen. Aber da gab es gar nichts auszuplaudern, selbst wenn ich dazu bereit gewesen wäre, was natürlich nicht in Frage kommt. Denn mir lag nichts ferner, als mich zu revanchieren. Das hätte ihm so gepaßt! Ich sah nicht ein, warum ich seinem leuchtenden Beispiel nacheifern sollte. Wenn er in Kitzbühel oder St. Moritz an der Bar oder auf der Piste irgendwelche Nutten aufgabelt, so ist das seine Sache. Daß er sich hinterher damit brüstet, und zwar vor mir, unter dem Vorwand absoluter Ehrlichkeit, sagt alles über ihn. Ich hörte mir seine Berichte schweigend an. Damals hielt ich mich noch für eine seriöse Person. So kann man sich täuschen.

Achim ist das genaue Gegenteil. Er ist munter und behende. Zugegeben, um die Hüften herum ist er ein bißchen dick, aber das finde ich eher rührend. Er ist überall lockig, fast hätte ich gesagt: flauschig. Ja, er hat etwas von einem Teddybären. Das versöhnt mich mit seiner Weltläufigkeit.

Ich war verwundert und dankbar für die Laune des Schicksals, die uns bei einem langweiligen Vortrag im italienischen Kulturinstitut zusammengeführt hatte. Achim erschien mir als der ideale Liebhaber. Um das lang vernachlässigte Wohlergehen meiner Glieder war er innig bemüht. Wir haben in der ersten Zeit ganze Tage im Bett verbracht, in merkwürdigen, abgelegenen Pensionen weit draußen in den Bergen, die er ausfindig zu machen wußte. Leider war er viel auf Reisen, denn er war als *trouble-shooter* für eine Stuttgarter Firma im Anlagenbau tätig, Saudi-Arabien, Libyen, Türkei. Das hört sich vielleicht nicht gerade aufregend an, Anlagenbau, ich wußte auch gar nicht, was das ist, aber wenn ich ihn danach fragte, konnte er sehr amüsant davon erzählen. Anscheinend ging es dabei um ein endloses Ringen zwischen Chaos und Präzision, das er meistens mit leichter Hand zu einem siegreichen Ende brachte. Mit seiner Vergangenheit plagte er mich nie, und meinen Mann überging er mit höflichem Stillschweigen.

Eines schönen Tages im vergangenen Sommer nahm er Abschied von mir, als wollte er sich im voraus für dreißig sehnsüchtige Nächte in Kayseri, Anatolien, entschädigen, wo es, wie er sagte, die letzte Hand an eine Fertigungsstraße für Differentialpumpen zu legen galt. Am anderen Morgen lieferte ich ihn in Kloten am Flughafen ab. Ich glaube mich zu erinnern, daß er Tränen in den Augen hatte, aber ich kann mich irren. Drei Tage vertrödelte ich zu Hause, indem ich mich abwechselnd meiner Wehmut hingab und mich dadurch abzulenken suchte, daß ich eine halbvergessene Diplomarbeit hervorholte. Am vierten Tag raffte ich mich dazu auf, eine Freundin aus schlechteren Tagen anzurufen, und verabredete mich mit ihr in einem Restaurant, in dem wir uns früher oft getroffen hatten. Ich war etwas zu früh gekommen. Als mich der Wirt zu unserm alten Tisch führte, warf ich einen Blick durch die Tür zum Nebenzimmer und sah dort Achim sitzen, der, den braunen Lockenkopf leicht geneigt, mit gespitztem Mund an den Lippen einer etwas ägyptisch wirkenden Dame hing. Ich will damit nichts weiter sagen, als daß er ihr lauschte, aber der verzückte Ausdruck, mit dem er es tat, wollte mir nicht gefallen. Ich machte kehrt und ließ meine Freundin im Stich. Vor Eifersucht und Zorn hätte ich keinen Bissen hinuntergebracht. Wie kam er dazu, mich derart dreist hinters Licht zu führen? Wozu diese alberne Komödie mit dem Flug nach Ankara? Und ich war blöd genug, ihn auch noch in aller Herrgottsfrühe hinzufahren! Vermutlich hatte er sich lächelnd in das nächste Taxi gesetzt und war in die Stadt zurückgefahren, um sich mit dieser Exotin zu paaren, deren schwer mit Kohle bemalte Lider nichts Gutes verhießen. Hatte ich ihn je mit Fragen genervt, ihn in die Enge getrieben, mich nach seinem Terminkalender erkundigt? Nein. Diese Gemeinheit hatte er sich sozusagen freiwillig ausgedacht, aus reinem Sadismus. So schön es mit Achim war, sagte ich mir, für mich ist er erledigt.

Pünktlich nach vier Wochen rief er an. Ich knallte den Hörer auf die Gabel. Als ich zwei Stunden später einkaufen gehen wollte, stand er vor der Tür. Verschwinde, rief ich. Es war eine alberne Szene, wie aus einer Fernsehserie. Er dachte nicht daran, mich in Frieden zu lassen, er lief einfach neben mir her, stumm, und sah mich aus seinen etwas hervorquellenden Augen treuherzig an. Eine gute Weile lang ignorierte ich ihn, aber schließlich hörte ich ihm zu, im Stehen, mitten auf der Straße, an einer Trambahnhaltestelle. Ich war neugierig, wie er sich herauswinden würde. Er log zunächst ungeschickt. Am Flughafenschalter wäre ein Telex für ihn gelegen, der Subcontractor hätte die Termine nicht eingehalten usw. Aha, sagte ich, und dann haben sie dir dieses buntbemalte Souvenir geschickt, um dich zu trösten. Er sah mich ratlos an, von einer Schrecksekunde keine Spur. Kleopatra, schrie ich. Meine Nachfolgerin! Jetzt nahm sein Mündchen einen verwundeten Ausdruck an, und ich merkte mit einer gewissen Befriedigung, wie er zappelte. Als die Trambahn kam, sprang ich im letzten Moment auf das Trittbrett und ließ ihn stehen.

Es folgten die Schwüre am Telefon, mit denen ich gerechnet hatte. Sie waren wirklich gekonnt, in der Tonlage zunächst steinerweichend, dann flehentlich, schließlich angenehm zudringlich. Sein Crescendo war geradezu ausschweifend, und ich spürte, wie sich in meiner Rosette allmählich ein köstlicher Kitzel bemerkbar machte. Obwohl ich mich weigerte, ihm zu vergeben, kann ihm das leichte Flattern in meiner Stimme nicht entgangen sein. Eine Viertelstunde später hat er mich abgeholt.

Von Stund an wußte ich, mit wem ich es zu tun hatte, eine Einsicht, durch die ich allerdings vor Überraschungen nicht gefeit war. Achim litt unter einem ziemlich trivialen Syndrom. Er konnte einfach keinem Weiberrock widerstehen, mochte es sich dabei um hochtoupierte Animierschnallen, Herzoginnen an der Grenze des Verwelkens oder bläuliche Pastorentöchter handeln. Er schreckte vor nichts zurück, und wic sich bald herausstellte, zeigten sich diese sehr verschiedenen Damen von seiner hemmungslosen Vorliebe für ihr Geschlecht derart geschmeichelt, daß sie ihm keinerlei Widerstand entgegensetzten. Infolgedessen nahm meine Wachsamkeit zu, und ich entdeckte in mir alle Freuden und Frustrationen, die das Leben eines Privatdetektivs auszeichnen.

Ganz ohne den einen oder anderen Schock ging es dabei nicht ab. Eines Morgens sah ich mich in meiner Tierliebe überfordert, als ich, einem gewissen Kribbeln nachspürend, eine kleine, aber lebenskräftige Population von *Phthirus pubis* an meiner empfindsamsten Stelle entdeckte. Dieses unscheinbare Wesen war mir gänzlich fremd, ich kannte es nicht einmal vom Hörensagen. Zur Rede gestellt, zeigte mein Geliebter keine Spur von jenem Stammeln, mit dem er mich anläßlich der ägyptischen Heimsuchung entwaffnet hatte. Er log sozusagen vom Blatt und entfaltete eine virtuose Beredsamkeit. Mit platten Ausreden wie dem gebrauchten Handtuch im öffentlichen Hallenbad oder gar der Brille auf dem D-Zug-Klo gab er sich nicht ab. Nein, es war die Pharmaforschung, die ihm zur Entlastung diente. Die Wege des Anlagenbaus, so schien es, waren verschlungener, als man denken sollte. Sie waren geradezu wunderbar; den sie führten ihn in ein Labor, in dem einer seiner Studienfreunde an der Entwicklung eines neuen Mittels arbeitete. Die üblichen Waffen zur Bekämpfung des anhänglichen Tiers, das sich auf so intime Weise spezialisiert hatte, zeigten unbekömmliche Nebenwirkungen, die er mir eindringlich zu schildern wußte: sie waren nicht nur hautreizend und brennbar, sondern oft genug auch noch neurotoxisch. Dem abzuhelfen war eine Aufgabe, der zuliebe man manches auf sich nehmen mußte, notfalls sogar haltlose Verdächtigungen. Der Studienfreund war auf seinen Rat angewiesen. Das Präparat hatte die Erprobungsphase hinter sich, doch waren noch einige verfahrenstechnische Fragen zu lösen. Nach dieser wichtigen Besprechung erbot sich der Forschungsleiter, meinem Geliebten das Labor zu zeigen. Dabei mußte das Malheur geschehen sein; von Achim unbemerkt, hatte sich offenbar das eine oder andere Versuchstier, das der Vernichtung entgangen war, in seinen buschigen Augenbrauen festgesetzt. Er sah mich anklagend an. Ich hatte ihm Unrecht getan.

Das alles konnte er nicht einfach aus dem Hut gezaubert haben. Ich begriff, daß er sich eigens meinetwegen allerlei Fachkenntnisse angeeignet hatte, und zwar auf Vorrat, um auf jede Eventualität gefaßt zu sein. Kaum hatte er das blühende Leben in seinen Boxershorts bemerkt, machte er mir zuliebe einen Schnellkurs in Dermatologie. Meinen Argwohn verzieh er mir mit einem einzigen schmelzenden Blick. Ich schmolz nicht ungern, denn ich hatte die Wohltaten, die er mir zu spenden pflegte, vierzehn Tage lang entbehrt, die er angeblich in Algerien zubrachte, auf einer seiner technischen Missionen. Wir fanden Mittel und Wege, um jeder Störung durch die blutdürstige Fauna auszuweichen. Beim Abschied drückte er mir ein Schächtelchen mit dem mysteriösen Präparat in die Hand. Es trug keine Aufschrift, weil es, wie er mir weismachen wollte, noch nicht im Handel war. Es erwies sich übrigens als äußerst wirksam. Ich war geblendet von diesem *finishing touch.* Einem solchen Mann kann man nicht gram sein, dachte ich, als ich ihm von meinem Eckfenster aus nachsah, wie er sich, leicht watschelnd, aber mit flinken Schritten entfernte.

Wir machten Fortschritte. Meine Nachforschungen beflügelten seine Anstrengungen, und umgekehrt. Jedesmal, wenn ich ihn ertappte, gab er sich besondere Mühe. Selbst wenn er eine Zeitlang ausblieb, was öfters vorkam, war ich bester Dinge. Ich wußte, er würde wieder und wieder kommen. Einmal hat er mir seinen Wagen geliehen. Er fuhr ein leicht antiquiertes englisches Modell, zu dessen Annehmlichkeiten ein Schminkspiegel gehörte, der auf einen Knopfdruck hin hinter dem Wurzelholz des Handschuhfachs aufsprang. Als ich meine Lippen nachgezogen hatte, bemerkte ich in der Tiefe der Ablage eine aufgerissene Packung der Marke Cleopatra und dahinter ein zusammengefaltetes blaues Briefchen mit eindeutigem Inhalt. Besonders ominös kam mir die braune Tinte vor, mit der diese gierige Epistel abgefaßt war. Die Beweislage war jedenfalls erdrückend.

Die Zigaretten sind doch längst vertrocknet, sagte er. Es ist schon fast ein Jahr her, daß ich in Ägypten war! Eine schwache Ausrede, unter seinem Niveau. Aber dann hatte er eine Inspiration. Der Brief ist von meiner Personalchefin, Frau Dr. Heide Brenz. Sie versucht es schon seit Monaten. Eine ganz gefährliche Gegnerin. Ich überlege mir, ob ich sie nicht anzeigen soll. Sie hat sich nämlich strafbar gemacht, jedenfalls nach deutschem Recht.

Jetzt war er richtig in Fahrt, und ich hörte ihm gespannt zu. Wer an einer Person, fuhr er fort, die ihm im Rahmen eines Dienstverhältnisses untergeordnet ist, unter Ausnutzung der damit verbundenen Abhängigkeit sexuelle Handlungen vornimmt, wird mit Freiheitsstrafe bis zu fünf Jahren oder mit Geldstrafe bestraft. StGB § 174.

Das war meisterhaft. Ich war *bouche bée*, ein Zustand, den auszunutzen mein Freund sich nicht schämte, und so schieden wir in Eintracht.

Kaum war er fort, rief ich in Stuttgart an. Ich gab mich als Wirtschaftsredakteurin der *Neuen Zürcher Zeitung aus*, und es gelang mir, zu Frau Dr. Brenz vorzudringen. Es stellte sich heraus, daß er tatsächlich einmal im Anlagenbau gearbeitet hatte. Sogar an einen Aufenthalt in Anatolien konnte sich die Personalchefin erinnern, aber das war Jahre her. Wir haben uns dann vor längerer Zeit in gegenseitigem Einverständnis getrennt, erklärte sie mir, mit einer gewissen Befriedigung in der Stimme.

Na wenn schon, sagte Achim. Ich habe mich selbständig gemacht, das ist richtig. Ich drang nicht weiter in ihn, auch wenn es mir ein Rätsel war, wovon er eigentlich lebte. Daß er eine zweite Wohnung in Zürich hatte, deren Existenz er sorgfältig vor mir geheimhielt, hatte ich schon ganz zu Beginn meiner Recherchen herausgefunden. Consulting, stieß er in meinen Armen hervor, zu einem Zeitpunkt, da mir nichts ferner lag als der Anlagenbau. Ich mache Consulting, aber bitte behandle das vertraulich, wegen der Konkurrenzausschlußklausel, du verstehst. Vertraulich! Daß ich nicht lache! Ich hatte mir ein Exemplar des deutschen Strafgesetzbuches besorgt und zu meinem Entzücken festgestellt, daß er mir eine Kleinigkeit verschwiegen hatte. Der einschlägige Paragraph bezog sich auf Personen unter sechzehn Jahren.

Es ist keine vier Wochen her, da erwachte ich eines Morgens in einem überheizten Zimmer, das nach Tannenzapfen und Buttermilch duftete. Wir hatten die Nacht in einem trostlos gemütlichen Gasthof in der Nähe von Rapperswil verbracht. An den wattierten Geräuschen von der Straße her und an der bläulichen Helligkeit, die durch die Gardinen drang, merkte ich, daß wir eingeschneit waren. Auf dem blankgewienerten Fußboden fiel mir ein glitzernder Gegenstand in die Augen. Ich angelte mit den Zehen danach und hob ihn auf. Es war ein Medaillon, das meinem Geliebten bei unserer hastigen Begrüßung aus der Hosentasche geglitten sein mußte. Ich öffnete den Deckel und erblickte hinter dem gewölbten Uhrglas, auf weiß moirierte Seide gebettet, einen kleinen Strauß rötlicher Haare, die sich verdächtig kräuselten. Ich stützte mich auf und betrachtete das friedliche Gesicht des Schläfers neben mir. Darüber vergingen einige Minuten. Ich ließ das Ding an seinem goldenen Kettchen so lange vor seiner Nase baumeln, bis er die Augen aufschlug. Er schenkte meinen Brüsten einen schmachtenden Blick und unternahm sofort einen Entlastungsangriff unter der Bettdecke. Ich mußte ihm kräftig auf die Finger schlagen, damit er von mir abließ. Erst daraufhin fand er sich bereit, das unappetitliche Souvenir ins Auge zu fassen.

Das gehört Juliane, sagte er. Sie wollte es unbedingt loswerden.

Welche Juliane, fragte ich erwartungsvoll. Die Tochter meines Vormunds, gab er zur Antwort. Du weißt doch, der alte Aegri, Nationalrat aus Zug. Überflüssig zu sagen, daß ich nie etwas von einem Vormund gehört hatte. Ein wunderbarer Mann, fuhr er fort. Ohne ihn stünde ich heute mit leeren Händen da. Er hat sich nach dem Tod meines Vaters rührend um mich gekümmert.

Und? bohrte ich in der offenen Wunde. Ich fühlte, wie mich ein Gefühl des bevorstehenden Triumphes zu entflammen begann.

Nichts weiter. Er hat, wie gesagt, diese Tochter, ein schlaues, aber faules Geschöpf, die ihr Studium in den Sand gesetzt hat. Die Promotion hat sie gerade noch geschafft, aber seitdem sitzt sie zu Hause und quält den Alten mit ihren Launen. Da hat er mich gefragt, ob ich sie nicht irgendwo unterbringen könnte. Ich habe einen guten alten Bekannten an der ETH, im Institut für Festkörperphysik.

Aha, sagte ich höhnisch. Festkörperphysik! Aber er ließ sich nicht beirren. Die Sache war bereits so gut wie unter Dach und Fach, da nahm mein Bekannter einen Ruf nach Göttingen an, und ich stand mit leeren Händen da. Der alte Aegri raufte sich die Haare, und die Juliane machte mir stumme Vorwürfe. In Wirklichkeit war sie vermutlich erleichtert, denn sie ist, wie gesagt, arbeitsscheu. Aber natürlich langweilte sie sich in Zug, und daran gab sie mir die Schuld. Sie richtete es so ein, daß es aussah, als wäre ich gekommen, nicht um dem Alten einen Gefallen zu tun, sondern um sie zu trösten. Dabei legte sie eine diabolische Geschicklichkeit an den Tag. Aus reiner Dankbarkeit für den alten Mann bin ich noch ein- oder zweimal hingegangen. Hör zu!

Er zog ein kleines Buch aus der Tasche und las daraus vor. »Die Höflichkeit ist eine Art Hexerei, welche die Gunst Aller erobert, wie im Gegenteil Unhöflichkeit allgemeine Verachtung und Widerwillen erregt: wenn aus Stolz entspringend, ist sie abscheulich, wenn aus Grobheit, verächtlich. Die Höflichkeit sei allemal eher zu groß als zu klein.« Und so weiter.

Du hast sie also nur aus Höflichkeit gefickt, fragte ich. Er nickte reuig und sah zu mir auf, mit einer Miene, die ich von der spanischen Malerei des siebzehnten Jahrhunderts her kannte. Ich hatte den Heiligen Sebastian vor mir. Er verlangte danach, stumm, daß ich ihm die Pfeile aus der Brust zog. Ich tat, was ich nicht lassen konnte.

Eine gute Viertelstunde später, kaum daß er wieder Atem geschöpft hatte, fiel ihm noch ein krönendes Glanzlicht ein. Das Medaillon, murmelte er, wollte ich morgen ohnehin dem Päpstlichen Hilfswerk für Lateinamerika spenden.

Längst ist mir der letzte Rest meiner Eifersucht abhanden gekommen. Ich habe eingesehen, daß seine phantastische Suada der beste Beweis für seine Liebe zu mir ist. Je krasser die Lüge, desto tiefer die Huldigung, die er mir darbringt, und desto ergiebiger die Umarmung, in die sie mündet.

Ich weiß, daß wir nie voneinander loskommen werden. Er ist ja ganz und gar auf mich angewiesen. Sicherlich, Weiber, die sich an ihm zu schaffen machen, gibt es genug. Aber wo fände er eine zweite Frau, die seine Kunst zu würdigen wüßte, so wie er meinen Durst nach seinen Geschichten zu schätzen weiß, der meinen handgreiflicheren Wünschen kaum nachsteht? Er wird mich nie enttäuschen. Wenn ich, selten genug, an meinen Mann denke, diese taube Nuß, diesen Heuchler, der nicht einmal ahnt, daß er sich in die eigene Tasche lügt, sobald er den Mund aufmacht, erscheint mir mein Freund Achim als ein Ausbund von Redlichkeit.

Irene Dische

Mr. Lustgarten verliebt sich

Als das Dienstmädchen bei Mr. Lustgarten einzog, dachte er: »Hat nicht auch Goethe sich in eine junge Frau verliebt?« Es wurde ihm immer klarer, daß er sehr verliebt war. Seine Familie hatte Anna Kaminska unbesehen engagiert. Statt den weiten Weg von Boston und New Haven nach New York zu fahren (im Schnee), hatten seine Söhne bei der katholischen Pfarrgemeinde angerufen und den Pfarrer gefragt, ob er jemanden zur Pflege ihres alten Vaters wisse. Sie schilderten und entschuldigten ihn stolz – als einen alten Intellektuellen, der vor dem Krieg in Österreich mehrere dicke Bücher veröffentlicht und in New York an einer guten Adresse einen Party-Service aufgebaut habe. Nein, nein, er sei nicht katholisch, habe aber eine katholische Frau gehabt und ihr erlaubt, die Kinder in einem anderen Glaube zu erziehen als dem seinen. Nun sei er Witwer und ein bißchen tatterig, ohne mit seinem Gram (dem Trauma der unersetzlichen Mutter) zu hadern. Er brauche eine tüchtige und verläßliche Person, die bei ihm wohne und für das Nötigste sorge. Nein, keine Lebensgefährtin. Eine Haushälterin. Lustgartens Söhne riefen abwechselnd an. Die Kosten spielten keine Rolle. Er habe Geld, werde aber nicht zahlen; zahlen würden sie. (An eventuelle Nebenkosten oder Komplikationen dachten sie nicht.)

»Ich wüßte da schon jemand. Eine Seele von einer Frau«, erklärte der Pfarrer. »Ehrlich, pünktlich und so weiter. Einziges Problem: Sie ist Polin. Manche mögen das nicht. Es gibt plötzlich so viele Polen hier.«

»Hervorragend!« sagten Mr. Lustgartens Kinder, ohne sich zu besinnen. »Er spricht nämlich manchmal Polnisch.«

Mr. Lustgarten war kurz vor der Jahrhundertwende irgendwo in Österreich-Ungarn geboren, wo die besseren Kleinstadtbürger gern so taten, als lebten sie in Preußen. Die Eltern des Jungen sprachen ein gepflegtes Deutsch, seine Kindermädchen ein ordinäres Polnisch, und er behandelte beide als ebenbürtig. Lustgarten ging von zu Hause weg, um zu studieren, und während seiner Abwesenheit löste sich Österreich-Ungarn in Luft auf.

In den folgenden zwanzig Jahren wechselte Lustgarten seine Wohnorte und Staatsbürgerschaften mit derselben Nonchalance, mit der er älter wurde.

1941 kam er mit einem halbleeren Koffer – eine Familie hatte er nicht mehr – im New Yorker Hafen an, aber er war in mehreren Berufen zu Hause, und das war sein Kapital; nie hatte er, wie andere Flüchtlinge aus Europa, Angst vor Amerika.

Das Alter traf ihn so unverhofft, als hätten die Dienstboten sich plötzlich aus dem Staub gemacht und seine Lebensgeister mitgehen lassen. Er verlor den Überblick über Zeit und Ereignisse. Dann entglitten die Sprachen seinem Gedächtnis in umgekehrter Reihenfolge, wie er sie erworben hatte: Englisch verflüchtigte sich zuerst, dann Portugiesisch, dann Französisch, dann Ukrainisch; klassisches Griechisch und Latein verließen ihn gleichzeitig; Deutsch hielt lange die Stellung, und als es fiel, blieb nur noch das von seinen Eltern so verachtete Polnisch.

»Das ist ja das Problem, wenigstens zum Teil«, räumten seine Söhne ein. »Denken Sie mal. Er redet wahllos mit jedem polnisch, im Laden, auf der Straße, sogar mit uns!« Sie waren alle in den USA geboren, ihre Mutter war in Brooklyn aufgewachsen. Sie teilten die amerikanische Aufgeschlossenheit für fremde Arbeitskräfte und die Angst vor fremden Sprachen.

Und so klingelte eines Wintermorgens Anna Kaminska an der Tür zu seiner zunehmend verwahrlosten Wohnung am oberen Broadway und stellte sich ohne Umschweife vor. Sie hatte dreimal klingeln müssen, bevor die Tür zur Nachbarwohnung aufging und die Stimme einer alten Dame durch den Spalt piepste: »Wenn er aufmachen soll, müssen Sie vorher anrufen. Ans Telefon geht er – die Zelle ist unten an der Ecke.«

Mr. Lustgarten meldete sich am Telefon sehr energisch: »Hällouuu!« Aber an die Tür ging er nur zögernd. Was ihn so zaghaft machte, war nicht seine Gebrechlichkeit – er war schon immer sehr zart gewesen –, sondern sein schlechtes Gedächtnis. Der Anblick einer echten Dame entzückte ihn, und er legte den Kopf schief, um besser zu ihr aufsehen zu können. Zugleich erinnerte er sich, daß Tränensäcke, Falten und Krähenfüße seine eigenen hervorstechenden Gesichtszüge waren. Er erinnerte sich aber auch an den wachen Blick, den man ihm immer nachgesagt hatte, die weise Melancholie seines Lächelns. Sein flauschiges weißes Haar war stets wohlgepflegt, und er trug immer ein sauberes Hemd mit Schlips zur ausgeblichenen Hose und zu den altersschwachen Pantoffeln. Er sah sich noch immer als Gentleman. »Verzeihung, kenne ich Sie?« fragte er Anna Kaminska. Demnach ist er noch nicht ganz gaga, dachte seine Nachbarin, die durch den Türspalt spionierte; wie schön für ihn, daß er mal Besuch bekommt.

Er hatte sie zu Recht nicht erkannt. Mr. Lustgarten hieß sie willkommen, in dem er sich umdrehte und über den Flur davonschlurfte. An dessen hinterem Ende flatterten Zeitungsblätter auf und ab wie Tauben im Schlag. Schneeflocken wirbelten in der Zugluft. »Darf ich das Fenster zumachen?« fragte Anna Kaminska, die ihm nachgekommen war.

»Ich wollte gerade den Müll rauswerfen«, erklärte ihr Mr. Lustgarten.

Anna Kaminska blieb und zog in das kleine Dienstmädchenzimmer mit eigenem Bad am hinteren Ende von Mr. Lustgartens großer, chaotischer Wohnung. Der alte Herr nahm es wohl zur Kenntnis, erhob aber keine Einwände, als sie alle die alten Zeitungen in die Mülleimer warf. Später merkte er, daß sie die Plastikbestecke, die er seit Jahren gewissenhaft bei McDonalds mitgehen ließ, ebenso beseitigt hatte wie die Papiertüten, die er für bittere Notzeiten im Kleiderschrank hortete; doch er akzeptierte ihre Entscheidung als Äußerungsform weiblicher Metaphysik, obwohl er ökonomisch keinen Sinn darin sah. Es erfüllte ihn mit Respekt, daß sie ihn nie in ihrem Zimmer oder in der Küche duldete. Er liebte es geradezu, wie sie ihn wegscheuchte, wenn sie beim Kochen war – wie sie sich vor dem Herd oder am Spülbecken umdrehte, daß ihre bunten Nylonröcke flogen, und die roten Wangen aufblies und den roten Mund spitzte, um die lieblichen Worte zu sprechen: »Pan Lustgarten!« Dann machte er ein Gesicht wie ein unartiger kleiner Junge und zog sich verschmitzt zurück. Daß er sie aus der Ruhe gebracht hatte, hielt er für einen Vitalitätsbeweis. Außerdem zwang Anna Kaminska ihm keine einschneidenden Neuerungen auf. Anders als seine Kinder verlangte sie nicht, er solle sein Bett wieder aus dem Eßzimmer räumen. Statt dessen räumte sie den Eßtisch ins Schlafzimmer. Wie ehedem Mrs. Lustgarten, so hielt das polnische Mädchen die Wohnung in Ordnung, kochte ihm schlichte Mahlzeiten und brachte seine Wäsche in den Waschsalon. Als sie seine abgetragenen Pantoffeln fortwarf und ihm ein Paar neue von der gleichen Art kaufte, fand Mr. Lustgarten, Goethe würde seine Gefühle sehr gut verstehen.

Kurz, Mr. Lustgarten erkannte in Anna Kaminska – ihren Gesten und Taten – die Quintessenz der Weiblichkeit, nach der er sich stets gesehnt hatte. Es störte ihn nicht, daß sie viel größer und stärker war als er; wenn sie sich zum Essen an den Tisch setzten, waren sie gleich groß. Dann mußte er dem Drang widerstehen, ihr über das rote Haar zu streichen, das sie zu einem altmodischen Bouffant hochfrisiert hatte, für ihn jetzt die schönste Haarmode, die Frauen je getragen hatten. Er hätte ihr gern den sommersprossigen weißen Hals oder die sanften weißen Hände gestreichelt, aber schließlich war er ein Gentleman. In meinem Alter? lachte er stolz bei sich.

Zwar wußte Mr. Lustgarten über Anna Kaminska nur, was er sah und fühlte, aber er war weder neugierig noch mißtrauisch. Sie lebten zusammen, und was er wahrnahm, war ihr Dasein und sein Nicht-mehr-Alleinsein. Mr. Lustgarten rief nun nicht mehr seine Söhne an, um sich darüber zu beklagen, daß sie ihn so schamlos im Stich ließen. Und wenn Mr. Lustgartens Kinder jetzt anriefen, schien er immer ganz angenehm überrascht, ihre Stimmen zu hören. Früher hatte er alle ihre Fragen mit bitteren Bemerkungen beantwortet. Jetzt antwortete er: »Mir? Gut geht's mir, gut. Aber wie geht's *euch*?« Das beunruhigte die Kinder. »Und was macht Mrs. Kaminska?« fragten sie scheinheilig.

»Ich weiß nicht, ob sie eine ›Mrs.‹ ist. Du meinst doch meine Freundin Anna?« erwiderte er, als wäre es eine abwegige Frage. »Nun, ich denke, ihr geht's auch gut. Sie scheint recht glücklich mit mir zu sein.«

Der Söhne Neugier verwandelte sich bald in tiefe Sorge. »Wie alt ist sie?« fragten sie beiläufig. »Wie sieht sie aus?«

»Sehr jung«, prahlte er, »sehr hübsch. Ein Rotschopf, wie man hier sagt. Leider zu jung für mich, neunzehn oder zwanzig, hat sie mir mal gesagt, ich weiß es nicht mehr. Ich bin ja doch ein sehr alter Mann. Ansonsten ...!« Und er kicherte voller Zufriedenheit. »Aber macht euch nur keine Sorgen. Denkt bloß nicht, ich hätte eine Liaison mit ihr.« Der Klang dieses Wortes gefiel ihm: Liaison.

Als sie eines Tages wieder anriefen, meinte er:

»Ihr braucht keine Angst zu haben, daß ich sie heirate. Das Erbe ist euch sicher.«

Kaum war ihm das eher unbedacht herausgerutscht, da fragte er sich auch schon: Warum eigentlich nicht? Du bist ein alter Mann, gib's zu! schalt er sich heftig. Goethe auch, versetzte er.

»Anna, Darling«, fühlte er später vor, als er ihr in die Küche nachwatschelte. »Sind Sie eigentlich verheiratet? Ich frage nur aus Neugier.«

»Raus aus der Küche«, erwiderte sie. »Ja«, antwortete sie später, als er wieder fragte. Er hörte aus ihrem Ton keine Gefühle heraus. »Mein Mann ist in Polen.« Obwohl Mr. Lustgarten soeben erst ans Heiraten gedacht hatte, schockierte ihn dieses Hindernis zum Glück doch zutiefst. Er wurde jetzt zum erstenmal richtig neugierig auf sie, auf ihre Vergangenheit, ihre Gegenwart, ihre Pläne. Doch er war zu diskret, um ihr die eigentlich wichtigen Fragen direkt zu stellen. »Ihr Mann liebt Sie wahrscheinlich sehr«, sagte er. »Und Sie ihn auch!« Er wandte sich ab, bevor sie antworten konnte, denn er hatte Angst, sie »Ja« sagen zu hören.

Er begann ihr andere Fragen zu stellen, auf die er eher eine Antwort erhoffen konnte. »Wo waren Sie neulich nachmittags?« fragte er. »Eine Bluse kaufen«, antwortete sie.

»Wo gehen Sie hin, wenn Sie abends weggehen?« erkundigte er sich.

»In die Kirche«, sagte sie, »zur Messe. Letzte Woche hatten wir einen Basar.« Sie beantwortete seine Fragen prompt und mit einer Kürze, die er zuerst als Bescheidenheit auslegte – sie hielt sich eben nicht für interessant. Bald argwöhnte er andere Motive. Sie ließ ihn wissen, daß sie vor zwei Jahren und aus Gründen, die sie ihn nicht wissen ließ, aus Polen gekommen sei und dann im Flüchtlingsheim der Kirchengemeinde gewohnt und für den Pfarrer genäht und gewaschen habe. Sprach sie mit einem Hauch zuviel Ehrerbietung von diesem Pfarrer? grübelte Mr. Lustgarten. Der Pfarrer war in eine andere Gemeinde im Norden des Landes versetzt worden, so daß Anna Kaminska frei war und sich eine neue Arbeit suchen mußte. Mr. Lustgarten wagte nicht zu fragen, ob sie sonst noch Freunde in der Gemeinde habe.

»Wer ist Ihr Mann, Anna?«

»Tadeusz Kaminsky, Pan Lustgarten. Ein Chemiker.«

»Haben Sie Kinder?«

»Nein.«

»Nun, Sie sind noch jung. Sie könnten noch ... Gehen Sie heute abend wieder aus?«

»Nein. Aber wenn ich gehe, bin ich immer um zehn zurück.«

Nach und nach merkte Mr. Lustgarten, wann ihr Ton gereizt klang.

Mr. Lustgartens Kinder hatten sich gedacht, sie könnten dem polnischen Mädchen bei dem Preis, den sie zahlten, nötigenfalls auch befehlen, emotional auf Abstand von ihrem Vater zu bleiben, weshalb sie sich über seine Begeisterung für sie nicht allzusehr den Kopf zerbrachen. Allerdings erwähnten sie ihm gegenüber einmal die finanzielle Seite. Sehr viel Geld. Ein Dienstmädchen in ihrem Sold. Mr. Lustgarten überhörte das. »Sie ist nett zu mir, weil sie mit mir glücklich ist. Sie ist meine Freundin. Eine einsame junge Frau. Sie hatte wohl ein bißchen Ärger mit ihrem Mann.« Er sah es nicht so, daß sie bei ihm arbeitete. Was gab es da schon zu tun? Er war doch kein inkontinenter Alter!

Aber er begann ihr mehr und mehr zu mißtrauen. Ihre Abwesenheiten beschäftigten ihn. Es mußte da draußen jemanden geben, der sich für sie interessierte. Oder interessierte womöglich sie sich für jemanden, einen anderen

Mann? Nicht auszudenken! Bald stellte Mr. Lustgarten sich mutig die Frage: Wenn seine Anna sich nun in einen anderen verliebte? Ihre weiße Haut, ihr rotes Haar, ihr weibliches Wesen mußten unweigerlich auch anderen Männern auffallen. Und sicher wußte sie das, denn unabänderlich zupfte sie, bevor sie allein fortging, ihre Frisur in vollendete Form, tupfte sich einen Tropfen Parfum hinter die entzückenden Ohren und strich ihre bunten Röcke glatt. Immer wenn er sie vor dem Spiegel stehen sah, tat ihm das Herz weh. Ihre Eitelkeit machte ihm Angst. Würde sie ihm denn freundlicherweise ihre Telefonnummer dalassen? Sie kam seinem Wunsch nach. Wenn er die Nummer nicht verlegte, rief er, kaum daß sie fort war, dort an. Es meldete sich die Pfarrgemeinde. »Das ist nur für Notfälle!« schalt Anna Kaminska ihn später. Er fand sie dann kalt und gefühllos. »Und rufen Sie bitte nicht sonntags an, die holen mich nämlich nicht aus einer vollen Messe heraus!«

An Sonntagen waren seine Leiden fast nicht zu ertragen.

Seine Kinder riefen ihn meist am Sonntagmorgen an (Billigtarif), und mit der Zeit meldete er sich am Telefon immer mißgelaunter. »Hällouuu!« »Was willst du?«

»Was ist denn los?« fragten sie ängstlich.

»Nichts!« schnauzte er. »Gar nichts ist los. Ich habe ein bißchen Ärger mit Leuten, die ihr nicht kennt.« Aber eines Sonntags ließ er vor lauter Qualen alle Vorsicht fahren, und er gestand: »Sie ist grausam.«

Nachdem ihre schlimmsten Befürchtungen sich so bestätigt hatten, riefen Mr. Lustgartens Kinder ihn der Reihe nach an und drangen in ihn: »Was macht sie mit dir?« Er wollte sich auf Einzelheiten jedoch nicht einlassen. So blieben ihnen nur bange Spekulationen. Nie hatten sie sich um ihren »armen alten Vater« soviel gesorgt. Man hatte natürlich schon gehört, zu welchen Scheußlichkeiten Dienstboten fähig waren, wenn ihre hochbetagten Herrschaften hilflos wurden. »Ich kann euch nicht sagen, was sie macht. Es tut mir zu weh, darüber zu reden«, sagte Mr. Lustgarten mit brechender Stimme. »Ja, ja, sie quält mich fürchterlich.«

Nach diesem Eingeständnis waren Mr. Lustgartens Kinder sich einig, daß es an der Zeit sei, einzugreifen. Sie versuchten den Pfarrer zu erreichen, der diese Mrs. Kaminska empfohlen hatte, aber vergebens, denn er hatte eine neue Telefonnummer irgendwo im Norden. Im Pfarramt wußte niemand Näheres über sie zu sagen, außer daß sie wohl eine dieser Polinnen sein müsse; davon gebe es recht viele. Mr. Lustgartens Kinder hielten Rat und kamen überein, den alten Herrn jeweils für eine Woche nach Boston und New Haven einzuladen, statt daß einer von ihnen den weiten Weg nach New York auf sich nahm (bei dieser Hitze).

Er brachte einen Koffer angeschleppt, der so überlegt gepackt war, daß es nur das Werk einer Frau sein konnte. »Sie war froh, daß ich wegfuhr!« weinte er. Nachdem er zwei Tage in Boston und drei Tage in New Haven ums Telefon geschlichen war und bei sich zu Hause angerufen hatte, um zu sehen, ob sie da war (meist war sie es; das Gespräch wurde auf Polnisch geführt), eilte er nach New York zurück, von wo er seinen Söhnen im ersten Telefongespräch mit leiderstickter Stimme klagte, wie sie ihn »behandelte« – es war Sonntagmorgen.

Mr. Lustgartens Kinder sahen, daß sie sich nun auf dem gefährlichen Boden der Fahrlässigkeit bewegten, und daß ihr Vater, während er ihnen jetzt nur lästig war, sie später im Traum verfolgen könnte. Sie hatten ihn ahnungslos einer skrupellosen jungen Opportunistin in die Hände gegeben, die schön und ohne Mitgefühl für das Alter war. Und obwohl es wirklich große Umstände machte, organisierten sie eine gemeinsame Reise nach New York (im freundlichen Altweibersommer). Sie kamen mit einem

Aufgebot von drei vollklimatisierten viertürigen Limousinen, denen die Sorge, was sie vorfinden mochten, immer mehr Tempo vorgab, hielten mit quietschenden Reifen in dem ärmlichen Viertel und brachten nicht die Geduld auf, legale Parkplätze zu suchen. Sie trafen sich in der Halle des Hauses, in dem ihr Vater wohnte, rafften all ihren Familiensinn zusammen und stürmten (Fahrstuhl außer Betrieb) die Treppe, ein Fähnlein der Gerechten: drei Söhne mit prallen Brieftaschen an den Hüften, die Klingel schrillte, die Nachbarin erschien mit ihrem »Sie müssen erst anrufen, auch wenn er nicht allein ist«, doch dann ging die Tür auf, und kein Zweifel, das war SIE:

Anna Kaminska, eine Frau von vielleicht fünfzig Jahren, zart gebaut trotz ihrer Korpulenz, mit sehr viel Weiß im Rot ihrer altmodischen Hochfrisur, einfältigem dickem Gesicht, stumpfen kleinen blauen Augen und einem Rosenkranz, der sich ihr wie ein Wurm durch die Finger wand. »Oh!« sagte sie erschrocken. Mr. Lustgarten kam mit geistesabwesender, durch und durch zufriedener Miene hinter ihr angeschlurft. »Oh, hällouuu!« sagte er und hieß sie willkommen, wie ein Fürst in seinem Palast. Anna Kaminska verschwand in die Küche, um Kaffee zu kochen und selbstgebackene kleine Kuchen zurechtzulegen, deckte den Eßtisch im Schlafzimmer und zog sich dann taktvoll in ihr eigenes kleines Zimmer zurück, wo sie ihr nacheinander ihre Aufwartung machten: Unter Kruzifixen und Weihwasser, frommen Büchern, getrockneten Blumen und Fotos von Neffen und Nichten und jungen Hunden, erschien sie ihnen scheu, fromm und weltabgewandt; aufopfernd und darum über die Maßen verdienstvoll.

Mr. Lustgartens Kinder waren zutiefst beschämt.

»Vater, du weißt ja nicht, was für ein Glück du hast!« schalten sie ihn ärgerlich. Von nun an duldeten sie kein ungutes Wort mehr über sie. Statt dessen erhöhten sie ihr Gehalt und segneten sie hinter ihrem Rücken.

Und als Mr. Lustgarten im Jahr darauf neunzig wurde, gaben sie in New Haven ein Diner für ihn, zu dem auch sie eingeladen wurde. Sie hießen sie, zu seiner Rechten Platz nehmen wie eine Braut, und da sie wußten, daß sie sich als gute Katholikin nie von ihrem fern in Polen lebenden Gatten scheiden lassen würde, fragten sie: »Dürfen wir Mama zu dir sagen?«

Richard Swartz

Lola

Von allen widerwärtigen Zeiten in Wien ist der Fasching die widerwärtigste, die Zeit, in der die Wiener ihre ohnehin häßlichen Gesichter mit noch häßlicheren Masken entstellen, das wußte ich schon und hätte daher meinen Besuch in Wien aufschieben sollen, aber ich hatte dort zu tun.

Fasching. Ich habe niemals verstanden, warum Lola sich in Wien niedergelassen hat. Warum nicht in Krakau? Dort hatte sie doch immerhin noch ihre Freunde (die paar, die es noch gab). Oder in der Nähe einer Schweizer Bank? Lola aber hatte sich für Wien entschieden, und schon zweimal an diesem Tag habe ich deshalb im Sirk die rothaarige Kellnerin gesucht, jedesmal vergeblich, bis eine Kollegin in braungestreifter Schürze mir sagte, daß sie die Abendschicht hat, so daß ich jetzt zum drittenmal an diesem Tag da bin.

Dieses Mal aber lege ich den Mantel nicht ab.

Heute abend ist Opernball, und die Wiener haben die Masken zu Hause gelassen; ihre Gesichter können sie hinter nichts mehr verbergen. Einige stehen noch an der Bar des Sirk und trinken aus hohen Gläsern Sekt. Andere überqueren im Frack und in langen, mit Sternen und Monden bestreuten Kleidern auf dem Weg zur Oper die Straße. In der geschlossenen Veranda zur Mahlerstraße liegen die aufeinandergestapelten Weihnachtsbäume dieses Winters, noch nadeln sie nicht. Irgend jemand sitzt an Lolas Tisch in der Ecke zur Mahlerstraße; ein fremdes Gesicht.

Als Lola starb, war ich untröstlich und wußte lange nicht, was ich tun sollte. In Paris klingelte das Telefon. Man rief mich aus Wien an und teilte mit, Lola sei in Kopenhagen an einem Herzschlag gestorben. Schon vor ihrer Reise hatte sie sich Sorgen gemacht, weil sie in Hamburg umsteigen mußte. Sie fürchtete den mehrstündigen Aufenthalt auf dem Bahnhof. Der Tod war augenblicklich eingetreten. Sie sei ohne Schmerzen gestorben, und alle diese Entfernungen, die sich jetzt am Telefon aufstauten, zwischen Kopenhagen und Wien und jetzt auch noch Paris, machten mich noch untröstlicher; im Telefon hoben die Namen dieser drei Städte sich auf und löschten einander aus, für Lola schien kein Ort mehr dazusein.

Ich legte auf und trat ans Fenster. Unten kehrte der portugiesische Hauswart in seiner grünen Schürze den Hof. Der Besen fegte über das Steinpflaster, hin und her, so wie gestern, morgen, übermorgen, an allen Tagen, die unerbittliche Bewegung des Perpendikels einer Uhr.

Lola war tot. An einem Montag im Jänner war sie auf einer Straße in Kopenhagen zusammengebrochen. Im kältesten Winter seit Menschengedenken war sie in Wien in den Zug gestiegen, um quer durch Europa zu ihrer Tochter zu fahren. Lola war in Kopenhagen an einem Herzschlag gestorben; mit einer Flasche Wein in einer Papiertüte in der Hand. Hätte sie zwei Flaschen kaufen sollen? Am Morgen hatte Lola sich mit Janka deswegen gestritten, und ich bin nach Wien gekommen in Lolas Stammcafé, um der rothaarigen Kellnerin zu sagen, daß nicht einmal dieser ganz normale Tod mir ein Trost sein konnte: nicht einmal, daß Lola die Welt auf andere Weise verlassen hatte, als ihr zugedacht war.

Lola war statt dieses Deutschen gestorben, den sie mich seit Jahren zu erschlagen bat. Gerade ich sollte es tun; mich hatte sie als Stellvertreter auserkoren.

Auch wenn sie ihren Mordplan mit großem Ernst vortrug, wollte ich jedesmal mit einem nervösen Lachen darüber hinweggehen, mit einem unsicheren Lachen. Wollte sie mich auf die Probe stellen? Der Kontrast zwischen ihrer mörderischen Absicht und ihrer gebrechlichen, fast ängstlichen Gestalt wirkte so komisch, daß er ihrem Plan weitgehend die Bedrohlichkeit nahm. Bestehen blieb das Phantastische, das Beunruhigende. Lola lächelte selber ein wenig darüber, ich aber konnte nicht vergessen, daß sie ausgerechnet mich auserkoren hatte, diese Sache in Angriff zu nehmen. Ich sollte es für sie tun. Sie sagte das so, als wären wir auf dem Land und sie hätte mich in den Hof geschickt, um einem Huhn den Kopf abzuschlagen. Aber ich hatte nie den Wunsch verspürt, einen Deutschen zu erschlagen, und sah es allmählich als meine Aufgabe, diesen Mord zu verhindern.

»Das kann nicht dein Ernst sein«, sagte ich.

»Was?«

»Daß du einen Deutschen erschlagen willst.«

»Aber doch nur einen.«

Wie üblich saßen wir in einem Kaffeehaus in der Innenstadt; in ihrem Sirk, Landtmann, Tirolerhof oder in meinem Bräunerhof. Sie zog das Sirk vor, weil dort die Kellnerinnen sehr freundlich waren, vor allem die Rothaarige, bei der Lola sicher war, daß sie aus Polen kam, auch wenn es ihr nie gelang, ihr auch nur ein einziges polnisches Wort zu entlocken. Ich könnte Gift darauf nehmen, sagte Lola immer. Die Rote kommt aus Polen! Aus irgendeinem Grund bildete sie sich ein, im Bräunerhof rieche es nach Essen. Sie mied das Bräunerhof. Meist fand ich mich damit ab.

Weit entfernt war ihr Mord nie, und hartnäckig kam sie stets darauf zurück: Bevor sie selber sterbe, wolle sie einen Deutschen umbringen, egal, welchen Deutschen, und die scheinbare Zufälligkeit, mit der sie immer wieder auf dieses Thema zurückkam, machte mich erst verlegen, dann nervös. Und Lola bemerkte das und schwieg.

Jedesmal, wenn wir uns trafen, schien sie geschrumpft zu sein, als wolle sie langsam und friedlich aus dieser Welt scheiden, aus eigenem Willen. Eilig hatte es Lola nicht. Forschend betrachtete sie mich von unten her; nur die braunen Augen waren jedesmal größer geworden. Ihr Gesicht war zerknittert. Es erinnerte an eine Walnuß. Für mich war es nicht angenehm, einsehen zu müssen, daß ich natürlich die besseren Voraussetzungen mitbrachte, den Mord in die Tat umzusetzen, als Lola selber. Ein Mord! Ich schwieg in der Hoffnung, das Thema sei damit erschöpft, wenigstens für dieses Mal, und unser Gespräch würde nun endlich eine andere Richtung nehmen.

Wir teilten uns eine Portion Apfelstrudel, jeder trank ein Glas Weißwein. Dennoch konnte ich mir nicht verkneifen, sie zu fragen, wie das mit dem Mord zugehen sollte, mehr aus Höflichkeit als aus echtem Interesse.

Sie zuckte mit den Schultern.

Einfach so.

Das beruhigte mich. Es war nur allzu offensichtlich, daß Lola sich nicht wirklich mit der Sache beschäftigt hatte, nicht mit ihrer praktischen Seite, und daß sie deshalb auch keine Vorbereitungen getroffen haben konnte. Aber selbst wenn es mich beruhigte, daß sie in ihrer Handtasche kein Zyankali und keinen Hammer mit sich herumtrug, war es schlimm, daß ihr jeder beliebige Deutsche recht war. Wenn sie schon unbedingt einen Deutschen erschlagen mußte, hätte sie sich einen aussuchen können, der ihre Rache verdiente. Aber ein ganz beliebiger? Das war willkürlich und ungerecht. Warum wollte sie diesen Mord dem Zufall überlassen, wenn immer noch der eine oder andere Deutsche von damals unter uns war und frech, ohne Maske, sich traute, wie jeder andere von uns aufzutreten, obwohl er wirklich Lolas Hammer, das heißt meinen, verdient hätte. Einige waren noch am Leben. Nimm einen von denen, sagte ich. Keinen unschuldigen! Sonst hätte sie ja die Deutschen ebensogut ihrem Gott oder der deutschen Justiz überlassen können. Meine Argumente schienen Lola zu amüsieren, und irritiert fuhr ich fort: Wäre es nicht noch besser, allen zu verzeihen? Jedem einzelnen von ihnen? So könnte man die Sache ja auch angehen, sagte ich, und mich oder ein anderes Werkzeug aus dem Spiel lassen. Sicher wäre das der vernünftigere Weg zur Verbesserung der Welt, als wieder damit zu beginnen, Menschen totzuschlagen.

Lolas Interesse, die Welt zu verbessern, war nicht sonderlich groß. Sie blieb fest, eine kleine, starrköpfige Dame, die mich dazu benutzen wollte, einen Deutschen für sie totzuschlagen, und Lola sah sich um, wo wir gerade saßen, in ihrem Sirk, Landtmann, Tirolerhof oder meinem Bräunerhof, als hoffe sie, dort ihren Deutschen zu entdecken. Die Verbesserung der Welt war nicht Lolas Sache, aber vielleicht war das mit ihrem Bedürfnis nach Rache nicht anders. Es schien mir, daß ihre Jugend sie mehr interessierte als Welt und Rache, was den Mord, den sie im Kopf trug, noch unbegreiflicher erscheinen ließ.

Lola malte sich herausfordernd an, für ihr Alter übertrieben. Ihre Kleider waren elegant und teuer. Die Herbst- und Wintergarderobe kleidete sie besonders gut. Lolas Farben waren die des Herbstes; beide bedienten sich der gleichen Farbpalette, und in diese drängte schon der Winter hinein, ohne daß der Sommer ganz vertrieben war. Der Herbst war ihre Jahreszeit. Sie muß sich entschieden haben, ein für allemal dabei zu bleiben, auch im Sommer, wenn sie alles auszog, was sie auf dem Leibe trug, um sich den ganzen Tag im Krapfenwaldl im Luftbad zu sonnen. Splitternackt lag sie den ganzen Sommer über in der Sonne.

Dann kam der Herbst. Die Tür zum Kaffeehaus ging auf, und da stand sie: braungebrannt, fast schwarz, in einem neuen Herbstkostüm.

Ich war ihr Kavalier. Sie hatte mich zu ihrem Deutschenmörder ernannt, aber auch zu ihrem Kavalier, eine Entscheidung, diktiert von Liebe und ohne daß sie mich gefragt hätte. Ich ließ sie gewähren, obwohl ihr Flirten mich verlegen machte. Dann war Lola die junge Frau, die sie niemals hatte sein dürfen, und von dieser Frau wußte ich fast nichts, nur, daß sie mir an einem Wiener Kaffeehaustisch gegenübersaß.

Sie schminkte und puderte sich in meiner Gegenwart. Auch das machte mich verlegen. Doch ich ließ es zu, blätterte währenddessen in einer Zeitung, nicht großzügig genug, um bei diesem Spiel der alten Dame, die auf jung machte, mitzutun. Mehr störte mich, daß sie sich lächerlich verhielt, auch wenn wir beide die einzigen Zeugen dessen waren; alle anderen waren schließlich mit sich selber beschäftigt. Es schickte sich aber trotzdem nicht, und die Männer in ihrem eigenen Alter mußte Lola damit wohl schon verjagt haben.

Wo waren sie nun? In ihrem Alter brauchte sie kein Risiko mehr zu fürchten, aber der Versuch, mich mit Hilfe eines schlampig geplanten Mordes an sich zu binden, sprach weder für ihre Urteilsfähigkeit noch für ihren Geschmack. Lola sah, daß mich etwas bedrückte. Ich schwieg, und das amüsierte sie wieder; die alte und die junge Lola. Sie hatte die Angewohnheit, in einen kleinen Taschenspiegel zu schauen. Auch dies war eine Art, mit mir zu flirten. Sie prüfte ihr Rouge im Spiegel, und ich entdeckte, daß ich meine Hand auf ihre gelegt hatte; unter meinen Fingern spürte ich ihre Adern. Auch im Sommer waren sie schwarzblau unter der Sonnenbräune zu sehen. Ich ließ meine Hand auf ihrer liegen und wurde von Mitleid überrumpelt; sie tat mir leid.

Ich hatte meine Hand auf ihre gelegt und sie aus Übermut zu lange liegen lassen; aus jenem Übermut, den die Eitelkeit einem jüngeren Mann in Begleitung einer sehr viel älteren Frau leicht schenkt.

»Kochasz mnie?«

»Ja«, antwortete ich.

»Wirklich?«

»Ja, Lola, wirklich. Ich liebe dich.«

Damit war sie bis auf weiteres zufrieden. Mich aber störte, daß wir in einem Café jemand umbringen mußten, noch dazu einen völlig Unbekannten.

An einem Sommerabend bei mir zu Hause in der Vegagasse legte ich Lola den Arm um die Taille und tanzte mit ihr durch das Zimmer, bis wir hinfielen. Ich war über den Teppich gestolpert.

Wir waren in Sievering beim Heurigen gewesen; eigentlich war sie schon auf dem Nachhauseweg in die Taborstraße, es war jedoch ein kühler Sommerabend, und auf halbem Weg hatten wir bei mir zu Hause eine Pause eingelegt, um noch ein Glas zu trinken. Wir fielen hin, Lola Gott sei Dank auf mich, und für einen Augenblick lagen wir einander in den Armen wie zwei Tote, ich spürte ihren Atem im Gesicht und durch den dünnen Kleiderstoff ihren Herzschlag.

Die Fenster waren offen. Es war spätabends, draußen war es dunkel. Der Abendwind wehte die Gardinen hinaus in die Dunkelheit und wieder ins Zimmer. Voll Schreck hielt ich sie in den Armen, den Körper einer alten Frau, einen Körper, über den andere einmal entschieden hatten, daß er gar nicht so alt werden sollte, weshalb diese Umarmung des jungen Mannes für Lola ein doppelter Triumph war. Die alte Frau, die sich auf dem Fußboden an mich klammerte, voll Angst, etwas gebrochen zu haben, war zugleich die Junge, die die Alte nie hatte sein dürfen; ich hielt die Alte im Arm, die Junge umklammerte mich gierig.

An Lolas Annäherungsversuchen war ich nicht ganz ohne Schuld. Auch ich machte ihr schamlos den Hof. Das aber galt der jungen Frau, die die alte niemals gewesen war. Die Junge hatte Orte kennengelernt, von denen ich nichts wußte, und daß sie gerade *dort* gewesen war, verlieh allem, was diese alte Frau sagte oder nicht sagte, besondere Bedeutung, auch wenn die alte Frau von den Orten, die sie kennengelernt hatte, nur wenig erzählte, fast nichts; und gerade das, was sie verschwieg, machte mich neugierig.

Ich belauerte Lola. Sie muß das sofort gespürt haben. Lange wartete ich darauf, daß sie erzählen würde. Ich sagte mir, ich müsse auf sie warten. Ich rauchte eine Zigarette, dann noch eine, als Vorwand, um Zeit vergehen zu lassen. Worauf genau ich wartete, war mir nicht klar, und wenn Lola einen amüsierten Eindruck machte, während ich rauchte, dann, weil sie wußte, mein Warten war vergebens.

Selbstverständlich war meine Annäherung vermessen. Mit ihr wollte ich die Orte aufsuchen, wo sie gewesen war. Ich wollte, daß Lola sich erinnerte und erzählte, was zu vergessen sie sich bemüht hatte. Ich wollte nicht begreifen, daß das zuviel verlangt war. Nicht einmal der Umstand, daß sie nicht vergessen konnte, bedeutete, sie habe mir etwas zu erzählen. Sie erzählte also nichts, und wenn sie gegen ihren Willen an das erinnert wurde, woran sie sich nicht erinnern wollte, wenn Lola sich in der Nacht, starr und in kaltem Schweiß gebadet, in ihrem Bett aufsetzte, war ich nicht da; wenn sie mir etwas hätte erzählen können, lag ich in tiefem Schlaf, dem Schlaf des unschuldigen Mörders.

War sie wach, schlief ich. Und wenn ich wach und zur Stelle war, war sie zwar auch da, aber schon frisch und gepudert; Lola bot sich wieder an, ich schämte mich und schaute mich um, aber in ihrem Sirk, Landtmann, Tirolerhof oder in meinem Bräunerhof schien uns keiner bemerkt zu haben.

»Kochasz mnie?«

»Ich liebe dich.«

»Wirklich?«

»Ja, Lola. Wirklich.«

Ich konnte sie nicht dazu bringen, etwas wirklich Wichtiges zu erzählen. Wenn Lola erzählte, dann nur ein paar Sätze, deren Worte einander im Weg standen, eher Abzählreime oder Beschwörungsformeln als eine richtige Erzählung, die Schattenseite der Liebeserklärungen, die sie mir abverlangte. Aus dem wenigen, was ich auf diese Weise doch erfuhr, ließ sich nicht die Absicht erkennen, mir zu Willen zu sein. Vielmehr erzählte sie aus ganz anderen Gründen: um sich selber vor dem zu schützen, was sich nicht erzählen ließ. So landeten wir in einem unserer Wiener Kaffeehäuser dann bei Harmlosigkeiten. Wir erzählten einander Witze, ohne uns darüber zu amüsieren; wir unterhielten uns wie Geschwister, oft ohne Worte, als würden wir uns die Zeit mit einer Patience vertreiben, ohne uns dafür zu interessieren, ob sie aufging.

Lola wies meine Annäherungen bestimmter zurück als ich die ihren. Hier kam ihr der Deutsche zu Hilfe. Ich war zu aufdringlich gewesen, und um mich abzuwehren, hatte sie einen Deutschen erfunden, um ihn zwischen uns zu stellen. Ich durfte meine Hand auf ihre Hand legen, zu nah kommen durfte ich ihr jedoch nicht. Dann wurde Lola zur jungen Frau, die sie niemals hatte sein dürfen. Im Sirk zog sie sich in die Sofaecke zurück, die Beine hochgezogen, und unter dem Tisch sah ich ihre Schuhe. Plötzlich waren sie leer. Und den Deutschen schickte sie vor, um mich am Platz zu halten.

»Kannst du nicht für mich einen Deutschen erschlagen?«

Da stand er zwischen uns, der Deutsche, noch nicht erschlagen, um mir den einzigen Weg dorthin zu weisen, wo Lola gewesen war, und da sie nicht mich totgeschlagen sehen wollte – Gott behüte! Jeden, nur nicht mich! –, war es jetzt an mir, mit ihrem Deutschen fertig zu werden. Ein einziger, das war wohl nicht zuviel verlangt. Ein einziger Deutscher, irgendeiner, war kein zu hoher Preis. Dennoch viel zu hoch für mich, und erst nach Lolas Tod habe ich begriffen, wie wichtig es ihr war, mir klarzumachen, daß ich mir ihre Erfahrung nicht leisten konnte und sie deshalb in Ruhe lassen sollte.

Warum wollte ich dorthin, wo sie gewesen war? Sie selber wollte schließlich woandershin: zu mir, in die Welt, noch immer unsicher, ob es dort einen Platz für sie gab, falls dieser Platz nicht schon für immer verwirkt war.

»Kochasz mnie?«

»Ja«, gab ich zur Antwort und wußte nicht mehr, zum wievielten Mal.

»Wirklich?«

Ein einziges Mal war ich bei Lola zu Hause in der Taborstraße. Ihre Wohnung war fast leer. Sie war möbliert mit einigen schlichten, billigen Gegenständen ohne Bedeutung für sie; ein Tisch, ein paar Stühle, ein Sofa. Auf dem Tisch lag keine Decke. Sie stellte mir ein Glas Wein hin und holte eine Schachtel Fotografien. Schwarzweißfotografien: ein junger, ziemlich häßlicher Mann mit Tennisschläger; ein paar Jugendliche auf Skiern in einer Schneewehe; ein Mädchen im Profil. Vor dem Krieg hatten sie Tennis gespielt. Sie waren Ski gefahren. Alles, was übrig war von dem, was sie vor dem Krieg gemacht hatten, befand sich in Lolas Schachtel. In dieser lagen die einzigen Bilder aus dem Leben der jungen Frau.

Dann war der Krieg ausgebrochen, und die Bilder dieses Krieges waren in Lolas Kopf, mehr Bilder und mit schärferen Konturen als die in ihrer Schachtel.

Die Bilder in ihrem Kopf gehörten der Nacht. Sie hielten sie wach, und in den Nächten war sie mit ihnen allein.

Die Bilder in der Schachtel hingegen waren für den Tag bestimmt. Am Tag war sie nicht so einsam wie in der

Nacht, und Lola versuchte, den Tag so lang zu drehen wie möglich; am Tage leisteten ihr Sirk, Landtmann, Tirolerhof oder Bräunerhof Gesellschaft, so daß ihr das Kaffeehaus fast zur zweiten Heimat wurde, jedenfalls zu einer zweiten Schachtel.

Dann starb Lolas ehemaliger Arbeitgeber. Das war ein harter Schlag für sie. Wir erfuhren davon aus den Zeitungen: Er war beim Baden im Meer ertrunken. In jeder Zeitung konnte man davon lesen, sie aber zweifelte an seinem Tod, obwohl ich ihr die Schlagzeilen in so verläßlichen Zeitungen wie der *Neuen Zürcher Zeitung, Le Monde,* der *Frankfurter Allgemeinen Zeitung* und sogar der *Herald Tribune* zeigte, auch wenn Lola kein Englisch konnte. Dicht nebeneinander sitzend lasen wir auch das Kleingedruckte, Auszüge aus dem Untersuchungsbericht und die Aussage des Zahnarztes, und widerwillig kam sie zum gleichen Schluß wie die übrige Welt – alles deutete darauf hin, daß er wirklich beim Schwimmen im Meer ertrunken war.

Lola war enttäuscht. So hatte sie sich das nicht vorgestellt. Eigentlich war er für Lola lebend und unbestraft wertvoller gewesen als tot, auf diese klägliche Weise ums Leben gekommen. Dies war ein allzu normaler, banaler Tod, und es half nichts, daß ich ihn aufzubessern versuchte. Gott selbst müsse ihn ertränkt haben, sagte ich, ihn mit Daumen und Zeigefinger bei der Ferse gepackt, in die Tiefe gezogen und dort so lange festgehalten haben, bis sich Mengeles Lungen mit Wasser gefüllt hatten.

Völlig sicher, daß es sich wirklich so abgespielt hatte, waren wir aber nicht. Wie konnte die Welt mit solcher Bestimmtheit sagen, daß es sich um ihn und keinen anderen handelte? Unter all den Mördern und Schwimmern? Lola legte nicht mehr wie sonst die Zeitungen ordentlich zusammen. Sie blätterte nicht mehr darin, sie ließ sie auf der Marmorplatte liegen, als seien sie zufällig dort gelandet, ein Haufen von Nachrichten, der sie nichts anging. Ab und zu warf sie jedoch einen verstohlenen Blick auf die Überschriften, von der Seite, wie eine Katze, die aus ihrem Napf frißt.

Das gleiche wie in *Le Monde* stand in der *Frankfurter Allgemeinen* und sogar in der *Volksstimme*, aber erst als Mengele auch in der *Neuen Zürcher Zeitung* ertrunken war, gab sie auf.

»Du siehst«, sagte ich, »Zürich wäre ja doch eine Stadt für dich gewesen. Oder Luzern. Die Kühe und so weiter!«

An manchen Tagen wollte sie an gar nichts mehr glauben. Sie hatte schlecht geschlafen und weigerte sich, zu glauben, daß er wirklich ertrunken war, überzeugt, daß er in aller Ruhe in irgendeinem warmen Ozean weiterschwamm, während die Zeitungen von seinem Tod durch Ertrinken in einem anderen berichteten. Und sie wollte auch nicht glauben, daß Gott seine Hand im Spiel gehabt hatte, derselbe Gott, der abwesend gewesen war, als Lola und Mengele sich das letztemal gesehen hatten; daß Gott plötzlich zur Stelle gewesen sein und ihn nach so vielen Jahren vor der südamerikanischen Küste in die Tiefe gezogen haben sollte, sei einer meiner übelsten Späße. Wahrscheinlicher sei, daß er ein schlechter Schwimmer war, seine Kräfte überschätzt hatte und deshalb ertrunken war. Sie aber wehrte sich gegen eine so dürftige Erklärung und wünschte sich Mengele ins Leben zurück.

»Die Leute können doch nicht einfach so sterben, wie es ihnen gefällt.«

Lola hatte Mengele zweimal Auge in Auge gegenübergestanden. Einmal gezwungen, beim zweitenmal freiwillig, für eine Freundin. Lola war an Stelle der Freundin gegangen. Sie sagte »gegangen«, auch wenn deutlich war, daß sie rennen mußte, und als sie mir im Sirk davon erzählte, war das Wichtigste nicht, daß die Freundin zu schwach war, um zu rennen, und Lola ihr das Leben gerettet hatte, sondern daß Lola damals eine andere gewesen war, so jung und gesund, daß sie ohne Zögern ein solches Risiko auf sich genommen hatte.

Beide Male hatte sie versucht, ihm genau in die Augen zu sehen. Frech habe sie ihn angestarrt, erzählte sie mir im Sirk, und Lola erschrak über ihr eigenes Wort. Frech. Sie kicherte, die Hand vor dem Mund, als sei sie noch immer die junge Frau, die zweimal vor Mengele um ihr Leben rennen mußte, und es war nicht so sehr die Nähe des Todes, die sie in dieser Erzählung hervorhob, sondern ihre eigene Jugend. Frech hatte sie ihm in die Augen geschaut. Sie war jung gewesen, und ihre Jugend von damals gab ihr die Kraft, mir jetzt zu erzählen, wie das zugegangen war: mit diesem leichtsinnigen Entsetzen oder diesem entsetzten Leichtsinn, der den ganzen Unterschied ausmachte zwischen der jungen Frau von damals und der alten Frau mir gegenüber, auf dem Sofa des Café Sirk.

Die Zeitungen schrieben, Mengele sei tot. So hatte sie sich seinen Tod nicht vorgestellt. Dazu hatte ihr ehemaliger Arbeitgeber nicht Wort gehalten. Die Arbeit hatte sie nicht befreit; diejenigen, die gearbeitet hatten, waren fast alle tot, und die wenigen Überlebenden, wie Lola, nicht frei. Sie mochte zwar zurückgekommen sein in die Welt, aber ohne daß dies jemandem aufgefallen wäre; zumindest in dieser Hinsicht war die Welt sich gleichgeblieben, nicht viel anders als damals, als Lola aus ihr entfernt wurde. Die Welt ging ihren blinden Gang wie früher, auch wenn Lola jetzt wieder da war, und sie hat wohl bald verstanden, daß dies auch in ihrer Abwesenheit so gewesen war und auch morgen, übermorgen, an allen Tagen so sein würde, daß ihr Platz ebenso unsicher war wie damals, als sie ihn für sicher gehalten hatte.

Schuldbewußt hatte ihr die Welt einen Platz zugewiesen. Bald aber war sie wieder mit sich selbst beschäftigt, und Lola vertraute ihr nicht mehr. Hätte es eine andere Welt gegeben, sie hätte gegen einen Tausch nichts einzuwenden gehabt.

»Kochasz mnie?«

»Lola«, sagte ich, »nicht schon wieder.«

Gerade diese Worte aber hatten ihr ermöglicht, in die Welt zurückzukehren. Liebst du mich? Ständig wiederholte sie diese Frage, um sich zu überzeugen, daß es noch so etwas wie Liebe gab. Und dann dieser kurze Augenblick der Angst: daß ich nicht sagen würde, ich liebe dich. Das war alles, was sie hatte, wonach sie fragte.

Ein paar Worte und eine Schachtel.

So sah deine Einsamkeit aus, Lola, und ich wehrte mich gegen sie. Wie oft bedrückten mich doch diese Treffen in Kaffeehäusern, die mir den Tag zerstörten, während du keinen Tag hattest, der zerstört werden konnte! Wie sehr hast du auf Aufmerksamkeit bestanden für das, was mich nicht interessierte und auch nie interessieren würde; wie oft habe ich dich belogen, um dich nicht treffen zu müssen, in deinem Sirk, Landtmann, Tirolerhof oder in meinem Bräunerhof; wie oft habe ich mich hinter Arbeit versteckt, die es nicht gab, hinter Artikeln, die niemals geschrieben wurden, hinter nichtexistierenden Personen, mit denen ich angeblich verabredet war. Wie vorhersehbar war doch, was du erzählt hast; und was ich wirklich hätte hören wollen, das hast du nicht erzählt. Bis zum Überdruß war ich gezwungen, mir deine Geschichten anzuhören, bis ich nicht mehr wußte, ob du sie aus Bosheit oder aus Vergeßlichkeit herunterleiertest. An nichts wolltest du dich erinnern, aber über mich verfügen, das wolltest du, mich frühmorgens anrufen können, als ich noch schlief, um zu erzählen, du selber habest die ganze Nacht nicht schlafen können.

Als hätte ich dir den verlorenen Schlaf wiederschenken können! Die ganze Nacht habest du gelesen. Bis vier Uhr morgens, erst dann seist du eingeschlafen. Ob ich mir das Buch leihen wolle?

»Was für ein Buch?«

»Das Buch über Wallenberg, das du mir geliehen hast.«

»So ein Buch habe ich nie gehabt. Willst du mir ein Buch über Wallenberg leihen?«

»Das Buch über Wallenberg hast du mir geliehen. *Kochasz mnie?* Was machst du?«

»Ich telefoniere mit dir.«

»Willst du es dir ausleihen? Kann ich mich darauf verlassen?«

»Worauf?«

»Daß du mich liebst?«

»Ja, Lola, das habe ich doch schon gesagt.«

»Wann hast du das gesagt? Glaubst du wirklich, daß er tot ist?«

»Woher soll ich das wissen? Vielleicht ist er tot, vielleicht sitzt er in Sibirien.«

»Nicht der. Ich rede nicht von Wallenberg.«

»Lola, bitte, ich habe noch nicht einmal gefrühstückt.«

»Du hast nicht gefrühstückt! Du mußt ordentlich frühstücken. Versprich mir das! Rufst du mich morgen an? Ganz bestimmt?«

»Ja, warum fragst du denn so dumm! Das habe ich doch versprochen.«

»Ja.«

»Und warum fragst du dann?«

»Einfach so. Wie lange bleibst du?«

»Was meinst du?«

»Vor dem Frühstück, versprichst du das?«

»Ich verspreche es.«

»Wann frühstückst du?«

Lola schien es schwerer zu fallen, den Tag zu beginnen, als ihn zu beenden, obwohl sie am Morgen die Nacht hinter sich hatte, die sie am meisten fürchtete. Oder war es der Nacht gelungen, gegen Morgen ihre gesamten Kräfte aufzuzehren? Nachts wurden ihre Erinnerungen wach. Sie bemühte sich, sie fernzuhalten. Sie hatte Angst, von ihnen überflutet, in die Tiefe gezogen zu werden, wo schon ihr ehemaliger Arbeitgeber Mengele war.

Immer öfter rief Lola mich an, um Hilfe zu suchen, den Tag zu beginnen. Ihre Stimme am Telefon vermittelte mir das Bild eines Zimmers mit zugezogenen Vorhängen; dahinter ein einsamer Mensch, der sich zwischen dem ungemachten Bett und dem Sofa im Wohnzimmer hin- und herschleppte. Am Telefon war sie nichts als eine verwirrte alte Stimme. Frühmorgens war der Unterschied zwischen ihrer Nacht und ihrem Tag nicht groß, doch am Morgen hatte sie mich, den sie wecken konnte, einen Menschen mit gutem Nachtschlaf, der schon seine Sachen packte, um Wien zu verlassen.

Bis zum letzten Augenblick war Lola gegen Paris.

Sie wollte nicht, daß ich wegzog. Unter der Sonnenbräune sah Lola müde aus; wenn ich einmal in Paris war, wäre sie in Wien noch einsamer. Wir bezahlten. Ich holte ihren Mantel, und als wir gehen wollten, stellte sie vorsichtige Fragen, die so formuliert waren, daß ich sie mit »Nein«, »Es ist noch nicht endgültig entschieden« oder »Wir werden sehen« beantworten konnte, und als ich genauso antwortete, wie sie es erwartet hatte, schnitt sie eine ihrer Grimassen.

Es stand bereits fest, daß ich nach Paris ziehen würde. Das wußte Lola, sie wollte aber nichts davon hören, und ich sprach nicht darüber.

Dann zog ich nach Paris, und Lola starb im Jänner, noch bevor ich ihr hatte mitteilen können, daß ich am dreizehnten Februar in eine Wohnung in der Rue Saint Louis en l'Ile 36 gezogen war und daß auf dem Türschild ihr Name stand, Katz. Ein reiner Zufall; ich mietete mich ein bei einem Monsieur Katz. Zwei kleine Zimmer, Küche, Bad, alles sehr ruhig, und an der Tür stand in blauen, kleinen Buchstaben der Name Katz, als hätten Lola und ich uns nie getrennt und seien in Paris weiter zusammen, auch wenn sie in Wien geblieben war.

Was ist eine Reise in die Weite, verglichen mit der, die wir in unseren Herzen unternehmen? Im Herzen kann nicht einmal der Tod uns trennen, und ich sehe, wie Lola, unzufrieden mit so einer dummen Antwort, eine ihrer Grimassen schneidet.

Da aber war Lola schon tot, und das teile ich nun der rothaarigen Kellnerin in Lolas Sirk mit, auf die ich über eine Stunde gewartet habe. Daß Madame Katz tot ist. Ich sage, Lola sei in Kopenhagen an einem Herzschlag gestorben, wir haben ja so einen kalten Winter gehabt, und Lola habe immer voll Lob von ihr gesprochen, gerade von ihr, und darum wollte ich ihr, weil ich in der Nähe zu tun hatte, sagen, daß Lola nicht zurückkomme.

Das mit dem »Lob« habe ich selbst hinzugefügt, um Lola gegenwärtiger zu machen, obwohl sie schon tot ist. Um uns herum brechen die letzten Gäste auf; sie legen die Pelzmäntel an, um über die Straße zum Opernball zu gehen, zum wichtigsten und vornehmsten Ball der Wiener Saison. Das aber geht uns nichts an, jeder hat mit sich selber zu tun. An diesem Aufbruch sind wir nicht beteiligt, und die Rothaarige lächelt mir zu.

»Sie ziehen nach Paris, nicht wahr?«

»Ich komme gerade von dort.«

Die Rothaarige schaut sich um, von der Tür zieht es kalt herein.

»Sie haben dort doch früher einmal gewohnt?«

»Nein. Nie.«

»Ach so«, sagt sie.

Und ich: »Sind Sie aus Wien?«

»Ja«, sagt sie, und sicher ist das gelogen. Aber das macht nichts, es ändert nichts mehr. Wir stehen still da und haben einander nichts mehr zu sagen. Ich sehe, daß sie den

Lippenstift schlampig aufgetragen hat. Ganz still stehen wir da, und vielleicht weil sie nicht weiß, was sie tun soll, fährt sie sich mit der roten Zungenspitze über die Zähne. Die beiden oberen Schneidezähne werden entblößt: rotverschmiert, dazwischen ein schwarzer Spalt.

***ERZÄHLEN! ERZÄHLEN!* ist der Titel einer Weltreise in siebzehn Geschichten. Mit diesem Sonderband der Anderen Bibliothek, zusammengestellt von Hans Magnus Enzensberger, feiert der Eichborn Verlag, Frankfurt am Main, sein zwanzigjähriges Bestehen.**

Die Quellen

Jules Amédée Barbey d'Aurevilly, Die Rache einer Frau
Aus: Jules Amédée Barbey d'Aurevilly, Diabolische Geschichten
Aus dem Französischen von Johann Zacharias Logan

Machado de Assis, Merkwürdige Begebenheiten
Aus: Machado de Assis, Der Geheime Grund
Aus dem brasilianisch Portugiesischen von Curt Meyer-Clason

Hjalmar Söderberg, Der blaue Anker
Aus: Hjalmar Söderberg, Die Spieler
Aus dem Schwedischen von Helen Oplatka

Sigurd Mathiesen, Blutdienstag
Aus: Sigurd Mathiesen, Das unruhige Haus
Aus dem Norwegischen von Angelika Gundlach

Lu Xun, Das Tagebuch eines Verrückten
Aus: Lu Xun, Die Große Mauer
Aus dem Chinesischen von Joseph Kalmer

Isaak Babel, Mein erstes Honorar
Aus: Isaak Babel, Erste Hilfe
Aus dem Russischen von Harry Burck
Erschienen bei der Eichborn AG, Frankfurt am Main, 1987
© für die deutsche Übersetzung: Verlag Volk und Welt, Berlin, 1973

Wsewolod Iwanow, Der Buchstabe G
Aus: Wsewolod Iwanow, Die Rückkehr des Buddha
Aus dem Russischen von Erwin Honig
© Eichborn AG, Frankfurt am Main, 1989

Sadaq Hedayat, Die Puppe hinter dem Vorhang
Aus: Sadaq Hedayat, Die blinde Eule
Aus dem Persischen von Bahman Nirumand
© Eichborn AG, Frankfurt am Main, 1990

Iwan Bunin, Der Fall Kornett Jelagin
Aus: Iwan Bunin, Liebe und andere Unglücksfälle
Aus dem Französischen von Ilse Tschörtner
Erschienen bei der Eichborn AG, Frankfurt am Main, 2000
© Bunin Estate and Agence Hoffman, Paris und München
© für die deutsche Übersetzung: Aufbau Verlag, Berlin
und Weimar, 1985

Isaac Bashevis Singer, Der Kabbalist vom East Broadway
Aus: Isaac Bashevis Singer, Wahnsinns Geschichten
Aus dem Amerikanischen von Ellen Otten
Erschienen bei der Eichborn AG, Frankfurt am Main, 1990
© Carl Hanser Verlag, München–Wien, 1976

Emmanuel Berl, Liliane
Aus: Emmanuel Berl, Geisterbeschwörung
Aus dem Französischen von Dora Winkler
Erschienen bei der Eichborn AG, Frankfurt am Main, 1991
© Editions Grasset et Fasquelle

Mavis Gallant, Lena
Aus: Mavis Gallant, Transitgäste
Aus dem Amerikanischen von Reinhild Böhnke
© Eichborn AG, Frankfurt am Main, 1998
für die Originalrechte © Random House, New York
und McClelland & Inc., Toronto, 1996

Mohamed Choukri, Eins
Aus: Mohamed Choukri, Das nackte Brot
Aus dem Arabischen von Georg Brunold und Viktor Kocher
© Eichborn AG, Frankfurt am Main, 1989

Bruce Chatwin, Ein Putsch
Aus: Nie wieder! Die schlimmsten Reisen der Welt.
Dargeboten von Hans Magnus Enzensberger
Aus dem Englischen von Anna Kamp
Erschienen bei der Eichborn AG, Frankfurt am Main, 1995
Quelle: Bruce Chatwin, Was mache ich hier, Reiseberichte
© Carl Hanser Verlag, München–Wien, 1991

Elisabeth Ambras, Achim oder die Liebe zur Kunst
Aus: Elisabeth Ambras, Heiß und kalt
© Eichborn AG, Frankfurt am Main, 1992

Irene Dische, Mr. Lustgarten verliebt sich
Aus: Irene Dische, Fromme Lügen
Aus dem Amerikanischen von Otto Bayer und Monica Elwenpoek
© Eichborn AG, Frankfurt am Main, 1989

Richard Swartz, Lola
Aus: Richard Swartz, Room Service
Aus dem Schwedischen von Jörg Scherzer
© Eichborn AG, Frankfurt am Main, 1996

Wir danken allen Rechteinhabern für die freundliche Abdruckgenehmigung. Einige konnten nicht ermittelt werden. Wir bitten sie, sich gegebenenfalls mit der Eichborn AG in Verbindung zu setzen.